云暮九声 照人归

腊月初八奇事录

一枚铜钱 / 著

中国出版集团公司　全国百佳图书
中国民主法制出版社　出版单位

图书在版编目（CIP）数据

云暮无声照人归：腊月初八奇事录 / 一枚铜钱著 .
—北京：中国民主法制出版社，2018.9
　　ISBN 978-7-5162-1833-4

　　Ⅰ . ①云… 　Ⅱ . ①一… 　Ⅲ . ①长篇小说—中国—当代
Ⅳ . ① I247.5

　　中国版本图书馆 CIP 数据核字（2018）第 138575 号

图书出品人：刘海涛
图书策划：谭　军
文案统筹：高文鹏　崔　一
责任编辑：翟琰萍　王　宜

书 名 / 云暮无声照人归：腊月初八奇事录
作　者 / 一枚铜钱 著

出 版 · 发 行 / 中国民主法制出版社
地　址 / 北京市丰台区右安门外玉林里 7 号（100069）
电　话 / 010-63055259（总编室）　010-63057714（营销中心）
传　真 / 010-63055259
http://www.npcpub.com
E-mail: mzfz@ npcpub.com
经　销 / 新华书店
开　本 / 16 开　710mm × 1000mm
印　张 / 19　字数 / 288 千字
版　本 / 2018 年 9 月第 1 版　2018 年 9 月第 1 次印刷
印　刷 / 北京中兴印刷有限公司

书　号 / ISBN 978-7-5162-1833-4
定　价 / 42.00 元

目录

第一章

寒冬。深夜。

星光从云端洒入云家大院，穿过雕花木窗，照入云家千金——云照的闺房中，映得窗台明亮。一个约莫十四岁的姑娘站在半壁高的铜镜前，怔怔看着铜镜里的人。她时而掐掐自己的脸，时而捏捏自己的耳朵。

疼，疼得很。不是做梦。

云照往后退了两步，倒身躺在藤椅上，闭目长长呼出一口气，又骂了一句。

她竟然回来了！

"重生"这种东西，她只在书上瞧过，憋屈一世，便得了机会重来一次。她向来不屑这种事，可没想到被她不屑的事，竟发生在了自己身上。

可是……云照觉得一定是哪里弄错了。

因为她上辈子非但活得不憋屈，反而活得异常潇洒。比如她出身富贾之家，从小吃喝不愁，别的孩童弹的是石头，她弹的是金珠；别的孩童压岁钱是几个铜板，她的压岁钱是每年一间地段极好的铺子……

钱财的事姑且不说，就说宅里的事，她也是潇洒极了的。比如她爹只有她娘一人，并没有姨娘弟弟妹妹会来捣乱。她是家中独女，备受宠爱。祖父祖母不嫌弃，爹娘也不嫌弃。吃喝玩乐，山珍海味，她都满意得不行。这样一想，云照顿时觉得憋屈。

她到底是怎么被老天爷看中，要她再活一次的？

想来想去，她终于缓缓睁开了眼，明眸在月色下亮如皓月。缓缓松开手，一颗不过拇指大小的夜明珠与月色相映。

难道……是因为与陆无声的事未了？

想到这个遥远的名字，又想到与他的陈年往事，云照觉得唯有这个可能。

陆无声是大将军之子，和她青梅竹马，两家长辈也极赞同他们在一起。更重要的是，她喜欢他。陆无声有多喜欢她她不知道，但她知道，当年两人因误会分开，十年后再见，她未嫁，他未娶。

重逢那日，她犹豫着要不要问他当年的误会是怎么回事时，他却死了，而她也在他死去的当晚回到了十年前。

云照想着，翻了个身，握着儿时陆无声送给自己的小小夜明珠，眉头紧拧，想着那个男子，睡意渐起。

天穹云雾消散，隐入云端的银月露了尖，垂挂空中，与星光懒懒交映。

　

一早醒来，云照可不是被冷醒的。房中有个大火炉子，添足了柴火，烧得满屋如春温暖。哪怕她在藤椅上睡了一晚，也不会觉得冷。只是起来时腰酸背痛，像昨夜去扛了百八十斤的大石块。

她站在镜子前，看着下人为她穿衣梳理，一切都好似没变——除了年龄，整整小了十岁。

洗漱穿戴好，云照去跟祖母爹娘请了安，再同他们一起用早饭。

云家是富贾之家，但吃喝用度并不奢侈。只是今日不见早点，等了一会儿，下人才端了几碗粥来。云照一瞧，碗里尽是花生杏仁米这些，她皱眉问道："腊八粥？为什么喝腊八粥？"

云老太太笑道："傻姑娘，今日是腊月初八呀。"

云照恍然，云夫人摇头笑笑："你呀，日子都过糊涂了，你这个模样，陆家公子哪里敢娶……"

"咳！"云老爷重咳一声。

云夫人像是忽然想起来什么，便不提了。云照秀眉微蹙，这才想起来，十四岁的她，在腊月初一那日，和陆无声闹掰了。她回到家就将他的东西全部扔了，还跟爹娘说，再不许提他的名字，否则她就离家出走。

以前的自己当真幼稚任性，云照的脸一红，当作没听见。

只是本来两人约定等她年后及笄，他便来求娶，结果……世事难料。

不过陆无声到底能不能解开她的谜团？如果可以，那看来她得进行破冰之旅了。

"哎哟……"云老太太低声叫痛，捂着半边脸颊，满目苦涩。三人急忙问她怎么了，云老太太摆手，"没事儿，这杏仁没煮烂，硌牙了。"

云夫人拿了碗来看，那杏仁还是整颗整颗的，看着都觉得生硬。她未恼，云照先恼了："厨子呢？"

管家急忙跑去拽了厨子来问责。厨子进来，直接跪下道："是小的错了，粥快熬好的时候，才发现忘记放杏仁；又怕老太太老爷等得着急，所以就火急火燎地端来，谁想……竟没煮透，害老太太硌了金牙。"

老太太心善，也不责怪，叮嘱他下次小心，就让他回去了。

云照心里倒气不过："祖母，这下人做错事，就该罚的，不罚下回他还得忘。"

云老爷说道："你奶奶都不追究了，你来掺和什么？"

云老太太见儿子责备孙女，不高兴了，板着脸道："你吓唬云儿做什么？"

云老爷没有吭声，瞧了女儿一眼，这一瞧，却见她淡定地喝粥，按理说该朝他暗暗做个鬼脸的。他心中一瞬疑惑，收回心思又道："那让家里的大夫瞧瞧吧。"

云夫人说道："程大夫今日告假，不在家中。"

云照说道："等会儿我要出门，顺路去请北望街的宋老御医吧。"

宫中御医年老退居后，大多都是回老家颐养天年，但宋老御医仍留京师，就是想用这一身医术造福百姓，不浪费他毕生所学。所以寻他过来，也不是难事。

用过早饭，云照就出了门。

昨日她还没觉得自己矮了一截，今天从偌高门槛跨出，才觉得十年前的自己当真是个矮个子，难怪陆无声总要喊她豆丁，从三岁喊到十四岁，她一直想长得很高再使劲嘲笑他。

及笄后她的个头如笋拔高，再不是豆丁。可惜她十四岁就和他闹掰了，她长得再高，也嘲笑不回去。

重来一次，云照发现自己总是想着陆无声。大概是因为两人十年后好不容易重逢，他却突然坠崖死去，便多了几分感慨。

她摇摇头，不再多想，先去隔壁的北望街找了宋老御医，亲自送他上了马车，这才往陆家走。

云照刚动身就见一匹快马奔来，从她一侧驰过，扑了她满脸的尘。她皱眉看去，见马上那人衣着光鲜，腰间还佩着宝剑，看来又是哪个贵族护卫吧。不过跑得这么急，也不怕撞着人。她哼了一声，拍拍两袖，提步离开。

陆云两家隔了三条街之远，在京师，每条街道都宽如大道，说是只隔三条街，实则也有两里远了。走了半刻，云照才行至陆家大门。

陆家门庭宽广，门前石狮威仪霸气，形似府邸主人。陆家人做事并不张扬，这占了半壁街道的府邸实在与他们作风不同。但这大宅是圣上所赐，所以霸道些，也无人非议。毕竟陆无声的父亲是当朝大将军，战功卓著，是跺一下脚就能撼动朝廷根基的人。

云照站在陆家大宅对面小巷中，往那边打量了半晌，犹豫该怎么敲开这大门。她可没忘记，月初的时候才对陆无声隔空大喊"我再不要理你，有你没我有我没你，你再靠近我半步我就宰了你……"

云照抚额，自己当时是白痴吗？不过过去那么久的事还记得，也是挺稀奇的。她深吸一口气，慢慢吐纳，平复了心情，终于踏出一步。几乎是在她脚尖落下的瞬间，就见对面大门吱呀一声打开，云照的脚尖顿时如触熔浆，急忙收回，躲进巷子里。

那宽约一丈的大门被缓缓打开，一个小厮从里头跑出来，往左右瞧了瞧，回头说道："少爷，马车还没来，我去马厩催催，真是越来越不像话了。"

说罢他就跑开了，那敞开的大门前，站着一个十七八岁的男子。

男子长身玉立，面容俊秀，看起来像是书香世家的公子，而非武夫之家的孩子。他负手而立，面上映有寒冬的暖昧日光，远远看去，能看出几分柔光来。

云照趴在墙壁上盯着他看，以前就觉得他好看，现在仔细一看，还是觉得俊美非凡，十分养眼。

似是目光太过炙热，陆无声忽然抬头，往前面巷子看去，吓得云照猛地缩头，一脑袋磕在墙上，痛得她两眼冒金星。

小厮此时已经催了马车过来，见自家公子杵在门前不动，还往那空荡荡的巷子盯，便道："少爷，您该不会是又觉得云家小姐在偷看您了吧？"

陆无声微顿，小厮又道："云姑娘性格傲，应当不会再来了，而且她说的话那样过分，还那样对您，简直……"

陆无声偏头看他："多嘴。"

声音不重，但小厮立刻闭上了嘴，不敢再多言。

陆无声躬身进马车时，又往巷子那看了一眼，面虽无波澜，心中已是翻江倒海。那巷子不见人，可那影子，却在地面摇曳。倩影轻摆，随风送入心底。嘴硬心狠的丫头，到底还是又趴墙来了。

没跟陆无声碰面，倒是跟墙碰了个结实的云照揉着脑门往回走，懊恼极了。

路上她仔细想了一番，其实找不找他也无所谓，分离十年，她也一样过得很好，倒也没什么遗憾。而且如果解开了谜团，她就得回去，回到十年后的那个夜里。但那个夜里没有陆无声，因为他在那日白天就已经死了。想着，她的步伐渐渐放缓，焦躁的心一瞬平静，又轰一声在胸腔翻滚了起来。对呀……要是她回去了，那陆无声就真的死了。

她顿下步子，怔在熙熙攘攘的街道中央，行人匆匆掠过，她浑然不觉，脊背冷汗凝珠，悄然滚落。

云照捏了捏眉心，也罢，看在他以前对自己那样好的分儿上，就救他一命吧。再走一遍这十年已走过的路，总比她回去当晚就听见陆无声的噩耗好。

想到这，她的心情也轻松起来。

那与他再见面的事，也不必这样急。想罢，步子终于再次轻快迈出，往家中走去。快进家门的时候，她没忘记将刘海捋下一些，遮掩额上淤青，免得家人担心。

刚进家门，她就听见背后有人往这跑来，回头一瞧，见是自家下人，便道："这么急做什么？"

下人喘了几口气说道："那定北侯的夫人没了！"

商人要在京师扎根，将生意做大，逢年过节少不得要献礼给王侯将相。而京师但凡有一点风吹草动，都可能影响云家生意，所以云老爷吩咐过，城中有任何事发生，下人都须禀报。该送礼的送礼，该避开的避开，免得不小心得罪权贵。

那定北侯……云照记得是个脾气大而且锱铢必较之人，不过他常伴圣上身边，也是个在京师中说得上话的人。不过这不是重点，重点是……十年后的定北侯夫人，明明还活得好好的，怎么会在这个时候没了？

云照一时想不通这事，问："怎么没的？"

"听说是得了急病，定北侯派了府中护卫去请常给侯夫人看病的老大夫，谁料那老大夫竟不在家。护卫便去请别家大夫，哪想就差了那半刻，侯夫人就升仙了。大夫说，若早一些，侯夫人是有救的，现在定北侯都快气疯了。"

云照轻轻点头，摆手让他进去禀报她爹。她随后进了家门，走着走着，脚下猛地一顿，心头咯噔一下。她想起了她刚才为祖母请的宋老御医，又想起了从宋家出来时差点迎面撞上的快马。

难道侯夫人是间接因她而死？这怎么可能？

云照心里安慰自己不可能，但综合方才发生的种种线索，矛头全都指向自己。难道定北侯夫人之死，真的与自己有关？

她心中一瞬愧疚，但仍有怀疑。进了大厅，见下人已经详细地在跟她爹说这事，她便坐在一旁静听，没有出声。

因未提及老大夫是谁，云老爷也没多想。此时那宋老御医刚为老夫人看了牙出来，跟云老爷交代几句，就走了。

"云儿，送送宋老先生。"

云老爷见女儿坐在椅子上不动弹，又唤她一声。云照这才回神，起身送宋老御医出去。

到了大门，宋老御医要上马车了，她才上前一步，说道："先生，要是有人问您今日去了何处问诊，您就说您出门散步去了，可好？"

宋老御医不解问道："为何？"

云照也不知道为什么自己这么担心，只是未雨绸缪总不会出错，就又拜托了一遍，宋老御医这才点头答应。

第二章

又过两日，在天上挂了几天的烈日不见了踪迹，黑云压顶，似冬雨将要来袭。然而几天后不见雨水，倒是下雪了。

腊月初雪，不过半夜就把京城裹上了银装。瑞雪兆丰年，看起来明年将有好收成。

经营了七个茶园的云老爷放下心来，连看雪的闲情都多了几分。

下雪天，泡一壶热茶，和女儿一起坐在亭中赏雪，着实是一件美事。可这美事不过片刻，就被门外急迫的敲门声搅乱。

云照性子比父亲急，一听门上铜环被叩得乱响，当即皱起了眉头："谁呀，这样吵！管家，快去看看。"

管家忙过去瞧看，不过一会儿他就回来了，身后还跟了好几个掌柜的。掌柜们一进来见了大东家，就跪在雪地上，哀声不止。

云老爷见状不由起身："发生什么事了？"

"富贵酒楼被官府查封了，说我们做的饭菜吃坏了人。"

"八宝斋被封了，说我们卖假古董。"

"茶庄也封了，说茶里喝出了死人手指！"

……

云照吃了一惊："都是今天发生的事？都是官府查封的？"

六个掌柜齐齐点头："对呀！"

云照不得不吃惊，只因京师的官衙他们每年都花重金打交道，关系不差，但云家铺子接连被封，他们事前却一点消息都没收到。

云家是什么样的人家，她当然清楚，饭菜不干净、古董是赝品这些问题绝不可能出现。同一天被查封，没有半点风声放出，那只能说明一个问题——有人在对他们云家下黑手，那幕后人的权势，比府衙官员更大。

她不安地看向父亲，哪怕她已经长大成人，父亲在身边，也总要先让父亲拿主意。父亲在她眼中，如大山般可靠。

可如今云老爷眸光微黯，负手而立，也没说什么，只说道："我去一趟府衙，你们受惊了，都回去吧。"

"爹，我也去。"

云老爷看她一眼，笑笑说道："你留在家里。"

云照还想再争辩几句，云老爷淡淡地看她一眼，她才没再言语，只是默默送父亲出门。

载着云老爷的马车破雪离去，冲入凛冽寒风中。车上缨穗乱飞，迷乱人眼。

云照抱着怀中小暖炉，直至车子转过街角不见了影子，才慢慢收回视线，转身准备进去。

"云云。"背后传来的声音清冽沉稳。

这个唤法独一无二，这世上只有一人会这么叫她。她身形轻晃，微微屏气，回身看去，那白色台阶下站了一人。男子面庞清俊，即使没有明媚日光映照，也能看出几分温柔来。她抿了抿唇角，一时不知要怎么开口。

陆无声见她竟不朝自己扔东西再痛骂自己，心中一瞬疑惑，转瞬又想起正事来，一步跃上两个台阶，伸手抓住她的手腕，将她往下带。

握来的手冷冷的，云照蹙眉，有些不情愿地随他过去，可她料定他有事要说，也没拒绝。就这么一路被他带离云家大门口，拉进了巷子中。

陆无声早就做好被她粉拳乱捶的准备了，可没想到她竟乖乖跟他过来，还不恼怒。他越发疑惑，迎面站着，见她发上有落雪，抬手轻拂，又道："你们什么时候得罪了定北侯？"

云照一顿，忽然想明白了所有事："到底还是被他查出来了。"

她立刻将那日的事说了一遍，陆无声听了拧眉："倒也不是你的错，只是太过巧合，但……"

"但定北侯不这么想，他觉得是我们云家害死了他的夫人，所以报复我们云家来了，其实……"其实的确是她的缘故才让事情变成如今这般模样，还害死了侯夫人，但云照看了一眼陆无声，到底还是没有说她的事。

陆无声点点头，又道："定北侯来势汹汹，怕不会轻易放过你们。我已经让人送信给我爹，只是不知道赶不赶得上。"

云照知道陆无声办事素来稳重，可他也不过刚入仕途，在朝中说话并无多少分量，更何况对方是定北侯，就算为人再怎么骄狂，但过往功勋摆在那儿。再加上他的族人中也有在宫中为妃的，往皇帝耳边吹一吹枕边风，想拿下一个商贾有何难？况且陆将军远在塞外，远水救不了近火，到底还是得自救。

云照不再多留，想去寻几个能庇护云家的权贵，哪怕倾尽家产，也要熬过这一劫。她走了几步，才想起他特地前来，若是被人发现，也是间接得罪定北侯，便回头说道："谢谢。"

这两个生疏的字十分刺耳，陆无声未答，心知她还是恼他的，否则也不会说这种话。他看着她进了大门，也从巷子中穿出，打算去寻他的朝中好友，将定北侯拦下。如果定北侯逼得太急，那他就直接拜访侯府，暂且借他爹的名义震一震吧。只是如此一来，便会为陆家树敌，长远看来，也对云家不利。

他前脚刚走，后脚云家就来了消息。

云家院子悠长，云照连前院尚未走完，大门外就有人跌跌撞撞进来。她转身看去，是跟在父亲身边的小厮，她顿觉不妙，急忙问道："我爹呢？"

小厮着实被吓得不轻，声音都在发抖："老……老爷被官府的人抓起来了！"

云照愣了愣："他们为什么要抓我爹？"

小厮面色苍白，还没缓过神来："小的也不清楚，只知道老爷去寻他们说理，谁承想刚露脸，那李大人就说了句'谁让你惹了不该惹的人'，然后就命衙役将老爷捉了起来。"

云照眉头顿时拧成了川字，看样子定北侯不仅仅要对云家生意下手，还要对云家人下手。她心中已觉不安，问得母亲何在，听下人说是去外头游园去了，便唤管家来，让他拿着钱去看看能不能找人来疏通这事。她担心父亲在牢中受折磨，也去闺房拿了她的全部钱财。

贴身丫鬟喜鹊见了，问道："小姐这是要去哪里？"

"大牢。"

喜鹊脸色一变："那大牢是什么肮脏地方，小姐是姑娘家，千万不能去呀。"

云照哪里管得了那么多，也不听劝，取了钱就走。看得喜鹊跺脚，只好紧跟在身旁，又惊又怕。

到了府衙大牢，那牢头也不知道为何要关云老爷，上头只说要好好看管，没提其他的。这会儿收了云照给的钱，就睁一只眼闭一只眼让她进去了。

大牢阴暗潮湿，往深处走，两面墙壁角落都滋生着青色苔藓，散发着脏乱湿腻的气味。

云照只觉一切事情都变得乱七八糟，她只是去喊了大夫来为祖母看牙，却闹出这些可怕的事来。她到底要怎么做，才能挽回这个局面？

行了许久，衙役才在一间牢房前停下，说道："你只能待半刻，等会儿我来接你。"

"有劳了。"

云照的声音刚落，那牢房内就有人惊讶又着急地问道："云儿？你也进来了？"

云照心头咯噔一声，往铁牢看去，果真是自己的父亲。见惯了父亲闲庭信步宠辱不惊的模样，一瞬见他被困在这牢笼之中，形容不振，云照顿觉心头一痛："爹。"

云老爷见女儿不像是被押送进来的，多半是探监，倒放下心来，低声说道："云儿你怎么来了？快回去吧，爹很快就能出去了。"

云照见父亲镇定自若，原本还觉放心。可开口就说他能出去，却让猜出他被抓缘由的云照一惊："爹，是官老爷亲口对您说的？"

"对。"云老爷说道，"云儿，这事不能让你奶奶和母亲知道，今晚就寻个理由和她们一起去乡下避避，记得带多些钱。等过几天你们再回来，可好？"

突然明白父亲用意的云照两眼一湿："爹，我知道此事是定北侯所为，我也知道他不会轻易放过我们的。"

云老爷没想到她竟然知道缘故，不由一愣。见她紧抓牢笼铁柱，手背都见了青筋，明白她猜出来了。他叹了一声："云儿，我们害死侯夫人，他不会善罢甘休的。"

"所以您让我们去避难，想自己留下来扛下所有罪名，为侯夫人抵命是吗？"

云老爷没想到女儿突然就懂事了，他极力佯装镇定，笑道："爹不会有事的，只是怕吓着你奶奶和你母亲，她们胆子小，等过几天爹打点好上下，就接你们回来。听话，云儿。"

云照怔怔看着父亲，看得云老爷都知自己谎话连篇——定北侯来势汹汹，要将他置于死地，云家无权贵帮忙，定是死路一条。既然如此，就让他一人去死，保他家人安康。

云照深知久待无益，在京师定北侯虽说不是数一数二的人物，可好歹是个侯爷，要想弄死一个商人还不容易？她抹了泪，定声说道："爹，云儿会救您出去的。"

说罢她不再停留，转身便走。云老爷焦急，一直唤女儿的名字，可她却不回头，背影决然。云老爷心头一凉，女儿性子素来倔强，难道她要找定北侯拼命不成？

云照快步出大牢，将身上钱财全都给了牢头，拜托他善待自己的父亲，便回家去了。喜鹊焦急道："姑娘，您可不能冲动呀！"

冲动？云照没有资格冲动，只有悔恨和懊恼，还有被打乱的那些事也让她焦头烂额。

到了家中，还没进大厅，她就瞧见厅堂正有个人在踱步，一脸不安。管家见了她，快步过来，脸色并不太好："小姐，我按照您的吩咐去见平日交好的大人们，没承想全吃了闭门羹。"

结果在意料之中，云照并不意外。

父亲多在牢狱待一刻，就多一分危险。她努力镇定下来，想了想，转身又出了门。管家见了，忙问道："小姐去哪里？"

"去救我爹。"

管家不知道她有什么法子救人，只是她这话听来，总觉得有诀别的意味。

云照明白一命抵一命的说法，所以她想找到定北侯，用自己的命，去换她父亲的命，横竖她也多活了十年，也没什么可遗憾的了。她唯有一个想法——不要死得太疼。

云照前脚刚走，云老太太就从外头回来了，见她马车飞奔离巷，摇摇头，暗想等她回来，定要好好骂她一顿。还未到家门口，却见孙女的贴身丫鬟喜鹊没随同前去，心下奇怪，正要问，谁承想丫鬟的视线刚跟自己对上，竟瞬间变了脸色，还偏头躲避。

她眉头一拧，捻着佛珠沉声问道："发生何事了？"

定北侯府邸门前悬挂白绸，奠字灯笼与门庭白雪相映。雪惨白，衬得这灯笼更显凄凉。云照抬头看着那白灯笼，慢慢收回视线，往那威仪大门看去：地上纸钱满铺，像铺了一条阴间小道，透着阴森之气。

她上前叩响门上铜环，便有下人开门来瞧。云照说道："我想见你们侯爷，劳烦你禀报一声，你就说，我是云家人。"

下人点了头，关上门请示去了。这一去就是小半个时辰，门再不见开。

背后风雪呼啸，没有带暖炉又奔波了半日的云照只觉身上温度渐渐被寒冬卷走，越来越冷，摸一摸脸，面颊都冻得有些僵了。她往手里呵了口气，搓了搓手。不过片刻，搓来的暖意又被冷风吞噬。

又等了半个时辰，那大门才终于打开，下人见她还在，略觉意外，让她进去。

迈步过门槛时，云照才觉得脚被冻麻木了，走了好几步才缓过来。快到大厅，已见堂上坐着一个紧拥裘衣的高大男子。

男子闻声抬头，冷冷盯着她："你是云家姑娘？"

云照点了点头，前面静卧一口棺材，棺上插香，浓郁的香火气味在大厅弥漫，更让她觉得自己步入了黄泉路。

"你想为你爹求情？可一命换一命，天经地义。"

"您的夫人是因我而死，与我爹无关。"云照抬眸看他，目无惧色，"宋老御医是我做主请走的，您若不信，可以问问宋家邻居，还有接送他的车夫也能作证。"

定北侯目光冷冽："你为何要说出来？"

"因为我不能看着我爹死。"

"你说出来，便是你死了。"

"若能换我爹的命，让侯爷息怒，我也不算白死。"

定北侯没想到一个十四五岁的姑娘竟然能有这种气魄，一瞬赞赏，可想着妻子到底是因她而死，心中又恨了起来。

"本侯答应你，你若死了，本侯绝不会再追究你的过失。我可以容你死得体面，方法你定，但明日朝阳升起时，你必须死。你一死，我就放了你爹。"

云照知道没有跟他谈条件的价码，就算她先要求放过她的父亲，那在她死后，他要是气愤难消，还是能轻易将她爹抓进去。

"希望侯爷一言九鼎，不要食言。"云照知道自己威胁不了他，只能说道，"否则我做鬼也不会放过你。"

定北侯轻笑，忽然外面雪中剪影，一人快步进来。一身灰色披风落满白雪，身形一定，肩上雪已落地，是个面容俊气的年轻人。

云照见了他甚是诧异，他怎么来了？他定是不知道自己来这的，那就是说，他本来就打算来这，只是恰好碰见了？云照眸光闪烁，唉，陆无声……

陆无声拱手作揖，目不斜视，可身体已站在她斜前方，恰好挡住定北侯那充满恨意的双目："晚辈见过定北侯。"

定北侯打量他两眼，问道："原来是陆大人，你来这里做什么？"

陆无声说道："我去了一趟府衙大牢，听云叔叔说云云来了这里，所以晚辈也过来看看。"

定北侯神情微顿："云云？你与她相识？"

陆无声轻轻点头："非但相识，而且还打算年后定亲，说起来，也算是我的未婚妻了。"

云照微微睁大了眼，抬头看去，他侧颜俊朗认真，也不偏头看她。忽然明白过来他这是要救自己，还要救她爹。

可就算真的救下了云家，陆家跟定北侯的梁子也是结定了，他不会不知道后果，可他还是来了。

她方才决意赴死的时候，甚至没有想到陆无声。这十年来她已经习惯不再倚靠他，如今他站在她面前，为她遮挡凌厉冷箭时，她的心又一瞬间怦然疾跳。消失已久的爱慕之心，在这一刻，回来了。

定北侯面色已变，几乎是咬牙道："陆大人，你要想清楚后果。你今日认下这门亲，便是得罪我定北侯！我定北侯虽然权势不如你父亲，可也是根利刺，你确定要为一个卑贱商户来开罪本侯？"

定北侯的声音低沉，满含怒意，连云照都感觉出来了。她下意识地上前一步，紧紧捉住陆无声的衣袖，与他并肩而立，凝神盯着定北侯。

许是她在寒风中站得太久，此时贴身靠近，陆无声都没有感觉到她的暖意，反而扑来一阵凉意。他几乎忍不住要将披风解下，给她披上。

"这门亲事，在多年前，我父亲便同意了，只是她明年才及笄，所以等了这么久。"陆无声语调客气，与定北侯的腔调截然相反，"希望定北侯给我父亲一个面子，放过我未婚妻一家。她是无心之失，并非有意为之，还望定北侯能原谅。"

定北侯顿时冷笑："你分明是在逼迫本侯。"他目光灼灼，诸多思量下，终究还是不甘心地吼道，"滚！"

"多谢。"陆无声握了云照的手，便带她离去。

云照不敢相信云家竟逃过了这一劫，直到出了侯府，背后大门被狠狠关上，撞出巨大声响，她才将手从他手里抽出，拍了拍脸颊，是真的！

"为什么不来找我，你宁可死，也不来找我？"陆无声的声调不同于方才的平静，此时有了波澜。

云照微顿，坦诚道："我忘了。"

这个答案让陆无声意外，随即便是失落："忘了……你我分开十日不到，你就忘了。相识整整十年，你却用了区区十天就将我忘了。"

云照没有办法跟他解释这件事，他不知道，他们已经整整分开十年了。

她低头不语，一会儿才道："谢谢。"

"你不要跟我道谢。"陆无声神情淡然，不知道为什么她会跟自己生疏到这种地步，"云云，我没有跟别的姑娘有任何瓜葛，信我，不要再对我这样生疏。"

"嗯。"云照看他，她当然信他。当年她没有给他解释的机会，还以死相逼让他滚开，如今她再不会这样任性，"我先去大牢接我爹，这件事……我会寻你问个清楚，我愿意听你的解释。"

陆无声微觉意外，性子犟得不行的她，完全变了模样。他说道："我也跟你一起去。"

云照没有抗拒，有他在身边，着实安心。

侯府门前石阶长而宽，两人无言地并肩下来，天地间唯有风雪呼啸，缭乱人心。

白茫茫的雪中，一个姑娘踉踉跄跄跑来，几乎是跑几步就摔一跤。似乎是看见了要见的人，又加快了步子，快到云照近处，再次重重跌倒，终于哭出声来。

云照讶异看她："喜鹊？"

喜鹊一个哆嗦，哭道："姑娘，我错了，我不该告诉老太太大牢里的事，我错了……"

云照心头一沉，只听喜鹊大声哭道："老太太没了！她留了遗书，说给侯夫人陪葬，求定北侯放过老爷！"

陆无声愕然，再看身旁人，脸色全无，身子已往地上瘫去。他俯身一捞，将她捞进怀中，只见云照泪如雨下，颤声大哭："奶奶……"

第三章

云老爷被放出大牢，刚进家门就听说母亲自缢身亡，悲痛得立刻晕死过去。程大夫为他掐了好几次人中，才苏醒过来。一醒，便大哭，待听了缘由后，更是悲恸，觉得自己害死了母亲，罪不可恕。

云照也一直跪在祖母尸身旁边，任谁都扶不起来。云夫人在一旁直抹泪，不知为何她出门半日，家中竟发生了这么大的变故。往日笑语不停的云家，此时却被阴影笼罩，只闻哭声，不见人笑。

云照已经哭不出来，两眼哭得赤红，怔怔看着祖母。

祖母一心向佛，待人和善，是远近闻名的大善人。每每有灾民进京，她都要唤管家开粮仓派给灾民米粮。虽然云家的家底在京师来说并不算丰厚，但每次行善，都能看见他们云家人的身影。所以云照不明白，为什么她回来了，却害得祖母丢了性命。

哭了一晚的云照已经哭不出来，两眼红肿如核桃，怔怔跪着，脑子嗡嗡作响。

云家大宅哭声不止，满布阴云，里面的悲怆连站在门外的陆无声都感觉到了。

随行小厮见他一直站在大门一侧，不进去，又不走，脚下的雪都要堆到半腿高了，忍不住说道："少爷，我们回去吧，您在这儿，云姑娘也不知道呀。"

陆无声没吭声，只是眉眼微动，面色冷峻，小厮不敢说话了。

他倒是想进去，可他能以什么身份进去？但他又想，或许云照会出来散散心，那等她出来，让她一眼就能看见自己，或许多少会有些安慰。唉，能有什么安慰，他好像把自己看得太重了。

可无论如何，他都不愿走。

云照不知道陆无声在外面，就算知道，也提不起精神去见他。

入了夜，云夫人强打精神让下人备了食，一家人也没吃多少。云照吃了一口饭，愣是没咽下去，只觉得嗓子干疼。云夫人见她咽得痛苦，叹了一声，道："云儿，你先回房歇着吧，明早还要……"

明早还要继续操持老太太的丧事……云夫人将后半句咽回肚子里。

云照也听出来了，她看着原本该是祖母坐的此时却空荡荡的位子，眼泪差点又涌出来，点了点头，起身回房。

经过的院落冷冷清清，冷风灌入无壁遮掩的廊道，冷得人心无热意。

云照一步寸行，背影甚是寂寥悲凉，看得跟在身后的下人难掩痛色。喜鹊更是愧疚，若不是她……

云照进屋，忘了洗漱，径直躺下。下人见状，将暖炉烧好，就都退了出去。

过了半晌，觉察到不舒服，云照才醒来，方知自己竟睡着了。她默默起身，准备除去外衫，再上床歇息。

"姑娘。"像是听见房中动静，几乎在云照起身之际，外头就传来下人的声音。

"什么事？"

嗓音已是沙哑，云照下床去斟了杯茶，刚喝一口，就听见下人低声小心地说道："陆家公子在大门外守了半日，我们请他进来，他却说不用，还让我们不要告诉您。"

此时听见陆无声的名字，云照蓦地想到他死去那日的情景。那日她正在和掌柜们对账，突闻噩耗，她无动于衷。等对完了账出来，走着走着，便觉面颊冰凉，抬手一摸，手上已沾了泪。原来她还是很喜欢陆无声的，哪怕是十年未见，也还是喜欢他。

想到祖母，想到陆无声，白日干涸了的泪，又忽然涌出。她低头抹了泪，提步往外走。她想见他。

入夜，寒风肆虐八方，席卷这晦暗天地仅剩的温度。在外面久站的陆无声已觉脚底寒凉，身体更觉冰凉。云家大宅也已经冷清下来，他拍去肩上落雪，打算回去，明日再来。

忽然那寂静大宅传来轻微的脚步声，他侧耳倾听，脚步很轻，很快，也很熟悉。那脚步声声入耳，步步叩入他心底。

大门一开，他就随着开门声响唤道："云云。"

云照微怔，没有下台阶。她总觉得按照如今的进程，他终有一日还是会死，所以每靠近他一步，就如同在她的心口上扎一把刀。

既要别离，何必相守。

陆无声见她怔然不语，正要上去，就见她双目一瞪，几乎是喝道："别过来！"

他愣了愣，不知道为什么她突然又厌恶自己。

云照觉得自己来见他，简直是疯了！她猛地转身，往回跑去。从今日起，就彻底忘了他，不再与他有任何瓜葛，如此一来，日后就不会难受了。

可跑得越快，她就越是心虚。灯火不明，脚步急切，一个趔趄，脚下急滑，冲劲将她整个人都掼在地上，跌进雪地里。她勉力撑手起来，却觉心口疼痛，痛得不同寻常。

她好似想起了什么，伸手抓住脖子上的红绳，慢慢提起。夜明珠也随之露了真颜，如雪透亮。

这夜明珠不大，并不算珍贵。那时他在手中把玩，她看着喜欢，背身的陆无声没瞧见，倒是陆伯伯见状，提了一句，他便立刻送给了她。哪怕他自己也很喜欢，也没有流露半分不舍。她如获至宝，寻了工匠将它扣入红绳中，一直不曾取下来，哪怕她最气恼他的时候，哪怕是十年后。

她想将珠子扔了，可此时珠子光泽竟亮如灯火，渐渐由黄至白，直至变得刺眼。她惊愕地看着，一时忘了膝头疼痛。

她好像在哪里见过这种白光。

对……就在她回到十年前的那晚，陆无声死去的当晚——她紧握夜明珠，蜷在被子里，看着它入眠。

然后……她就回到了十年前。

她心头猛地咯噔一声，就在似要解开谜团之际，夜明珠突然散发万丈光芒，照得夜如白昼。

"咚——"

"姑娘？姑娘？您可是醒了，可要添些炭火？"喜鹊的声音当真像喜鹊，叽叽喳喳的，一直钻入她的耳朵里，挠得有些痒。

云照翻了个身，觉察到身上温暖，探手一摸，就摸到了柔软的被褥，舒服极了。她呢喃一声，忽然觉得不对劲，蓦地坐起身，身上被褥悄然落地。

她诧异地看看左右，这分明是自己的床。抬头往外看去，月光稀薄，但也能看得出这就是她的闺房。

难道她刚才做梦了？

云照一瞬欢喜，那祖母也没有死呀！她立刻俯身去找自己的鞋，恨不得现在就跑到祖母的房中见见她，再跟她说说方才这诡异的梦。

手指传来轻微触感，正是鞋子。她拾起便要穿在脚上，片刻手指就僵住了。

屋外月色稀薄，但星光璀璨，此时从床上探身出来，已能将屋内的东西看个仔细，而手中的鞋子……很小。

"咚——"

鞋子从手中剥离，掉落地面，叩出两声闷响。云照抬手颤颤巍巍摸向自己的脸，软而圆润，并不是成年后的她。

原来方才才是做梦。

云照神情失落，呆坐在床边，怔怔看着地上翻转的鞋子。视线微微收回，便看见她的脚，白净而又细嫩，是少女的脚。她往后倒身躺下，心情如坠地狱，瞬间没了气力。

"姑娘？姑娘？"许是不见回应，门外人嘀咕道，"估摸又是在说梦话。"

声音很轻，但云照还是听得一清二楚。她缓缓睁开眼，白日喜鹊哭成泪人，嗓子都哑了，可这会儿听来，却如往常清脆俏皮。

她慢慢坐起身，连鞋也不穿，动作突然快了起来，几乎是刹那就跑到门口，一把将门打开，着实将守门的下人吓一跳。

喜鹊自小就跟在她身边，少了几分主仆间的拘谨，这会儿不由嗔道："小姐呀，您总这样毛毛躁躁的，夫人又该说您了。哎呀！竟然连鞋都没穿。"

喜鹊脸色一变，半推半劝送云照回屋，又急忙找了条毯子给她裹上脚。

云照看着未穿丧服的她，又瞧瞧外头廊道，并没有挂上丧事白绸，愣了片刻，抓住喜鹊的肩头就问："我几岁？"

喜鹊哭笑不得，见她认真，才答道："您十四啦！再过一个月就及笄了，可以梳漂亮的发髻了。"

云照咋舌："那……那今日是几月几日？"

喜鹊觉得等会儿她该去请程大夫过来给小姐看看，不对，程大夫有事出门，不在大宅。她回了神道："已过了子时，今日便是腊月初八了。"

话落，喜鹊便瞧见自家姑娘神情怔然，像是没了魂般，她觉得不对劲，要起身去告诉夫人。谁想突然听见云照朗声大笑，是发自肺腑的哈哈大笑，从未听过她这种笑声的喜鹊吓蒙了。

"姑娘，您别吓我。"

云照却抑制不住心中巨大的欢喜，只因她明白了一件事——她又回到了十年前，十年前的腊月初八！

　　这个时候祖母没有死，他们也没有得罪定北侯，一切的一切，都回到了原点。

　　原来这两次她都不是"重生"在十年前，而是回到了十年前。

　　那如今的她，如同神灵附体，知道了许多人不知道的事。

　　喜鹊颤颤地看着还在笑的自家姑娘，真觉得她该找的不是神医，而是道士！

　　"喜鹊，你去一趟厨房。"

　　喜鹊回神："啊？哦哦，姑娘您是饿了吧。"

　　"不是。"云照拍拍她的肩膀，两眼弯弯，明眸里是藏不住的浩瀚星月，"你去告诉厨子一声，让他把粥熬烂一些，尤其是杏仁！"

第四章

腊八粥熬得很烂，香甜无比，入口即化，云家老太太喝了两碗，称赞不已：“老了，牙口不好，这粥熬得烂，甚好。”

云夫人笑道：“听说是云儿特地吩咐厨子煮烂些的。”

云老爷皱眉：“倒是奇怪，你怎么管起厨房的事来了？”

喜得一夜未眠的云照现在神采飞扬，禁不住笑得神秘莫测：“怕厨子没把粥煮烂，硌牙。”

云老爷瞧她一眼，不知道女儿怎么这样神秘。

云照心情颇好，一口气吃了三碗，等起身时才觉饱腹，便准备去外头散步，还有找陆无声。既然一切都能重来，那就没什么可怕的了。

“云儿，”云老太太唤住她，“今日看着天气不错，等会儿你陪奶奶去万山寺上香吧。”

云照微顿，她努力回想当年的腊月初八所发生的事，免得重来一遍又将一手好牌打烂。但毕竟年代久远，不太记得当日家中有何事发生。按她第一日出现的事来看，祖母是一定会被杏仁硌伤牙的。

那……现在祖母安然，又转而去上香，应该不会有事吧？

云照心中已连连摆手，这能有什么事，不就是上香嘛，便欣然答应，商定了半个时辰后回来，这才出门去找陆无声。

若说“前几日”去见他，云照还觉得别扭犹豫，如今不会了。她只怕自己突然大大方方地出现在他面前，会让他觉得自己被妖怪附体，竟然不生他的气，还要和他和好。

快到陆家大宅，云照的手心渗出点点细汗。她掐算了下时辰，他约莫快要出门了，等一会儿她要跳到车前，不管他如何诧异，她都要将他拉下车，表明心意。

心下想着，正要从大路进巷子，忽然听见有人唤她：“云姑娘？”

云照偏头一瞧，一个十七八岁的年轻人已在半丈外，脸上满是意外，像是对她出现在这里十分惊奇。

她当然知道他在惊奇什么，只是淡淡地打招呼："宋公子。"

宋有成几步上前，问道："你怎么到这里来了？难道……你想去找陆兄？"

"是，我要去找他。"

她语气坦然，更让宋有成奇怪，连连将她打量了好几眼："你前几日还跟他说要恩断义绝，你难道忘了他拥着别家姑娘的事了？"

云照没忘，她恼陆无声，不愿再见他，是因为那日看见他拥着一个娇媚姑娘同行。那时她还觉得他定是有什么缘故，前去问他，他却不在家中，便去信一封约见。谁想他回信说不见，甚至没有半分解释。

但照"前几日"来看，陆无声哪里是那种寡情之人？这当中，定是有误会。所以她愿意听他解释。

谁想刚到这儿，就碰见了宋有成。宋有成是陆无声的同窗好友，更是那日为她送信并带来回信的人。

宋有成说道："陆兄今日不在，我刚去过，他恰好外出了。"

云照微顿，抬眸看了看他。如果是以前，她肯定信他，可她掐算了下时辰，比起上回她过来，还早了一刻，那才是陆无声出门的时候。所以……可宋有成为什么要骗她？

"刚出去呀，那我改天再来。"云照走了几步，又顿足回头看他，"可宋公子不是从东南方向来的吗？那好像是正要来陆家的路吧？"

宋有成笑笑："本来走开了，可瞧见你往这走，就跟了过来。对了，今日日光正好，又逢百宝楼添了新菜品，不如去品尝品尝？我可没忘记，品茗佳肴可是你的兴致之一。"

云照一时对他"阻挠"自己和陆无声见面颇为好奇，也不去找陆无声了，时日悠长，她也不必急于一时。

她刚和宋有成离开，陆家大门吱呀一声打开，出来一个面容俊秀的十七八岁的男子。

一个小厮随后从里头跑出来，往左右瞧了瞧，回头说道："少爷，马车还没来，我去马厩催催，真是越来越不像话了。"

陆无声负手而立，目光往对面巷子那儿看去。果然还是不见她的踪影，那个平日总来趴墙的小姑娘。

阳光明媚，寒风轻扫，照得地上的人影摇曳，却摇出几分萧瑟来。

“公子，马车来了。”

陆无声回了神，点头：“去万山寺，见蔺大人。”

腊月初八，连百宝楼送的甜点，都是由几种谷物豆类制成的。云照尝了两块，果真是百年老店，做的新品从不会让人失望。

“我就知道你喜欢吃这些，吃多一些。”宋有成提箸为她碗里又添一块，才道，“所以我常去各家酒楼，看看有没有什么新菜品。”

“难怪隔三差五你就寻了我和陆无声去。”云照吃了一口，满嘴清甜。等他为自己斟茶时，才忽然察觉到了不对。

宋有成这话听起来就不对。她抬眼看了看他，只见对面男子目光殷切，含着莫名的炽热，看得她脑中灯火呼地一亮，喉咙里的糕点立刻有些难咽了。她怎么就这么傻，这宋有成分明是喜欢她！

宋有成是陆无声的同窗，算起来跟她相识也有八年光景。出门同游，夏日为她带伞冬日便带小暖炉，哪里有了新菜肴，总是立刻前来告诉她。去远处游学，也会带些当地好玩的东西给她。

她一直当他是兄长，也一直以为自己在他眼里是妹妹抑或好友。可如今她已非小姑娘，这种眼神一眼就被她看穿了。想到默默承了他这么多年的好，云照心中百感交集，喉中糕点，真要咽不下去了。

宋有成见她面色不对，轻声问：“云姑娘，怎么了？”

“没什么。”云照深知不能跟他有纠缠，她想嫁给陆无声，那就不能跟他的同窗好友走太近，否则像什么话？她喝了一口茶润了润口，说道，“我还得陪我奶奶去庙里烧香，我先走了。”

宋有成当即说道：“可你还没有品尝菜肴。”

“不吃了。”云照要走，余光见宋有成神色落寞，欲言又止的模样，突然觉得自己这样一走犹如藕断丝连，倒不如一刀斩断，让他不再有念想。

宋有成见她坐下，便又高兴起来，一张并不算俊气的脸光彩耀人。

云照像是下了决定：“宋公子，其实我不是要和我奶奶去寺庙，而是想去找陆无声。”

宋有成顿了顿：“我以为，云姑娘会跟别家姑娘不同……你曾说过，你不喜男子三妻四妾，要寻个你爹爹那样的人。可没想到陆兄同其他姑娘有染，你也不介意，还想着回头？”

“这其中定有误会，”云照说道，“所以我打算去找他当面问清楚。”

宋有成忽然面有嫌恶："可是他不是回信与你，说不喜胡搅蛮缠的你，要与你断交吗？你今日还去找他，这是将自己作践到了什么地步？"

云照微觉诧异，宋有成的脾气她倒也知道，十分腼腆，从不出恶语，可现今却跟她认识的那个宋有成大相径庭。她明白过来，这是忌妒和……吃醋吧。

"有些事我不便和你说，但我相信他，这里面一定是有误会。"云照见时辰不早，要陪祖母去万山寺了，便起身告辞。离别之际，只见宋有成脸色阴沉，又颇无奈，现下心有愧疚，只怪她一直没发现他喜欢自己，没有及早断了他的念想。可谁让她这么多年来眼里只有陆无声一人，看不见别人的好呢。

从酒楼出来，她看看时辰，来不及去找陆无声了，而且她也不知道他今天出门是去哪里。算了，还是先回家，陪祖母去万山寺吧，等拜完了佛祖，再下山寻他。

万山寺在皇城四里外的高山上，山高百丈，寺庙在半山，终年白雾云绕，似有神明庇佑。又传这里所求灵验，所以香火常年鼎盛，烟火可与山间白雾比拟。

云照不爱爬山，总觉得累得很。以前爬过一回，登顶尖峰，放眼山峦，见了朝阳，心里却全无波澜，只觉四肢疲累，想到下山的路就全无兴致观赏，唯有懊恼。至此，她再不去爬什么高山，陶冶什么情操。

这回也是，爬到一半她便喊累，后悔来了这儿。可云老太太精神抖擞，又觉得来拜佛当然得携诚心前来，并不喊停。见她实在累得不行，才道："你走慢些，不耽误事。"

云照真想就这么滚下山回家得了，可祖母一说，只好硬着头皮答应下来，带着喜鹊眼巴巴看着他们一行人先走，自己再像牛那样慢吞吞上去。

走了十余阶梯，云照趁喘气之际，想起一事来，说道："喜鹊，以后没有我的吩咐，你不可以将我的事告诉任何人，就算是祖母、爹娘都不行。听见了吗？"

喜鹊不知为何她突然提这事，惊得捂了嘴道："姑娘，我没有跟任何人提过您的事，也不敢提。是不是谁嘴碎，说我外传了您什么事？"

云照看喜鹊一眼，如果不是喜鹊嘴快，那"上辈子"她的祖母也不会自缢身亡，迫使她不得不重走一遍腊月初八。她虽是无心之过，但为了避免日后再发生这种事，她还是要交代一句。她不知道自己能回去几次，但既已发现羊圈破损，还是要及早修补，才不至于再发生类似的事。

"没人嘴碎，你记住就好。"

喜鹊心有怀疑，但还是认真应声。

云照交代了这句，才觉浮沉几日的心稍稍安定下来，继续提裙往上走，只是步伐依旧缓慢。

"姑娘，"喜鹊抬头往上面看，"那位是陆家公子吧，小姐要不我们走慢一些，免得碰面。"

她一心为了自家小姐着想，谁想云照瞧见陆无声，两眼一亮，原本慢如爬虫的速度突然就快如飞鸟，一步两个阶梯往上跨，看得喜鹊差点没晕过去，跟在后头又羞又急："姑娘！姑娘！小碎步，小碎步呀！"

可云照哪里听得见，疾奔而上。

陆无声步伐不快，刚跟云老太太打过招呼，深知云照不喜登山，所以也没想她会来。这会儿听见脚步声，熟于耳中，心头一动，转身看去，就见她提裙疾走，动作快得像乘云前行。

多日不见，她还是一如既往有神采。

他不由摸摸自己的脸，瘦了。

没心没肺的丫头，十年情分，说断就断，说放下就放下，说高兴就高兴，连个伤心难过的过渡也没有。他没有挪步，就挡在中间瞧她，她要是不看路，就得撞着他。那他至少就有理由跟她说几句话了，不过估摸她开口就会骂人，骂他太瘦了，一身骨头硌疼了她。她可不就是这么个任性无理的人？

石阶悠长，两边人海如潮，逆向翻滚。那披着红色披风的姑娘快速穿过人群，脚步声听得分外清楚。陆无声此时才明白什么叫作千万人中唯尔在心，明明有那么多的人，自己还是立刻就听见了她的脚步声。

还有五步她就要往他这儿撞来了，陆无声仍是不动。仅剩一步时，她突然停下步子，只扑来一阵风，陆无声略觉失望，正要让步，她蓦地抬头："陆无声。"

他微愣，看着额上渗出细汗的她，差点就抬手为她抹去。他点头："嗯。"

有了"前几日"的相处，云照全然没了扭捏姿态，定声道："我有话要跟你说。"

陆无声非常意外，不知道为何她突然变了性子："你说。"

"我……"

"云儿。"云老太太方才见了陆无声，心就高悬在那，生怕孙女碰见他，便时而回头瞧看。这会儿见两人竟真碰面了，心头一紧，就怕孙女尴尬，急忙回身。

云老太太脚步急切，差点没摔着，吓得云照急忙去扶，转而对那还愣神的下人们瞪眼，"怎么不扶着，摔着了怎么办？"

下人急忙过来扶，老太太摆摆手："你这脾气呀，真该改改了。"

"不改，哪里需要改？"云照嘀咕一声，又看了看陆无声，没有吭声，等快擦肩而过时，才凑近了脑袋低语一声，"去了寺庙再跟你说。"

姑娘长发垂落，随风轻拂在少年光洁的脖子上，撩得他脖间微痒，缓缓回头，寒风中余留姑娘身上独有的清香，只见倩影。

小厮见他神情怔然，心中替主子不值："那云姑娘当少爷是什么人了，喜则来，不喜则弃。前脚刚给您来了封断交书，后脚又要跟您说悄悄话……"

"阿长。"

声音冷厉，如夹冰带霜，扫了阿长一脸冰渣。阿长艰难一咽，抬眼看自家少爷，却见他面色沉冷，不由腿软，先自扇了自己一个嘴巴。

"今日你不必跟着我了，就在这儿站着吹吹山风吧。"少爷恼了他。

阿长苦不堪言，只得乖乖站着看他离去。寒风冷冽，他边拥紧大衣边想，这云姑娘真是个妖精，完全将他家少爷的心俘获了。

禅院深深，寺庙周围的竹林在冷冷寒风中簌簌作响，劲风掠过，枯叶飘飞。

云老太太进了寺庙，就拜佛了，等下人放好蒲团，她才发现旁边空落落的，她那宝贝孙女竟不见了。问了嬷嬷，嬷嬷苦笑："姑娘她说肚子不舒服，一会儿再来。"

"该不会是……"老太太也不愚笨，猜想她应该是去找陆无声了，刚才的苗头就有些不对。现在的小姑娘呀……老太太摇头笑笑，倒有些轻松。

云照的确是去等陆无声了。

她抱着小暖炉站在寺庙入口旁的大石头旁，借巨石挡住迎面而来的山风。风太大，她稍一探头，青丝便被吹得凌乱，这样一来她就不敢多瞧了，生怕自己变丑。等了半刻，她紧盯陆续过去的人海，瞪大了眼睛找陆无声，可他还没来。还没来还没来，云照恼得跺脚，真慢。

又过片刻，不愿让云照尴尬而有意放慢脚步的陆无声终于踏入寺庙入口。刚要从那巨石边掠过，就觉察有劲风冲来，他蓦地转身，速度太快让云照始料不及，着实被吓了一跳。

她眉头一皱，抬手就捶了他一拳，恼道："我等了你半天，要冷死了，还吓唬我。"

这一拳很轻，不痛不痒，可绵绵一拳，却是重重敲在陆无声的心头上。他抬手轻撩她被吹成一撮一撮的刘海，一缕一缕拨顺。

云照没有拨开他的手，微微低头，让他理顺那麻烦的刘海。她以前还想，等到她及笄，她要把额头的发全梳进辫子里，就不怕风吹了。现今她不想了，因为有人会帮她理顺。

石头后面没风，看着理顺的发服服帖帖的，没有再乱蹦跶，云照这才抬眼："我有话要跟你说。"

陆无声看看往来的人，示意她往竹林里走。竹林人烟稀少，但能听见外面动静，陆无声没有继续往里面走，颇让云照安心。她喜欢的男子，果然不是会趁机做坏事的人。只是她要说的话有很多很多，就怕有人会过来，打断她说话。想着，她又抓了他的袖子往里带。

林中深处，只有飞鸟过境的声音。

陆无声由她带着，将她的背影看得一清二楚。外面的声音几乎听不见，云照才停下来，认认真真看他。陆无声伫立林中，也默默看着他心仪的姑娘。

"陆无声，我就问清楚两件事。"云照已经浪费了十年光阴，不想再多浪费片刻，单刀直入地道，"上个月你是不是拉着个小姑娘的手进了万宝斋买首饰？"

陆无声微愣："你是因为这件事对我有了误会，所以恼我，不愿听我解释？"

云照差点跳起来："我哪里不听你解释，是你不肯见我，还给我写绝情书！"她几乎是骂了出来，心里憋屈得不行，可到头来发现当面对质，她的心反而痛得厉害。

陆无声见她眼已经红了一圈，缓声道："我那时候想见你，并没有给你写绝情书；可见你不成，反而还收到了一封你给我的绝情书。"

寒风过境，拂得两人心如冰封。四目相对，一瞬间没有任何解释，但已然在这寥寥几句中，明白了一切——他们两人，被人挑拨离间了！

第五章

云照愣神，有些难以置信："我没有给你写绝情书，可你分明给我写过，上面的字迹是你的，我总不可能将你的字认错。"

"我收到你的信时，也怀疑过真伪，但你执意不见我，那字迹也的确是你的。"

云照愕然，脑子已经乱了，忽然察觉到眼前人又向她走近一步，她抬头看去，下意识要往后退，却被他握住了手。久在山风中站立，又无暖炉护手，这握来的手很凉。云照没有挣脱，她的手很暖，总想渡些暖意给他。

"云云，你还不明白吗？当时是谁主动在为我们联络彼此，又是谁亲口对我们说下那些话，又是谁来为我们彼此送来信件？"

云照脱口而出："宋有成？"

陆无声重重点头，他一点也不愿怀疑同窗好友，但事实摆在眼前，由不得他不信。

云照忽然想起方才宋有成在酒楼对她说的话，这一切串联起来，没有一点破绽。当初是宋有成约她去新开的书铺说里面有她一直在找的书，可到了那，却看到陆无声和一个姑娘进了隔壁首饰铺。她在气头上想要当面问清楚，却被宋有成拦住，说她贸然过去质问会毁他名声。她也觉得不对，打算等陆无声回家后另约出来。哪想宋有成去约，回头却告诉她陆无声不愿见她。她恼得不行，但心中恋着他，跑到他家门口去找他，他却不见。她那时仍觉得其中定有误会，可突然就收到了他的断交书，言语冷漠，令人惊奇。

如今当面说清楚，云照才知道是宋有成捣鬼。也就是说，陆无声没有给她写过那封信。

她的心还未完全融冰，仍有一事放不下："就算这一切都是宋有成从中作梗，可你牵着那姑娘的手进首饰铺子，是我亲眼看见的，这件事他总不能操纵你。"

陆无声摇头："那是我堂妹，而且我不是牵着她的手，是在用帕子给她捂住受伤的手。进那铺子，也是因为那掌柜是我爹的好友，附近没有药铺，只好先进去找他拿点药疗伤。"

云照满脸讶异，还有些不信。

陆无声想到误会缘由，眸光微黯："那日她从外地来我们家探亲，我去接她，谁想路上突然冲出个醉汉，伤了她。当时见那醉汉跑得快，我还奇怪为何他已经喝醉，跑得还那么快，如今看来，也是有人有意安排。而我堂妹寄信来的时候，宋有成正好在我家中做客。"

"没想到竟然会是这样……"云照怔神，她当时恼怒陆无声，每次他来找她，她都让下人回绝。

直到半年后，陆将军远征，陆无声也随大军离去，整整十年，都镇守边关。直到十年后回来，两人刚见面，却又阴阳两隔。想到那"过去"十年，云照眼眶已然有泪。哪怕当年她给陆无声一次机会，亲口听他解释，也不至于变成这样。

陆无声以为她会跳脚大骂宋有成，冲下山去揍他一顿，可她神色忧伤，默然不语。刚要问她，就见她身体往他倾来，伸手抱住了他。温软的身体伴着一阵风扑来，着实让他愣了神。

"对不起……"云照哽咽，从小爹娘就说她脾气犟得太过了，以后总要吃亏，她没有放在心上。她还想，这哪里是会吃亏的性格，爹娘也看走眼了。殊不知，原来早在十年前，她就已经吃亏了，她却还洋洋得意了一生。

"陆无声……对不起。"云照眼睛酸涩，眼泪啪嗒滚落。

陆无声怔了怔神，伸手将她环住："云云，以后我们再不要怀疑彼此，哪怕发生了天大的事情，我们也一定要见一面，当面说清楚。"

"不会再有这种误会了。"云照从他胸膛前抬起脑袋，眼已经哭红了。

能不顾危险到侯府救她的人，等她十年的人，她再也不会因为那种可笑的事怀疑他。被人挑拨离间，不正是因为自己的性子被人吃定，才被那人钻了空子吗？

"云云，等下了山，我们一起去找宋有成。"

"这也是我想的。"云照抹了泪，脑袋一埋，又埋进他结实宽厚的胸膛中。

陆无声抱着她，也默然不语。耳边是竹叶拍打的交错声，怀中是自己的意中人，这种安宁和满足，是当初金榜题名时都比不了的。

突然这寂静林中，冒出丝丝不同寻常的异样声响。他神色微顿，往视线所及的地方一一巡视，神情愈发严肃。

他的身体微僵，连云照都察觉出来了，松了手问道："怎么了？"

陆无声想让她先走，但四面八方都是来人，根本没有一个缺口。正因为如此，他才觉得不对劲，如果只是路过的人，根本不可能这么密集地前来，而且这样小心翼翼，像是不愿被他们发现一样。他已然察觉到不对，右手将腰间匕首摸出，把云照拉到身后，低声道："找到机会，就立刻跑。"

云照喉咙顿时干涩，这种气氛实在很不妙。

似乎那些人也感觉出这边的人已经进入戒备状态，连动静都大了些，几乎是四面同时响起竹叶被踩踏的沙沙声，迅速往这边奔来，从那幽深竹林中，露出了狰狞面目。

一个个劲装黑衣人手持长剑，瞬间就出来二十余人，将二人围困在中间。

原本以为是哪家高手的云照瞧着他们手中长短不一各式各样的兵器，心下略有迟疑。每个门派都有每个门派的特点，兵器同理。但这些人用的兵器各不相同，可见不是出自同一个门派，这又是在山上，那最大的可能就是……山贼。

"我给你们钱，但不要伤及我们的性命。"云照立刻将钱袋取下，今日没带太多钱，恐怕他们要翻脸，她硬着头皮将钱袋扔到他们脚下。那人低头看了看，眉峰戾气一抹，看得云照揪心，果然是嫌少。

她还想再跟他们周旋，可那些人明显不耐烦，提着兵器刺向他们。

云照从未见过这么多刀剑，一瞬有些愣神。长剑几乎到了鼻尖，便听见嘶的一声，硬生生被一把匕首推开了。

陆无声几乎是以她为一个圆心，在她的周围挡着不断刺来的刀剑短刃。满眼的刀光剑影，满眼的陆无声，云照额上渗出冷汗。

对方人多，她看得出来陆无声已经渐渐吃力，手上身上的衣服也被划破十余道，可她却毫发无伤。

终于察觉到死神近在眼前的云照，想去喊寺庙那边的人。可刚一动，就被人看出破绽，不但被割伤了手臂，还累得分神的陆无声也被刺了一剑。云照惊得不敢乱动，唯有大声喊救命。但这里离寺庙颇远，哪里有人听得见。直至嗓子喊得生疼，也不见人来。她以为过了很久，实际上不过是片刻之间的事。

"嘶——"

剑划破竹林清静，混着碎衣削骨的诡异声音在林中飘荡。血溅三尺，拍在云照的面颊上，她嘶声喊道："陆无声！"

她猛地冲上去，也不知道是哪里来的速度和力气，竟然能在刹那抓住一柄掉落的剑挥舞出去，将那山贼逼出半丈。等她回头，却见陆无声捂住心口，可五指压得再紧，也遮掩不住那指缝中溢出的血。

她顿时红了眼，双手握剑要冲出去，却被陆无声一手抓住："云云。"

这样冲进那二十几个黑衣人中，只会立刻毙命。云照明白，陆无声更明白，所以哪怕只能护她多活片刻，他也要拉住她。

云照看着又向他们逼近的人，傲气了一世的她，跪在地上颤声："我求你们，放了我们，我可以给你们很多钱，杀了我们，你们就什么都没有了。你们不是山贼吗，山贼不是求财吗？我可以……"

"他们不是山贼。"陆无声紧紧抓住她的肩头，将她硬拉起来，不愿看着骄傲的她这样跪求别人。

云照愣神，几乎是在那一瞬，余光便见利剑冷冷地穿过陆无声的肩胛，骨头似在耳边破碎。她顿时失神，抓住锋利剑刃，眼泪滚滚滴落，竟凭自己的力气将剑拔出。

陆无声的衣裳被血染透，云照的手也全都是血。她一点也不觉得疼，眼前无数刀剑向她刺来，落满云照眼中。她惊愕又绝望，忽然有人为她挡住了那些冰冷利刃，又落了满耳撕肉劈骨的声音。

血缓缓淌落，沾了她满手满身。她再控制不住，抱住那为她挡剑的男子，失声痛哭："陆无声！陆无声！"

陆无声尚有一丝气息，他微微睁眼，眼里俱是懊悔和遗憾："云云……"

嘶——话没说完，又一剑刺来，当着云照的面，斩断了陆无声最后的生机。

"陆无声！"

陆无声死了，云照得救了，虽然受了重伤，但好歹被听见动静赶来的僧人香客救了下来。云老太太吓得不轻，听见消息没晕，等瞧见孙女还活着，反倒晕了过去。

此时云照正坐在禅房中，喜鹊和嬷嬷给她上着药。喜鹊边上药边哆嗦，好几次都要把药戳进伤口里去，看得嬷嬷心惊胆战，骂道："小心点，别抖啊你。"

"嬷嬷你……你也一样在发抖啊。"

嬷嬷这才发现原来自己也吓得不轻，极力镇定下来，又道："简直是见鬼了，这山上竟然有山贼。"

"可不是……"喜鹊还想说什么，忽然想到陆家公子死了，立刻示意嬷嬷不要再说。

嬷嬷也明白，再偷偷瞧自家姑娘，整个人都呆在那儿，也不吭声。这伤得这么重，上药的时候总该喊两句的，可她却连眉头都不皱一下，整个人都似没了魂。她有些担心，低声唤道："小姐，小姐？"

云照没听见，脑子里全是血淋淋的场景，那血，都是他的。那是些什么人？为什么会出来杀了陆无声？如果按照最早的十年前来推论，陆无声在寺庙是不会死的。难道又是因为她做错了什么？如果真是十年前的话，那她不会去寺庙，陆无声却还是会上山来，也能安然下山。所以果真还是她的问题，是她把陆无声拉到了那个无人的竹林中，才被贼人寻了机会下手？陆无声说他们不是山贼，那他们又会是什么身份？假设他们早就埋伏在了那里，就说明他们不是来杀她的，而是来杀陆无声的，可他们为什么要杀陆无声？

云照越想，脑子就越乱，又乱又痛。她到底做错什么了，老天爷要这样折磨她，一次又一次看着她在乎的人死去。

"小姐，小姐？"喜鹊要给她的手上药，可她的手紧紧握住一个东西，这样伤口的血哪里会凝固，反而流得被褥上都是，喜鹊急了，大声道，"小姐！"

云照蓦然回神，抹去眼角欲落的泪，眸光坚定，她要救陆无声！无论是重来几次，喝几次腊八粥，她都要回去，将这十年安安心心地过完，珠子要是敢想歪了，她就把它揍一顿，直到揍顺了为止！想到这儿，她猛地站起身，把嬷嬷和喜鹊吓了一跳，就见她下地就往外走，惊得两人直喊："姑娘啊！您受了这么重的伤是要去哪里？"

云照不听，她知道夜明珠能够在一瞬间带她回去，但是她不想吓着两人——虽然事后她们也不会记得此刻的惊心，可万一吓死了怎么办？念及主仆情分，她就去外头在冷风中回去吧。

她顾及主仆之情，自小看着她长大的嬷嬷和同她一起长大的丫鬟又何尝不是跟她一样的心思？见喊不住，两人干脆抱住她不许她走，云照寸步难行。

云照眉头一皱，试着脱身，可两人抱得紧，还哭求起来。眼见外面的人都要进来，她实在无法，只能展开手掌，露出那颗被血染红的夜明珠："送我回去，送我回去，拜托了，我要救陆无声！"

"姑娘您在念什么？"

腔调里有哭音，不是喜鹊那清脆的嗓音。云照听得心头一沉，睁眼一瞧，发现她还在原地。她愣了愣，一瞬间有些心慌，紧盯珠子，眉头拧成了川字："拜托送我回到腊月初八，再给我一次机会。"

"小姐……"喜鹊哭道，"小姐您别吓我们。"

夜明珠毫无动静，没有了那日带她回去时的万丈光芒，反而因为血暴露在冷冽寒冬中，迅速凝固，使得夜明珠黯淡无光。

云照瞪大了眼："送我回去，再给我一次机会就好。"本已干涸的泪，忽然又溢满了眼眶，"求您了，我要回去救他，我要回去救他……"

不管她怎么求、怎么喊，那颗珠子也毫无动静。看得嬷嬷和喜鹊心惊，差点没跪下求她。

云照紧握手掌，用力甩了甩手，眼泪随即成珠滚落："你快带我走，带我走啊！陆无声怎么办，他死了，他死了！求你显灵，求你帮帮我……"珠子始终没有动静，她终于忍不住，眼泪决堤，似千斤压下，压得她两腿无力，重重跪在地上，紧握着珠子痛哭，"为什么不带我回去……陆无声，陆无声……"

嬷嬷的脸色大变，以为小姐是失心疯了。她朝喜鹊使眼色，赶紧去请大夫瞧瞧。

喜鹊又急又慌，往门外走时踉踉跄跄，好几次要摔倒。她家小姐什么时候这么哭过，看来陆公子的死，对小姐的打击当真不小。可陆家公子回不来了，她家小姐再也看不见他。她吸了吸鼻子，边落泪边往外头走，无比心疼地去喊大夫。

请了大夫，又把刚苏醒的老太太惊扰醒了，一听孙女失心疯，急忙拄拐来瞧。她脚步焦急，进了门就见喜鹊杵在那，低声问："小姐呢？"

喜鹊目有不忍，往里屋看去。云老太太顺着视线往那看，只见她的宝贝孙女跪在屋里，头几乎埋在胸前，手中不知握着什么东西，像在祈求什么。她心头一颤，几步上前，蹲身抓住她的肩头："云儿……"

祖母的声音似从天边而来，遥远又空灵，让云照一阵恍惚。她缓缓抬头看着祖母，开口道："奶奶……陆无声……死了。"

她的声音已经完全沙哑了，云老太太眼一湿，将她抱住，叹道："奶奶知道，只是他舍命救你，你却这么糟践自己，他如何能安心离去？"

云照浑身一抖，云老太太以为她会乖乖去上药，可她神色奇怪，说不出到底是什么神情。云老太太这么安慰人没错，只是她不知道陆无声是因她的归来而死的，所以寻常的话语，非但不能安慰她，反而更让她愧疚懊悔。

本以为掌握了许多先机，如今云照才知道，她错了，而且错得离谱。

陆大将军独子遭袭遇难，惊动了朝廷上下，圣上亲自下了圣旨，要刑部捉拿凶手。可那些凶手却像是凭空蒸发了一样，别说影子，就连一点踪迹都找不到。

云照也遭了人去找，但朝廷都找不到的人，她一介商户，又哪里能找到？

转眼已到陆无声的头七之日，陆大将军也在赶回来的路上，估摸能在子时前赶到。

陆家门前挂着两盏白色灯笼，上面绘着一个奠字，对云照来说，刺眼又熟悉。她在门口小巷徘徊了几天，想进去见他，又不敢进去。

喜鹊每天都带着房里的两个小丫鬟来守着她，一会儿给她手里塞暖炉，一会儿给她披披风，一会儿给她拿东西吃。这会儿刚换了个暖炉过来，远远看着，雪中夜色迷茫，那人影更是孤寂，喜鹊不由得叹了一大口气。

小丫鬟小心问道："小姐是疯了吗？"

喜鹊瞪眼，狠狠戳了戳她的额头："不许乱说话。"

小丫鬟摸了摸自己的额头，又道："可宅子里的人都是这么说的。喜鹊姐姐，要是小姐真的疯了，会不会赶我们走呀？我不想走，虽然小姐脾气不好，可是从来不打人。"

这么一说，连喜鹊都跟着惆怅起来了，她抓了抓脑袋："不知道不知道，小姐一定会好好的。"

"一定会好好的。"

两个小丫鬟应着声，喜鹊才觉得自己有了点勇气。她挺了挺腰杆子，打算等会儿就把小姐拖回去。老爷吩咐过，等陆家公子的头七过了，就不能再让小姐这么闹腾，得回家了。

"喜鹊姐姐，小姐不见了！"

喜鹊抬头往那看去，那雪夜之下，竟不见那孤寂人影了。她大惊，转念一想，心生忧惧："姑娘该不会是翻墙进了灵堂，寻陆家公子了吧……"

第六章

　　灵堂就设在陆家大厅中，本就是皇帝赏赐的宅子，所以比普通的宅子要大许多，尤其是厅堂。如今厅堂挂满白绸，地上撒着纸钱，炉上焚着香烛，白烟萦绕灵柩，更让云照明白，这不是做梦。

　　她个性不似一般小姐那样内敛娴静，爬墙上树对她来说不算什么，更何况这将军府的地形她熟记心中，那后院的梨花树杈出墙，轻轻一跃，就能拽住树杈翻墙进来，行窃实在是容易。

　　她跟陆无声提过这事，只是他没让下人修剪。她问及为何，他便往她脑袋上敲一记，弯身瞧着她笑："除了你，谁敢爬将军府的墙？"

　　云照蹲在廊道暗处，远远看着那孤清棺木失神。

　　陆家有七八个下人守在灵堂上，入了夜，陆续有人进出，轮流看守，云照想去见见陆无声都找不到机会。那日她送他回来，陆家下人待她并不友善，他们都知道，最后这几天，他们少爷因她的事，过得并不太好。

　　她小心翼翼躲着进出的下人，想着说不定会有机会进去，见他最后一面。突然有人喝一声："谁在那里？"

　　声音一起，那些守灵的下人纷纷站起身往云照藏身的位置看去。云照微顿，到底还是站了起来，没有再躲躲藏藏。她的脸刚露，众人就低声惊呼，随即全堂静默，都直勾勾盯着她。

　　"我……"云照默了默，坦然说道，"我想见他最后一面。"

　　等陆大将军回来，陆无声就要出殡，从此以后，她就只能去坟前看他，看那冷冰冰的墓碑，所以无论如何，她都想在这儿见他一面。

　　下人面面相觑，由沉默转愤怒，由愤怒转为痛骂："少爷在世时你那样对他，如今假惺惺地跑到灵堂来做什么！你算是少爷什么人！"

　　云照不怒，每句话刺入耳中，她就觉得自己做人糟糕一分，她懊恼、后悔、无力，无法反驳一句话。

陆无声的小厮阿长讨厌极了她，可这会儿见她被骂，反而更是难过，哽咽着道："你们这样骂她，少爷得多难过……"他声音很轻，根本没人听见。

此时突然有人喝道："都别说了！"

声音沉如洪钟，众人立刻住了嘴。陆府管家闻声前来，进来就扫视他们几眼，沉声道："是谁给了你们胆子，敢在灵堂上辱骂云姑娘，惊扰了少爷？你们通通出去。"

胆大的下人还想多说两句，跟陆管家眼睛对上，便被吓住了，只好离开。

陆府管家唤了阿长来，合力推开还未上钉的灵柩，对云照微微躬身："请。"说罢，就领着阿长出去了，一句多余的话也没说。

云照对他甚是感激，她快步走到棺木旁，探头的一刻，只觉身体僵得厉害，是愧疚，也是害怕。

陆无声衣着完好地躺在铺了绸缎的灵柩里，神色安宁，像是睡着了。他的脸上还有伤口，再也不会好的伤口。因是寒冬，他的模样没有一点变化，只是脸色不好。

云照怔怔看着他，不敢喊他，她颤抖地伸手，用软软的指肚轻轻拂过他的脸颊，指尖触感冰凉，这绝不是活人该有的温度。

"陆无声，你冷吗？"她小心翼翼地把怀里的小暖炉放在他的手边，轻声道，"这里一定很冷，你暖暖手。"

等唤了他的名字，云照才反应过来。她惊得捂住嘴，往后急退两步，有点不知所措，许久她才冷静下来，又慢慢走回去。陆无声死了，真的死了，本可至少多活十年的他，就这么没了。

"陆无声……"云照瘫身跪地，膝头重重磕在冰冷的地上，刺痛瞬间传遍全身。她死死抓住棺木边缘，白净的手背可见青筋紧绷。

"让我回去吧，再一次就好……"

下雪的夜晚是寒冬中最冷的时候，雪扑簌落下，沙沙作响，像春蚕啃食桑叶，沙沙……沙沙……

春未来，已闻蚕食。

冷风突然灌入，冷得云照全身一颤，蓦然睁眼，不见陆无声，也不见灵堂棺木。她惊地坐起身，身上的松软被子悄然滑落。外面没有蚕食声，甚至很安静。

云照愣神，似想起了什么，伸手握了握那被子，四处摸了摸。是床，是被子，是她的枕头。

她怔神之际，外面却传来喜鹊清脆的声音："姑娘，姑娘？"

云照的胸腔被跳动的心狠狠地撞了一下，她掀开被褥就往外头跑，呼地打开门，门外的人果真是喜鹊。她一把握住喜鹊的肩头，颤声问："现在是什么时辰？"

喜鹊一脸诧异，还以为她撞邪了："已……已过了子时，今日便是腊月初八了。"

云照蓦地松开手，怔然片刻，忽然笑出声来。

喜鹊看着脸色都变了："小姐您怎么了？我去给您喊程大夫……不对，程大夫外出了，我去……"

"喜鹊，别闹。"云照的心还在胸腔怦怦跳着，她回来了，她回到那该死的腊月初八了，她又抑制不住地笑了笑，"我要再去睡一会儿，别喊我。"

喜鹊一脸担忧地点点头，心想小姐该不会是还在想陆家公子不跟她往来的那件事吧。她挠挠头，瞧见云照竟没穿鞋，柳眉顿时拧起："哎呀！竟然连鞋都没穿。小姐呀，您总这样毛毛躁躁的，夫人又该说您了。"

再听一遍这种话，云照颇多感悟，顺从着喜鹊回到床边。喜鹊拿了干巾给她擦脚时，见她还时不时傻笑，看得心慌极了。

看来她该请的不是大夫，是道士。

擦净了脚的云照钻回暖暖的被窝中，见喜鹊要出去，又道："喜鹊，陆家那边有什么消息吗？"

喜鹊莫名："能有什么消息？小姐该不会是问那边有没有再送信给您吧？可是小姐，那种混账的信，您就不要想着收第二封了，一封就很气人了呀。"

她不知道缘由，云照不怪她，她这样嫌弃陆无声，还不是因为之前自己骂得太厉害。不过陆家没消息，那就是说陆无声还活着，事情果然一切都在腊月初八这天重置了。云照安心躺下，说道："让厨子将杏仁熬烂一些。"

喜鹊不解，但还是应声退了出去。

木门轻闭，云照哪里能睡得着？她仔细将"这几日"的事都在脑子里过了一遍，发现事情环环相扣，做错一件事都很危险。云照翻了个身，抱着被子拧眉细思。

不能请御医，得罪定北侯；不能让陆无声进竹林，免得遭到埋伏。但那些黑衣人很危险，她想知道他们的身份，否则她不知道自己哪天一不小心打乱了原本的十年路线，导致陆无声又陷入险境。

夜明珠能带她回来几次她也不知道，而且它时而显灵时而失灵，令她不安，所以她不能走错一步。腊月初八的夜晚漫长又难熬，但云照又害怕腊月初八的朝阳升起，心情矛盾至极，又无可奈何。但愿一切都顺利。

她又翻了个身，被褥软和温暖，让她略觉安心。突然，快入梦境的她想起一件很重要的事，她要怎么手撕了宋有成那个挑拨离间的混蛋才好？

一大早腊八粥的香气就在云家大宅飘散，连在洗脸的云照都闻到了。她深深吸了一口气，埋头进盛满冷水的脸盆里，咕噜咕噜冒气泡，看得一旁伺候的婢女都觉得冷。云照不以为然，今天要做的事很多，她不能马虎，冷水洗脸，更精神些。

喜鹊给她递毛巾时，担忧道："小姐，我昨晚问过宋妈妈，她认识个不错的道士。"

"道士，什么道士？"云照擦了脸上的水珠，回过神来，转身瞧她，"你以为我撞邪了？"

喜鹊被盯得畏怯："不……不敢，就是害怕。"

云照扑哧一笑："我不骂你，我可喜欢你了。"

这话发自肺腑，不明所以的喜鹊惊得手中木托盘摔落在地，她真该去请个道士才对。

不过云照心情甚好，下人看出来了，吃早饭时云家长辈也看出来了。自从初一以来，云照全身都似阴云满布，家里人重话都不敢多说一句，这会儿见她心情颇好，云夫人想不出其他的，便轻声问："是不是同陆家公子和好了？"

"还没，"云照应了一句，"不过也快了。"

长辈立刻松了一大口气。云照见他们如此，心头微顿，低声道："让奶奶和爹爹娘亲担心了。"以前自己怎么就没发现祖母爹娘也跟着她一起难过来着，光顾着自己生闷气，以为天底下就自己最难过，实则爹娘说不定比自己还要难过。自己真是没心没肺。

用完早饭，老太太道："云儿，今日看着天气不错，等会儿你陪奶奶去万山寺上香吧。"

云照哪里会去，也不愿祖母去，毕竟山上有恶徒，万一出了错，害奶奶出事怎么办？她转了转眼，说道："奶奶，不是说寺庙在早上灵气最盛吗？等我们准备好了，爬个百八十阶梯都晚了，倒不如明早早点起身，我再陪您去。"

云老太太诧异孙女竟愿意早起登山了，心下高兴，又道："难得云儿有兴致，只是奶奶和你万奶奶约好了明日喝茶，下回吧。"

云照笑笑应声，虽然知道自己不能拦住奶奶今日去拜佛，但想到能避免不必要的危险，她的心还是安稳了些。她看了看时辰，之前陆无声都是巳时出门的，那还早，她还能做点其他事情，比如……宋有成的事。

宋有成跟自己一样，都出身商户，家境殷实。家中主要经营瓷器和渔场，跟云家还有生意往来。因她的关系，这几年云家也照顾了宋家不少生意，比如云家茶园摘茶烘焙后盛茶的陶瓷罐子、云家的酒楼所用器皿以及每日活鱼，都是跟宋家去买。云照为人豪气，对陆无声好，连带着对他的朋友也好，可她没有想到，竟交了个白眼狼朋友。想到这儿，云照就咬牙切齿。

等母亲陪祖母去了院子里赏花，她便随父亲一起出门。云老爷见她同自己一起出去，笑道："云儿也要出门吗？"

"嗯，不过有件事我想跟父亲说。"

"何事？"

"生意上的事。"

云老爷面露诧异，将她上下打量几眼："云儿什么时候对生意上的事感兴趣了？"他说着又有些欢喜，"昨晚你娘亲还跟我说，云家就你一根独苗，这家业日后得你继承，可你成天就知道玩，家里的事也不管。本来……"

云照听得脸都红了，见父亲顿住，心里痒得很，问道："本来什么？"

云老爷微微笑道："本来我们还想，等陆家少爷做了我们的女婿，就有人能管住你了。就算管不住，家里的生意也有人打理。所以你和无声闹别扭，我们也没少愁，如今见你恢复了精神气，爹也就放心了。"

都说世上没有不疼子女的爹娘，不知爹娘竟这样操心的云照鼻子微酸，她笑了笑说道："我们不会有事的。爹爹，我会将陆无声抓过来当您的女婿的，不要着急。"

云老爷听了一愣，女儿胆大他是知道的，但没想到这么大胆，果真是云家的女儿，不由朗声大笑："直率是好，但这话可别让别人听见了，尤其是陆家公子，爹爹怕他被你吓走。"

"他才不会。"云照嘀咕一声，脸更是红如熟枣，自己都窘迫起来，只能偏头笑了笑，"爹爹，其实我和陆无声断交，并不是没有原因的。"

云老爷见她想要跟自己说缘故，只觉得意外。女儿性子虽直，但自己的事是从来不跟他们说的，尤其是不好的事，都是自己憋着，哪里会找他们谈心？可如今因为陆家公子的事，她却愿意说了。

云老爷倒是高兴，觉得女儿这口锅总算是找到合适的锅盖了，不会一沸腾就扑哧扑哧地往外冒泡，显得人浮躁。

"云儿说吧，爹爹听着。"

阳光明媚，但寒风未消，置身日下，暖意刚在身上聚集，就被冷冽的风吹散了。

陆无声站在陆府门口，只听阿长轻骂一声"马夫真是越来越不像话了"，就见他跑到马厩去催人。不过片刻，他就看见对面巷子的地上映出一条人影来，衣袂飘飞，但因日光斜照，照得投影像个小胖墩。可影子再怎么胖，在他眼里，也是一抹倩影。

他盯看半会儿，掂量了下自己这么走过去和她正面相对她会不会尴尬，想了想，还是想见她。想罢，他提步便往那边走。离那影子还有四五步时，忽然那墙后探出个脑袋来，两根辫子倾斜而落，配着精致面容，像个漂亮的瓷娃娃。他顿住步子，默默看她。

云照见到他的一刹那，心也是立刻冲到了嗓子眼——活生生的陆无声，就在她的眼里。几乎是在瞬间，竹林中满身是血的陆无声，以一敌十的陆无声，宁可战死也不丢下她逃跑的陆无声，像旋转花灯一样在她脑海里飞快转着。

"陆无声……"云照唤他一声。该死，她又想哭了，她发现自从自己回来后，就变成了个哭包。对他了解得越深，云照就越觉得亏欠他。大概老天爷让她回来，就是为了弥补两人之间的遗憾。那十年中，她有意无意总能听见身处边塞的陆无声的事。智勇双全、胸有韬略、杀敌立功，每一件事都被称为传奇。

陆无声见她眼睛越发通红，像是要落泪，便快步上前，将她堵在墙上。云照摸了摸鼻子，眨了眨眼道："陆无声。"

"嗯？"

云照又眨巴了下眼，抬眸瞧他："我心悦你。"

"……"陆无声当真被她呛了一口，白净的俊气面庞被红染料泼染一般。

云照见他尴尬，咯咯直笑，殊不知她自己的脸也红透了。她踮脚又道："我是认真的。"她怕他被吓跑，抓了他的袖子，语气也少了插科打诨，"陆无声，对不起，如果不是我那么任性，就不会发生那件事了。"

陆无声对她的感情她觉得无论重来几次都是一样，她却不同，若说每次都是感情的叠加，那她现在已经给他加到一千分一万分了。

陆无声轻叹一口气："云云,我看不透你了。"

"觉得我来道歉很奇怪是吗?觉得一个能对你写下那种绝情书的人这会儿又跑来说喜欢你觉得不可思议是吗?"

陆无声没有否认,她的确很奇怪。

"那信不是我写的。"云照定定地看着他,手抓得更紧,都要将袖子拧出褶子来了,"我没有写那封信,是有人在挑拨离间我们。"

陆无声愣神,云照从腰间摸出封她在半夜苦找了半天的信,放在他的手上:"你看看。"

陆无声心有困惑,低头一瞧,见了信封字迹,顿时面有诧异:"我写的?"他低眉想了想,"我何时给你写过情话信笺……"

云照白他一眼:"别想了,没写过,从来也没写过。"

她的好友姐妹们哪个没收过情郎递的信笺,信里情意绵绵,让她羡慕。姐妹们还问过她,那陆公子文武双全,是曾金榜题名的人,他写的情话定是极好的。她敷衍说没有,众人不信,还说她小气不给她们瞧。

陆无声见信封破旧,纸张是新的,不是陈年旧信,想必是被她揉了又揉后,好不容易展平的。

他越发怀疑,抽了里面的信纸来瞧。不过两张信纸,但一目十行粗略一看,就已愕然。只因那信上,全是指责云照的话,剥尽了一个姑娘家的颜面和自尊。更可怕的是,那字迹,竟是自己的!手里薄薄的信纸像重千斤,又利如刀锋,割得陆无声手疼。他看完信,说道:"是谁这样辱骂你?"

云照愣了愣:"你不先气恼有人模仿你的字迹,反而先……"反而先关心她被辱骂的事。云照话没说完,不由捂住脸,脸再一次烫起来。

"怎么了,云云?"

"哎哎,别拽我,我心跳得厉害,我要越来越喜欢你了,陆无声。"

"……"陆无声轻咳一声。

云照晕乎了好一会儿,才从指缝中露了双眼,仍蒙着脸看他:"我当时就是看了这封信,恨不得跑到你跟前痛骂你,可昨晚我才想通,你怎么可能给我写这种信。"

"定然不会,而且……"陆无声猛然一顿,瞳孔剧烈晃了晃,"说起来,我也收到了你的信,类似这种……"

云照差点就点头说她知道,最后忍住了:"那字迹是不是跟我的一模一样,用词也很无情无义,一副要跟你老死不相往来的架势?"

陆无声突然想明白了："我们被人算计了。"

"嗯，你知道是谁做的。"

果然，陆无声的脸色更加难看。云照清楚他的脾气，他能容忍小人当面捅刀，但不能原谅朋友插刀，更何况这一刀，是来自背后的。

"我约了宋有成那个混蛋，就在我们最爱去的百宝楼，你也去。陆无声，你不要难过，至少你知道了一个虚伪小人的真面目。"

失去挚友的确会痛心，但拆穿一个挚友的真面目，令陆无声一瞬痛心，却也能在下一瞬镇定下来，想通这件事。

"不难过，至少……我们没有误会一世。"

这话对云照这么一个"过来人"来说，像拳头重击在她的心上。她伸手将他抱住，重重答了一字："嗯！"

陆无声轻抚她的发，微有发香扑鼻，令人觉得温暖："我去找宋有成。"

"我也要找他，但找他之前，我得先去一个地方。你等等，我一会儿就回来。"说完她拔腿就要跑。

陆无声莫名，将她抓住："你去哪里？"她总这样神出鬼没，这才让陆无声觉得不安心。

云照没忘记万山寺上还有歹人，不管是谁派来的，她都得去衙门报案，将他们抓个措手不及。当然，她不能亲自露面，要寻个人去报案，所以自然不能让陆无声知道她去做什么。等抓到那些人，她再找个合适的机会带陆无声去见他们，让他认认那些到底是谁。

可陆无声这会儿抓住她不让她走，她笑眼弯弯，凑近了道："怎么，舍不得我吗？"

陆无声一顿，握着的素手便从他掌中如丝绸抽离，只留她明媚一笑："陆无声，等我，我很快就回来。这一次我不会让你等太久的，信我。"

陆无声暗叹，真是个让人心神不宁的姑娘。等吧，她让他等，他乐意等她，一年，十年，都可以。不过……他看看天色，跟蔺大人约见的时辰将到，约莫解决完这件事，再去也不晚。

第七章

百宝楼的厨子厨艺高超，道道菜都是美味佳肴，酒楼生意红红火火，已成老店。

云家有酒楼，但有些远，加之云老爷和掌柜是故交，所以每回她跑到这来，掌柜都要打趣她，又跑来偷师了。

今日云照提前要了个僻静厢房，她如鱼穿过，上了三楼厢房。

宋有成因是云照约见，早早就在那等她。见她进来，才开始泡茶，笑道："快坐下，我已经点好菜了，还添了几道新糕点，你一定会喜欢的。"

宋有成一眼就看出她的装扮是费了心思的，所以更是欢喜。云照上回还觉得对不住他的一番心意和长情，只不过后来她又想，他在陆无声随陆将军去了边城后，娶了别家姑娘，她才觉得也不算辜负他的心意。

现在真相大白，她对他唯有恨意。她的倔脾气是导致她和陆无声分开十年的主因，但也有宋有成从中作梗的缘故。

茶泡好一壶，宋有成斟了一杯先给她，等她喝了一口，说好喝，才笑笑又斟一杯，杯未至一半，就见她说道："还要倒一杯。"

"你还有姐妹要来吗？"

宋有成有些不悦，不过没表露在脸上，不过片刻，他就宁可是她的姐妹来了，那他还高兴些。只因他的话音刚落，门外就传来敲门声，那传来的声音，让他不悦，而且心惊。

"是我。"

宋有成怔然，不知为何陆无声会突然来了，而且云照一听就面有愉悦，起身去给他开门。

陆无声为了避嫌，和她一前一后进来，也是为了不给宋有成难堪。但云照欢喜至极，宋有成越不开心，她就越开心；宋有成越难过，她就越欢喜。谁让他如此小人。

宋有成想笑着相迎，不过冲击实在是太大，笑得不知道有多难看。云照只当作没看见，拉了陆无声坐下，将宋有成斟给她的茶放他面前，柔柔地笑道："第二杯茶还没倒好，知道你口渴，先喝我这杯吧，虽然是我喝过的，不过我知道你不会在意的。"

陆无声知道她想刺激宋有成的小心思，又因宋有成这样拆散他们两人，他心中也有恼怒。若是平时他还会避嫌，现在见云照推了茶来，他便伸手握住，喝了一口。

宋有成顿时笑不出来了，连假意的笑都笑不出来。

云照看得欢喜，连陆无声也觉得这么做很好，虽是小小把戏，却觉痛快。看别家姑娘使小性子只觉稚气，但看云照使小性子，竟倍觉俏皮。

"见你们和好，我也就放心了。"宋有成说道，"我去喊小二再添个杯子。"

"不用，我和陆哥哥用一个也行，省得拿了。"云照目有狡黠，"而且很快这屋里只会剩下一个人，多要一个杯子何用？"

宋有成已然觉察到气氛不对，两个人和好，事情只怕已经摊开了，那他的处境就变得危险而尴尬了。他小心留意两人神色，愈发肯定自己的想法。

"宋哥哥，都说见字如见人，你写得一手好字，为人谦逊，师长都爱夸你，连我爹也说我要学学你勤练书法的模样。可如今我才知道，你哪里是只会写一手好字，你简直是那庙里的千手观音，一手一字，以假乱真，连本尊都难以分辨那字到底是出自自己的手，还是出自……你手。"

宋有成登时怔住，话说得并不隐晦，他脸色苍白，唇色全无，甚至连身体都是冷的。厢房里有炭火，他一点也觉察不到暖意。他怔怔坐着，对面是他的同窗好友，也是他自小就忌妒的人。虽忌妒，但因陆无声是将军之子，自知比不上，就学着古人的忍辱负重，同其做了好友，为濒临死去的宋家带来商机。直到云照的出现，才让他不想忍了。

他先留意到云家姑娘，是因为她的个性跟别家姑娘全然不同。后来他发现，陆无声喜欢她，再后来他发现，自己也喜欢她。忌妒、怨恨在他心里渐渐筑起高楼，终于在某一天，轰然崩塌了。他想，就算他得不到云照，也不能让陆无声成为她的丈夫。她嫁给谁都好，就是不能嫁给陆无声！身为将军之子，陆无声什么都有，少了一个女人，又能如何，不能让他的人生十全十美。

但他苦心布下的陷阱，这么快就被他们拆穿，还当面羞辱他。他的脸色已经不是苍白，而是抹了一层灰白，毫无生气。

"我和你的同窗情义，就此断绝。你模仿我的字迹给云照写的断交书，我还给你。信中所说，就是今日我对你所言，信中含义，只取一句——断绝此生往来。"

宋有成怔了怔，终于抬头看他，见他那副无所谓的神情，心头怒火突然就如火焰喷涌，几乎是跳了起来："你为何不难过？你的好友捅了你一刀，你为何不难过？你不是很看重你我之间的交情吗？你不是曾说我是你的挚友吗？那为何我这样对你们，挑拨离间你们，你却不见丝毫愤怒？"

陆无声微微抬了抬眉眼，云淡风轻道："你不配。"

宋有成猛地一怔，自尊心瞬间被击垮。他踉跄一步，跌坐在凳子上，半响没有动弹。

云照知道，陆无声对宋有成的背叛心里肯定不会没有半点波澜，但如果他表现出在乎的话，那宋有成又会很开心吧。所以他说他不配。就这一句，云照就觉得陆无声比她的手段高明多了。她喜欢的大概是一只狐狸，俊朗非凡的狐狸。

宋有成连愤怒的力气都没了，更加觉得自己被对比得像个无耻小人。不对，他就是个无耻小人。陆无声是将军之子，他比不过，什么都比不过。所以云照不喜欢他，所以老天爷才会让陆无声投胎到将军夫人的肚子里，而他只能做商户之子……

陆无声不想看他的失魂模样，话已挑明，他也不想和云照在这里多待片刻。云照见他要走，起身随他离开，快到门口，才转身说道："宋有成，从明日开始，云家跟你们宋家会断绝生意往来，你们的瓷器我们不会再买，你家渔场的鱼，我们也不会再要。"

宋有成这才回神，瞪眼道："云照，你真要逼死我们宋家吗？"

云照拧眉："我如何要逼死你们宋家？这是你自作孽，难道只许你对我下黑手，就不许我当面捅你刀子？况且各家生意往来，一家不成还有另一家，你大可以寻别的买家。我没有拜托我爹爹连同其他世伯叔叔断你宋家后路，已经算是仁至义尽了。"

宋有成突然大笑，大声道："我们宋家哪里还有什么生意做，就只剩下你们云家了！你如今要断了这生意，还不算是逼死我们宋家？"

云照眉头又拧："什么意思？"

宋有成不想说，可他又怕云照真狠下心来，这才道："我父亲好赌，家里已经没有钱了，房契田契也都没了，只剩下这两桩生意顶着……"

云照有些意外，宋有成在她的神情中见到了救命稻草，又道："所以我求你，看在我们过去的交情上，不要斩断我们宋家的活路。"

云照意外的不是宋家出现这种问题，而是因为她之前怀疑过万山寺的歹徒是不是宋有成买通的。但现在，她敢肯定不是了，因为宋家没有钱，甚至连值钱的房契田契也没有。那些杀手看起来可并不便宜，没有大价钱，怎么请得动？而且敢来杀将军之子的，一般匹夫也没那胆子。

宋有成为了钱可以低声下气求她，看来他不是杀陆无声的幕后黑手，可那会是谁？

宋有成见她不知在想什么，只好耐心等她答话。只要生意还能撑下去，那他就还是个少爷，可以掩盖家中不光彩的一切，在同窗面前继续风光下去。此时他一点也不在乎陆无声了，也不在乎他跟云照会怎么样。成亲也好分开也好，他都不在乎，他只想继续做他的少爷。

"你不提交情还好，一提交情，我就……"云照冷声，"恶心。"说罢，她就拉了陆无声出去，背影决绝，半点讨价还价的机会也不给他。

宋有成愣了愣，瞬间回过神，大叫着朝她冲去，还未近身，突然陆无声偏身，一手拍在他的肩胛上。只是一招，就将他推倒在地，让他重重摔了一跤。

陆无声反手将门关上，里面唯有宋有成的痛骂声。他低头一瞧，见云照看自己，微微蹙眉："怎么了？"

云照叹道："身手真好，叫我如何不喜欢你。"

这话听多少遍，都听不腻。陆无声原本因和好友断交而不悦的心情，这会儿全因她青睐的眼神而消失了，他笑笑："嗯。"

云照没想到他竟然不尴尬了，真是可惜，不能继续看他脸红心跳的模样了。她边觉得可惜边和他从酒楼出来，两人一同瞧瞧天色，各有心思。一个想，官府应该已经去山上抓住那些贼人了。另一个想，去山上赴约的时辰到了。

云照不确定官府有没有成功抓到人，决定不能冒险，正要找借口拖住陆无声，就听他说道："我送你回去。"

她嘴巴张了张，被他堵住了话。陆无声见她有话要说，温声道："我还要去一趟万山寺，等我回来，再去找你。"

云照故意气道："哦，万山寺比我还重要。"

陆无声一笑："真是个蛮横的姑娘。"

"那你不要去了，陪我去游湖吧，那千青湖的腊梅开得甚好，我们去那瞧瞧。你知道我喜欢腊梅的。"

"那明天陪你去。"

云照退了一步直勾勾瞧他，要不是知道他去万山寺是去烧香拜佛，她真要以为他要去见什么好看姑娘了，这么急切，比她还重要。

陆无声见她不乐意，只好问道："你还怕我上山去见什么小姑娘吗？"

云照挤眉弄眼道："怕呀，当然怕。"

陆无声看着她，说道："我要见的小姑娘就在眼前，不用去山上见。"

云照的心情突然就好了起来，她负手说道："等我及笄了，就不是小姑娘了。"

陆无声也想她及笄的那日，前几日还觉得他要遥遥相看，今日她就又恢复如常了，而且他总觉得，云照看他的眼神，好像比以前更深更亮，像是要……像是要把他吃了。

云照找不到其他借口不让他上山，又不愿对他发脾气，想了想说道："那我陪你一块去。"

陆无声说道："你不是最讨厌登山吗？"

云照抬眼乱转："哎呀，谁让我是陪着我喜欢的人登山呢，等我爬累了，走不动了，会有人背我的。"

陆无声笑笑："不背，我可不背你。"

云照本来也是打趣，并不在意，能让她跟着就好，她自然有法子让他中途折回，说什么也不能让他去山上。想到"上一辈子"的事，她就害怕，就觉得冷。

她离陆无声很近，脸上每一分表情都落入陆无声眼中。她果然有些不对劲，但陆无声不知道为什么。她想登山也好，进了禅院，说不定心能安稳些，不会再让她露出惊怕的眼神。

因是一男一女，也不便同乘一辆马车，陆无声见约定的时辰快过了，于是走小路过去。小路并不算狭窄，能容三人并肩同行，但马车太宽，是过不去的。云照久没和他这样说话，一路叽叽喳喳，她都觉得自己是在跟喜鹊抢名字。偶尔瞧瞧身旁的人，不见不耐烦的神色，唯有一如既往的愉悦，让她心觉安宁，更喜他三分。

"还有半刻就到万山寺的山脚了。"

一声提醒将云照思绪拉回，她抬头看去，果然看见万山寺所在的山峦。她步伐放缓，瞧准时机，倒地一扑，扑通摔了个结实。她怕会露馅，所以这一摔半真半假，将下巴磕出血来，疼得叫起来。

陆无声不知道她怎么就摔倒了，急忙蹲身托住她，瞧她伤口："除了下巴，还有哪里受伤了？"

"什么，我下巴伤着了？"云照大惊，伸手要摸，被他拦住，只想简单一摔的她委屈道，"破相了。"

陆无声顿时失笑："就擦伤了一点，不碍事。"

"难看吗？"

"不难看。"

"要是留疤痕了怎么办？娘说我已经长大了，有疤痕不容易好。"

陆无声看也看没，一心帮她吹去手掌上沾了血的沙子，说道："嗯。"

云照瞪大了眼："'嗯'是什么意思？"

陆无声还在帮她吹沙子，吹完了一只手掌，又握了她另一只手来看。因是右手先撑地，所以伤得比左手要重些，吹了几口不见沙子了，陆无声才取了身上药粉，说道："会疼，你忍忍。"

说完，药粉就往伤口上撒，一心等他答复的云照痛得两眼冒出星星来，脸色一阵绿一阵青："啊啊，疼。"

药粉很快上好，但伤口还未清洗，所以陆无声也没法给她包扎，问道："还有哪里疼吗？"

"没了。"云照又想起一件重要的事来，当即改口，"有，脚崴了。"

果然，陆无声立刻去看她的脚。到底是出身将军府的人，他只是探了探脚踝，就道："没有崴，你起身走走。"

云照当然知道没有，她哪里知道陆无声隔着袜子都能摸出来，早知道她应该在他刚碰着就假装痛得大喊大叫的。不过现在晚了，她唯有厚着脸皮道："真崴了。"

陆无声笑着安慰："没有，云云，你不要自己吓自己，先起来走走。"

云照恼道："这是我的脚，真崴了，疼，疼死了！"

陆无声无奈地看着她，又任性了，看起来是劝不起来了。他瞧着她的恼怒模样，眼神刚对上，她却有些躲闪。他心头微顿，难道……他笑笑。

云照继续佯装生气："你笑什么？"

"我背你回去。"

云照竖起耳朵："你不是要去万山寺吗？你去吧，我在这等你，坐在这泥地上等你。"

"……"前一句还算通情达理，后一句摆明了就是，你去吧去吧，敢弃我在泥上坐一天你就去吧，陆无声摸摸她的头，说道，"云云，你是在意我方才说不背你的事，所以想故意让我背你吗？"

"……当然不是。"

"我明白，但我今日和人有约，得去一趟万山寺。"陆无声继续摸着她的头发，说道，"我会背你的，不管在什么时候，所以你不用假装崴了脚。看，手都伤着了。"

云照听着他难得说一次的情话，急得都要哭了。喂，陆无声，我不是这么矫情的人，我真的不在意你方才说不会背我的话！

"我先带你去处理这些伤口，再去万山寺。来，我背你。"

偷鸡不成蚀把米，云照差点没晕过去。喂，你信我呀！我真的不是要你背我！

第八章

要不是云照一心要拦住陆无声去万山寺，真不想让他觉得他的猜测是对的——她恼他不背她，所以使小性子。

云照趴在陆无声背上思绪乱飞，如果跟他坦白山上有歹徒要害他，他会不会信？她也想过把自己能重回十年前的事情告诉他，但她怕他会将自己当作疯子。就连她自己都不相信，更何况别人？

想着，云照又习惯性地掐了掐自己的脸颊，疼，是真的。

云照幽幽叹了一口气，察觉到自己快从他背上滚下去，便往上爬了爬。刚爬完，就觉察到他的身体僵了僵。她这才想起来，十四岁的身段虽不如十年后的她，但好歹胸前也有了起伏，不过两人穿得厚实，应该察觉不了多少吧。云照乖乖趴着不敢动了，怕磨得他难受。男子对心仪的女子有点小想法，似乎也正常，正如她也没羞没臊地看着陆无声想入非非过。哎哎，越想越露骨了。

陆无声走得很慢，因为背上的人一直不说话，怕她觉得她没山上的人重要，又不高兴。当他亲近云照的时候，家中的嬷嬷就对他说过，云家姑娘比你年纪小许多，你日后要是娶她，就是娶个小媳妇，怕娇气。

云照是娇气，但好像只对他娇气，在别人面前，那可算是个霸王。

"陆无声，你今日不要上山了好不好？"云照声音很轻，有一点恳求，"你明天再去，我陪你去。"

陆无声喜欢她跟自己低语，因为平时她的话是说给许多人听的，他只是其中一个。但低语的话语，只对他一个人说，没有其他人。

"云云，我上山是跟人有约，必须赴约，虽然现在已经晚了，但还是得去道歉，见上一面。"

云照心有警惕："你跟谁有约？"

"蔺大人。"

"那个礼部侍郎蔺大人？"云照虽出身商户，但好歹是在天子脚下谋生，对这些人物也是熟记于心，"他约你做什么？不去茶馆酒肆，还特地跑到山上去。"

陆无声听这话的语气像是在质问，说道："我们平日有时也在山上禅房见面，说佛，聊禅，谈天论地。"

听见他们这不是第一次在山上碰面，云照才觉放心。

陆无声又道："你对蔺大人有什么意见吗？"

"没有，只是觉得奇怪。"云照又看看时辰，在这里如果她抄近路去衙门，也能打听出来有没有抓到山上的贼人，如果有她就安心了；如果没有，她也能立刻跑去再拦陆无声一次。她一点都不想让自己在他心里变成无理取闹的人。

"进了城后，你把我放到药铺里，然后去见蔺大人吧。"

陆无声好像明白了什么，她果真是害怕他去找什么姑娘吧，否则怎么听见是蔺大人就改口愿意让他去了？还是说，他背得她不舒服，她想中途下来？前者还好，后者的理由就不让人舒心了。

到了药铺，等大夫给她上药时，陆无声就寻了个跑腿的，去云家让喜鹊过来。

找了她半天的喜鹊一听说自家姑娘受伤在药铺里，魂都吓飞了，急忙跑过来，跑得额头都冒了汗，还没冲进药铺里，就见门前站了一个人，顿时有些不敢相信："陆少爷？"

陆无声点点头："你家姑娘在里面，受了点伤，大夫正给她上药。"

喜鹊惊得退了一步，瞪大了眼问道："难道是我们家姑娘找您算账，撕您的脸，所以你们打起来了？"

"……"

"一定是这样！我们小姐就是这么不讲理的。"

陆无声忍不住笑笑："别想太多，我和云云和好了，快进去吧。"

喜鹊仍觉惊讶："真的？"

"嗯。"

喜鹊一边诧异一边往里走，进了药铺还挠挠头，这怎么就和好了，不可思议。她一顿步，回头叫道："陆少爷。"

陆无声回身："嗯？"

喜鹊展颜："没什么，就是觉得你们和好了真好。我们小姐呀，这几天来，夜里常说梦话呢。"

陆无声好奇道："说什么了？"

喜鹊略有怯意，还是如实答道："都是骂您的话。"

陆无声被噎住了，喜鹊抬手冲他小声道："边哭边骂。"

陆无声微微一顿，若有所思，轻轻点了点头："嗯，照顾好你们家小姐。"

喜鹊应了一声，还想跟他多说两句，就听见云照在里头叫了一声，可怜极了，急忙进去："让夫人知道非得骂您不可，就没见过这么毛躁的大小姐。"

陆无声负手站在铺子前，没有往里探头，骂他……却是哭着骂。陆无声有些心疼，但更多的却是因为她这个反应而高兴。

一会儿云照从里面出来，见陆无声还在，很意外："你还没去万山寺吗？"

"我先送你回去。"

云照顿时觉得心暖，她以为他喊了喜鹊来就是要将自己扔给喜鹊，原来还是要送她回家的。仔细一想，其实也是因为进了城，到处都是人，不像刚才在郊外四下无人能背她扶她，又不能共乘马车，才叫喜鹊来的吧。

喜鹊见两人就这么站在门口互相瞧看，满眼的含情脉脉，看得她没忍住扑哧一笑。云照当即回了神，干咳一声说道："回家，回家，喜鹊，去叫辆马车来。"

"我出门的时候已经喊了车夫来，这街上热闹堵得慌，这会儿估摸着也快到了。"

陆无声见喜鹊冒冒失失地过来，还以为就她一个人来，没想到还在匆忙之中喊了车夫，无怪乎云照选了只比她大几个月的喜鹊做她的丫鬟。

一会儿车夫果然来了，云照上马车前对他说道："你去见蔺大人吧，这是我家的马车，你不用送了。"

喜鹊也忙说道："对啊，我们家小姐我会照顾好的，陆少爷您去忙吧。"

陆无声见云照认真言说，知道她性子直，要送就是要送，不要送就是不要送，辜负了她的心意，她反倒更会生气，正要点头，忽然听见闹市中有人喊他。这声音连云照都听见了，探了探头往外瞧："是你的小厮阿长吧。"

她犹记得"那日"去陆家，满屋下人都对她冷眼相待，只有阿长，没有指责她，只是默默跪在角落，看着灵柩失神。

阿长从人群中急跑过来，见了陆无声喘着粗气道："少爷，蔺大人方才唤了人来，说今日有事，已经下山回家，下回再约。哎呀，您到底去哪了，竟然不按时赴约，这可一点都不像您。我大街小巷到处找您，急死我了。"

阿长是个话唠，恨不得一口气把话全都说完。陆无声自动忽略了后半段，取了前头的意思，说道："好，我知道了。"他又对还没进车厢的云照说道，"这下你知道我去见的，真是蔺大人了。"

云照哑然失笑："我又没真的以为你是去见别家姑娘。"

阿长听见声音耳熟，抬头一瞧，见是云照，讶异："云家姑娘，你……你和少爷……"他立刻明白过来自家少爷为何会违约了，原来是来见云家姑娘。唉，真是个妖精，要是被老爷知道少爷沉湎女色，准得打断少爷的腿。他默默不语，打算将这事淹死在肚子里，一辈子不说，不让老爷知道。

云照见陆无声不去万山寺了自然高兴，不过她还得去一趟衙门，问问那帮贼人到底是什么来历，知己知彼，百战不殆嘛。

跟陆无声分开后，进了街道拐角，云照便叫车夫停车。喜鹊还没反应过来，就见云照动作迅速地从车上跳了下来，她急道："小姐您去哪里？"

云照摆摆手："我去找贺家小姐玩，你们先回去吧。"说完她就钻了人潮中，没了人影，只剩下喜鹊在车上捶胸口。唉，摊上这么个主儿，一点也不让人省心！

云照伤的是手，跑起来倒很快。她性子活泼，记性又好，京师的八街九陌她都熟记于心，知道哪条路能最快通往衙门。她在衙门有收买的眼线，虽然是个小捕快，不过能打探到的事情不少。这次也是找了他去报案，自家人说话，相信衙门很快就会有动作。

云照穿行寂静小径时，思绪也跟着平静下来，思虑得更细更多。想得多了，步伐就越来越慢。她想起来，按照十年前的既定时辰，蔺大人会和陆无声一直畅谈至少到午时，而不会提早走。这次提早走，是因为衙门捉贼惊扰了他，才早早离开，还是因为……她深深吸了一口气，猛然觉得胸口堵得慌，难道他跟那些贼人有什么关系？前者还好，若是后者，事情就变得麻烦了。

云照顿住步子，驻足在这僻静小路百般思索。蔺大人平时跟陆无声谈天论地，真要害他，好像找不到理由。而且能找来那么多武功高强的人，在哪里不能对陆无声下手，非得是在自己出现的地方，那也实在不像蔺大人的风格。

蔺大人虽为侍郎，但处事沉稳慎重，在京师中也略有名气。他怎么会让陆无声死在附近，让自己背上这种嫌疑，毕竟陆无声的父亲是当朝大将军，儿子真的出事了，陆大将军怎会善罢甘休？更何况，十年前去和蔺大人见面的陆无声安然无事，那现在怎么会是他下的黑手？

云照摇摇头，应该是她想多了。不过这样想来，陆无声的人生真是处处危机。念头刚起，云照猛地一怔，难道陆无声十年后跌落悬崖，并不是意外？忽然涌出的想法冷冰冰地敲在她的心上，只因为觉得并不是没有这个可能。云照自嘲地笑了笑，是不是都没关系，反正现在她回来了，有机会改变陆无声的命运。

云照深吸一口气，慢慢吐出，缓解了下紧张的心绪，继续往衙门走去。

快到午时，衙门大门敞开，但里面没有声响，可见没有升堂审案。她在巷口站了一会儿，就见万捕快从衙门出来，她捂着嘴学布谷鸟叫唤了几声。

和众人一起出来的万捕快听到声音便慢了两步，一会儿就被忽略了，直接溜到云照藏身的拐角深处。

万捕快也才十七八岁，眼神却不似少年。肤色似古铜，一身捕快衣服和腰间佩的一把大刀让他看起来比实际年龄要大些。

万晓生自从跟云照意外相识，为了赚点小钱，就给她提早透露衙门消息。反正她也不问衙门机密，那些事迟早都要外泄的，倒不如拿去换点小钱，两全其美。

云照见了他就拧眉："万晓生，你们优哉游哉的，这是没去山上抓贼吧？"

万晓生往她左右前后瞧瞧，目光一收，身子往后一靠，半身都倚在了墙上："云大小姐，你知不知道报假案是很伤信誉的？"

云照愣了愣："什么报假案？"

万晓生瞥了她一眼："你说山上有劫匪，我不信，你信誓旦旦说有，我就勉为其难地去跟大人说。结果我们浩浩荡荡跑去埋伏了半天，别说劫匪，就连个小喽啰都没看见。"

"不可能！"

万晓生哼了一声："怎么不可能？我倒是奇怪了，你一个千金大小姐，是从哪里得来的消息说山上有劫匪；而且大清早的，难道你早早就去爬了一回山？你可不是这么勤快的人呀。"

云照瞪眼："我很勤快。"

"喜鹊说你懒极了。"

"回头我就去骂她一顿，乱说。"

万晓生也不笑话她了，认真了些："骂她做什么。话说回来，你到底是哪里来的消息？"

"这个你不要管。"云照低眉想了想，如果真是这样，那只能说那些歹人警惕性高，不然不会有所察觉就撤离，她抬眼问道："那你们上山下山有没有被人发现？"

"我们大人办事稳妥，当然没被人发现，偷偷从小道摸上去，偷偷从小道摸下来。"万晓生见她柳眉紧蹙，生了好奇心，"发生什么事了，让你笃定山上有劫匪？"

云照没听见这话，因为这番话让她确认了一件事，蔺大人不是因为察觉到了劫匪或者衙役的行动才取消和陆无声见面，而是别有原因。

万晓生见她光顾着自己想心事，禁不住用刀柄推了推她的胳膊："喂，云家大小姐，你倒是说话呀。"

云照白了他一眼："事都没办成，你让我说什么？"

"话可不是这么说的，我可是用我积攒了三年的信誉跟大人报的案啊。"

"嘘，"云照瞪他，"别说这么大声，报案的事除了你和大人，不要让任何人知道。"

万晓生虽然性子带点痞气，但也知道分寸，又道："这次虽然扑了个空，但大人不会问责我，因为虽然没看见歹人，但也有蛛丝马迹，就在那竹林处，大人也去看过了。"

云照忙问："你们发现了什么？"

"那竹林没人清扫，到处都是堆得厚实的竹叶。按理说那儿没人走，竹叶也该是完好无损的，但是我们在林中深处却看见了好几处被踩压入泥的竹叶，依照模样和痕迹来看，像是有许多人站在那儿，而且待的时间还不短。"

云照的心扑通扑通直跳，因为她知道那就是"那日"埋伏她和陆无声的人，大概那儿就是他们当时潜伏的地方。但她故意说道："那也有可能是进去说悄悄话的人所留呢？"

万晓生嗤笑一声："开玩笑，谁会跑到竹林那种鬼地方去说悄悄话，有也是一对小情人，而不可能是这么多脚印簇拥在一块，你当他们抱在一起看月亮啊？"

云照抿了抿唇角，没有接话。她找的眼线，可不是只会拿钱的，更重要的是因为机灵，不是草包。

万晓生拥了拥衣裳，继续说道："所以呀，大人知道我没说谎，但埋伏失败，大概只有两个原因，一个是歹徒察觉到有人要螳螂捕蝉；另一个就是，衙门里可能有他们的眼线。"

话落，就见云照揉额头，他啧一声道："你能找密探，就不允许别人也安排了密探？"

云照想得脑袋都疼了，她完全没想到这件事会这么复杂，要真是这样，那杀陆无声的人，实在是不简单。

能请大批高手——有钱。

能在衙门安排眼线——有钱或者有权。

能不惧杀将军之子——有权还有胆子。

她觉得就算是能重来一百次，也有点斗不过这人了。那她现在去跟陆无声摊牌，他会不会信？

万晓生见她的神色越发有趣，眼睛眯成一条缝瞧她，云家小姐能露出如此忧愁的神色，可真不多见。他又拿刀柄推了推她："我娘还在等我吃饭，我回家了，再不回去菜要凉了。"

云照点头："衙门还有消息的话，记得告诉我。"

"当然。"万晓生伸了个懒腰，又道，"记得让喜鹊给我送这次的钱。"

"好好好。"云照又摸了摸额头，这事扑朔迷离，看来果真还是得找个机会跟陆无声说，他要是把她当怪物，她就再回来一次，清除他将她当怪物的记忆。不过总是这么来来回回，不会被老天爷嫌弃吧？

云照又陷入忧思中。不到万不得已，她不会去试探老天爷的耐性。能数次回来，她心中已然感激。

云照往衙门那放眼看去，也不知道她这次喊衙门的人前去，是不是打草惊蛇了。她的心头重似有千斤压来，生怕走错一步，又前功尽弃。

云照用手捂住脸，用手冰凉的温度让自己冷静下来。她暗暗为自己打气，事情并没有很糟糕，一定会抓到那些人，让陆无声安然活下去。

她转身从小径出来，也打算回家吃饭去。万晓生说得没错，再不回去，菜就要凉了。

从衙门那边走到另一条街道，许是因为今日是赶集的日子，街上的人比平日要多，行人簇拥。挤了好几次，云照手上传来的疼痛感才让她想起自己受了伤，抬手一瞧，纱布上已经渗出血来。她小心护着自己的手，心想要是明天去见陆无声，她得将纱布换过，否则让他看见，非得心疼不可。

"让开！让开！"

远处突然传来喧闹声，像是有人往这疾奔，行人纷纷惊呼躲闪到两旁。片刻云照就瞧见那边果然有人神色匆忙奔跑，边跑边往后面瞧看。云照又探了探脑袋，往他后面看去，那人背后紧追不舍的，竟然是个俊俏姑娘。

姑娘面庞稚嫩，看起来也不过十五六岁的模样，她提裙紧追，丝毫不在意旁人的目光，一双墨色眉毛轻拧，不慌也不惊怕，甚至看起来英姿飒爽。云照只瞧一眼，就知道这被追的人要倒霉了。

还差十余步，那男子就要撞上还没闪开的云照。云照本不想多事，但突然听那男子凶神恶煞大声喊道："臭婆娘，滚开！"

云照柳眉顿时挑高，又瞧了一眼他手中紧攥的杏色钱包，分明不是他的。她微微侧身，为那汉子让开道来。汉子面露欣喜，就要擦身而过时，脚下忽然不知被什么绊住，整个人便像离弦的箭飞了出去，重重摔在地上。

那姑娘本来跑得也快，瞬间就跑到了前头，上前一脚踩在那痛得直喊的汉子脑袋上，俯身夺回那钱袋，又用力踩了他后背一脚，这才挪腿，朝云照走去，只见她此时却蹲在地上，双肩直颤。

那姑娘蹲身问道："你怎么了？"

云照抱着自己快被踢断的脚踝颤颤抬头，无比严肃道："你会帮忙出药费吧？"

"……"

如果老天爷让云照重新选择当时是伸腿还是不伸腿，她一定选后者。那汉子五大三粗，跑得又快，冲劲太大，差点没将她的脚给踢断。如今脚是没断，但也肿得跟萝卜似的，疼死她了。

喜鹊给她换了两次草药，这会儿刚敷上，还没用力，就听她鬼哭狼嚎起来。喜鹊又气又急："您就是个不会消停的主儿。"

"别说话，我要骂人了。"

喜鹊叹道："您还有心情骂我，等会儿老爷就该来骂您了。"

云照趴在床上，满脸沮丧。喜鹊敷好了药，这才道："好了，给您高兴下。"

云照偏了偏头，一封信递到了自己跟前。她伸手接过，等看见上面的字迹，脚上疼痛就消失了大半，坐起身动作神速地拆信。

喜鹊笑了笑，暗道那陆家公子会法术不成，还能给人消灾去病了。

云照展信看了两遍，寥寥几字，仍是一如既往的简单邀约，但其中意义，唯有她明白。

喜鹊探头要瞧："陆家公子说什么了？"

"约我明日去游湖。"

"那我去替您回绝。"

"等等，"云照拉住她，"为什么要回绝？我要去。"

喜鹊直瞅她："您这个腿脚还怎么去？"

"爬也要爬着去。"云照轻轻碰了碰肿大的脚踝，疼极了。不过这是她和陆无声重逢相聚的好日子，她不能不去。

喜鹊知道拦不住她，只能愤愤道："那个姑娘也真不像话，小姐帮她抓贼，她竟然也不来探望。"

云照已经又躺下了，准备睡觉，明天和陆无声游湖，再趁着湖中没有旁人，试着和他说说夜明珠的事。毕竟那颗夜明珠是陆无声送给她的，说不定他也有所察觉其中神力。这会儿听见喜鹊这么说，笑笑说道："她不是送我去药铺，还给了药钱吗？"

"难道这就够了？"

云照仔细一想，想起来了："还说了谢谢。"

喜鹊气呼呼重复道："难道这就够啦？"

云照笑道："是我要帮她，又不是她求着我帮。她说声谢谢，我就觉得心满意足了。要是碰到不讲理的，说不定还会说因为我多管闲事，害那小偷摔倒，弄脏了她的钱袋。"

喜鹊简直没办法理解她，不由使劲揉额头："好了，不跟您说了，我还要去给晓生哥银子。您呀，去打听什么消息了，又给他这么多钱，这都比我一个月的工钱还多了……"

她嘀嘀咕咕着，还是老老实实拿了云照交代的钱去找万晓生去。平日万晓生为云照办了什么事，当晚都会在云家巷子入口那等她拿钱过去给他。

得快点去，天寒地冻的，不要冷着了那小捕快，冻坏了找她拿药钱怎么办？

想罢，喜鹊走得更快了，边走边攥紧手里鼓鼓囊囊的钱袋，唉！真心疼。

云照躺在床上，将信放在枕头底下，心事颇多，一时无法入眠。

第九章

千青湖绵延三十里，是京师郊外风景最宜人的湖泊。当年先皇曾来此游湖，提及湖色翠绿清澈，但奈何两岸景致庸俗，煞了心情，吓得官员恭送先皇离开后，赶紧在两岸栽种花草。一晃三十年，便有了如今的景致。

初春两岸低矮处桃花绵延，秋时半山红枫染岸，到了冬季便有腊梅争相在山峰绽放，远远看去似白雪皑皑。

云照最喜腊梅，所以陆无声才会邀约她来千青湖。今日她特意装扮了一番，本就是似玉年华，脸嫩得都能掐出水来了，更何况是抹了淡妆，整个人更如繁花明艳。

陆无声初见她，还晃了晃神，只因相识十年，没有见她认真装扮过，最多也不过是点抹红唇，再如其他姑娘家在额心缀朵花。

云照的脚过了一晚好了大半，但仍有些疼，轻拢柳眉提裙上了扁舟，见他一直瞧看，抿唇笑笑，掩去痛意："怎么，是不是觉得我太好看了？"

陆无声还没反应过来，倒是喜鹊笑出了声。

阿长也快没法看了："瞧瞧你家姑娘。"

喜鹊本来也觉得羞，但他一说，就护主了："我家姑娘怎么了？"

阿长摆手："得得，你家姑娘最好了。"

陆无声也笑笑，对岸上的喜鹊和阿长说道："你们先去千青酒楼点菜，我们转一圈就回来。"说罢，他就收了系船的绳子，摇桨往湖心划去。

阿长和喜鹊在岸上瞧着，等他们走远了，阿长才道："其实我家少爷和你家小姐还是蛮般配的，真是一对璧人。"

喜鹊用力点点头："当然。"

只是他们夸得再好，走远了的人也听不见。

湖水平静，寒风在碧绿水面上掠起阵阵波纹。云照用指尖碰了碰，手指就好像要被冻住了，急忙收手焐住怀中暖炉："真冷。"

陆无声开口说道："云云，我跟你说件事。"

"说什么？"

"婚事。"

云照眨巴了下眼睛，不吭声了。她稍微变了性子，陆无声难道也变了？

陆无声笑道："别想岔，是我的错，没说清楚，我指的是喜鹊。"

云照脸一红："我没想岔，我想的也是喜鹊。"

陆无声也不拆穿她，他怕拆穿了，她会恼得把船给掀翻："你上回不是跟我说，喜鹊家里逼她嫁人，被你拦下了吗？近日阿长的家里也催他快点找个媳妇，所以他们如果乐意，倒是能撮合撮合。他们两人都是我们的贴身小厮丫鬟，彼此了解，你我也放心。"

云照恍然："这倒是，那我回去问问喜鹊意愿，你也问问阿长。要是可以，就给他们做主这门亲事。"

船已进了湖中，两岸腊梅满铺尖峰，像点缀白雪，看不清模样，但似能闻到花香。陆无声见云照看得出奇，一会儿见她略收目光，才道："年底前我父亲也会回来。云云，我们的婚事，也定下来吧。"

心思早就飞远了的云照蓦地收回视线，只因想起件事来："陆无声，我有件事要跟你说，你大概会觉得很荒谬，但的确是真的。"

陆无声见她一脸走神的模样，知道她没听见自己刚才说话，真想抓她到面前好好跟她说，不过还是改了口："你说。"

"你最近出门要小心，最好带多几个护卫，别总往外跑，在家待着。"

陆无声悠悠看她，一会儿佯装恍然："云云你是不是昨晚掐指一算，算出我最近出行不利？"

云照简直想跳起来揍他一顿，抓了他的手说道："我是说真的。你信我，少出门，多带护卫。"

她昨晚仔细想过了，陆无声不信鬼神，只怕不会信这些，到时候要是非但不信，还会觉得她有毛病，就更难察觉到他身边的危险，所以她决定先不告诉他真相。

陆无声倒难得见她如此认真，点头答应，又道："你跟以往不同了。"

云照知道他察觉到了自己哪里不同，但她只有装傻充愣，捧着脸对他笑道："是不是真的觉得我更好看了？"

陆无声被她逗乐，心中仍觉奇怪，但云照的确还是云照，没被调包，就是有哪里不一样了。

今日游湖的人不少，有悠然过去的小船，也有载歌载舞供文人雅士欣赏的华丽大船，更有将扁舟停在湖泊两侧的垂钓者。云照所乘的扁舟缓慢前行，看来今天是游不完这三十里湖泊的，她已经打算回去，去吃午饭。

船头未调转，就听见湖面上传来清脆女声："喂，你喜欢吃鱼吗？"

陆无声先往那边看去，只见不远处一叶小舟停靠岸边，舟上有三人，两男一女。一个船夫，一个高大男子，还有一个姑娘，正朝这边招手。

"我看她是在问你。"陆无声看一眼云照。

云照也往那看去，摇头："我不认识。"她歪了歪脑袋，"不对，认识，我昨天帮她抓贼来着。"

陆无声笑问："路见不平做女侠？"

云照得意道："是不是更喜欢我了？"

陆无声这回也不躲闪了，大方道："是是是，更喜欢了。"

云照顿时笑如银铃，陆无声看着也欢喜。余光又见那叶扁舟缓缓靠近，这才看清那女子真容，不由一顿："那姑娘……"

云照见他瞧多了几眼，说道："我知道她长得好看，可你不能这样看她，我会打翻醋坛子的。"

陆无声眸光不敛，倒是刮了刮她的鼻尖："那是司大人家的姑娘。"

"司？哪个司？"

"朝廷里还有哪位大人姓司的？"

云照突然想起来，脑子里顿时炸开烟花。司是小姓，在朝为官的仅有一位，那就是工部尚书兼翰林学士承旨的司大人。司大人为人刚正不阿，处事果断，在朝中颇有美名。只是云照还知道另一件事情，司大人后任参知政事，政绩显著，次年……拜相。也就是说，她昨日无意中帮的这个姑娘，是未来丞相的女儿！

恍惚间，那小船已经快到近处，云照的脑子也转了千百回，商人的本性让她做出了一个很不错的决定——和未来的丞相之女成为好友。

两条船船身轻轻相碰，在湖面漾开一条条水纹，司玲珑俯身提起她身旁的木桶，朝云照递去："鱼，刚钓上来的。"

云照也不拒绝，伸手接过，说道："我们在千青酒楼订了一桌饭菜，你要是有空，也一起来吧。"

"我们？"司玲珑略微思量了下，这才往她旁边瞧，认清那人真颜，意外道，"陆少爷。"

陆无声朝她微微作揖："司姑娘。"

云照往两人看去："你们认识？"

方才她只当陆无声在什么朝廷酒宴上见过司玲珑，所以认得，但没想到两人好像有点交情。不知为何，一瞬间有点吃味。毕竟司玲珑有家世且容貌又好，怎么看和陆无声都是门当户对。他一个将军之子跟她这个商户之女站在一块，说不般配的，可不下十人。虽说当年陆家落魄，是云家不求回报送陆将军钱财助他顺利考中武举，才使陆将军有机会由一个小官变成大将军，但说到底那是过去的事，如今云家的家世，的确是配不过陆家的。

司玲珑说道："每年宫中会宴请官员，我们基本都会见面，而且平日里有哪位大人办喜事，我们也几乎会见。"末了她轻轻一笑，"吃饭就免了，下回吧，下回我跟你单独去。"

云照见她眼神一直在自己身上转来转去，就知道她是从自己的眼里看出了别样意味。不过同为女子，云照倒不意外她能猜出来，或许是聪明，或许是因为司玲珑自己也有喜欢的人，所以格外敏感。

云照一心要跟她结交，便道："那明天吧。"

司玲珑看看天色，旁边男子也看看天上云朵，低头说道："明日天晴。"

她这才说道："那我们明日见。"

两人约好见面时辰和地点，才分开各自回家。云照所乘的船快到岸边，陆无声才道："以前你觉得官场麻烦，所以除了生意上需要往来的人，你是不会主动去结交官宦人家的，可这次你怎么有心要结交司姑娘？"

云照一点也没想在他面前遮掩自己的目的："对，我跟你打赌好不好？司大人以后会做丞相的。"

陆无声笑道："神算子附身了吗？"他说完这话，才想起来，云照是怎么识破宋有成挑拨离间的事的？他越来越觉得眼前人是不太一样了。

云照知道他困惑，她心里还藏有一件事没说，那就是既然有机缘和司玲珑成为朋友，那日后或许能在司大人那里得到一些帮助——对陆无声有用的帮助。

千青酒楼的菜肴一如既往的美味，云照吃得满意极了，因午后陆无声要去一趟恩师那里，明日又要去衙门，云照便没缠着他。等到了云家巷子口，云照问了他这几日行程，听见都是在衙门办公，这才放心。那些凶徒再怎么能耐，总不能冲到衙门里杀人吧。

她回到家就写了封信让喜鹊去送给万晓生，让他打听下司玲珑的喜好。喜鹊拿着信往外走时，总觉得银子又飞走了一堆，又心疼了大半天。

到了夜里，万晓生就亲自送了信来。喜鹊在巷子口一边将钱袋给他，一边痛心道："我好歹也算是半个京城通，姑娘有事为什么不找我办，肥水不流外人田呀。"

万晓生被逗得笑了半晌，将银子收好，说道："小喜鹊，我也算是自己人，不算流到外人田。"

"你才不是。"

万晓生往她脑袋上弹了一指："快回去吧，别冻着。"

喜鹊摸摸额头说道："我才不冷，倒是你，"她掐了掐他的衣服，"里头都没棉了，冷死你，赚了我们小姐那么多钱，连件衣服都舍不得买。"

万晓生拢紧衣服，鼻尖已冻得通红，笑道："得存钱娶媳妇，好了，我走了。"

喜鹊朝他吐吐舌头，拿着信往云家跑。她的速度很快，万晓生回头瞧去，觉得她真像只喜鹊在飞。

喜鹊跑进屋里就将信交给云照，自己跑到暖炉前烤火。云照展信一瞧，字歪歪扭扭的，丑得十分有特点，万晓生的字只怕连宋有成都模仿不来吧。

云照越看越觉得稀奇，喜鹊凑过来问道："您让晓生哥查什么呀？"

"查了个姑娘，可我总觉得万晓生那家伙是照着我的喜好写的。骑马钓鱼识珍玩，闲时喜逛各大酒楼品尝佳肴，还喜去古董铺子赏玩。"

喜鹊瞧了一眼，认真指出："熟读四书五经，还有拳脚了得，这些一看就不是您呀。"

"……"云照立马收好信，不给她看了。那司姑娘会的东西真多，还会功夫，真没看出来。本来只是心有目的接近，现在想来，总觉得和司姑娘做朋友，是件很不错的事。

"对了喜鹊，"云照瞧着她说道，"最近你娘还有逼你嫁给那个坏脾气的屠夫吗？"

喜鹊的脸色立刻不喜庆了，垂头丧气道："天天念叨，要不是我跟他们说，我要是嫁给那屠夫，你就不要我做丫鬟，他们早就逼我嫁人了，他们可舍不得云家的工钱。如今想想，当初他们把我卖给云家了多好，就轮不到他们动心思把我卖给屠夫了。"

云照拍拍她的肩头："你跟了我这么多年，你出嫁我肯定会给几箱嫁妆，我也会跟你爹娘明说，所以你不要怕他们真会逼你嫁给你讨厌的人。不过喜鹊，你有喜欢的人吗？"喜鹊摇头。

云照笑道："你觉得阿长怎么样？"

"阿长，陆家公子身边那小厮？"喜鹊说道，"就俩字，唠叨。"

云照笑笑："喜鹊，我跟你提个事。"

喜鹊忽然明白过来："小姐，您该不会是想把我……"她顿住，心底有些不乐意，虽然并不知道为什么不乐意。

喜鹊一迟疑，云照就猜到了她的心思，毕竟都是姑娘家，她说道："我就是顺嘴一提，你要是还没喜欢的人，就多留意留意他，要是哪天喜欢上他了，只管跟我说。"

喜鹊眼睛一红，差点没给她跪下："姑娘，你对我真好，以后就算你要我跳悬崖，我一定连眼睛都不眨就跳。"

云照扑哧一笑："谁要你跳崖了！"

喜鹊挠挠头："我是粗人一个，说不来那些好话，姑娘懂我的意思就行。"

云照笑道："懂得很，你也去歇着吧，明日估摸要外出一天。"

云照瞧瞧窗外，明天腊月初十，是今年初雪的日子。雪未来，她现在已经能察觉到下雪前的寒冷了，叮嘱喜鹊道："你出去的时候，让嬷嬷进来添点火，今晚会很冷。"

"小姐您神算子附体啦？"

"对对对，被神算子附体了。"

翌日一早，云照就出门了。她跟司玲珑约了辰时在日升楼见，先用早饭，再商议去何处玩。那日升楼离云家并不太远，云照带着喜鹊步行前去。

今日非赶集的日子，集市不太热闹，不必人挤人。走了一段路，云照才觉得脚好像越来越疼了，昨天没怎么走不知道，现在痛感越发强烈，早知道应该乘车的。又走了半刻，着实疼痛，恰好路过个茶棚，她干脆借地坐下。

喜鹊见她不适，担忧道："要不我去药铺给您买点药吧。"

云照还要去见司玲珑，上点药估摸能好些，就让喜鹊去附近买药，自己先歇会儿。

往来的人不多，但也不少，云照没机会脱下鞋子，只能抱着鞋子一起揉脚。这副粗鲁的模样，可不要让陆无声瞧见，不过此时他应该已经去了衙门。

想到陆无声，云照嘴角不禁噙笑。正想着，落在街道上的目光突然一顿，一个眼熟的人影从集市走过，几乎是瞬间惊了她的心。那个人她记得，就是"那日"在万山寺竹林中，她误以为对方是山贼，还将钱袋扔在了他脚下。

云照瞬间忘了疼痛，呼地站起身，只是她还犹豫要不要跟上去，可如果不跟踪，可能就再也没有这种巧合。如果尾随在后，说不定能知道他的老巢在哪里，甚至直接就找到了幕后凶手，化解陆无声的危机。

她紧握拳头，终于在那人的身影快淹没在人群中前，尾随前行。

那人走得不快，云照也不敢靠太近，怕被发现。

走过一条街道，那人又拐进邻街。云照跟得久了，脚踝像扎进一根刺，走一步就觉刺痛，心里不由暗骂那混蛋。

那人连续穿行三条悠长街道，云照几次差点跟丢，几乎跟不上去。又快到街尾，脚踝终究是支撑不住，剧痛从骨髓刺出，云照痛得只能停下，蹲身按住脚，额上竟痛得冒了汗珠。

她抬头往前面看去，已经看不到那人踪影了。

"该死。"云照咬了咬牙，骂一声。

正要起身，背后突然传来冷冷的男声："怎么，不跟了？"

云照愣了愣神，额上凝结的汗珠瞬间没了温度，从额头悄然滚落，滴入地上铺就的石板路上，叩出微不可闻的声响。

身后是满满杀气，像是只要她一回头，就会被那化作利刃的杀气给斩杀在这拐角处。这里行人不少，但是她相信那人不忌惮在这闹市杀她。

回头只有死路一条。

云照蓦地松开脚踝，起身往那人潮中跑去，瞬间淹没在人群中。脚上痛感真切，但是云照没有停，停下来就没命了。

她忍痛往前跑，想跑去自家店铺，想看看有没有认识的人。可这条街道并没有看到她想看到的店铺和人，反倒因为下了雪，地面湿滑，好几次差点滑倒。脚下又得用力压着地面避免摔倒，将脚踝压得更疼，跑到后面她都觉得自己像个瘸子了。

快到另一条街，她想起这里有一条小径，如果从那穿过去，可以直接到衙门，但危险的是，她不知道那人到底跟上来没有。

赌一把？赢了，她就能得救；输了，她就可能死在这僻静无人的巷子里。但如果一直这么跑下去，那人只怕会在闹市中杀了他。

高手动手，能杀人于无形。

云照边跑边往后面看去，并不见有人在跟踪她。她的心尖都在发抖，唇齿哆嗦，狠下心来，转身跑进巷子里。

这条巷子平日里她走过，并不长。可今日却觉得像是无底洞，怎么都跑不到尽头。

寒风夹着雪滚滚飘落，扑在她的脸上，刹那就化作冰水，云照无暇擦拭。空中忽然传来一声响亮鸟鸣，穿过飞雪，划破天穹。急于逃命的云照根本听不见那异响，只是埋头奔跑。

又跑了许久，她总算是看见那巷子出口了。她的心似被推到了嗓子眼，一步跃出，人已置身在风雪之中。

而那衙门威严的大门口近在眼前，她心中大喜，刚踏出一步，突然旁边有人闪到她的背后，冷风扑在她的背上。她的心一沉，不等她回头，先闻到一股淡淡兰花香，随后一柄利刃从她背部刺入，直接透过心脏……

云照愕然，巨大的疼痛让她几近昏厥，但她知道不能晕，她想回头看那人到底是谁，这人身上有兰花香气，不是方才那个杀手。那人似乎也察觉到了她的心思，伸手一推，将她推倒在地，片刻就没了脚步声。

云照的视线已然模糊，什么都看不见。她心口的血猩红，在雪地上蔓延开来，在大地上染出一朵刺眼红花。

吱呀——衙门大门此时打开了，云照听见里面有人出来，却无力动弹。她怎么听见陆无声的声音了，他不是去当差了吗？对……他在刑部任职，大概是又来衙门办事了……真是个大忙人。

那些人似乎看见了她，说话的声音瞬间停止，下一刻已听见陆无声疾呼："云云！"声音愕然沉痛，甚至还在发抖。

"云家大小姐？"万晓生此时也看见了她，随陆无声一起快步过去，当即拔刀出来，警惕巡视周围，怕再有歹人袭击。

陆无声要扶云照，却见她的杏色衣服被血染红，背后插着一柄匕首，他立刻怔住："云云……"

"陆无声……"

他想扶起她，可刚碰她，就见她的唇色消失，脸色如宣纸惨白。陆无声探手捂住她心口位置，不顾那利刃割手，也要替她捂住伤口，不想让血继续喷涌："万捕快，快去叫大夫，快，带上金疮药，快！"

万晓生看着云照，有些晃神："她活不了了。"

陆无声双目赤红，厉声道："快去喊大夫！"

万晓生叹了一口气，收回刀跑去找大夫，只是以他的经验来判断，可能在他找来大夫之前，云照就已经死了。

那陆无声是武将家的公子，又在刑部任职，怎么会不知道这点？如果他真的不知道那一刀有多深，就不会任凭刀插在那，只因一旦拔出来，止不住血，她很快就会因为失血过多而死。

云照气若游丝，只是半睁着眼看他，身体渐渐没了知觉，就连心都好像感觉不到疼了。

"云云，你别睡，大夫很快就来了。"陆无声将衣服披在她的身上，半点都不敢碰那刀子。他的双眼通红，为她披衣的手都在颤抖。

云照的眼帘已经快要拉下，刚一开口，血就溢满了嘴。

"夜明……珠，带我走……走，回……"云照之前都是因别人而祈愿回去，如今换作自己，她不知道能不能再回去一次。

陆无声听不清她在说什么，却见不知哪里出现了刺眼光芒，一瞬惊讶。云照眼里蓦地有了笑意和光泽，她用尽气力抓住陆无声的手："对不起……又让你……担……心了。"

陆无声怔了怔："云云？"

耀眼光芒直入云霄，刺得云照双眼刺痛。

"咳！"云照浑身一颤，猛地睁眼，夜色入眼，她伸手抓去，握得松软的被子，又捶捶心口，不……疼！

她蓦地笑出声来，又抖了抖腿，脚也不疼。她顿时笑得更大声，笑了一会儿她捂住嘴，双掌合十朝这黑夜伏床大拜："谢谢老天爷，谢谢老天爷。"

"小姐，您醒了吗？"

云照忙忍住心中巨大喜悦，回话道："做了噩梦，不用进来。对了，明天让厨子把杏仁熬烂些。"

"啊？哦……好。"

云照才不管喜鹊在奇怪什么，她只想好好睡个觉，然后明天再重复一遍……

方才一直狂喜的云照顿了顿，去衙门报案万山寺有山贼是行不通的，那些人有备而来，而且都是高手，看来光靠埋伏不行。

她捂紧被子，拧眉沉思。

不如明日还是去报案，但得改变下计划，她和陆无声一起上山去见蔺大人？她想看看那蔺大人，到底真是朋友，还是背后小人，但这么做太冒险了。

这次回来，她又多了个任务，杀她的那个人，是谁？可以肯定的是，杀她的人和那个杀手，是一伙的，否则不会那么巧。

她没看见那人的脸，只能从一闪而过的身形肯定是个男子，她唯一知道的特征是那人身上有兰花香。

云照起初还怕老天爷不给她重复往来的机会，但现在回来四次，她也不那样惊慌了。她甚至想，就算是让她再挨一次刀子，也要看看那人是谁。

混蛋，竟然敢捅她一刀子，还捅了她喜欢的人一刀子，这两把刀子，她一定要还回去！不找出幕后凶手，她就不姓云！

晨曦拂照，云家大宅灰色瓦片似镀了一层金光，云老太太拄拐出来，瞧着外面景致微笑点头，对旁边的老嬷嬷说道："是个好日子，这两日去一趟万山寺吧。"

老嬷嬷还没答话，后头就有人说道："奶奶，万山寺今天去不得，听说那儿近日有猛兽出没，会吃人的。"

云老太太回头瞧去，只见孙女快步走来，挽了她的胳膊说道："等过几天再去吧，云儿陪您一块去。"

老太太笑道："你这丫头最不爱爬山了，但奶奶听了也高兴。"

老嬷嬷笑笑说道："小姐说山上有猛兽的事，怎么没听说过？"

云照歪了歪脑袋："我消息灵通呀！所以呀嬷嬷，没事儿就多出去走走才对。"

老太太见她今日心情不错，倒有些奇怪，低声问道："我的云儿不躲房里生闷气了？是跟小陆和好了吗？"

"我们好着呢。"云照瞧瞧祖母的拐杖，眼珠微微一转，心里有了主意，"奶奶我还有事，不陪您用早饭了。"

老太太笑着应声，等她跑远了，才喊道："云儿，喝一口腊八粥再走——"

云照提前出门的原因之一就是不想喝腊八粥，"最近"这几天她天天都要喝一次味道一模一样的腊八粥，实在是太煎熬了。今天早上还有很多事要做，早些出门才忙得完。

暖暖朝阳普照京师，洒落在陆家门前威仪石狮上，染得狮子鬃毛金亮。

陆无声站在门前，小厮已经去马厩催促车夫了，突然前面巷子那有一条影子印在地面上，不待他细看，就见那巷子里跳出个俊俏姑娘来，杏眼明亮，像含了千万星光。

"陆无声！"

他瞧着眼前朝思暮想的姑娘，有些发怔，一会儿又听她大声道："我心悦你！"

第十章

陆无声觉得云照今天很奇怪，刚见面，二话不说就拿了一封蜜蜡封好的信交到他手上，让他放好，不许给任何人看，包括他现在也不许看。

等他将信放进怀里，云照又拿了另一封信给他，等看完信，来不及生气，就被她拉去百宝楼见宋有成。

他有无数疑问想问云照。

比如她为什么突然知道宋有成在他们之间挑拨离间，为什么她的性子突然就有些不一样了，现在还要跟他一起去山上。

"你不是最讨厌登山吗？"陆无声和她从百宝楼出来，将她从头顶往脚下打量了好几回。

云照负手直瞅他："我没被邪祟附体，你不用一脸担心。"见他还瞧，云照伸手就去捂他的眼，"不许瞧了，要是让别人看见，非得将你当作色贼抓起来。"

陆无声收了打量，又在她的耳根上捏了捏，眉头微蹙："都说这样能驱邪来着。"

云照双手叉腰，气道："陆无声！"

陆无声见她发怒，这才不怀疑了："你果然是云云，不是被什么附体了。"

"这还差不多。"云照扯了扯他的袖子，温声道，"我跟你一块去万山寺，你看，我连爬山的拐杖都买好了。"

陆无声在意她手中的拐杖已然很久："我以为这是你买给你祖母的。"

"也差不多，不过在此之前它还有两个效用，一个是登山，一个是……"云照掐断了自己的话，说道，"下山了再告诉你。好了，快要来不及了，快去万山寺吧。"

陆无声仍是满心疑惑，可云照已经拉着他从小径往万山寺的路上走，着实奇怪。

马车不能从小径前行，云照将阿长打发走，这路上就只剩她和陆无声，还有那敲打在地面上的孔雀头拐杖。

"陆无声，我跟你说一件大概你会觉得我是妖怪的事好不好？"

陆无声轻轻点头："嗯。"

云照一步拐到他跟前，顿步抬头看他。陆无声也驻足停下。这姑娘有话直说，不藏着掖着，其实云照还是云照，并没有变。

"我能重复回到腊月初八，加上这次，已经是第四次了。"

陆无声拧了拧眉："嗯？"

云照差点没压住自己的暴脾气，抓了他的手说道："我说，我能重复回到腊月初八，加上这次，已经是第四次了。"

陆无声觉得自己好像变笨了，他能过目不忘，可这话他听了两遍竟然听不懂。

云照见他眉头都快锁成一个川字，恼了："亏你还是个探花郎！我现在已经过了四遍腊月初八，之前四次发生的事，我都知道。"

陆无声眉头轻展，已换上满脸的不可思议，他正要问得再细一些，忽然想起方才她出现在他家门口，还拉着他去拆穿了宋有成的诡计，这些事情看起来就很突然，她简直就像是未卜先知。

云照转念一想，别说他，就连当初回来了两次的她，都觉得这些事很诡异，更何况完全不知头绪的陆无声。她骂他真是太不应该，怪她脾气急，没好好解释清楚。

"陆无声，我……"

"我信你。"

云照怔住，陆无声轻抚她的头，缓声道："无论你说什么，我都信，虽然还不清楚发生了什么事。"

云照眼睛酸涩，咬了咬唇说道："不清楚你还信，不怕我骗你吗？"

陆无声摇摇头，不待他多说一句，就见云照往他倾来，埋首在他胸膛上，双手紧紧环住他，已闻哭腔："要是我……要是我一开始就相信你，这两次我们就不会这么凄惨了。"

云照一直担心的事完全没有发生，一瞬懊恼，甚至觉得自己和陆无声都白白受了"死亡"的痛苦。如果她能早点……那他们也不会生离死别了。

两人青梅竹马，一起长大，哪怕两人已经到了谈婚论嫁的地步，他们也从来没有逾越礼数抱过对方。

如今被云照环手紧抱，陆无声有些失神。云照脾气耿直坚强，他不曾见过这样柔弱的她，那必然是真的发生了很严重的事，才令她如此难过。

"陆无声……你知道刚才我们见面时，我给你的信是什么信吗？"云照心绪稍微安宁，才抬头吸了吸鼻子，"那是我为了向你证明我重复经历过腊月初八的证据，你看看。"她本想拿着这个证据让他相信她，但没想到这是多此一举。

陆无声取了一早就放进怀中的信封，撕去蜜蜡，抽了信纸一瞧，一目十行，他已然诧异。

这信上所写，不过是流水账罢了，到处都是对话。但这些对话，是从进百宝楼开始，从掌柜到小二，宋有成所说的话，每一句都一字不落地记在了信纸上。但这封信是云照在辰时就交给了他的。

陆无声是信她，但还是对她有这种能力而感到意外和震撼。

云照摸摸鼻子，倒有些得意："对吧，我真的能重复回到腊月初八。"

陆无声又仔细看她，末了捏捏她的脸掐掐她的胳膊："地方志怪有提过这种事，说每次向阎王许愿，都要给点什么作为交易。"

"比如手，比如腿？"云照忍俊不禁，"没有这事，老天爷对我挺好的。"

陆无声松了一口气，云照见他担忧，继续说道："你信我就好，我本来不想跟你说，但是我昨晚想了很久，如果不跟你说，只怕我今生还会继续重复失败。万一我在许愿前真的死了，那你得多难过。"

"这到底是怎么一回事？"

"夜明珠，"云照摸到脖子上的红绳，将夜明珠抽取出来，"是夜明珠带我回来的。"

陆无声当然知道这是什么，这是当年他送给云照的东西："它有这种神力？"

"有，但是最近才有。"云照想了想又解释道，"我说的'最近'，是如今的十年后。十年前我和你因宋有成分开，次年你就随你爹去了边城，直到九年后才回来。我们约好见面的那天，你却意外在山崖坠死，而我在当晚手握你送的夜明珠，再一睁眼，就回到了十年前的腊月初八。"

陆无声顿觉诧异："我们分开了十年？"

云照咬牙："嗯！是我错了，我不该听信所谓的断交书，死也不见你。就是因为我这性子被宋有成吃准了，他才敢这么肆无忌惮。不对……"她恼了，"十年后的你死了，你没听见吗？"

陆无声回神："听见了。"

"那你为什么不吃惊？"

陆无声默了默，忽然笑笑："你如今不是回来救我了吗？"

云照简直拿他没脾气，心又澎湃起来，扑在他身上叹道："来回四次，我真的是……越来越喜欢你了，陆无声。"

若说之前的陆无声被她撩拨了几次已经不会心跳骤快，但现在不是。于是……又僵了身体。

云照察觉到他的僵硬，扑哧一笑，松开他说道："不为难你。"

陆无声伸手弹她的额头："所以你之前回来的三次，都没有告诉我？"

云照理亏，唯有老实说道："之前我以为谁都不会信我，包括你。"

"这次信了？"

"嗯。"云照说道，"我第二次回来，是因为……因为我的过错，导致你在万山寺竹林，被刺客杀死。当时你明明可以自己逃走，但你没有丢下我，甚至在临死前，还在护着我。"

陆无声微顿："万山寺的竹林有刺客？"

"有，约莫有二十人，身手都不错。因为他们用的兵器不同，所以我开始以为他们是山贼，但后来你跟我说他们不是。而我第三次回来，就是因为我在街道上看见了其中一个，于是上前跟踪，结果在衙门门前被另一个人杀了。"

陆无声神色怔然："疼吗？"

云照真觉得他总是没听她说话，她要告诉他的，并不是这些，可他偏偏就先留意了这些。她摇摇头："不疼，每次回到腊月初八，就是一个新的开始。你们不会记得之前的事，我当然也不是之前的那个我。"

陆无声突然明白为何她的眼神会这样坚定，来回四次，每次她所经历过的折磨，只有她自己知道，别人无法为她承担任何痛苦。比如他死在她的面前，比如她被人斩杀，他不知道自己死去的痛，但她还会记得。他心头微颤，弯身将云照揽入怀中，刹那就明白她方才扑来将他紧拥的痛心和欢喜。

因这一拥，云照的心顿时如遇暖春，脚尖轻踮，往他唇上啄了一口。

得，眼前少年的脸又僵了。

云照轻轻松开他，也羞红了脸，偏头轻咳一声，才道："我太想你了……"

话落，就察觉到他往她靠近了一步，又将她抱住，好像这样尴尬会少一些。云照窝在他怀中，觉得不真实，可又很喜欢，舍不得松手。

"我们一起安然度过今年，明年成亲。"

云照有些失神，从他怀里出来，眨巴着杏眼问道："你这回真的是在提我们的婚事，不是为你的小厮阿长提的？"

陆无声忽然明白过来，笑道："我有一回提阿长的婚事，让你误会了？"

云照不打自招，捂了嘴不答。陆无声握了她的手说道："之前我怎么提的我不知道，但这次，的确是你和我的婚事，无关他人。云云，年后等你及笄，我们就成亲。"

"太急了。"

陆无声说道："你总得在我身边护我周全，我才能安心。"

云照哗然："堂堂的将军之子，竟然还要我保护？陆无声，你就不能好好求亲呀？"

陆无声笑得翩然，在寒冬日照下更是俊朗，看得云照都有了色心，如此翩翩美少年，可不能让别家姑娘给抢了："好吧，我勉为其难收下了。"

陆无声笑意微收，俯身应声"过了元宵，我就去"，唇已贴近，在她额上轻轻烙了一吻，炽热无比，热得云照的心都烧了起来。

她轻轻点头，不管能不能在年前找到那个幕后黑手，但在人生重来四次后，有个人说信她，还要与她同行，对她而言，已经不仅仅是如山可以挡风雨，更能让她安心倚靠。

小径没有其他行人，寒风拂过，吹得云照青丝缭乱。陆无声为她捋着乱发，听她娓娓道来这四次腊月初八的事。

她快说完，已经将近巳时。

陆无声听完，方才已经诧异过，现在听来的确觉得离奇，但也没有再次诧异，而是迅速将这四次回腊月初八所发生的事一一串联，在脑中俨然成了一张图，连各种旁枝末节都记入图中，不漏丝毫。

"你猜蔺大人可能是要刺杀我的人，但依据你所说的那些，并不可能是他。"他一开口云照就无由来地信了，便认真听他解释，"一来我和蔺大人常有往来，比万山寺更合适下手的地方数不胜数。"

"这个也是我当时怀疑的。"

"嗯。二来，他何必非要在他邀约我的时候取我性命，这样太过容易暴露自己了。"

云照恍然，末了拧眉："只是我想不到有谁想要杀你，因为我推论那个人，必定有钱也有权，而且我想……十年后你的意外坠崖，大概也不是意外，而是有人陷害。陆无声，你说会不会是因为你镇守边疆多年，为百姓做了许多好事，所以老天爷才让这颗夜明珠有了神力，送我回来救你？"

陆无声方才也想过这个问题，说来也不是全无道理："或许是，否则为何以前我父亲送给我时，不见它有神力，你佩戴了二十年都没有发生任何事，但我死后，却能回到十年前了？"

云照手握夜明珠，按照夜明珠的个头和色泽来说，并不是很出彩，除了这个理由，她想不出其他可能。她低头看着，忽然听见轻轻笑声，抬头瞧去，只见他正对她笑，一瞬暖如春风。她挑着眉眼问道："盯着我做什么？"

陆无声笑道："想起一件刚才忽略了的事，就算当年我们分开十年，你也还是戴着我送给你的夜明珠。"

提及这个，云照没有否认她的确一直喜欢着他，然而又摇摇头："陆无声，回来四次我才发现，当年的我远不及你喜欢我那样喜欢你。"

陆无声轻抚她的发，温声道："以后就一样了，没有谁比谁更喜欢谁。"

云照莞尔一笑，能这样和他当面说这些，简直是上天的恩赐。她将夜明珠放回衣襟底下，轻轻捂了捂，等再抬头，才想起一件大事来，忙拉了他说道："快午时了，跟我去个地方。"

陆无声也瞧了瞧天色问道："司姑娘的事？"

"对。"

云照没有忘记司玲珑，更没有忘记要跟她结交为朋友的事。陆家是武，司家是文，文武联手，才有可能组成一个"将"，压住未知身份的幕后黑手。

将近午时，云照已经到了上回绊倒偷走司玲珑荷包小偷逃跑路过的地方，跟上次不同的是，这次陆无声在她一旁。

陆无声到底是好学之人，见到这种玄学之术，心有好奇，低声问道："那司大人，日后真会是我朝宰相？"

"嗯，算一算，七年后是参知政事，次年拜相。"

"司大人为相，定是个刚正不阿为国为民的清官。"

"对。"

陆无声心觉宽慰，有时候能遥知未来，似乎也是件不错的事。他又道："那你今日帮的司姑娘，日后是什么状况？你这一帮，又有瓜葛，会不会再出现其他什么状况？"

云照不由得顿住，这个问题她倒没有想过。她起初行事小心，但她发现这根本没有用，因为不管她怎么努力，总有一两件事会走歪，然后事情会以难以想象的速度快速走向毁灭。所以她现在已经不去想着怎么小心"伺候"这十年了，她甚至不想把这十年按照原来模样过下去，而是依照她的方法去做去走，让她在乎的每一个人，都能幸福安康。不过他提到了一点让云照也在意起来，十年后的司玲珑是怎么样的？她低眉细想，好像听说是……疯了？应该是她记错了吧，现今的司玲珑看起来如繁花明媚，怎么会疯？

她稍稍失神，若非陆无声唤她一声，她差点没发现街上已喧哗起来。

陆无声比她高许多，不用踮脚探头，就看见人头攒动，果真有人往这边跑来："云云，我来拦他。"

"不用。"云照冷哼，往手里呵了口气，握紧拐杖，"上辈子他踢我那么疼，这辈子我可要讨回来才行。"

陆无声见她杀气腾腾，想了想，默默往后退了一步。

"闪开！快闪开！"

一个汉子手拿荷包没命地往前跑，突然冲出个姑娘，不待他细看，就觉脚上刺疼，像被什么东西用力打在腿上，疼得他顿时失力，人如脱弦的箭飞了出去，摔得他两眼发黑。没等他起身，背上就挨了踩，片刻手中荷包也被拿走了。

司玲珑拿回钱袋，又往他身上踢了一脚，这才解气。她往那仗义的姑娘瞧去，见她也一脸解气模样，略觉奇怪："多谢。"

"小事一桩。"云照摸着好像有点歪的拐杖说道，"我叫云照，你呢？"

司玲珑还没见过比自己还要随性大方的姑娘，瞧她的眼神都有些不同了："司玲珑。"

云照又道："哇，我对姑娘一见如故，既然这么有缘，不如一起去喝杯茶，聊聊天？"

"……"司玲珑俏脸微僵，这姑娘未免太奇怪了，就算是帮了自己，但这一副老熟人的模样，还是让她有心退避。

云照见她有所迟疑，暗道自己太心急了，正欲补救，就听陆无声说道："司姑娘。"

本来想告辞的司玲珑闻声看去，意外道："陆公子？你怎么会在这？"

陆无声说道："我和云云正要去用饭，听见街上喧闹，没想到瞧见了小偷，就顺手帮了个忙，没想到失主是你，也是巧了。"

司玲珑的脸色这才正常了些，又看看云照："云……云？"她不由笑笑，"这称呼倒是亲昵，看得出关系不浅。"

陆无声淡笑："我曾在云云面前提起过你父亲，也提起过你，所以你是头一回听见她的名字，她却不是。偶尔提及，她每次也会说若能跟司姑娘相识，定要结为朋友。刚才如有冒犯，还请你见谅。"

云照在旁啧啧称奇，她还以为陆无声从小就是个乖孩子不会说谎，没想到说起谎来有板有眼的，简直比她还厉害。

司玲珑听完这话，才彻底放下疑惑，笑道："看来是我太小心，误会了云姑娘，我刚才还以为……以为云姑娘另有所图。"

云照知她脾气耿直，并不在意，反倒更觉得司姑娘确实是个好姑娘。上一次没有赴约就被杀死在衙门前，她还觉得遗憾。要是能顺利赴约，说不定她会更早一天了解她。

"姑娘。"

话音不重，是清冽而又沉稳的男子声音。司玲珑的脸色顿时不太好，没有回头，也没有偏身去瞧。云照往那看去，只见一个高大男子手握长剑，不知从哪里出现，站在司玲珑一旁。

这人颇为眼熟，但不知道在哪里见过。云照仔细一想，才想起来，这人不就是"上回"在千青湖钓鱼时，和司玲珑同舟，站在她一旁的人吗？

司玲珑瞧也没瞧他，对云照说了一句"今日不便，改日再约"就走了。她一走，那人也跟在后面，如影随形。

待他们走远了，云照才悄悄问陆无声："那个男的是谁？"

"司家护卫，听说从小就被司大人带回家中，抚养长大的。"

云照了然："他叫什么？"

陆无声说道："我听司姑娘叫过他一次。"

云照兴致盎然："叫什么？"

陆无声顿了顿，才道："土豆。"

云照眨眨眼："为什么叫土豆？"

陆无声笑道："因为土豆搬家。"见她还没懂，他继续说道，"土豆搬家——滚。"

云照抚额，这个司姑娘，果然有趣，连骂人都骂得这么拐弯抹角。她捏捏眉心，似触发了什么机关般，她突然就想起来司玲珑为什么会疯掉了。

听说是一直跟随在她身边的护卫，被司夫人送入牢狱，死于非命，第二日司玲珑就疯了。

那个护卫，坊间流传，叫……土豆。

当年她在茶肆中无意听闻的事，还曾因名字而觉坊间胡说一笑而过，如今想来，却毛骨悚然。

第十一章

那护卫是熙宁三十三年死的，而司玲珑是熙宁三十四年疯的。

云照神情顿敛，心口已经堵得慌了，只因今年，就是熙宁三十三年……如今已入腊月，年关将至，也就是说，那土豆护卫很快就要死了，司玲珑也很快就会疯掉。

陆无声见她面色不对，唤她一声。云照抬头看他，说道："陆无声，我想起一件事情，跟司姑娘有关。"

到底是在人潮往来的街上，云照便拉了他的袖子往僻静的地方带。两人同行于偏僻小巷中，悠长又安静，没有外人打扰。走了一段路，云照也陆续将土豆护卫和司玲珑的事跟他说了一遍，又道："我之前不认识司姑娘，每次回去也都是在腊月十五之前，所以后面的事我也不清楚，只是在那十年间，陆续有听闻。"

陆无声问道："你想帮她？"

云照摇摇头："没想好……陆无声，事情环环相扣，一不小心我就可能走错，然后亲眼看着我在乎的人死去。如今我们已经是步步危机，没有那个精力也没有那个能力去帮司姑娘。我固然欣赏她，可是如果要以我的家人还有你的性命去做赌注，我……办不到。"

她觉得自己有些自私，但她宁可承担因自私产生的愧疚，也不愿拿她在乎的人去冒险。

"云云，你做得没有错。"陆无声以掌轻轻压了压她的脑袋，"无须自责。"

云照又将头埋在他心口上，能重复回到腊月初八她当然高兴，但这几日发生的事令她独自承受了许多，如今有人同行，总是忍不住想多倚靠片刻。有陆无声在，好似发生什么她都能面对。

欲近正午，连倦鸟都开始寻地方短歇，不断有飞鸟从上空掠过，在地上投下一道道疾飞而过的影子。

云照偏头埋首,余光可见地上阴影,瞧着那一团团蹿走的影子,若有所思。突然一声鸟鸣划破天穹,惊得她恍然大悟,蓦地抬头:"我知道为什么我会被衙门前埋伏的人给杀了,因为他们有暗号,那个暗号在竹林出现过,也在我逃跑的时候出现过,就是特殊的鸟鸣声,高亢又刺耳的叫声。"

陆无声低眉稍想,联想她方才所说的种种,问道:"你在追踪那杀手,反被追杀往衙门逃去时,那追逐你的人,曾发出鸟鸣声,告知附近的人你往何处逃去。而刚好衙门附近有人,所以就截杀了你?"

云照点头:"对,如果他们因为知道我是报案人而来杀我灭口,那为什么非得是在衙门前?所以不是因为我暴露了,而是因为那人恰好就在衙门那儿。"

陆无声问道:"那为何那人会出现在衙门那儿?衙门门前是一条远巷,并非大路,平日除了来报案和办差的人,没有谁会特意去衙门,除非……"他眼中已然抹上肃色,"除非他是在伏击刺杀谁,但目标并不是你。"

"是你,陆无声,是你。"云照紧抓了他的手说道,"腊月初十,你会去一趟衙门,但我不知道你是去做什么,我在死之前,看见你从里面出来。"

"刑部和衙门常有往来,若是按照平日的习惯,初十我的确会去一趟衙门。"陆无声说道,"这么说来,矛头处处指向我,夜明珠带你回来,大概也是为了让你来救我。"

云照想了想也觉得是这么个理,又道:"只是奇怪的是,为什么它非得让我来救你,难道它不能直接送你回来?怎么说……你都比我厉害。"

身边尽是危机,可陆无声闻言,仍是笑笑:"云云不要妄自菲薄,当年你不是说,若你跟我一起去考科举,你定是状元,还……"

"别说了。"云照捂了他的嘴,"年幼无知,我知道你梦里偷笑我好几回了。"末了又负手问道,"那我要是真的去了,你信我能考到状元吗?"

陆无声答道:"不信。"

云照瞪着明眸大眼看他:"可你不是说什么都会信我吗?"

陆无声笑道:"除了这个。"

云照张嘴就要咬他,可轻易就被他躲开,恼得不行,边追边骂,一时忘了他们仍在险境中。两人相伴,似能挡住万般险恶。

已过正午,陆无声才回到家中,前脚刚踏入家门,管家就送了信来。他拆了一瞧,是蔺大人让人送了信来,说久等未见,改日再来。

他拿着信回到房中，坐在长椅上闭目沉思。

按云照的说法，上一世她找了衙门捕快暗中报案，蔺大人便来信说改日再见。这一世她没有惊动捕快，但蔺大人还是来信改期。这么看来，蔺大人离开，并非因为刺客一事，或许真的是因为他违约了，又或许是有其他什么事。

不过到底是谁要杀他？

陆无声想起夜明珠，又想到云照，只是想到那个姑娘，心就松软了。然而想到她重复回到腊月初八可能是因为他，陆无声的心情又瞬间变坏了。

他的父亲虽是大将军，第一武臣，但同时也是良臣。良臣之意，便是不偏颇任何一人，只效忠皇帝。自几年前太子病故，一直未立太子，几派皇子明争暗斗，想拉拢陆家的不在少数，但都被他父亲拒绝。

如云照所想，要杀他的人有钱有权，还有胆子，又能召唤十余高手杀他的，那定不会是简单人物。

他突然想起一个问题，凶手杀了他有何用？手握重权的是他的父亲，他刚入仕，并无根基，谁会惊怕？若凶手的目的真是他，那在他的父亲成为大将军的时候，幕后凶手就该杀了他，何必多等几年？

换个想法，难道凶手的目的并不是杀他，而是另有目的？比如栽赃嫁祸……

蔺大人曾官居高位，因品行俱佳，跟朝中许多官员是至交。后因至亲犯事被连累贬谪，但在朝中仍有声望，想拉拢他的人同样不少。只是多年来蔺大人如他父亲一样，没有表明辅佐任何皇子。一个无重权的人怎么会被栽赃嫁祸？难道蔺大人已经投靠了哪边阵营，才令人想除去他，还要借自己这把刀来除去他？

他若死了，父亲定不会善罢甘休，那蔺大人极有可能被牵扯出来，丢了性命。这样一来，那些刺客的真正目的就浮出水面了——栽赃嫁祸。

陆无声缓缓睁眼，眸光冷峻。

万山寺刺客的最终目标不是他，在衙门埋伏的刺客，或许也并不是想杀他，而是因为衙门上山抓人导致他们计划失败，于是前去探听消息，谁承想却看见云照，收到信号后，便将她杀死。

想到云照"上一世"被杀，陆无声的脸部线条更是紧绷，温润模样全然不见，甚至染上点点肃杀之气，沉着而冷然。

云照回到家中时，家里刚用过午饭。在她进门前，云老太太几人早就议论过一番，觉得她今日穿戴光鲜，心情愉悦，定是去见陆家公子了，对她晚归没赶上用午饭也没责怪，看她的眼神倒多了几分慈祥。

这小祖宗近日和陆家公子闹别扭，可把他们急坏了，而今她高兴就好。

"这几日"对他们的转变都已经习以为常，云照没瞧出来家人有这些心思，她还在想司玲珑和土豆护卫的事。只是云照已经自顾不暇，而且让土豆护卫下狱的是司夫人，堂堂尚书夫人，她如何能从她手中救下土豆护卫。

当年坊间传言，司马家的公子上门求娶司姑娘，被司姑娘拒绝，后来就发生了护卫被杀一事，司玲珑也因此疯癫。直到十年后，云照也没有听见丞相家的姑娘恢复正常的事，那就是说，她会一直疯下去。

云老太太见孙女吃着吃着就失了神，唤了她一声，见她回神，才道："云儿心里有事？"

云照答了没有，云老太太又语重心长道："姑娘家偶尔使性子是俏皮，但太常使小性子，就不讨人喜欢了。固然对方有让你不喜欢的地方，你也要多想想自己，可有做得不对的地方。"

云照想了好一会儿才明白过来，祖母这是拐弯抹角让她别和陆无声闹脾气，不由笑笑："奶奶，我明白的。我有个朋友出了点事，方才想得入了神。"

云老太太这才放下心来，连连点头："这就好，这就好。"又道，"今天是腊八，你早上匆匆忙忙出去，粥都没喝。奶奶刚才让人去给你热了一碗，喝完再回房午歇吧。"

云照的胃顿时像被人踹了一脚，真是跑得了和尚跑不了庙啊……

艰难地喝完了腊八粥，云照捂着胃回了房，总觉得浑身都不舒服。她正打算睡一会儿，就听见窗外有声响，窗户被轻叩三声，一短二长。她竖起耳朵快步往那儿去，打开窗户，就见一个男子从一侧闪身出来。

她略觉惊讶："陆无声？"

陆无声以指抵唇，示意她不要大声说话。

云照趴在窗边低声问："你怎么来了？"

"想起了些事，来和你说说。"

云照侧耳，听他低语。陆无声将方才猜测跟她说了一遍，听得云照称奇，待听完，既不甘心又觉佩服，弄得神情都别扭起来，连陆无声都发了笑："是不是觉得我只做探花太可惜了？"

云照抿唇一笑："就你最得意了。"话虽是这么调侃，但这些猜测也并非没有道理，甚至有道理极了，这也就解开了她之前的疑问，为什么非得是在万山寺动手，而非别的地方，"那你回家后，可有收到蔺大人给你的口信或者书信？"

陆无声说道："来了书信，说另约时日再见。"

"那就是说，蔺大人并不是因为衙门的人上山围剿刺客而觉得影响计划才离开的，他真的有事？"

"许是这样。"

"那到底是谁要栽赃蔺大人？"

"还得查。"

云照想了想问道："那会不会是要灭口呢？蔺大人知道了什么惊天秘闻也不一定。"

"那就更没必要多此一举，这么多高手，目标直接定为蔺大人便可。"

云照了然，一会儿她又道："翻了我家的墙，还敲我的闺房窗户，你就是特地来告诉我这些的？"

"想见你。"陆无声倚在窗前，偏头看她，"你这几天见我千百回，但我却是这八天来第一次见你。云云，这很不公平。"

云照这才想起来，两人初一决裂，她死活不愿见他，说来今天的确是他第一次见她。她探手摸了摸他的脸道："才发现你瘦了。"

陆无声不语，一会儿才道："你也是。"

云照又摸摸自己的脸，的确是，她欣慰道："扯平了。"

陆无声唇角紧抿，真是没心没肺的丫头。

云照仍趴在窗台边，满心欢愉地看着他，直到见他被自己盯得闭目，才笑了笑："陆无声，本来明日我该和你去千青湖泛舟的，但司姑娘也会去，所以我们不去那了，免得碰面。"

陆无声睁开了眼看她："你不愿和她扯上关系，是因为怕越了解她，就越内疚没有帮她一把？"

云照轻叹："还是你最懂我。"

她之前是想借司家的"文"，结合陆家的"武"，文武都有，就不怕妖魔鬼怪了。可如今知道司玲珑会是那样的下场，她固然不想帮她，也不能去利用她，所以"眼不见为净"。不会有交情，也就不会有牵挂和愧疚。

陆无声默然摸摸她的头，许久才道："你如今已经在内疚了，云云。"

云照狠心道："还不算晚，我能做到。"

陆无声没有作答，看看天色，说道："我去查查蔺大人的底细，还有其他一些事。你先睡一觉，要见我的话，就让下人送信来。"

"嗯。"

云照心下不舍，身体探出大半，捧着他的脸亲了一口，这才心满意足收回身，只惹得陆无声喉咙发干，连连看她好几眼。她弯了眉眼说道："怎么，还想我多重复一遍吗？"

陆无声驻足不走，墨眉微微挑高："是。"

云照朝他吐舌头："不给。"说罢，就将窗门关上。

陆无声蓦地笑笑，看了一会儿那贴在窗纸上的影子，这才离去。

云照过了许久才打开窗户，见他真的走了，还瞧了半晌，睡意全无，连喜鹊进来都不知道，直到喜鹊把洗脸盆放下，撞出咚咚声响，才吓得她回神。这一跳，反倒把喜鹊吓着了，她莫名道："我的好姑娘，您一惊一乍的这是做什么，让嬷嬷看见，又该说您没有千金大小姐的姿态了。"

"嬷嬷不是不在嘛。"

云照回到桌前，提笔写了封信。等喜鹊拧干毛巾递来，她便一手交信一手接过毛巾，擦着脸说道："你把信给万捕快送去。"

喜鹊一听，五官都皱了起来："您老让晓生哥打听消息做什么呀，我也算是半个京城通，这钱给我多好，都快抵得过我的月钱了。"

云照笑道："快去快去，别啰唆。"

喜鹊边走边痛心，心不甘情不愿地往外面走。云照又道："哎，喜鹊，问你个事。"

"您说。"

"你觉得阿长这人怎么样？就是陆家那小厮。"

喜鹊想了想，认真道："就两个字。"

"哪两个字？"

"唠叨。"

云照觉得喜鹊对阿长真没好感，便没有问她对他感觉如何，换了句话，说道："你也唠叨。"

喜鹊瞪圆了眼："我从来都是字字铿锵的！"又蓦地一喜，"我竟然会用成语了。"

意外的发现让喜鹊边乐边拿着信往外走，蹦蹦跳跳的，瞧得云照也禁不住笑了。不过喜鹊应当不喜欢阿长，两人在一块就像两只雀鸟，只顾着叽叽喳喳，嗅不到什么郎情妾意的味道。

她想给喜鹊找个好婆家，只因在"以前"的十年后，喜鹊一直侍奉在她身边，誓死跟她一块做老姑娘。

今生她打定主意要嫁给陆无声，当然也要给喜鹊找到良缘。

浑然不知有人正为自己的婚事操心的喜鹊还沉浸在她用对了一个极好的词的喜悦上，到了衙门见到万晓生，信交出去的时候也是满面春光。万晓生接了信没立刻拆，笑道："碰见什么欢喜事了？"

喜鹊字正腔圆道："我用对了一个词，有点难的词，字字铿锵。"

万晓生哑然失笑："这词用得好，是挺难的。"

喜鹊得意点头，又拨了拨信封："你快拆，我家小姐让我十万火急交给你的……哎呀，我又用对了一个！"她立刻捂了嘴，生怕自己笑出声来。

万晓生倒是被她的模样逗得笑出了声，一时忘了看信，又被她瞪眼直戳："你快看信，我家小姐急着呢。"

万晓生这才拆信，又道："喜鹊你很喜欢你家小姐吗？"

"当然，小姐对我可好了。当年我爹娘要卖了我，是小姐路过了给了我爹娘钱，留我在云家，管饱饭，还给我钱，从来不骂我也不打我。我这条命是小姐给的，就算是为了她死都行。"喜鹊气道，"你倒是看信呀。"

万晓生说道："告诉云姑娘我会照办。"

喜鹊皱眉道："每回小姐给你的信你都是想也不想就答应了，也不怕她坑你。"

万晓生笑道："你信的人，我也信。"

喜鹊摆摆手，踮脚凑近了低声道："我们小姐有时候啊，可坏了。"说完她就轻咳一声，佯装刚才什么都没说，"好了，我走了。"

万晓生点点头，看着她如喜鹊般轻快飘走，这才拆信来瞧。信上寥寥二十余字："腊月初十衙门附近会出现一名身上有兰花香气的男子，暗中跟之。"

这着实让人觉得好奇。

万晓生将信收好，拢紧衣服摇摇头，又瞧了一眼天色，这么冷，估摸是快下雪了吧。

天色越晚越是寒凉，喜鹊往回走时，申时不到，可却冷得两手冰凉。她往手里呵气取暖，离云家还剩一条街时，突然听见有人大声喊自己。她浑身一震，头也没回，拔腿就跑。可不过跑了三四丈，就被人用力拍在脑袋瓜子上，痛得她直往前跟跄，重重摔在地上，刮得两掌露了血痕。

她半句疼也不喊，起身又要跑，却被一巴掌盖住脑袋，往下一压，脖子差点没拧了。

"让你跑！让你跑！白生了你出来，见到亲娘跟见了鬼似的。"一个花袄妇人双手叉腰，喝声大骂。

喜鹊也没抬头，想站起来，又被那妇人拍回地上，她这才恼了："我是云家的下人，这么在地上滚，被人认出来要丢老爷夫人小姐面子的。"

妇人大骂道："那你见到亲娘就跑，就不觉得丢你娘的脸了？"

喜鹊道："丢了云家的面子小姐就不给我月钱了。"

妇人一顿，俯身抓了她的衣裳拎她起来，将她半拖半拽进僻静处，伸手道："钱。"

"没钱，"喜鹊摸摸自己的后脑勺，"要过年了，我想做一件新衣裳。"

妇人听也没听，直接在她身上掏："云家小姐会给你做新衣裳，钱留着做什么，给我。"

喜鹊急红了眼："那是下人衣裳，都一样的，我要做件自己的！钱钱钱，都给你了，我连买颗糖的钱都没！"

"云家小姐不给你钱，那你找陆无声啊，做陪嫁丫鬟，让他一起收了你，到时候别说一颗糖，就算是一间铺子，他也会给你。"妇人见她吵闹，又往她身上重重打了几巴掌，揍得喜鹊眼都红了。

"住手。"

清脆幽冷的女子声音传来，妇人还不知发生了什么事，就被人一掌推开，厚重的身体被轻轻一推，就摔落在地，妇人顿时蒙了神。

司玲珑恶狠狠地盯着她，抬手作势要揍她，妇人尖叫一声，连滚带爬跑了。她还要追上去，瞥见旁边影子闪出，她回头瞥了一眼那冷脸土豆，就没追，对喜鹊说道："听刚才那恶妇的话，你是云家姑娘的婢女？"

喜鹊点点头，不知道怎么会从天而降这么个漂亮姑娘来救自己。

"你家小姐帮我抓过贼，我救了她的丫鬟，倒是有缘。对了，你告诉你家小姐，我明日亲自登门拜访。"

漂亮姑娘走了，喜鹊还云里雾里的，她家小姐什么时候救过这么厉害的姑娘？

喜鹊心中狐疑，回到云家就将这事告诉了云照，可刚说完就见小姐抱了头将桌子叩得叮咚响，吓得她忙挡住："小姐您做什么呀？"

　　一心想要躲开司玲珑的云照脑袋嗡嗡直叫，没想到出了喜鹊这事，又改变了司玲珑原本的轨迹。她以掌击拳，起身道："喜鹊，你让阿福去一趟陆家，给陆公子带个口信，约他明天去千青湖游船。"

　　她就不信了，她故意爽约还能碰到司玲珑？

第十二章

陆无声知道云照喜欢千青湖两岸的腊梅，每年都要去一次，但明明昨日说不约，怕见到司玲珑，但最后又约见他，一问，才知晓缘由。

云照拉着他登船，还鬼鬼祟祟地往岸上瞧，等站在岸边的喜鹊和阿长成了个黑点，才将捂住脸的手放下，说道："真不该让喜鹊去衙门送信。"

陆无声问道："去衙门送信给谁？"

"万捕快。"云照说道，"我这几年认识的一个小捕快，人很机敏，身手也很好。我给他钱，他给我消息。衙门不是来消息快嘛，我就让他提前告知能告知外人的事给我，我好提前准备。毕竟是生意人，怕栽跟头。"

陆无声略有些醋意："我竟然不知道你有个这么好的眼线。"

云照笑看他："吃醋呀？"

"吃的。"

"我'前两天'就吃了司姑娘的醋，扯平了。"云照托腮瞧他，"我还不知道你认识的姑娘中，有个这么好看又英姿飒爽的姑娘。"

说到英姿飒爽，云照又禁不住想起司玲珑的身影，叹道："如果司姑娘是个恶人，那该多好，我就完全不用想她的事了。"

陆无声突然叫一声："曹操。"

云照莫名道："什么曹操？"

陆无声的目光往她后面看去："那儿。"

云照心头一紧，顺着他的视线看去，一叶扁舟正往他们这边划来，站在船上朝她挥手的那人，不是司玲珑还能是谁？

云照腿一软，不由瞧了瞧天，她越发觉得老天爷很可怕，躲不过，就是躲不过……难道老天爷让她回来，是要拯救苍生？那也太博爱了吧，她可没有这个志向。

"云姑娘，"船转眼到了跟前，司玲珑笑道，"我约了你午后见，还以为要午后才相见，没想到在这就碰上了。我本想钓两尾鱼做谢礼，看，现在可以直接去岸上酒楼开酒席了。"

云照扯了扯嘴角笑意，她怎么没听喜鹊说是午后见？对……她好像都忘了问什么时辰见，是喜鹊忘了还是司姑娘忘了提？抑或是……老天爷让两个人都忘了？

云照余光看了那土豆护卫一眼，觉得有点冷，更有些茫然，因为她不知道老天爷送自己回来的真正意义，到底是什么。

司玲珑再三相邀去岸边酒楼，盛情难却，云照只好同意。现在不说几句话，按照司玲珑的脾气，午后也会直奔云家的，到时候更难拒绝。

两条船一起从岸边划来，喜鹊和阿长还在岸边唠唠叨叨，见船回来，觉得不可思议。再仔细一瞧，两条小船上都是俊男靓女，连素来毒舌的阿长都叹道："璧人啊！"

喜鹊说道："我家姑娘最好看了。"

"旁边那条船的姑娘也好看。"

"才不……"喜鹊一顿，待看清那人，转口道，"跟我家姑娘一样美。"

阿长诧异竟然有人能跟云家小姐的美貌相提并论了，片刻就见喜鹊跑到岸边，笑得如花灿烂："司姑娘。"

司玲珑看了看她，跳上岸笑笑说道："今日精神气不错。"

云照不知喜鹊昨日发生了什么，她回来后也没提及被她母亲毒打的事，还特地换了身衣服才过来伺候，这会儿听见这话，问道："难道昨日我丫鬟的精神气不好？"

司玲珑略微意外喜鹊没提昨日的事，正迟疑要不要说，就见喜鹊朝自己使眼色，她了然于心，便道："许是天冷，冻得人都蔫了。"

云照笑笑："喜鹊的确很怕冷。"

喜鹊也欢快应声，暗中朝司玲珑投以感激的眼神。

到了酒楼，掌柜见司玲珑和云照一起进来，颇觉奇怪，笑道："司姑娘和云姑娘都是我们这儿的熟客了，没想到今日竟会一块来。"

云照擅于认人，不敢说过目不忘，但多少会有些印象，她没想到司玲珑也是熟客，平日却没见过。以前毫无交集的人，重回腊月初八，倒成了朋友，是巧合，还是缘分，抑或是上天有意为之？

陆无声见云照自从在湖上碰见司玲珑后，就总是神游，心知她不愿有过多牵扯，轻扶了她的胳膊，说道："刚才吹了冷风，更不舒服了是吗？"

云照和他素来默契，顺势说道："有些头疼。"

司玲珑说道："既然不舒服怎么还出来游湖？陆公子，这可就是你的不对了。云姑娘，你不舒服的话就回去吧，我们改日再约。"

临走前，云照又禁不住朝那土豆护卫看一眼，恰好他也正看着她，目光一对上，云照就立刻避开。护卫凝神目送他们离去，等他们走远了，才道："她有蹊跷。"

"是有些不对劲。"司玲珑说道，"那两尾鱼已经让掌柜拿给厨子了，他们走了，我一个人吃不完，你陪我一起吃吧。"她顿了顿又说道，"跟以前一样，陪我一起吃饭。"

护卫没有吭声。

司玲珑不由冷笑："我知道我娘找过你，问我嫁给司马家公子的事，你一定说好，对不对？可就算你们都说好，我也不去司马家。"她咬了咬牙，突然满腔怒意，取了腰间钱袋丢在他脚下，"不稀罕你送的钱袋，昨天就该被小偷抢走，反正你也不打算追回来，由着我跑断腿去追贼你也不帮忙，呸！"

廊道无人，她骂得大声，怒得连梁柱似乎都震了一震。她哪里还有什么心思吃鱼，转身跑下楼，留他一人在那儿。

男子伫立半晌，缓缓俯身拾起那杏花色的钱袋。钱袋用了四年，有些褪色，但她还会佩戴在身上。

他不能告诉她的是，司夫人问他她做司马家的人好不好时，他说了不好。司夫人当即变脸，威胁说他若不离开司家，就杀了他的事，他也不能告诉她。再说，告诉了她又能如何，让她一个官宦千金舍弃一切跟他亡命天涯？躲一日可以，十天半月，三年五载呢？更何况，那是她的母亲。

他轻轻拂去钱袋上的灰尘，动作温柔，像轻抚意中人的面颊，遥不可及。

云照今日太过反常，别说外人，就连喜鹊都看出来了，一路上欲言又止。

到了云家大门，陆无声也顿了步子："我不便进去，你去歇着吧。"

云照偷偷笑了笑，陆无声只当作没看见。他知道她在笑什么，昨日还翻墙进来见她，今日却说不便进去。他笑道："快进去吧，我去约蔺大人喝茶。"

说到蔺大人，云照收了笑，连声音都轻了："你去吧。"

送走陆无声，云照心头还有紧迫感，回到房中，她挪了凳子到火炉旁烤火，果然是快要下雪了，天冷得不行。她见喜鹊在前头拨炭火，问道："你一路上都在瞧我，到底想说什么？"

喜鹊稍有迟疑，到底是心直口快的人，说道："姑娘不喜欢司姑娘吗？其实司姑娘人挺好的，昨日我娘来找我了，司姑娘听见我是你的丫鬟，立刻过来帮了我一把。可姑娘爽约去了千青湖，不小心碰上，又借口走了。姑娘根本没有得病……"

云照没想到昨天还有这个小插曲，司姑娘为人仗义，三言两语就能看出来，但没想到只是听见喜鹊是自己的丫鬟就上前帮忙了。喜鹊说得轻描淡写，但那喜鹊娘是怎么样的人，每次见到喜鹊下手有多重，她清楚得很。

她想过要买喜鹊的卖身契，但喜鹊爹娘看出来她会待喜鹊好，能源源不断给喜鹊钱，所以死也不答应。

"你娘真是个混蛋。"云照骂了一句，又道，"上了药没？"

云照也不问她受了伤没，哪一次喜鹊娘出现都会给她这个女儿留点伤的。

"喜鹊没事，幸亏司姑娘出现得早。"喜鹊低声重复道，"幸亏司姑娘出现得早……"

云照默然片刻，炭火太过旺盛，烤得手掌都有些疼。她往后一靠，倚着椅子缓声道："喜鹊，你知道我不爱惹麻烦。"

"跟司姑娘结交会有什么麻烦？"

"因为她的护卫会有麻烦。"云照轻轻嘘了她一声，示意她不要再问，再问，她又要心烦了。

喜鹊不敢多问，退出房间，一阵冷风袭来，刺得她浑身一抖。她回身看向冷清的院子，眉间有愁思。

腊月初十，半夜飘雪，早上雪有半尺厚，铺得满城银白。

云照心绪不宁，早早就起来了，虽然让万晓生去追踪那个有兰花香气的人，但她还是不太放心。昨天陆无声说去约见蔺大人，但一直没过来寻她，那肯定又是没见着面。

本来他今天要去刑部，将近午时的时候，就要去衙门的，但陆无声对她说，他会去追踪那个她"前世"在街道碰见的人。云照想到那个人就觉得心慌，不过陆无声的身手的确比那个人好，她倒也不是太担心。

希望两边跟踪都有进展，同时不会出乱子。

她心中不安，便跑到祖母平日烧香拜佛的小祠堂烧了三炷香，这才和家人一起用早饭。

用了饭，云照回到房中，取了张宣纸在桌上铺开，将"这几日"所发生的事全都写上，还有所见过的人和关联的事情，错综复杂的关系通通都罗列出来。这一写，思路就清晰多了。

只要陆无声和万晓生今天进展顺利，那揪出幕后黑手就容易了。

云照将纸折好，寻了个大香囊放好，贴身携带。这种东西不能让别人看见，否则就天下大乱了，她还得被当作妖怪。

等她忙完这些，才发现好像从早上开始就没看见喜鹊，她略有不安，唤了嬷嬷进来，问道："喜鹊呢？"

嬷嬷答道："一早就出门了，说去帮您买脂粉。"

云照微顿，摆手让嬷嬷下去，左思右想都觉得不对劲，她可没有让喜鹊去买脂粉。云照猛地一怔，那丫头该不会是跑去找司玲珑了吧？她这才想起一件很重要的事来——忘记跟喜鹊说不许嘴碎了。那丫头心地太过善良，难保不会将她昨晚随口说的那句"她的护卫有麻烦"告诉司玲珑。

云照犹豫再三，还是拿上披风出门去寻她。

如她所想，喜鹊的确是去找司玲珑了。只是她在司家门口徘徊了近两个时辰都不敢敲门，躲在远处往那边看。她这么做大概不对，她家姑娘说了一句莫名的话，自己就这么紧张兮兮地跑过来提醒司姑娘，谁会信？那护卫看起来冷冰冰的，谁敢找他的麻烦呀，他不要去找别人的麻烦就要烧香了吧。

喜鹊思前想后，终于还是转身走了，多大点事呀，还是不要惊扰尚书家的小姐好了。

她打定主意不说，一瞧天色竟然已经要正午了，急忙往云家跑。

雪后地面湿滑，喜鹊跑得急，好几次差点摔着。但她一心想快点回去，埋头跑着，也没留意前面。突然不知撞上了什么，撞得她往后仰去，重重摔在地上。不等她瞧是谁撞了她，那人就一步掠过，冷冷空气中只留一阵兰花香气。

喜鹊怒而偏头，却不见那人踪影，完全湮没在了人潮中。她顿时莫名，难道方才见了兰花鬼不成。

"喜鹊？"

万晓生从人群中追来，见她坐在湿漉漉的冰水地上，弯身将她拽起，下意识地要给她拍去衣裳污水，猛然发现位置不对，立刻收了手。喜鹊也发现他差点要给自己拍屁股，顿时羞红了脸，双手叠在背后："你怎么在这儿？"

"路过。"万晓生心觉可惜，这样一来，人就跟丢了，他收了心思，专心瞧她，"你呢？"

"我……我也是路过。"喜鹊说道，"我路过完了，再见。"

"等等。"万晓生见她真要走，将自己的披风取下递给她，"系上。"

喜鹊深知自己摔了一身脏没法回去，接了他的披风系好，问道："你住哪？洗干净了我给你送回去。"

"今晚我就会去一趟巷子，记得让云姑娘备钱，到时候你一起拿来就好。"

喜鹊面露痛心神色："钱……"

万晓生笑道："别想了，回去吧。"

喜鹊叹了口气，跟他道别，这才准备回云家。走了不过十几步路，忽然就看见个熟悉身影，正站在前面等着她。她一顿，心有怯意地走过去，到了跟前唤声："姑娘。"

云照没说什么，只是说道："走吧。"

喜鹊讪讪跟上去："您怎么出来了？"

"路过。"

"……"这话听着，怎么就这么不可信呢？

午后不过三刻，等在窗口的云照就听见那一长两短的叩窗声，她立刻探身打开，果真看见了想见的人："陆无声。"

窗户开得太快，若非陆无声闪得快，窗户就要拍在脸上了。他摸了摸脸，说道："还好脸没事，否则你就不愿见我了。"

云照撇嘴："我哪里是这么肤浅的人。"

陆无声笑道："一直说喜欢我的脸胜过喜欢我这个人的是谁？"

云照哪里还记得这个？她这些年始终惦记的，只有陆无声这个人。有时候梦里人的容貌会模糊，但是喜欢他的心思，却没有减少半分。

"不跟你贫，你见到那个贼首没？"

陆无声点头："跟你描述的样貌分毫不差。"

云照明眸更亮："那你找到他的老巢没？"

陆无声的眼睛却随之黯淡三分，倚着窗台说道："算是找到了，但又不算是找到了。"

云照不解，陆无声说道："因为他拿着腰牌，进了皇宫。"

云照这才明白他的意思，皇宫里单是太监宫女就数千人，更别说皇宫内的七司三院护卫禁军等等，那贼首进了宫，就等于一根针掉进大海里，根本捞不到，就算捞着了，也会扎手。

她瘫在窗台上："真的往最坏的方向去了，是皇族中人……"

"车到山前必有路，不用太担心，云云。"陆无声知道自己身处险境，但放弃的话，也太早了，"我们已经有了眉目，继续查，未必查不到真相。"

"你总是说得这么云淡风轻。"云照眼观了几次生死，一点也不想再次重来，重来，就代表着于她而言很重要的人，又死去了，"希望万捕快那能找到线索，确定到底是皇宫里的谁，要对你不利。那蔺大人那边可有什么消息？"

"我去试探过，他没有松口。"陆无声说道，"蔺大人行事小心谨慎，确实难以探出。只是既然知道那人真容，要想打听也不是难事。"

"可一定不能让人知道你在打听他，他的残忍，我见识过了。"云照想到那人就觉得冷，"你去打听，不方便。"

"其实有一人，倒是可以的，她和十七公主交好，常出入宫中，认识许多太监宫女。"

云照嗅到些许线索，问道："你说的难道是司姑娘？"

陆无声点头："就是她。"

云照瞬间为难："我既然决定不帮她，那此时去拜托她，就是利用了。陆无声，那个土豆护卫很快就会被司夫人杀了，司姑娘也很快就会疯，我如何能……请她帮忙。"

陆无声沉吟良久道："交换。既无情义，也不愿牵扯上情义，那就交换吧。你拜托她帮忙，那你也帮她一回，此生不欠。"

话像火苗将云照心底的蜡烛点亮，在阴冷寒冬中生了篝火般舒服。云照纠结两日的心终于解开了死结，也没了愧疚："这个主意好。陆无声，我这就去找司姑娘。"

陆无声还想多和她说两句，没想到她竟真的跑了。他瞧着苦笑一声，知道她所做的这一切都是为了他，便收了苦笑。

皇宫……到底是谁要借他这把刀，达成那不可告人的目的？

司姑娘不在家中，云照扑了个空，管家进去禀告一声，不一会儿就出来个气质端庄，但眉眼稍稍挑起，显得冷傲的妇人。她的五官跟司玲珑实在很像，只是多了三分凌厉之气，云照一眼就认出这是司夫人。

司夫人见她衣着光鲜，模样也俊俏乖巧，才缓了面色："玲珑一早就出门去了，也不知道去了哪里。你若看见她，就让她快些回家吧。"

云照满口答应，但想到司夫人对那土豆护卫做的事，还是觉得司夫人周身冷冰冰的，她不想多待，立马告辞去找司玲珑。

她前脚刚走，司夫人刚刚缓和的面色就沉冷下来，对管家冷声道："玲珑到底去了哪里，整日跟那护卫在一起，司马家的人已经很不满意，快找她回来。"

管家颔首听着，说道："姑娘的心在他那儿，是回不来的了。"

"回不来，也得回。"司夫人冷冷道，"就她一个人回来，你知道该怎么办。"

管家微顿，小心问道："可要禀告老爷？"

司夫人听见那两个字，语气更冷："他的心，在朝廷那儿，也回不来了。"

管家立即住口，不敢再提了。他现在要做的，很明白：让小姐回家，只让她一个人回来；她的那条影子，必须斩断！

第十三章

云照没有找到司玲珑，不知道为什么心里七上八下，只因如今腊月已过三分之一，那土豆护卫被杀一事随时可能会发生，那意味着司玲珑也会随时疯掉。她想快点找到她，然后告诉她她身边的危险，让她看好她的土豆护卫。

然而她跑了快四条街道，都没有找到司玲珑，早知如此，就该把陆无声一起喊来的，自己跑那么快做什么。

为了找司玲珑，她还特地跑了一趟千青湖，可她也不在那儿。

此时云照才彻底担心起来，他们到底去了哪里，难道"十年前"土豆被杀的事……发生在今天？

她怔在湖边，看着绿波荡漾的湖面失神，巨大的愧疚袭上心头，嗓子瞬间就干哑了。千万不要……不要是这样。

她转身往城里跑，想去别的地方再找找，实在不行就只能回家喊下人一起来找。

"云大小姐？"声音并不陌生。

云照顿下步子，回头瞧，果真是万晓生。

万晓生提步过来，手里还抓了只山鸡，那山鸡尾巴奇长，几乎曳地，脑袋耷拉着，无精打采。他笑道："我本来还打算在老时间去你家巷子，没想到在这碰见了。这天都快黑了，还下雪，你是要去哪里，我可以代劳。"

云照问道："今日的事如何？"

"没成。"

这结果在云照的意料之中，既然陆无声跟踪的那人是皇宫里的人，那万晓生跟踪的那个有兰花香气的人，跟皇宫那人是同伙，武功又怎么会差？他没跟上，也不奇怪，她只是觉得失望。

万晓生说道："那人武功好得不得了，看样子也是个练家子。我事没办成，钱就收一半吧。"

云照到底是个精明商人，眉毛一挑："没办成还收一半？"

万晓生笑道："虽然没办成，但我的确是去办了这事，总要给我些辛苦钱的。这是我娶媳妇的钱，云大小姐见谅。"

云照真拿他没脾气，不过念在他平日办事牢靠，收的钱也的确不算离谱，也就认了这笔账，又道："那是一点线索也没有？"

"倒也不算是一点没有，这人身材高大，样貌不凡，白得像个姑娘，最重要的是，他的身上有一股兰花香味。虽然是在衙门附近埋伏游荡，但是衣着整齐，看起来是个很讲究的人。"

云照忙说道："长什么模样，跟我仔细说说。"

万晓生眉头轻拧："脸上倒也没什么特殊的标记……这样吧，我去寻衙门的画师，让他画出来给你看看。"

云照甚喜，这才在意起他手里的鸡来，问道："你这是去哪里抓的山鸡？"

"山上，拿去酒楼，能卖三十文。"说罢，万晓生看看天色，又说道，"再不送去就晚了，赶不上晚饭等到明天再卖，饿一晚要少二两肉，就不值三十文了。云大小姐请便，改日有事只管找我，我先走一步。"

云照点点头，冲着他飞速离开的背影摇摇头，真是个财迷，攒了那么多钱，可是自己的衣服却还是穿得发皱，不会享受日子的铁公鸡。

等他走远了，云照才想起来自己还有事情要做，也跟着往城里跑。

若非乘坐马车不能眼观四方，她也不愿受这个罪。不过这几日总在奔波，她倒是习惯了，这会儿跑了半晌，脚也不累。

行至大道，不断有马车驶过，尘扬半空高，扑得云照只觉丝青布白。忽然一辆窄小马车从对面冲来，云照微微闪避，似乎那车夫早已看见有人在前，马车以很平稳的速度驶向一侧。

云照本来没在意，瞥见车夫冷峻面孔，猛地灵光一闪，往右边一个大跨步。那人似乎也没料到她会冲出来，急拉缰绳，扯得马嘶鸣，迅速停下。在马车停下的同时，云照听见车厢里重重咚了一声，像有什么东西磕到了车壁上。

那土豆护卫面色本就冷峻，此时更添了冷然，没想到那拦路人竟还大胆地走到跟前，将他手中缰绳拽住，沉声问："车上的是司姑娘吧？"

护卫微顿，没有作声，反手一扯，将缰绳从她手中抽出，急速拉扯的绳子在云照手中狠狠摩擦出去，像利刃般划出丝丝血迹。她顿时恼了："是我连累你心上人撞了车厢，但也不必这样狠心吧？"

"他没有恶意。"车中人缓缓撩起一角帘子，只露了半身，没有露出脸，"对不起云姑娘，他只是以为你有恶意，否则不会那样。"

"见到你就好。"云照想再走近一步，可那土豆护卫又将她拦住，她差点再恼，只好站在原地道，"司姑娘，能不能请你帮我一个忙，无论日后你要我做什么，我都愿意帮你。"

"你帮过我的忙，让我找回了一件很重要的东西，我当然愿意。可如今我没有空，得过一段日子了。"

云照忙问道："何时？"

车上人沉默半晌，说道："我也不知道，等什么时候这儿不危险了，我就回来。"

云照正要问她什么危险，突然有些明白。她想起当年传言，护卫是在司家被抓，可现在这架势看起来，他们分明是要私奔。她又蓦地想起喜鹊，刚才出门的时候，她并不在家中，这实在很反常。

"云姑娘，我们要走了，若你觉得我们还算是朋友，请不要告诉我的家人在这里见过我。"

"等等。"云照心头紧揪，已经没有闲情去管司玲珑和她的土豆护卫的事，"危险，是谁告诉你有危险？"

那撩着车帘的手手势已僵，想要收进去，却被眼疾手快的云照一把抓住，云照喝声："是不是喜鹊告诉你的？"

司玲珑几乎被她拽了出来，护卫要劈云照紧拽的手，却被司玲珑挡住。那藏在车里的脸，终于露了出来，脸色比起平日来，苍白憔悴，眼神仍是坚定，像在沙场厮杀的将士，即使耗尽一兵一卒，也不退半步。

"是，是她告诉我的，我问她是谁说的，从哪里听来的，她都不肯说，只是让我们快走，说我的护卫会被我母亲所杀。"司玲珑跪坐在车上，神色不安，"我知道母亲对他不满已久，这次司马家求亲，母亲更是动了杀机。但我觉得娘亲疼爱我，不会做出那种事令我伤心，只是喜鹊来报信后，我多加留意，果真发现府里布满陷阱，娘亲她真的要杀我喜欢的人。"

云照怔神，喜鹊怎么会知道这些？难道是下午她跟陆无声在窗边说话时，正好被喜鹊听见了？喜鹊那样善良，她怎么可能忍得住不去救曾对她有恩的人？于她而言只是一句提醒，但云照深知司夫人的手段，她没有成功抓住土豆护卫，那就有可能去查是谁泄露了机密。

这一查，就可能查到喜鹊身上。

司夫人对陪伴她女儿十余年的护卫尚能下毒手，那对一个多事的丫头，有什么不敢做？她怔怔道："对，你娘要杀你的意中人……喜鹊是听见了我说的那些话才告诉你的，现在喜鹊可能会被你娘盯上，丢了性命……"

云照神色黯然，连连退了几步，顾不得司玲珑，便往城里跑去。她要找到喜鹊，找到那个蠢丫头！

护卫见她远去，便要整理缰绳继续赶车，又偏头低声问："撞伤了哪里？"

"额头。"

话落，一只温暖大掌便捂在她的额头上，轻轻揉着，想揉散额上淤血，免得明日结成淤青。

司玲珑握了他的手，抬头说道："如果那叫喜鹊的丫鬟因我们而死，我会愧疚一辈子。"

护卫微微一想，又为她揉着那淤血："我们回去。"

司玲珑轻轻一笑，捧着他的手亲了一口。唇上温暖，但心却如寒冬冰冷，只因这一回头，他们就有可能再也离不开这座城池，一世困死。

可那又如何？大不了真如喜鹊所说，他死了。那她……就陪着他一起死呀！至少，也是一生一世在一起了，黄泉路上，谁也不丢下谁。

绸缎庄里的布匹色泽光鲜艳丽，温和素雅，各式各样，挂出的成衣绣工精巧，将绫罗绸缎点缀得轻软漂亮。

喜鹊每次从这铺子门前经过，都免不了多看几眼。她有哥哥姐姐，还有弟弟妹妹，从小家里买衣服都是哥哥穿不了了的就给弟弟，姐姐穿不了了的就给妹妹，如果不是进了云家，她还从来没穿过为自己量身而做的衣服，不过那是下人衣裳。她想让裁缝做一身能让她外出玩的，不是下人穿的衣裳。

不过这几年钱都被爹娘拿去，一身好衣服至少要好几百文，她攒啊攒，终于攒到一些钱了，等到了年底老爷夫人小姐发了赏钱，她就能买下一件好衣裳。到时候再跟小姐讨两天假，因为她要穿着新衣裳在大街小巷走一遍。

喜鹊美美地想着，想到自家姑娘，又有些心慌。

她本想着去送茶，没想到在门口听见陆家少爷的声音，她怕有其他下人过来听见，就乖乖守在门口。谁想就听见他们提及司姑娘和她护卫的事，听得她的心怦怦直跳。思前想后，她终究熬不过心中煎熬，跑去告诉了司姑娘。

可回来的途中她觉得自己做得不对，至少应该和姑娘商量商量再去跟司姑娘说这话的。而且她其实什么也不知道，就这么过去跟司姑娘说，万一事情并不是这样呢？

她懊恼地挠挠头，难怪小姐总说她做事不周全，现在想想她当真做错了，而且小姐又没有通天的本领，怎么就信了，说司夫人要杀那护卫？

喜鹊敲了敲自己的脑袋："呆瓜。"

腊月飘雪，雪势不大，但下了一天，街道两旁无人踩踏的地方，雪堆积得有半尺多高。喜鹊搓着手往云家走，时而抬头看看天色，目光触及瓦片上厚积的雪，更觉得冷了。

这天还没完全黑下来就这样冷了，等到了晚上那该得多冷。她想到晚上还得去巷子给万晓生钱，不由打了个冷战。她得早点去，免得他等太久，穿着那样一身薄棉袄，还要站在那里吹巷子风，可别把他冻坏了。

冻坏了她家小姐要他办事怎么办？喜鹊发现自己无时无刻不是一心一意为她家姑娘着想，一时觉得高兴。

"呼——"

冷冷寒风扑入云家巷子中，钻入喜鹊脖中，冷得她忙捂紧衣襟。

"喜鹊。"

喜鹊抬头看去，拎着菜篮子出来的赵妈妈正迎面走来，冲她喊话。喜鹊笑了笑，也回了一声。赵妈妈快步朝她走去，想问问她今日都跑哪里去了，一整天都不见人。

又一阵凛冽寒风扫雪，吹得空中雪花乱飞，刮入赵妈妈眼中。她抬手揉了揉，再一睁眼，却不见了喜鹊。

赵妈妈愣了愣，再一看，人就僵住了。刚才还活蹦乱跳的喜鹊，此时却躺在雪地上，血从脖子涓涓流出，染出一片红雪。

"喜鹊！"

腊月天，寒风呼啸。

云照跑了一个下午，浑身都在冒着热气，恨不得脱了那厚重外裳，可又怕冷着，万一染了风寒，喜鹊那丫头又得跟个老妈子般念叨她半天了。

她拖着疲累的腿推开家门，大门大宅彼此一通，冷风对流，冷得她哆嗦了下，暗想刚才没脱外裳果真是对的。她边往里走边觉得奇怪，守门的小厮去了哪里？

她拧眉直入，还没穿过院子，管家就跟跟跄跄跑过来，瞧了她好几眼。

云照问道："喜鹊回来了吗？"喜鹊能去的地方她都找过了，但是都没见着，估摸她是回家了。这样也好，家里总归安全些。

话一问，管家两眼跟着一红："喜鹊她……喜鹊她……"

云照心头一凉："喜鹊怎么了？"

管家当即痛哭："喜鹊被人杀了，死在了巷子口。"

云照猛地怔神，几乎站不稳。她蓦地想起方才回来，雪地上的确有血，可她并没有想到那是人血，还想是哪户邻居在外头杀鸡放血……

管家颤声："小姐，小姐您没事吧？"

云照回过神，面颊冰凉，抬手一抹，手背已沾了泪。她哽咽："她在哪里？"

"本来送去了喜鹊家，可没想到她的爹娘将她送了回来，还大吵大闹是我们杀了她，要老爷赔钱。要是不赔三间铺子给他们，他们就告到官府去，现在还在偏房里哭闹。"

云照只觉得不可思议："喜鹊没了，他们还想着钱？"

管家既愤恨又憎恶："对，口口声声说要为喜鹊讨公道，可如今却要拿尸首换钱。恶毒，恶毒啊！"

云照心中悲愤，腾起满腔怒火，脸色阴沉着往偏房快步走。路过廊道见有扫帚，一把抓住。她还未到偏房，就听见了喜鹊爹娘的哭喊声，喊着女儿死得冤死得可怜，听得云照头上都要冒出火来。

她咬牙冲进里头，二话不说，见了喜鹊的爹娘就揍，用扫帚一阵乱打，打得喜鹊爹娘尖叫乱蹿。

"当初我就该把喜鹊的卖身契给买了，跟你们断绝关系！是我心软，是我的错，是喜鹊太笨，还想着照顾她可怜的弟弟妹妹！"云照对他们不满已久，心有积怨，如今喜鹊已死，他们的面目又这样可憎，更令她没有办法原谅他们。

喜鹊爹娘被打得抱头乱跑，要不是云家下人怕打出人命拦住云照，云照非得将他们打得头破血流不可。

云照心有怒意，四五个仆妇好不容易才将她拦下，云照恼得只能骂道："滚！别让我再看见你们，否则我非得打断你们的腿！去官府是吧？那你们倒是去啊，我蹲大牢前也一定要你们陪葬！大不了我跟你们一起死！"

喜鹊爹娘就没见过这样剽悍的姑娘，平日里还挺好说话的一个千金大小姐，现在跟疯了似的，还要拉他们一起死，为了个丫鬟值得吗？疯了疯了，真是疯了。他们再不敢多要求什么，生怕她又发疯，连滚带爬地跑了。

云照气得浑身发抖，抓着扫帚不肯松开。一个仆妇带着哭腔说道："姑娘，喜鹊还躺在地上呢。"

像是一句魔咒，突然就让云照失去了气力。她缓缓垂下手，仆妇趁势将她手中扫帚拿开。云照偏头看向那还躺在地上的人，遮盖的白布上还有血，她又想起了当初的陆无声。

云照想去掀开白布，嬷嬷一见，死死抓住她的手："姑娘使不得，太……太惨了，您不要看。"

"喜鹊……"云照唇齿一动，眼泪就跟着啪嗒落下，被怨恨铺满的心，刹那间就被巨大的悲伤代替。陪伴了她多年的人，说好明年一起及笄的人，总是叽叽喳喳的人，突然就不会说话了。

旁边下人看着也觉心痛，想要扶她出去，却听她说道："你们先出去，我陪一会儿喜鹊。"

他们还要劝，云照又重复了一遍，几人面面相觑，到底还是出去守着了。可总觉得不放心，便去请夫人过来。

云照回头瞧了一眼，见门已关上，才伸手去揭那块白布。

白布渐渐被揭开，喜鹊头上的小簪子就落入云照眼中，瞬间像剑刺在她心上。她继续往下看，看见了她的额头、眼睛、鼻子，她捂着嘴看着，生怕自己痛喊出声。直至那血肉模糊的致命伤痕入了她的眼底，她才终于忍不住，眼泪啪嗒滚落："喜鹊……"

可不管她怎么哭，现在的喜鹊都不会叽叽喳喳地在她耳边叫唤了。

云照以为自己往返几次，已经不会再痛心这种事，至少不会哭了，可没想到还是落了泪。她轻轻抚了抚喜鹊的额头，低声："我会救你的，喜鹊，你等等。"

她颤颤将挂在脖间的夜明珠拿出，双手握着，念道："带我回去吧，再求你一次，拜托了。"

闭上眼没有感受到外界强光，云照心头咯噔一下："带我回去，求你了。"

可仍没有任何作用，夜明珠完全死寂无声。云照怔神，难道又像上次一样，出了什么问题？有了上次的事，她此时还没有慌，只是晃着夜明珠不断唤声祈求。然而她沉心静气重复了二十余次，却仍然没有任何效果。

云夫人正好赶到，推门一瞧，见女儿跪在地上双掌合十，不知道在念叨什么，时而悲愤时而恼怒，又时而悲切，云夫人也觉得泪要落下，上前将她抱住："云儿，人死不能复生，你别难过了。"

"能的，娘，人死了能活过来的。"云照痴痴看着手中夜明珠，可无论她怎么求，都没用，她几乎跳了起来，大声道，"既然能送我回去就不要装死！总是这么折磨我做什么！老天爷你到底想要我做什么！我上辈子是犯了什么滔天大罪，你要这么隔三差五折磨我？"

云夫人吓了一跳，忙喊下人进来将她带出去。云照看着喜鹊，不愿离开，可云夫人不许，对女儿的态度难得强硬一回，对着喜鹊的尸体，只怕女儿真要被刺激得疯掉。

云照还想回去，奈何刚才追打喜鹊爹娘耗了不少力气，如今身心疲惫，被三个下人架着回房，也没有力气挣扎。

她被送回房中，云夫人还陪着不敢走。云照不愿母亲担心，极力让自己冷静下来，对母亲说道："娘，我想一个人静静，我没事，您也回房歇着吧。"

云夫人哪里敢走，又陪了好一会儿。云照还想着说不定等会儿就能"回去"，但不能惊吓母亲，便道："娘，我困了。"

能睡自然是好事，云夫人立刻让下人打了水来，让她洗了把脸，亲眼见她上床睡觉，还替她盖好被子，这才放心出去。临走前又温声道："明天给你做好吃的，好好睡，别想太多。要是睡不着，就让嬷嬷去娘那喊我，娘过来陪你。"

云照拥着被子，听着母亲的温声细语，好好地应了一句"嗯"。

云夫人轻步出去，将门关好，又在门口站了许久，这才走。云照蓦地坐起身，又将夜明珠拿出："求您了，老天爷，让我回去吧！再一次，再一次就好。"

可夜明珠仍是没有任何反应。

云照突然就失去了气力，连自己有没有在呼吸都无法感知到。她本来想，夜明珠两次失去效力，应该都是沾了血的缘故，一次是陆无声的，一次是喜鹊的。但她如今已经洗净了手，它却还是没有效用。而且如果真是因为血的话，那什么上一世她还能回来？当时她可全身都是血，比今晚的多多了。能屡次回到腊月初八的夜明珠，触发条件到底是什么？

云照久久默然，突然窗户被人敲响。

一声、两声、三声。

可是……那声音却不是一短二长，来者不是陆无声。

云照愣神，那会是谁？

第十四章

那人敲得很轻，像是怕惊扰了屋里的人。外面屋檐下的灯笼灯火摇曳，将那人的影子打在窗纸上，随风晃动。

从身影看是个男子，云照紧抓被子，没有喊人，也没有过去。

从那人敲窗户的声音听来，来者没有恶意，但因为是在半夜前来的男子，她又不得不防。

"谁？"她低声轻问，带着警惕。

"我。"影子是男的，声音却是女的，若非她认得这声音，只怕要将外面的人当作妖怪了。

果然，片刻那男子身影旁边，又映出一个俏丽身影，是个姑娘的影子。

云照默了默，有些不愿看见那两个人。可转念一想，喜鹊出事，间接是因为她。哪怕她不去帮司玲珑，但至少可以不提司玲珑的事，喜鹊心善又心软，如何能忍住不说那些话？她慢慢走过去，打开窗户。

刚相见，司玲珑就道："对不起，喜鹊是因我而死。"

云照顿时觉得疲累："是我的错，无关你。"

司玲珑摇头："我们去查过，刚才也去见过了喜鹊，她脖子上的伤痕，的确是我家侍卫所为。我已经将他杀了，可……已经换不回喜鹊的命，你若要我的命，我还给你。"

云照笑了笑，笑得有些冷："杀喜鹊的是你娘。"

司玲珑没有笑，也没有慌张："对，但我不可能让你杀了我娘。哪怕她真的杀了我的意中人，我也没有办法对她下手，因为她是我的母亲。所以如果你要杀我娘偿命，我也会先杀了你，再用我这条命，祭给你赔罪，虽然于事无补。"

云照没有说话，她知道自己很欣赏司玲珑的性格，对比之下，她还远不如司玲珑坦荡。

"你们明知会有危险，还是回来了。我想喜鹊不会恨你们的，你们走吧。"

司玲珑没有离开，又道："对不起。"

云照默然摇头，又看了一眼始终站在司玲珑一旁的护卫，问道："接下来你们打算怎么办？"

司玲珑眉头紧拧："离开这，跑得远远的。我本想明日再跟你道别，但怕我母亲盯上你，所以才在这个时辰过来。"

"嗯，走远些吧，再不要回来，否则你娘会编织罪名，送你的护卫入狱再毒杀；而你，也会因此疯掉。因为你娘用铁索将你四肢锁住，安排了两个高手看着你，让你无法自尽，所以你疯了，疯了一辈子。"

司玲珑眼里满是狐疑："你为什么这样说？你能通天吗？"

"大概是，但现在好像没有了。"云照茫然失神，也不知道该对她说什么好，最后说道，"不要让你娘找到你们。为了喜鹊，我只有这一个忠告，不要辜负喜鹊用命换来的机会。"

司玲珑仍有疑问，但没有再问："我信你。"

云照微怔，她看向司玲珑，当真觉得她不同于常人。若再有"来生"，她们真的能成为至交吧。

"希望他日能有缘再见。"司玲珑说完，就带着护卫走了，没有拖泥带水的话，也没有再道歉、再感谢，背影洒脱又决然。

云照看看窗外，已经快子时了，夜更冷，风更烈。

她回到床上，又紧盯夜明珠，看看能不能再出现奇迹。

"咚咚咚"，窗户又被叩响，可是急促的三声再次提醒云照来人不是陆无声，但是以司玲珑的性格，是不会再回头的。

那会是谁？

不等云照发问，窗外人说道："是我。"

声音沙哑，但还是能听出来的人是谁。她着实意外，快步跑到窗前，开窗一瞧，果真是万晓生。见了真人，她还是不敢相信："万捕快，你来做什么？"

万晓生没有说话，将一封信交给她："这几年来你给我的银子我都兑成了银票，都在里面，以后要寻我做什么事，不用给钱了。"

云照没有接，又觉诧异，只因万晓生实在是个爱钱的人，这会儿竟然将钱都还了回来："为什么？"

万晓生倚在窗前壁上，被冷风刮了一日的墙壁穿透衣服，背上十分寒凉。

他并没有在意，闻声说道："喜鹊都不在了，我留着这些钱，做什么？"

云照当即怔住，突然就明白过来："万捕快，你……喜欢喜鹊吗？"

万晓生双手环胸，手中的刀鞘破旧，整个人在冷风中伫立，虽云照在旁，可仍觉得他孤独得只剩一人。往事如跑马灯，不断在云照脑中跑过。

他愿意为自己办事，原来不是为了钱，是为了找理由接近喜鹊，否则当初怎么会独独提出，要喜鹊为他送去银子。

那一闪而过的疑虑，被她忽略了。这十余年中成百上千次的暗示，被大大咧咧的喜鹊忽视了，也被她忽视了。

如今一想，那在寒冬总是早早就拿了钱去巷子的喜鹊，是不是也是下意识里不愿万晓生在那里挨冻；那总心疼着送出去钱的喜鹊，为什么有时还会问她是不是该送钱去给万晓生了。

云照觉得自己真是笨得不行。亏她还自诩擅长看人，可她身边的人，她一个都没看透。无论是宋有成，还是万晓生，还是喜鹊，还有陆无声，她通通都不了解。

云照自嘲一笑，无力又苍白。万晓生直至离去，都没有再说一句话，也没有说自己喜欢喜鹊。可平日那样话多的人，背影却十分落寞，他是否亲口承认喜欢喜鹊，已然不重要了。

云照站在窗前，忘了冷，忘了回去，光着脚站着，冻得脚掌都透了紫色，仍没有离开。她手中紧握夜明珠，看着放在窗台上的信封失神。

"让我回去吧……求您了，再给我一次机会。"

她不知道回去的意义到底是要她拯救苍生，还是拯救陆无声，此刻的她什么都不想，只想回去，喝一次、十次甚至一百次腊八粥都没有关系，只要能让她回去……

可手中的夜明珠没有任何反应，一片死寂。

院子里传来嘈杂声，像是有谁翻墙进来。她收住念想，往那边看去，不一会儿一条影子出现在窗前。不待那人站定，云照便探身将他抱住，半个身子几乎拖到外面："陆无声……"

陆无声没想到她竟然在这儿，神情微顿，听她嗓音无力低哑，探手将她抱住。

云照紧抱着他，刚闭上眼，就想起喜鹊死去的模样，心头一紧，说不出话来。

"想哭就哭吧。"陆无声轻抚她的背，散落的青丝快要及腰，连发丝都是冷的，也不知道她在这里站了多久。他反手取下披风披在她身上，"云云，你回腊月初八吧！再来一次，我还会信你，还是会来这里找你。"

"我回不去……"云照松开他，将夜明珠给他看，"我想回去，可是回不去，之前也有过一次。"

陆无声看着那颗并不算惊艳的夜明珠，问道："上一次是什么时候？"

"你死去的时候。"

陆无声忽觉奇怪："但你不是回来了吗？"

云照点头："当时不行，但后来又可以了。就跟之前一次我在家中祈求老天带我回到腊月初八，可是夜明珠没有任何反应，这一次跟那次一模一样。"

陆无声追问道："那后来你去了哪里？"

云照顿了顿，说道："在你的灵堂，你的灵柩前。"

陆无声低眉一想，似想通了什么："你回到腊月初八四次，有没有什么共通的地方？"

云照摇头："我想过，但并没有发现什么。第一次是在我房中，第二次是在我家前院，第三次是在你家，第四次是在衙门门前，每次都不同。"

"既然地方没有什么变化，那人呢？"陆无声看着她说道，"你之前说过，这颗夜明珠是我当初送给你的，而你回来的当天，正是我死去的时候。依照你第三次、第四次回来的描述，我当时都在场。不过第一、第二次我……"

"不对陆无声！"云照睁大了眼，似乎也想通了，"第一次和第二次你都在附近。第一次是因为你父亲带人去悬崖找到你的尸身，当晚抬着灵柩从我家附近路过回去，我听下人提起，才因挂念你，想起种种往事，握着夜明珠入睡，然后就回来了。"

陆无声怔了怔，又问："第二次呢？"

"第二次是奶奶因我而去，夜里你来寻我，我去大门见你，可又害怕见你，便往回跑，跑到前院摔了一跤，然后就又回来了。"云照为这意外发现心中希望全回，像是找到了什么开关，困惑她已久、让她惊心已久的事突然就消失了，她甚至可以肯定，就是这个原因！

夜明珠是陆无声所赠，所以他在附近出现才能让夜明珠发生作用。四次都是如此，她更加笃信。

她当即要祈求上苍带她再次回到腊月初八，见陆无声正凝神相视，她又觉内疚："我又要丢下你了。"

陆无声不舍，但她必须得回去，如今两人都安然无恙，事情的调查也在顺利进行，但他不能这样自私："我无妨，你回去吧，只要记得来找我。无论重来几次，你都要来找我。"

他怕云照又怕他有危险，不来寻他，他唯一担心的，只有这个。

云照忽然探身，踮脚封了他的唇。不再是轻啄一口，而是久久不想放开。

回去，又是新的开始，但这一次，云照不再胆怯，因为陆无声会相信她。还有，她又能调戏陆无声了。

云照想着，缓缓松开他，在他的凝神注目下，伴着夜明珠冲天而上的刺眼强光，再一次……再一次回到了腊月初八。

"呼！"

云照刚察觉到被窝里的温度，就猛然坐起身，一瞧房中无灯，窗户也还紧关着。她跳下床，跑到门前，用力打开门，吓得守在门外的下人几乎跳了起来。

"姑娘，你这是做什么？你怎么跑出来了？哎呀！竟然连鞋都没穿，小姐呀，您总这样毛毛躁躁的，夫人又该说您了。"

云照看着眼前人，一步跳出门槛，一把将喜鹊抱住。不等喜鹊开口，云照便用力将她抱住，使劲拍她的背，还哈哈大笑。

喜鹊："……"

云照一口气喝了三碗腊八粥，撑得肚子浑圆，云老太太瞧着，欲言又止，最后还是在儿子儿媳的眼神恳求下问道："云云，今日奶奶陪你去游湖吧，听说千青湖的腊梅开得正好，你不是最喜欢腊梅吗？"

"不用奶奶，今天我还有事要做。"云照要做的事还有很多：第一，找陆无声；第二，一起找宋有成；第三，去帮司玲珑抓小偷；第四，去找万晓生，带上喜鹊一起去。独乐乐不如众乐乐，这一世她要抱得美男归，还要帮司玲珑和喜鹊抱得美男归。

事情很多，但她这次归来，一点都不心慌了。一来有陆无声陪伴，二来她知道了夜明珠的正确用法，所以一点也不害怕会出现回不来的情况。

那两次可真将她吓得够呛，可她又不敢骂老天爷，怕被他听见，只能自己默默憋着了。然而就算是能重来一百次，她也不愿总是回来，因为一旦她动了这个念头，就已然是有不好的事发生，非回不可。

云老太太担心道："要去忙什么？在房里生了几天闷气，人都瘦了。"

云照笑道："我没事奶奶，我出门去了。"

云照从下人手里拿过披风，又对喜鹊说道："你也别跟来了，我去办点事。"

喜鹊从半夜开始就知道她有些不正常了，可是又不敢问。等她走了，才极其担心地跟老爷夫人说道："要不要给小姐请个道士呢……"

一家人面有阴云，连连叹气："这七天来吃的饭，都没刚才吃的多，云儿该不会是真的有什么事吧？喜鹊，去叫程大夫来。"

喜鹊说道："程大夫今天有事告假，不在府里。"

云老爷听见，又拧了眉，真是不巧。不过女儿素来坚强，应该不会出什么问题的。

这边还在各种猜测，云照已经快跑到了陆家。

等到了陆家巷子，她才想起来按照时辰他还没这么快出来，只好蹲在地上拾了根干树枝无聊地画圈圈，她总觉得自己忘记了一件很重要的事，什么事来着？

云照的眉头越拧越紧，到底是什么事来着？

"啊！"云照一个激灵，顿觉懊恼，"画像啊……"

她在千青湖和万晓生分开时，万晓生说了会拜托衙门画师画出那个有兰花香气的人的画像，但是发生了喜鹊那事，她就忘了这一茬，直接回来了。

如果能看到画像，这一世就不用再费力跟踪了。不过按照上一世的轨迹行动，看见画像也是迟早的事。

云照心中的懊恼这才消散了大半，继续画她的圈圈。但那圈圈却映出一个影子来，覆盖了那小小圈子。她微微一顿，抬着脑袋看去，一个俊朗男子正站在她前面。

手中的树枝立刻不会动了，云照沉默了一会儿，忽然起身扑到他怀中，将他抱住："陆无声。"

陆无声身体一僵，手都不知要往哪里搁。他本来已经做好被她痛骂的准备了，谁承想她竟然扑……扑了过来。等下，她竟……竟还亲了他一口！

陆无声彻底蒙了神。

云照还打算亲他，陆无声听见去牵马的阿长过来的脚步声，搂着她往巷子里一躲，拽得云照跟跄一步。

"云云……"陆无声都要说不出话来了，这件事有些离奇。他以掌贴在她的额上，想探探温度，谁料刚伸出手，就被她握住，又……又亲了一口。

云照扑哧一笑，看脸红发怔的陆无声，果然是她此生最大的乐趣。她不管不顾，埋首在他胸膛前："你先让我靠一会儿，等会儿慢慢跟你说。"

陆无声已然无言，纵有千万疑问，但也听出了云照语调中所需要的依偎："嗯。"

云照倚了许久，才松开他，两眼一弯，笑盈盈看他。看得陆无声都觉得她真该去找个大夫，想了想说道："我认识个不错的大夫。"

云照不气，一点都不气，倒像一支烟火，他的话就是火引子，一点，又让她笑得花枝乱颤。

"陆无声，我真的很喜欢你。"从未这样，觉得不能和他分开，哪怕片刻，都不能。

第十五章

"所以说……你这是第五次回来？"陆无声纵然是探花出身，可也被这光怪陆离的事绕得有些晕乎，待他问了个详细，得了解答，才理顺脑中奇奇怪怪的线，他点头，"我明白了。"

云照一点也不奇怪他能这么快弄明白和接受，她殷勤地给他斟了一杯茶，恭敬道："英明神武又聪明绝顶的盖世大英雄陆大人请喝茶。"

陆无声不由得一笑："顽劣。"

茶香四溢，又暖人心。陆无声喝了一口，又道："所以这里就是你等会儿约见宋有成的地方？"

"对。"云照算了算时辰，说道，"马上就要来了。"

陆无声微微一想，没有作声。不一会儿就听见外面有敲门声，外头的人念了一声"是我，我进来了"，他便往云照探身，捧了她的脸在她额上落了一吻。

宋有成刚推门进来，就看见了这一幕，他顿时呆住没办法挪步。

云照也是愣神，随后心就扑通扑通跳了起来，只因每次都是她主动亲他吻他，他哪里这么主动做过？而且这算起来，还是两人和好后"头一回"见面。她还指望着能多调戏他几回，看他脸红呢！

陆无声慢慢离了她光洁的额头，看宋有成，漠然道："你还要继续看下去？"

宋有成当即如被锤子重击在心口，打得他心脏剧痛，退步往楼下跑去。还未离开客栈，就有小二追上前来，将两封信放在他手上，喘着气道："方才那位陆公子让我交给您的。"

宋有成恼得几乎想撕掉，转念一想还是拆了来瞧，这一看，瞬间就没办法恼怒了。

上面两封信，一封字迹是陆无声的，一封字迹是云照的。但他知道，这两封信，都是他写的。他恨恨地看了一眼那高楼两人所处的厢房，满怀羞愤地离去。

云照趴在窗台往下偷偷看去，见宋有成气急败坏走了，这才心满意足地回到陆无声旁边坐下，十分解气地说道："你这招，比我用的手段好多了，你是怎么想到的？"

陆无声见她竟然一点都不羞涩他吻了她，反倒是自己的心还在扑通扑通跳着，眉头略微挑高："你上一世，是不是……亲了我许多回？"

云照哑然失笑，托腮看他："你猜，我呀，不但亲了你，还看了你的身，还……"

她没往下说，但陆无声已经在脑里补了百余种画面，难道……难道是她将他睡了？

云照又笑得更欢喜，终于脸红了："别瞎想，我什么都没做，也就是没事抱一下你亲一下你，没做别的事。"

陆无声松了一口气，因为如果真做了那些事他却一无所知，这种感觉总觉得不对劲，像是要吃自己的醋，好笑又无奈。他想了片刻，说道："我们可以去见见蔺大人。真如你所说，当年我去见他也安然下山，那这次我去见他，也一样能安然无恙，只要不走偏僻小道。"

云照一瞬担忧，没有立刻答应。

陆无声又道："我和蔺大人见面，从来都是在单独一间禅房中，所以我想，只要跟蔺大人一起下山，那些人也不会对我动手。"

"陆无声，这样很危险。"云照摇头，"我们可以不上山的。"

"但云云，如果不上山，永远不会知道为什么蔺大人会突然下山，是因为刺客，还是因为发现了刺客，还是因为其他？想要知道真相，这万山寺，必须去一回。"

云照也知道上山能更快解开疑团，但是每每想起之前万山寺的事，她的心就禁不住揪紧。

"云云，"陆无声握了她的手，"有你提醒，我不会让自己有事。"

云照苦苦挣扎一番，最终还是点了头："我跟你一起去，否则我不放心。而且唯有你在身边，我才能再次回到腊月初八。要是有什么危险，我才好立刻回来。"

陆无声只是耳闻她说之前四次的事，但终究是耳闻，感触远不及她来得深。见她满脸担忧，才有些明白她之前亲眼看自己死去，有多痛苦和懊悔。

他这一想，握着的手，力道又大了些："我们一起去万山寺。"

腊月初八的万山寺，满是肃杀之气。

云照踏上第一层阶梯，就觉得长路漫漫，往前面看去，黑云压顶。

她刚深深吐纳一口气，一旁的陆无声就道："练气功吗？"

云照真觉得他不管何时都不会慌张，不像她，太毛躁了。难怪祖母总说，男女之间就是什么锅配什么盖，什么秤配什么砣。话粗理不粗，是这么个意思。

"你不紧张吗？"

"还好，"陆无声说道，"不要走岔路，自然就没事了。"

云照轻叹："腊八腊九的事我已经不那样担心了，因为重复太多遍，只是初十之后，全部事情都不在我的掌控之中，也没有经历过，所以难免担忧会出纰漏。更何况这次回来，我要应对的，是司夫人。"

"你想帮司姑娘和她的护卫离开京师？"

云照见他略有所思，问道："不可以吗？"

陆无声说道："可以，只是不是长久之计，而且很难办得稳妥。以司夫人的性格，她又怎么会就这么放过他们？所以哪怕他们逃走了，也会继续追捕他们，那他们这一世也别想过得安稳了。"

"所以你的意思是，找别的法子解决这件事？"云照双眼一亮，"要不让司姑娘说自己有孕了？"

陆无声笑笑："那司姑娘在别人眼里成什么了？更何况司姑娘是未来丞相之女，如果家门出了这种算得上是丑事的事，日后司大人若要做丞相，定会被很多大臣借机弹劾，那司大人可能会做不成丞相。"

云照恍然，苦想半晌，又道："那直接跟司夫人挑明这件事？"

"依照你所说的情况来看，难道司夫人还不明白司姑娘和土豆护卫的感情？有心拆散，哪怕当面说清，也不过是加快司夫人除去土豆护卫的速度。"

云照叹道："这也不行，那也不行，那该怎么办？"

她俏眼微抬，虽在叹气，可眼角却在挑向陆无声，只差没当面问他有什么办法了。

陆无声细想一番，转了几种办法，都觉不妥，便道："今晚之前我告诉你。"

行至半路，往来的人很多，两人不便再说这些事，并肩同行，彼此心照不宣。云照不喜登山，所以平日两人也没一同爬过山，也没一起去过万山寺。

到了山门，陆无声得走左边，去见蔺大人。云照到底不便跟去，两人约定半个时辰后在这里碰面。

云照等了一会儿，见香客陆续入了大殿中烧香拜佛，她看着那殿中威仪大佛，想了想，也进去要了一品香点上，还求了支签文。

那解签的先生瞧了瞧，问道："求什么？"

云照想问吉凶，但问了又如何，该发生的还是得发生，便道："姻缘。"

先生从背后寻了一番，抽了一支出来，说道："第二十四签，上上签。"

云照的心情立刻好了起来，像是慵懒的心置于日光下，整个人都明媚起来："说的是什么？"

"欲向亲中又结亲，看来此事正相因。明珠光照珊瑚树，两物都如宝和珍。"那人笑道，"此签解曰，便是婚姻和合，百事遂意，家宅平安。"

云照不知道这是真还是假，但是求签也是为了求个心安，笑笑给了钱，就收下签文了。等她出来无事可做，又拿了签文来看，细看那句"明珠光照珊瑚树"，又觉得老天爷像是在预告什么，心里有些发毛，明珠明珠，夜明珠吗？那明珠指的到底是她，还是陆无声？若是她，那陆无声岂不是珊瑚树？

云照想到陆无声变成一棵珊瑚的模样，差点没笑出来，实在逗人。

"云云。"

不过半个时辰，陆无声就出来了，一过来就见她站在山门前的巨石旁忍笑，也不知道在笑什么。走过去一瞧，只见她手里还拿了张红色签文，他正要看，就被她揉成一团负手藏在背后。

"我就是问个平安，没求什么。"

陆无声轻轻挑眉，不打自招，她问的定是姻缘吧。

云照浑然不知已经被看透，探头往他身后看了看："蔺大人呢？"

"等会儿就出来了。"陆无声说着，将她领到巨石背后，说道，"我知道为什么蔺大人会突然下山了。"

云照顿时来了精神："为什么？"

"因为蔺夫人有孕在身，方才摔了一跤腹痛不已，便让人来报信让蔺大人赶紧回去。"陆无声说道，"若按照我以往的做法，蔺府下人跟蔺大人耳语此事时，我是不会多问的，今日想到你所言，所以多问了一句。虽然冒昧，但至少知道了他离去的缘故。"

云照这才了然："原来是为了这件事才提早离开，而不是事关刺客。"

陆无声又道："而且我约莫打听出了蔺大人是否有效忠的人，结论是有。"

"谁？"

"我路上在想，为何之前探不出来蔺大人是否有辅佐皇子，也想了几个法子，但是既然之前探不出，那想必如今所想的办法也跟先前一样，所以我将前面所想的三个法子全都推翻，换了第四种。"

云照惊讶他竟然"智斗自己"，兴致盎然："什么法子？"

"我问了蔺大人对皇子们有什么看法，起先他不愿谈论，后来才松了口，说二皇子为人稳重，胆大心细；说三皇子待人温和有礼；连前太子也提及了，说他是治国之才。"

云照一时没听明白："这跟你试探他到底辅佐哪位皇子有什么用吗？但凡为臣，都不会非议皇室中人吧。"

陆无声笑道："这个道理你也明白，那我接下来要说的话，你应当也能明白。"

云照顿时又来了兴致："你说。"

"他唯一指出了缺点的，就是七皇子，说他虽礼贤下士，办事稳妥，但胆识尚且不够，还需磨砺。"

云照想之又想，隐约听得通透，低声："毕竟是品评皇子，一不小心就会传到皇子耳中，所以一般人不敢胡说。所以蔺大人对他们通通都夸得天上有地上无，唯独对七皇子评价不同。大概是因为，就算是七皇子真听见这话，也不会生气？那就是说……蔺大人辅佐的人，是七皇子。"

陆无声欣慰点头，看多了她大大咧咧的样子，现在分析起来，竟也头头是道。"再进一步说，七皇子绝不会是要害你的那个人，可以从名单上剔除？"

"嗯。"

虽说皇宫里的人千千万，这么排除掉一个好像也没什么作用，但至少是排除了一个，而且解开了云照困惑已久的事——蔺大人突然下山是为了什么。

事情进展太快，离午时抓小偷的事还早，云照想趁现在去一趟衙门找万晓生，提前跟他说好初十去跟踪那个有兰花香气的人。

两人一起下山，途中听见旁边山林声响似乎不同于风过林中的窸窣声，两人相视而看，没有言语。等那响声过去，陆无声才道："不是风声。"

"那是他们吗，潜伏在竹林中的人？"

"兴许是。"陆无声目光远眺，但看不穿这山林，摇曳的林中叶子，像是在嘲讽他的不自量力，他将视线收回，待快走到无人处，才道，"到了初十我进宫一趟，你将那日我去跟踪的时辰告诉我，我先进宫，到了那个时辰再从宫里出来，看看那人，到底是谁。"

"可是认了脸，也不知道他到底是谁的人。毕竟那是皇宫，就算他表面效忠的人，也未必就是他听从命令的人。"云照一本正经道，"这是各种戏本里说的。"

陆无声笑道："学以致用，很好。"

"是不是又觉得我厉害了？"云照得意不已，她也只能在和他一起的时候这样轻松，像是因为身边有了可以一起出谋划策的人，所以自信心又溢满胸腔，天不怕地不怕了。

陆无声向来不会夸人，这样求夸的架势，真要招架不住了。他笑道："厉害极了。"

云照也不脸红，再脸红的事都做了，还有什么可脸红的？他夸十句她也能脸不红心不跳地接受："对了，我家喜鹊不喜欢你家阿长，所以你不用想着撮合两人了。"

陆无声问道："这也是你重回腊月初八知道的事吗？"

"嗯。"

跟他说的事就有那么多，那没跟他说的，只怕数不胜数。陆无声一瞬有些失落，为自己不能和她一起患难，还要她一人扛住这些："依你所说，既然夜明珠是我所赠，也必须在我身边它才能发挥效用，那为什么回来的是你，而不是我？"

这也是云照很头疼很想知道的问题，奈何根本得不到解释，她无奈道："大概老天爷觉得我有拯救苍生之能吧。"

本来还焦心的陆无声闻言禁不住一笑："天选之人。"

"可不是嘛。"

云照和他从万山寺下来，径直往衙门去，跟万晓生说定追踪的事，也差不多可以去帮司玲珑抓贼了。

到了衙门，她在等万晓生过来，陆无声在旁说道："我竟不知你有这么一个线人。"

云照知道他吃醋了，笑道："我方才不是让你不要提阿长的事吗？那是因为喜鹊另有良人。"

陆无声何其聪明，明白过来："就是那位万捕快？"

"嗯，我一直没有发现他喜欢喜鹊，我估摸着喜鹊也是喜欢他的，只是那丫头根本不懂这些，真是让人操心。"云照摇摇头，"还有那司姑娘的事，也是让人操心。"她忽然狐疑道，"你说我上辈子是不是月老身边的红娘？"

陆无声弯身认真看她的脸："嗯，是有些像，再点个媒婆痣就更像了。"

云照努嘴，将脸弄得皱巴巴："再加点皱纹。"

"嗤。"

不等陆无声回话，就闻一声轻笑，抬眼看去，就见一个穿着捕快衣服的年轻人站在那儿，似要捧腹大笑。

"万捕快？"

万晓生将他打量一眼，笑道："传说中的云家女婿，久仰久仰。"

陆无声微挑的眉毛瞬间被抹平，云照厚如三尺泥塘的脸皮也终于染上了一片红云。

万晓生也算是半个江湖人，跑来跑去见的人多了，当众调侃两人也不觉尴尬，反倒是兴致勃勃，又问道："怎么今日带着你的竹马来了？"

云照哼声："让你见见他有多俊朗非凡一表人才啊。"

陆无声不由得看了她一眼，这姑娘夸人功夫见长，颇有自卖自夸的感觉。他笑笑："陆无声。"

"万晓生。"万晓生似乎发现了什么，"名字差不多。"

"差远了。"云照当即斩断他的话，"我今日来是想拜托你一件事，腊月初十会有个男子出现在衙门这儿，你帮我跟紧他，尽快将他的画像给我；还有，那男子身上有兰花香气。"

万晓生为她办事从来都是从衙门里提早挖出点新鲜事，可没让他跟过人，心有好奇，但还是答应下来。一会儿云照又神秘兮兮勾了勾手指让他弯腰，万晓生只好低头，只听她说道："我把我家小喜鹊许配给你好不好？"

"咳咳咳！"

从未见过万晓生如此窘迫模样的云照扳回一局，心中得意地拉了陆无声就走，走远了还回头喊道："我是认真的啊，我家小喜鹊也喜欢你，你们别傻乎乎地谁也不说，憋死我了。"

万晓生还在扶墙咳嗽，巨咳，猛咳，咳得都直不起腰来。等听见那张狂得意的笑声远去了，他才立即止住咳嗽声，眼里有窘迫，也有不可思议。那云家姑娘是怎么看出来的？他明明掩饰得这么好。不过……他那颗老江湖满是茧子的心又剧烈跳了起来，喜鹊真的喜欢他？自己怎么没看出来？难道……他忽然明白过来，难道是因为喜鹊掩饰得太好了？

万晓生生平第一次，杵在一个地方愣神半响。

要不去折根树枝来，数一数树叶，看看喜鹊是喜欢还是不喜欢他？不过万一最后一片叶子告诉他喜鹊不喜欢自己怎么办？

精明无比的万捕快，再一次担忧起来。

陆无声总算明白了，云照秉性顽劣，再怎么经历挫折，都不会变的。这姑娘苦中作乐，绝不会服输，顽劣得俏皮。只是他有一点很在意，刚才她竟然附耳同人语，还凑得那样近，他又吃了一口醋。

云照自己乐完了，才好似嗅到空气中弥漫的一股子醋味，偏头看着他说道："你又吃万捕快的醋。"

陆无声悠悠道："你希望我不会吃醋？"

"当然不。"云照抱了他的胳膊说道，"我知道你在想什么，但绝不会阻拦我，因为不曾怀疑，只是下意识的反应罢了。"

陆无声见她明白，也不吃味了，她再一时跟别人亲近，但也只是一个纯粹的动作而已，跟对他是不同的："我信你，但或许是因为……"

"太喜欢我了。"云照低声接话。

陆无声微顿，轻轻应了一声。

云照喜欢他这样懂她，所以才更放不下。她想起那土豆护卫，明明猜到回来是死路一条，可还是和司玲珑一起回来了，只为了找去给她送信、为了吉凶未卜的喜鹊。甚至在喜鹊被杀后，还不惜暴露自己的行踪也要杀了那杀手为喜鹊报仇。

有情有义的司玲珑，不离不弃的土豆护卫。

陆无声何其像那护卫，可她自知，自私又怕事的自己比不过司姑娘。

她看看天色，日头已经快到正午。她这才想起还没有去买结实的拐杖，从巷子穿过时她找了找，才找到一根粗木棍，看起来是件不错的打人利器。

行至那小偷会经过的街道，云照找好地方，如佛像定在街道中心，拿着根大木棍。往来的人眼神怪异，她一点也不尴尬，倒是陆无声，这次好像离她特别远……

"闪开！闪开！"

远处人群传来哗然声响，云照举起她手中木棍，往那边看去，又来了，"上上次"差点没将她的脚踝踢碎的混蛋。

那小贼跑得极快，根本没瞧见在旁边蓄势待发的姑娘。

"哈！"云照抡起棍子往地上横扫，那小贼痛叫一声，人如飞鸟冲上半空，重重摔在地上。

司玲珑一个箭步冲上前去，将自己的钱袋抢回，又踹了他一脚。动作跟之前两次一模一样，永远是那样英姿飒爽，云照颇为欣赏。

司玲珑哼了一声，拍拍钱袋上的灰尘，满目珍惜。她这才对云照说道："多谢姑娘仗义相助。"

"举手之劳罢了，不足挂齿。"云照笑道，"有缘改日再见。"

她吸取"上辈子"教训，没有太过自来熟，免得让她心生警惕，那就更做不成知心好友了。

"等等，还没问姑娘叫什么……嗯？陆公子。"

"司姑娘，"陆无声作揖问好，"没想到是司姑娘失窃，云云她无意中帮的人竟是你。"

"云云……倒叫得亲昵，看来关系匪浅。"司玲珑了然一笑，"知道是你的朋友就好办了，我叫司玲珑，你呢？"

"云照。"

"名字真好听。"

"你的也是。"云照又道，"原来你们认识。"

"我们的父亲都在朝为官，宫宴上见过几回。"司玲珑又道，"我还有事要忙，改日我再登门道谢。"

云照说道："改日是何日？是明日吗？"

司玲珑心思灵敏，问道："怎么了，明日云姑娘要外出？"

陆无声笑道："我们约好去千青湖游湖垂钓，你若登门，云云也不在家，怕你白跑一趟。"

司玲珑讶然："巧了，我明天也想去一趟千青湖，听说那儿的腊梅开得正好，一直想去看看。"

此时云照才知道她去千青湖也是为了腊梅，一时也诧异："司姑娘喜欢梅花吗？"

司玲珑更是惊讶："难道云姑娘也喜欢？"

陆无声为两人补话道："看来你们都很喜欢。那正好，相请不如偶遇，不如明日一起去游湖赏花，钓来的鱼，可以送去附近酒楼，再一同品尝。"

司玲珑露了欢颜，一口答应，约定了时辰，这才和他们道别。

事情进展得比想象中还要顺利，甚至多了意外发现，云照越发喜欢司玲珑这个姑娘。

今日的事办完，离初九还远。陆无声送云照回去，到了巷子口还想多跟她待一会儿。可云照怕又有什么变故，就催促他快些回家，生怕发生什么意料之外的事，害他出了状况。她心有惊怕，催得太急，倒像是赶人走了。

陆无声站在原地不动，不肯挪步："如果我就站在你家巷子里一天，也不会有事的。"

"快回去吧，之前你是去找蔺大人套话的，如今话套出来我也不知道你做什么才是安全的，想来想去，只有回你自己的家了，好歹是将军府。"见他还不动，云照挤眼笑道，"难道你要进来拜见我爹娘？那好啊，来来来，反正我爹娘也很久没见你了。"

说着她就作势要拽他进去，可力气不大，根本拽不动。陆无声轻轻一扯，就将她拽到面前来，差点扑了个满怀。

云照微顿，无心这么做的陆无声也顿了顿，轻轻退开半步，又抚她的头："我听你的话，这就回去，你也回去吧。"

云照应了声，又道："我也想跟你待在一起，只是我更怕会出其他事。陆无声……你不要怀疑我对你的真心。"

陆无声蓦然一笑："嗯。"

云照心随身动，趁着四下无人，在他唇上啄了一嘴，就跑回家去了，只留下陆无声站在巷子里，看着她的身影离去。

云照跑回家，差点跟开门的管家撞了个结实。云夫人正要出去，见她这样冒冒失失，说道："你呀你……"

她忽然想起女儿近日心情不好，就将话收住，没想到女儿却嘻嘻哈哈凑近了说道："娘，您要出门吗？"

"是啊！云儿呢？"

"我回房，睡午觉。"

"我去让人喊厨子给你热饭吃。"

"饱了，不吃，我去睡一觉养好精神先。"

云夫人见女儿蹦蹦跳跳跑进里头，心有担忧地摇摇头，女儿跟麻雀似的，到处蹦。女儿大了，也猜不出她的心思了，分明前几天还那样憔悴失神。她边想边往外面走，视线所及巷子似乎有个高挑男子站在那，虽然离得远，但依稀认得出那人是谁。

陆无声没想到云夫人竟然出来了，远远朝她作揖问好。

云夫人低眉一想，才晓得女儿为何扫了那满脸阴霾，笑得如春光般明媚了，也冲他点头笑笑。

何以解忧，唯有陆家公子。

第十六章

腊月初八，风雪欲来，云照早早就让人在房里添足炭火。喜鹊边往里放边问道："小姐，您睡了一个下午，这么早就又要睡了吗？"

"我在等人，外头冷，我看能不能把外头熏热。"

喜鹊歪了歪脑袋，没想明白，今天小姐做的事，她一件都想不明白，她家小姐变得很不一样了呢。

"喜鹊。"云照坐在窗前往外瞧着，这会儿喊了喜鹊的名才回头看她，招手让她过来。

喜鹊刚添了炭手上还脏兮兮的，小跑过来问道："怎么了小姐？"

"你娘不是又逼你嫁人了吗？但我瞧不上你娘要你嫁的那些人，我呀，想你一辈子都在我身边，所以我想买你的卖身契。"

喜鹊搓着两手为难道："但我爹娘不许，而且我也舍不得我的弟弟妹妹们，他们还那样小。"

"我买你的卖身契，只是不想你总被你爹娘缠着，卖身契我会还给你，以后你想做什么，照样，只是你爹娘再也管不着你了。"

喜鹊一个愣怔，又慌了神："卖身契还给我？小姐，你不要我了吗？"话没说完，她就红了眼，已经是要哭的模样。

云照忙安慰道："当然不是，只是你娘总是打你，你爹也总是拿你的钱，你不是说要攒钱买什么吗？但这都多少年了，什么也没瞧见你买过。我要给你银子，你又不要。平时拿了月钱和赏钱，还没焐热，就被你爹娘拿走了。"

喜鹊一时无话，又想起她那心心念念了好几年的新衣裳，她也想在过年的时候穿好看的衣服，去跟人拜年，去见她的小姐妹们。

云照温声道："明天我就去找你爹娘。以后你的事，都归我管，归云家人管，什么屠夫什么麻脸汉子，都见鬼去吧。"

喜鹊登时被逗乐了："姑娘不许说大粗话，不然夫人听见又要唠叨你了。"

云照见她这样说，那就是答应了，心下欢喜："那就这样说好了，你不许反悔，反悔是小狗。"

喜鹊挠挠头，这才发现她手还脏着："完了，又得洗头，冷死了。"

云照笑得后仰，喜鹊嗔道："坏。"

她转身要走，云照一把拉住她，喜鹊大惊："脏，姑娘您的手……"

"没事。"云照说道，"我心里有个属意的人，觉得跟喜鹊配得很。"

喜鹊委屈道："您刚才还说不要我嫁给屠夫麻子，现在又要给我说媒，果然是不要我了。"

云照笑道："我又不要给你配屠夫麻子，是个捕快，英俊得很，脾气也好。"

"哪个捕快？"

"喏，就是你常送钱去的那个。"

"万捕快？"喜鹊吃惊，哼声道，"赚了我家姑娘那么多钱，连丫鬟也要了去，呸！"

"他待你挺好的。"云照温柔地笑着，想到那日站在窗前将钱全部还给她的万晓生，就觉得将喜鹊交给他，她会一世放心，"你有空多和他说说话，要不今晚睡觉前你想想他为人如何。"

喜鹊羞得脸都烫了起来："睡前想男人，才不要。"

喜鹊说完就提着那堆没添完的木炭出去，云照知道喜鹊的脾气，跟她提了一嘴，以后再和万晓生见面，一定会多留意的。

既告诉了万晓生，也告诉了喜鹊，这两个闷蛋再见面，该何等别扭有趣呀！云照越想这个，就越想亲眼去看看他们再见面的情形，可惜她绝不能在场，否则他们就要尴尬得说不了话了。

她搬了张太师椅在窗前放着，安心等陆无声来敲她的窗。

也不知是今日心中太过安逸还是椅子太舒服，她坐着坐着就犯了困，打了个长长的哈欠，迎着窗外时时扑入的寒风，悄然入睡。

一朵巨大的树花在梦中盛开，瞧不出是什么花，只是落英缤纷，美得连云照都知道这其实只是个梦。然而还是止不住好奇心往那树花走去，因为她在那里看见了一个人。一个俊朗无双的男子，在树下看着她笑。

对，这是梦，但就算是梦，她还是很欢喜地往那边跑去。

然而不管她怎么跑，都追不上他的脚步，越追越远，越追越远……

"陆无声！"

云照停下脚步，头上的花瓣纷纷扬扬，淹没她的脚踝，淹没她的膝头，淹没她的肚子，直至淹没至脖子。她仰头看去，只看见一个身着黑衣的天神俯视她，眼有讥诮。

花瓣久落不止，已经堆积至她的下巴。

突然，又出现一个白衣天神，轻挥宽大水袖，瞬间将花瓣拂散。

黑衣天神震怒，树花如暴雨落下，像是山上滚落的石子，朝云照凶狠砸去。云照心头一惊，忽然看见陆无声从远处冲过来，俯身将她抱住。

"云云。"

云照猛地从梦中惊醒，寻声看去，就见陆无声安然无恙地站在窗前，满目担忧地看着她。她蓦地站起身，将他抱住。

"做噩梦了？"陆无声抚着她的青丝，相拥而来的身体满是寒气，看来在这窗前睡了不短，"快去披件衣裳，别冻着。"

可云照没动，陆无声便解下自己的披风给她系上。云照缓缓抬头，捧了他的脸仔细瞧："我做噩梦了，梦见了两个神仙，一黑一白，黑的要杀我，白的在救我。"

"做梦罢了。"陆无声笑笑安抚，"看来我回去又要换衣裳了。"

云照一听，微微松开他，这才发现原来她刚才抓了喜鹊的手，这会儿自己的手也染了一片黑，不过从痕迹上来看，大半都抹在了陆无声的身上。她瞬间忘了方才的烦忧，笑声如银铃。一会儿她俏眼一转，才明白那个"又"字，看来是特地换了新衣裳来见她的。

她正欲好好犒劳他，谁想鼻子一痒，俯身连连打了三个喷嚏。陆无声立刻说道："快回屋去。"

"我这不就在屋里。"云照没挪步子，揉了揉鼻子好像有点堵了，问道，"你是来寻我说司姑娘的事的？"

"嗯。"陆无声看看对面的门窗方向。

云照说道："这次没人，我都将他们支走了，你安心说吧。"

陆无声这才说道："你知道为什么司夫人会杀土豆护卫吗？"

云照早就仔细回想过这件事了，他一问，她心中就有了答案："当年这件事闹得很大，不过当时我正跟你闹别扭，那两年也没什么心思去顾及这些。只是从依稀的记忆想来，应当是司夫人觉得土豆护卫对司姑娘并无真心，只是想利用司姑娘山鸡变凤凰，做司家的女婿。"

"司夫人在还未出阁时，在京师就因行事与别家姑娘不同而颇有盛名，雷厉风行，处事决断。这些年我与她见过几面，从言谈来看，是个极为严厉而多疑的人。但她和司大人只有司姑娘一女，十分疼爱，所以猜疑小小护卫有这种心思，也不奇怪。"

云照嗯了一声，又道："我想，如果能让司夫人明白土豆护卫对司姑娘并不是虚情假意，或许司夫人会认可他们的亲事。"

陆无声轻轻叹道："这倒未必，如果真是这样，那司夫人也不会让司姑娘嫁给司马家的公子。"

"如果以女子的心思来理解，大概是司夫人觉得司马家的公子当真不错，与其让司姑娘被土豆护卫迷惑，倒不如找个比他优秀百倍的男子来填满她的芳心。"云照对这点分析还是有把握的，陆无声虽然聪明，但他终究不是女子，没有女子的细腻心思。

陆无声闻言，也觉得有理："我有个法子或许可行，明日我们如期赴约，去千青湖赏梅。"

云照趴在窗口瞧他，两眼弯弯似银河："我就是喜欢你这淡定的模样。"

"你也比以前镇定了许多，不那样毛毛躁躁了。"

陆无声抚着她的面颊，凉凉的，是少女特有的柔软。云照没有吭声，看了他半晌才道："我倒没变聪明多少，如今想想，我能将云家打理好，其实也是因为我爹在旁协助我，世伯叔叔们看的还是我爹的面子。以前不明白，现在往返几次，我才想清楚，不过也并不晚，以后再不会这样毛躁。"

陆无声笑笑："孺子可教，为时不晚。"

云照也笑了笑，正在温情处，鼻子又一痒，又打了两个喷嚏。陆无声这回不由着她了，要将窗户关上，不许她再探身出来。

"等等。"云照伸手拦下，往前探出半个身子，从那将要关上的窗户探头，在他脸上烙了一吻，嫣然一笑，才从窗户中隐没身体。

陆无声怔神，看着映在窗纸上的身影，抚了抚面颊，凉凉的，可心却滚烫。

夜色迷人，悄然无声，唯有青梅竹马的恋人隔窗凝神对望，千言万语不及心有灵犀。

许是昨夜在窗前睡得太久着了凉，梦里又受了惊吓，云照一早起来就觉得浑身不对劲，脑袋昏沉沉的。

幸亏身子素来康健，喝了些药，临出门前也无大碍了，只是不敢让身体出乱子，就穿厚实了些。从巷子出来见着陆无声，就见他瞧着自己一笑，笑得云照心虚，先自损三千地问道："刚才你是不是瞧见一个大雪球朝你滚来？"

陆无声向来没她爱玩，一听就往她左右看看："雪球在哪里？"

云照扑哧一笑，指着自己的鼻尖说道："这，这。"

陆无声反应过来，脸上也见了笑："不曾见过这样好看的雪球。"

云照实在是喜欢他这话，奈何阿长和喜鹊都在旁边瞧着，也没敢当面调戏他，只得规规矩矩地上了马车，和陆无声的马车一前一后往千青湖赶去。

等从千青湖回来，她还要去喜鹊的家。

云照想到喜鹊的爹娘，就觉得不舒服，她只恨"上辈子"没拿根棍子狠狠揍他们一顿，只是一把扫帚，根本使不出什么劲。

腊月初九，初雪欲来，临近千青湖，寒风从山峦穿过，更是肆意疾扫，扑得人心觉寒凉。

早就等在岸边的司玲珑刚摸了摸鼻子，身后人就给她披了件厚实披风："冷。"

司玲珑头也没回，肩头用力一耸，还未系上的披风顺势滚落到地上。片刻，那披风又挂在她身上，男子转到她面前，抬手要为她系上。

"别碰我。"司玲珑拧眉拍开他的手，掌劲很大，瞬间就在他的手背上留了五道指痕，看得她一瞬痛心，可仍僵着脸道："我知道我娘找过你，问我嫁给司马家公子的事，你一定说好，对不对？可就算你们都说好，我也不去司马家。"

她咬了咬牙，突然满腔怒意，取了腰间钱袋丢在他脚下："不稀罕你送的钱袋，昨天就该被小偷抢走，反正你也不打算追回来，由着我跑断腿去追贼你也不帮忙，呸！"

她转身要跑，护卫一把将她拉住："陆少爷和云姑娘快来了，你不是这样不守信用的人，对不对？"

司玲珑停步，挣脱他的手，像冰柱子杵在湖边，偏着头愣是不看他。

护卫俯身拾起那荷包，轻轻拍去面上尘土，放回她的手中。司玲珑睪了半会儿，到底还是接了回来，抬眼看他，眼里都快有了泪："我不想嫁给别人。"

护卫未语，又将披风拾起，稳稳给她系上，末了摸摸她的头，最后还是什么都没说。

司玲珑看着他，最后还是将眼泪收了回去，说道："披风太笨重了，等会儿垂钓不方便，刮个风，能把人刮到湖里去……你冷不冷？给你焐手。"

她说着，就握了他的手捧着。她天生体热，酷暑时手热得烫人，到了冬日，热意也不散。这会儿给他焐着，自己的手凉了半截，好一会儿才给他焐热。察觉到他的手温度恢复，她才笑了笑："你说明年元宵节要带我去九灯镇看花灯的，还算数吗？"

护卫默了默，点点头："算。"

司玲珑这下不气他了，她喜欢腊梅，更喜欢千奇百怪的花灯。京师的花灯都是从九灯镇来的，她向往已久，可以前娘亲总以她未及笄年纪尚小为由不让她去，今年及笄了，又生了一场病。到了明年，就没人能挡得了她了。

不过小片刻，陆无声和云照按时赴约。四人共乘一条船，船不太大，一头只能坐两个人。司玲珑想跟云照一块坐，拉了她就往船上去。

云照不及她的身手好，船在水面上本身也不稳当，跟着她一脚踩上，船就在湖面上晃出一圈圈剧烈波纹来，像是要将两人给抛下去。

陆无声一见，急忙伸手托住云照。那护卫也几乎与他同时出手，接住司玲珑，让她借力上了船。司玲珑和云照松了一大口气，不敢再乱动弹了。

船离岸边，像一叶扁舟，载着两对恋人，慢慢悠悠往湖泊深处驶去。

千青湖是京师最大的湖泊，美景数一数二，所以每日来游玩的人不少。

岸边停泊了数十小船，还有几艘大船。船高两层三层的，如今还早，客源不盛，船不满，所以走的基本都是小船。

一个气质略显清冷的雍容妇人立于三层高的船板上，将岸上的人和物尽收眼底。刚才还冷厉的眉眼散了三分冷寒，若有所思，只是仍让人生畏，连背影也是如此。

赵夫人迟疑片刻，定了定心边走边笑道："司夫人怎么在这站着，这山风冷人，别冷着。快进里头吧，几家夫人都来齐了。"

司夫人缓缓收了视线，远投湖泊，载着她女儿的小船，已经走远，可她却好似能看清女儿的笑颜。她一直不知，女儿这样喜欢那护卫，身上戴了四年怎么都不肯扔了的钱袋，是那护卫送的。她也不知，那护卫会这么护着她的女儿，像她的丈夫一样，细致入微。

"赵夫人，"司夫人回身问道，"为何今日突然邀我来千青湖赏景？"

赵夫人早思应对之语，镇定说道："哪里是我邀您来的？昨日我去秦夫人那说起这千青湖，秦夫人说你也喜欢游湖，所以我们合计一番，就约了几家夫人一起游湖来了。这总比围炉品茶来得有趣。"

司夫人天生一对丹凤眼，眼尾又长，无论何时，眼角总是微挑，笑起来便显得风情万种，可不笑的时候，会多几分疏离感。从她从身旁过去时，可着实让赵夫人暗暗惊了惊。

等司夫人过去后，赵夫人才往湖泊远处看去，也不知道哪个是陆家少爷坐的船，不过他应允了自己只要今日带司夫人来游湖，那他就会为她经商遇阻的弟弟提供钱财和帮助。身为陆将军家的公子，还是朝廷命官，应当不会骗她。

虽然赵夫人不清楚为什么他要这么做，但那些对她来说，一点也不重要。

两对恋人游湖半日，船靠岸后在客栈吃过午饭。司玲珑还不愿回去，只觉和云照相见恨晚，直到护卫提醒，才收了心思，又约她明日再见。

云照还有事要做，也不多留。她想着再跟司玲珑见一面，就跟她提去找十七公主，打探到那兰花香气的男子是何人。他们帮她和土豆护卫，她帮他们找到兰花香气的男子。像是交易，但云照还是希望在这两件事解决后，她们能做真正的朋友。

喜鹊的家入城后只要走一小段路就到了，不过喜鹊家在巷子末尾，巷子窄小，别说马车，就连同时并行三个人都困难。巷子两边都住着人，偶有垃圾堆积，巷子气流不顺，在冬日也闷出丝丝臭气来。

云照还不曾去过喜鹊家，这会儿站在巷子口往里面瞧了一眼，就对陆无声说道："你回去吧，我自己能解决。"

陆无声说道："回去也无事，我不便进去，那在这里等你。"

喜鹊见她真要去自己家里，这才有些急："姑娘，您真要去找我爹娘吗？"

"嗯。"云照拍拍她的手背，示意她安心，"带路。"

喜鹊又喜又忧，喜的是爹娘再没缘由无故打她了；忧的是她的爹娘这样厉害，姑娘怎么能扛得住？可不要反被打一顿。她忧心忡忡地在前头领路，快到尽头才在一间破陋的屋前停下，推门进去。

喜鹊娘正在院子里晒太阳，数着钱袋里的铜板叹气，听见开门声，抬头一瞧，竟是女儿回来了，她两眼一弯，上前问道："昨日腊八，云家定是给你发赏钱了，快拿来。"

"赏钱？你还想要赏钱，我没让你赔钱已经是大仁大义了。"云照从后头冷笑一声，一句话就赚足了喜鹊娘的视线。

喜鹊娘推开面前的女儿，诧异道："这丫头做错什么了，要打要骂随您高兴，别憋坏自己。"

云照真想往她脸上糊一把泥，忍气道："这丫头我不想要了，钱也不要你赔，况且我手上也没卖身契。人不是我的，打坏了你找我要钱怎么办？所以想来想去，我不要这人了。"

喜鹊娘一听，瞪圆了眼，抓了她的衣裳道："这丫头不是一向很听话，伺候您很久了吗？怎么能说不要就不要？那……那你好歹把过年的赏钱给了啊，还有年末得给两笔月钱的。云大小姐你该不会是想赖账吧？"

"赖账？我原本是想用二十两银子买下她，谁想她将我最喜欢的玉佩给打碎了，这玉佩你知道多少钱吗？"云照冷笑，说着就掏出半块色泽晶莹剔透的玉佩，丢在喜鹊娘身上，"一百八十两！"

喜鹊娘一个哆嗦，不敢去接，往后退了一步。那玉佩掉落在地，半块摔出七八块来。喜鹊也瞪大眼，那玉佩的确值一百八十两，可是根本与她无关。

云照冷冷瞧着喜鹊娘："人我还你了，赏钱和双份月钱你也别想了。"

喜鹊娘一愣，脑子飞快转着，见她真要走，心里急了，拽着她不肯放开，大声道："二十两！人给你了！"

"不要。"

"十九两！"

云照冷笑。

喜鹊娘的额上堆出细汗来，忍痛道："十五两，这人给你了，任打任骂的人，也值十五两银子啊。"

喜鹊的脸色已变，她没想到她的亲娘竟然会说这样的话，原本还有留恋的心，现在完全没了留恋。这可是她亲娘，可她的亲娘却没把她当亲女儿。喜鹊眼里顿时有了泪，扑通给云照跪下，哽咽道："姑娘，买了我吧，带我走。"

云照也不愿喜鹊难过，可唯有这样，才能让心软的喜鹊狠下心来离开。她冷脸说道："好，十五两，从此以后，喜鹊跟你们再没有关系。如果以后你动了她一根寒毛，那就是跟我云家过不去，后果自负！"

喜鹊娘得了钱，便将卖身契写了给云照，白纸黑字，摁了手指印，就算"交易"达成。喜鹊临走时回头瞧自己的娘亲，只见她光顾着数钱，根本没有抬头看自己一眼。这一看，喜鹊心中愤懑，提步跟云照离开了这个家。

从幽深的巷子出来，云照才道："以后你要回来，她骂不着你，就算拿十几文钱给你的弟弟妹妹，她还会很高兴。"

"姑娘我明白。"喜鹊叹气，"就是觉得自己没家了，这儿再不好，也是我过了十四年的地方。"

"以后云家就是你的家。"云照说着，将卖身契撕碎，也不留着。喜鹊瞧见，更是打定主意，要安心侍奉她一辈子。

陆无声见两人出来，倒没想到事情办得这么快，问了两句，喜鹊就道："姑娘办事越发周全了，这定是陆少爷的功劳。"

陆无声笑道："为什么归功于我？"

"因为姑娘在昨日跟公子和好后，整个人都变了，今日更是让人刮目相看。"

云照笑道："你说对了个成语啊喜鹊。"

喜鹊当即捂了嘴，吃惊不已："真的！"她瞬间沉浸在喜悦中，方才的伤心难过被抛在了脑后，光想着她肚子里如何如何有了墨水。

云照笑笑说道："你去衙门找万捕快，就说我有事找他，让他晚上在巷子那等着。"

喜鹊应了声，便往衙门方向跑去。

陆无声略觉奇怪："你不是已经跟万捕快商议过了吗？"

"得让他们两个多见见，增进感情才行。"

陆无声恍然，到底还是她的法子多。

云照又道："也不知道现在司姑娘他们怎么样了。"

"若司夫人真的只是因为怕土豆护卫不是真心待她的女儿，那今日在千青湖的事，大概会让司夫人的看法有所改变。"陆无声相信像司夫人那样多疑的人，不单单是只看两人一次两次的共处，而是会将司玲珑今日所做的事都打听清楚，"而且你说，司姑娘曾相信了喜鹊的话，那如今你对她说那些话，她或许也会相信。所以明日再见，你与她说明白这件事，再跟她商议对策，或许就能避免不幸。"

云照略觉诧异："你要我跟她明说夜明珠的事？"

陆无声点头："你忘了他们本可以逃走，但为了找喜鹊，还是回来了？"

云照没有忘，虽然当时她心中没有一点波澜，但是她知道要他们这对亡命鸳鸯再回头实属不易，而且还是为了喜鹊归来。那样讲情义的人，她怎么能有理由不信？

"司夫人性格强势，司大人一心都在朝堂上。如果司姑娘能跟司大人明说她与土豆护卫的事，再由司大人出面，那司夫人或许会成全他们。"

其中变数太多，谁也不能肯定未来会如何。如果云照有通天的本事，也不用她往返这么多次。重来一次，别人没有任何记忆，但她每回都是深切感受，痛苦居多，然而她还是感激上苍能给她重来的机会。痛苦却还是迎难而上，其实她若只为了自己，本可不必重复再回腊月初八，毕竟她也不愿意总是回来。

奈何变数这么大，她如何能做到看着亲友死在自己面前而不去重回腊月初八？云照暗叹一口气，问道："你是想我明日和司姑娘见面时，和她明说，要他们避开原本要悲剧的腊月初十？"

"嗯。"

"我想想……"云照知道司玲珑是个怎么样的人，但也害怕又出什么变故。只是陆无声也主张如此，或许并不会是错误的决定。

第十七章

腊月天，初九仍旧天晴，但北风阴凉，像是山峦那边有风雪要来，刮得司玲珑在马车上都觉得冷。

她抱了抱自己的小暖炉，偏身看了看紧跟在她身后的男子。男子见她看来，说道："看路。"

"反正你会为我看着。"司玲珑笑了笑，又瞧了他好一会儿，才收回视线，安心地往家里走去。

进了家门，见管家立即迎来，她就知道母亲回来了。她面上笑意顿敛，又示意身后人不要跟了。她知道母亲不喜欢他，所以只能让两人少见，避免母亲对他横眉冷对，也坏了自己的心情。

司夫人此时正坐在大堂上品茗，想了许久今日在千青湖上女儿和那护卫的事。他们膝下只有这一个女儿，素来疼爱，什么都想给她最好的。就算她不爱琴棋书画喜欢骑马，也由着她；就算她不爱绣花爱舞剑，也从来不拦着。

女儿是她的心头肉，可如今她却发现，女儿身边那卑贱的护卫，竟想剜走她的心头肉。居心不良！奈何女儿已深陷其中，让她这做母亲的，更是心焦。她决不能让她的掌上明珠落入那居心不良的护卫手中，所以处处阻拦。只是今日在湖上一见，那护卫待她女儿的一举一动，却不像是虚情假意。她也是女子，也是和夫君相爱成亲，所以连她都有些疑惑，难道那护卫当真是真心？

"娘。"

司夫人回过神来，手中茶盏已凉，她抿了一口便放下了："你过来，娘有话要跟你说。"

近半年司玲珑跟司夫人的关系十分紧张，像是一根拉得太过的琴弦，随时要崩裂。司玲珑略微不安地坐下，又往外面看去，不见她的护卫，才收了心思。

司夫人微抬眉眼，也往那边看了看，不见人，倒是地上有投影。他知道自己对他不满，还敢在近处待着，倒是忠心。

司夫人接过丫鬟新沏的茶，递给女儿："瞧你，脸都冻红了，今日去了哪里玩闹，每日都不见人影，跟你爹有什么区别？"

司玲珑双手接过，说道："去了千青湖，和云家姑娘约好的，钓了几尾鱼，就在酒楼里吃过了午饭才回来。娘您今天用午饭了吗？"

"用过了。"司夫人淡声道，"去的也是千青湖，瞧见了你，还有那个护卫。"

司玲珑手势一顿，抬眼盯着母亲，没有吭声。司夫人见她眼里瞬间染上警惕，心下不悦，正要问个仔细，将母女之间该说的都说出来，就见下人小跑进来，说道："司马家的公子来了。"

按照一般姑娘家的做法，估摸会躲着，但司玲珑就是司玲珑，她不喜欢司马公子，一点也不介意让他知道自己不喜欢他，最好知难而退，她才开心。

司夫人见她不走，说道："进去，像什么话。"

"我和他也算是见过两次的朋友，朋友来访，女儿怎么能躲着？"

司夫人板着脸道："快进去。"

司玲珑偏是不走。一会儿司马公子进来，见司玲珑也在，微微意外，作揖跟她问好。司玲珑也大方回礼："今日我爹爹不在家，你又做不了学问了。"

话里有赶人的意思，司马公子笑得略略尴尬："本以为这个时辰司大人会在家中。"

"我爹心系朝廷，以朝中事务为重，并不常在家。下回你过来前，可以先差遣个下人来，我定会如实告诉你，免得你总是白跑一趟。"司玲珑不喜他，更不喜他总是装傻充愣，话里暗暗带着讽刺。

别说司马公子，就连司夫人听了都觉得气恼。她赶紧上前圆场，将司马公子送走，回头对女儿喝道："你越发不像话了！当初就不该什么事都由着你，娇惯出你这样的脾气来。"

"娘……"司玲珑软了声，"女儿一向都是听您的话的，您知道的，唯独婚姻大事不能听您的。"

司夫人本想跟她说清楚这件事，可没想到女儿竟忤逆到了这种地步，为了个男子都变得像另外一个人，不懂事，霸道无理。若真的答应她让她跟那卑贱护卫在一起，那日后她定会后悔。

"管家，捉了他，捉了小姐，不许他们再见面！"

司玲珑没想到母亲突然下了这个命令，一瞬愣神，等回过神来，就听见外面有护院过来，往门口一侧提着兵器前去。她忙跑了过去，将她的意中人护住,大声道:"谁敢抓他!"

司夫人冷声:"反了你!这个男人留不得了。"

司玲珑顿时惊愕,张开手拦住那些护院。司夫人厉声道:"司无言!当初我丈夫将垂死的你捡回,给你温饱赐你姓名,你便是这样报答我们司家?将你手中的剑放下,不要忘了,那是我赠与你护卫司家的,你要用它来伤我司家人吗?"

司玲珑不曾见母亲这样怒过,预感她刚才所说不会是假。她心中焦急,要司无言不要放下手中的剑,谁想背后咣当一声,是剑落在地上的声音。她愕然转身,只见他眼里示意她不要再为自己说话。

眼见就要生离死别,司玲珑眼中已然有泪,颤颤摇头:"我们走吧⋯⋯"

司无言未语,仍摇摇头。司夫人说得没错,司家给他温饱又赐他名姓,司家不曾亏欠过他任何东西,那如今他也不能带走他们的女儿。他本以为诚心能撼天动地,但他终究是多想了。司家是不会将女儿嫁给他的,但他也不能带走恩人唯一的女儿。

司无言被护院押走时,司玲珑还想跟上去,被司夫人拦住。她自知无力救他,转而哀求母亲放过他。

司夫人冷言道:"他的命是我们司家的,我处置他,有何不可?就算是要收了他这条命,也无人敢说什么。"

"能要他命的只有爹爹,是爹爹领他到我们司家的!"

司玲珑歇斯底里一吼,更让司夫人怒火中烧:"那你去找你爹回来,他心在朝廷,早就不要这个家了!三个月不曾入过家门一步,别家夫人都以为司家是我当家,那就让她们这样以为吧!你爹不理这个家了,连你也要忤逆我,那就将你嫁个好人家,总比日后你娘又被人当成笑话得好。"

司玲珑这才明白过来,母亲对司无言的怒和怨不在于他本身,而在于她的父亲,那个总是不回家的父亲。母亲在害怕,害怕丈夫丢下她,也害怕日后女儿会丢下她,所以她狠下心来,断了这个"笑话"。

可她明白得太晚了!

母亲再不跟她多说一句,留下满是愤怒的背影拂袖而去。她怔了怔,往门外跑去,此时的她知道唯有一个人可以救他,那就是她的父亲。但她那个爹爹终日都在衙门,通报的人里三层外三层,等顺利见到他,只怕都晚了。她仔细思量一番,骑上快马去了陆家,想找陆无声做引路人。她的父亲对陆无声评价颇高,若借着他的名义去见,那父亲只怕会立刻出来。可陆无声并不在家中，她心下一慌，转而去了云家，只盼他还未离开云家。

行至一半路程，突然冲出几人拦路，她停马一瞧，正是家中护院。她下马要跑，就被护院团团围困，将她捉住，塞入旁边马车上，要将她押回司家。求救的路一断，司玲珑深感绝望，奈何势单力薄，根本没有办法逃离。

远在云家的云照和陆无声说了半晌的话，见天色已不早，往来的人变多，陆无声说道："我先回去，若有消息，我来找你。"

"嗯。"云照真想亲他一口，奈何路人太多，她可不敢。

"小姐小姐……"喜鹊的声音几乎从街头传到街尾，焦急不已，云照抬眼看去，见喜鹊提着裙子急跑过来，喘着粗气道："我刚到衙门，跟万捕快说了两句话，就听见了不得了的消息。"

"什么消息？"

"早上刚跟您游湖的那个司家姑娘，她在街上被人抓走了！有人过来报案，万捕快刚要去看看，就又来了个衙役，说是误传，抓她的人是司家护卫，不是恶徒。小姐，您说为什么司家人要抓自己小姐呀？"

云照愣了一愣，看向陆无声，便见他的脸上也同样染上了肃色。两人相视，皆从对方眼里看出了不安。

难道真的这样难以逃脱历史原本的轨迹？

"狗尚且忠心，人若没了忠诚，就连狗都不如，那留他何用？"司夫人兀自气咻咻的。

寒夜杯盏在手，不多久茶就冷了，司夫人要喝，婢女小心提醒："夫人，冷茶伤身。"

司夫人不语，许久才道："也就只有你体贴我了。"

婢女惶恐道："小姐比奴婢体惜您一万倍。"

司夫人轻轻一笑，腔调满是不认可和不相信。

"她说得没错，司夫人。"

司夫人一顿，屋里突然多出了一个人，可院子里的下人和护卫护院却没有半点察觉。等看清眼前人，她又觉得意外，竟是个年纪尚小的姑娘。

云照负手站立，正面相迎，毫不生怯："我叫云照，是玲珑的朋友。"

"我认得你，今日陪在陆大人旁边的姑娘，我若不认得你，现在你已经被司家护院捉去衙门了。"司夫人轻抬手指，命屋里下人退下。

云照没想到她竟然一点也不惧怕她会做出什么，用意尚且不明，她就让下人通通下去了。无怪乎那司大人会与她结成连理，这份胆识，已不同于一般女子。

"你冒险来这儿，是为了玲珑而来？"

云照点点头："夫人，云照告诉您一个秘密好不好？"

司夫人眉眼未抬，又拿了茶来喝，声调淡然："我没有兴趣。"

云照可不管她有没有兴趣，上前坐下认真道："但这事关我接下来要说的话，是个非说不可的引子。"

司夫人轻笑道："那你何必问我。"

云照扯了扯嘴角，这个司夫人真是块硬石头，啃不动，还啃得牙疼。

在窗外倚墙等待的陆无声也不由得为司夫人担心，他怕云照的脾气上来，会撕了司夫人。

云照耐着性子说道："我呢，自小有通天的本领，能看见别人日后的事，比如等会儿离你家五十丈外的地方，会突然爆一大串烟花，响声震天。"

司夫人眼角轻抬，带着轻蔑："然后呢？"

"然后因为响声太大，隔壁一位旧病缠身的老太太受了惊吓，会因心悸而昏迷导致假死。"

"哦？"

"子孙哭得不行，连夜请了族人来商议葬礼，谁想老太太突然醒了过来，连病都吓好了。这成了当年京师的奇闻，还载入了当地志怪奇闻录里。"

司夫人这会儿没有再露轻蔑，只是觉得她着实奇怪："说这样的话，不出今夜，就会被揭穿。"

云照认真道："所以我说的必须是实话呀。"

司夫人蓦地笑笑："那你为何要说这些？就算是真的，证明了你有通天的本领，那与我何干？"

云照敛了轻松神色，肃然道："因为如果夫人相信我能够通天，就会认真听我接下来要说的正事了。"

司夫人也不知为何突然愿意听了："你说说看。"

"我看见了几天后，夫人会杀了那名护卫，因为惧怕玲珑会自尽，所以你准备了四根铁链，将她锁在屋里。可玲珑性格刚烈倔强，不过半年，她就疯了……夫人，这当真是你希望见到的结果吗？"

司夫人手势微抖，如果不是茶杯震动，震得茶盖颤出声响，旁人也难以察觉到她刹那的心惊。她极力掩饰面色："荒唐。"

"所以我才先让夫人相信我有通天的本领，而不是被夫人视为神棍。玲珑是我的朋友，我不愿她落入那种结局。"云照叹道，"那护卫喜欢玲珑，玲珑也喜欢他，夫人为什么不信？"

司夫人没有开口，只因这是他们司家的家事，她不想跟一个还未及笄的姑娘言说细谈。可眼前这姑娘虽未及笄，不过十三四岁模样，然而所说的话，有条有理得叫人匪夷所思，让她心头止不住地发慌。

云照又道："夫人想必也是不讨厌那护卫的，否则当初也不会答应司大人让他保护玲珑。毕竟玲珑是你最宝贵的女儿，唯有你信任的人，才能做得了玲珑的护卫，难道不是吗？既如此，那为何今日对你曾寄予厚望的人有了嫌恶，甚至想要杀他？"

司夫人终于正眼看她："因为当年我视他为义子，但他如今却想要做我的女婿。"

云照深知这种门第之见，正如她和陆无声在一起，哪怕两家是世交，哪怕她爹对陆将军曾有恩，可还是有不少人嘲讽她想攀高枝。奈何她脸皮太厚，一点也不在乎，况且两家长辈都默许他们的婚事，所以跟陆无声依旧青梅竹马到如今。现在想来，要是当初有一方长辈不同意他们在一起，也没有如今这样顺利。

司夫人的担忧和不悦，她能理解，然而她不能赞同，一旦点头，那土豆护卫就会死，司玲珑也会发疯，那么好的姑娘，自己不能接受她的那种结局。在收到司玲珑被抓的消息后，她苦想了半天，终于记起她曾在京师志怪里看过的一个老人"死而复活"的奇闻，趁着傍晚时分仔细打听，就离司家不远。

有了这件事，司夫人定会信她。司夫人疼爱女儿，不怕万一，只怕一万，所以最终会选择相信她。

然而结局是放过土豆护卫强留司玲珑，还是认可他们的婚事，这就不是云照所能控制的事了。

腊月初十，雪飘十里，一夜铺絮，将皇城染得除了雪白再无异色。

被关在房中一晚不得半寸棉絮掩体的司无言没有被冻僵，本就是习武之人，体魄强健，哪怕在雪山待一晚，也不会被冻死。他闭目打坐，听着外面大雪飘落，又想起年幼的他差点冻死在雪夜里的事。幸得司大人将他带回家，给他温饱，教他认字习武，待他如亲生儿子。

第二年，司玲珑出生。

那天他在门口站了很久，害怕司夫人会痛死过去。好在没有，司夫人安康，还生了个小千金。

他看着她从一个皱巴巴的婴儿变成牙牙学语又变成能跑能跳的小姑娘，她总是闯祸，然后他总是站出来说是他做的，但司大人从来不责骂他。所以每次司玲珑闯祸，就拍他的肩膀无比认真地说："你帮我扛事，我给你买糖吃，这个交易不错吧？"既无赖，又顽劣。

司无言想着那个姑娘，冷然肃穆的脸终于露了笑意。

只是他从来不敢奢求娶她，哪怕知道她喜欢他。等他发现疏远她已经没用的时候，也晚了。

屋外雪花簌簌飞落，拍打在屋顶树上，一阵轻微的脚步声轻落地面，他还是听出来了："谁？"

"陆无声。"

陆无声推开窗户，一跃而进，快步走到他面前，却发现他根本没有被绑："司夫人果然了解你，我想就算是这屋子着火，你也不会逃的。"

司无言问道："所以你来做什么？"

"是司姑娘拜托我来的，她只让我带一句话，如果卯时还见不到你，那她就吊死在郊外那棵大榕树下。"陆无声末了又道，"离卯时还有三刻。"

几乎是瞬间，屋里就不见了司无言的踪影，只刮出一阵急速离去的寒风。

可陆无声不觉得冷，因为云照给他塞了一个暖炉，让他好好抱着，说今晚一定会下大雪。

果然，雪花飘落。

有个神算子恋人，倒是不错的。陆无声如此感慨着，抱着他的小暖炉从正门走了出去。两旁的守卫看了他一眼，没有阻拦，像是对于他此时会到来，早有人知会过。

大雪纷飞之际，最是冷人。

司玲珑抱膝坐在屋子的大暖炉旁，只想着司无言冷不冷，他到底怎么样了。娘亲待他不差，应该不会真对他下毒手的。可她还是担心。她抱膝而坐，心中禁不住害怕。她的手都是伤，屋子里一片狼藉，可门窗都被钉死了，根本逃不出去。她想见他，只恨没有早点下定决心和他离开这里。

"啊——"

屋外一声闷响，她蓦地抬头看去，只见门外出现一个纤细人影，又见刀光剑影，转眼就劈开了木门，进来个灰头土脸的姑娘。

　　"呛死我了，就不能找几块干净的木块钉门吗？"云照边怨着边进来，还没抬眼，就见有人冲到她面前，吓了她一跳，"司姑娘，你动作真是快极了！"

　　司玲珑瞪大了眼，往她后面看去，守门的婢女竟被她打晕在地："你疯了？司家是你能闯的吗？你会死的！"

　　云照当然知道司夫人是怎么样的人，爱憎分明，只是有时候，太分明。

　　"我就带一句话来，陆无声已经把你的土豆护卫救出来了，他约你在郊外大榕树下等。以后的事，就看你们的了。"

　　司玲珑愣神："为什么……为什么你们要这样帮我们？"

　　云照默了默，说道："来不及了，快走吧！天这么冷，你要他一直在那等吗？"

　　司玲珑蓦然回神，道了一声"谢谢"就往外面跑，连披风都没拿。云照等她跑远了，才走出房门，刚出去，那倒在地上的婢女就睁开一只眼，低声问道："可以了吗？"

　　"可以了。"云照将剑交给她。

　　婢女问道："是让我交还夫人吗？"

　　"暂时保管着吧，你家夫人，现在也不在府上。"云照看着那越下越厚的雪，真冷，她怎么就光顾着给陆无声拿小暖炉，却忘了自己呢。那定是因为在她心中，陆无声比她更重要了吧。

第十八章

　　黎明未至，寒风凛冽，风雪沁人骨髓。行人一路疾行，衣服和墨发眉毛，都沾上了白雪。司无言赶到郊外榕树下，却不见司玲珑，他喊她的名字，只震得树上雪花跌落，仍是不见人影。

　　雪中有人慢步走来，身影高大，不是姑娘家的模样。

　　陆无声快到近处，见他默然无声盯着自己，开口道："嗯，刚才是我说了谎，但她很快就会过来，云云会帮她逃出来。"

　　司无言一言不发，提步就往回走。

　　陆无声沉声道："你对司家夫妇是报恩了，可对司姑娘呢，这样可公平？"

　　"那我能如何，带玲珑私奔？"声音冷厉，是彼此的不理解。

　　陆无声说道："那你有没有想过改变这种境况？一直留在司家做护卫，身份就一直会是护卫，哪怕司姑娘的爹娘真的愿意她嫁给你，你们也伉俪情深，但你也只是个护卫。"

　　司无言似乎明白了什么："你想说什么？"

　　"你的身手很好，有胆识，处事冷静，比起文官来，你更适合做武将。你若愿意，我可以举荐你去我父亲麾下，但成败在你。比起带司姑娘私奔，比起让她下嫁于你，你领了军功堂堂正正回来娶她，不是更让众人艳羡？无论是对她还是对司大人司夫人，都是最好的答复。"

　　司无言一时默然，因为他从未想过这种改变，似是一语惊醒梦中人。

　　陆无声说道："为时不晚，就算你要花五年十年才能取得军功，我相信司姑娘也愿意等你，司大人和司夫人也才能将自己的女儿安心交给你。"

　　风雪中一个倩影迎着大雪而来，脚步急切，踏雪前行，像是脚下无力，每次拔腿都极其艰难。哪怕听力再好的人，因雪声阻挠，也难以分辨这脚步声是谁的。只是司无言听见，立即往那跑去，没有半点犹豫。

　　司玲珑简直快要冷死了，昨天下午开始就没吃什么，饿了大半天，现在在雪里跑了这么久，还摔了几跤，又疼又冷又饿。这会儿看见司无言，原本痛苦的脸忽然就见了明媚，也不知道是哪里来的力气，也朝他跑去，扑入他怀中紧紧抱住，大声道："我摔跤了，疼！"

"摔哪里了？"

"心里。"

司无言默然。顽劣，无论何时，都顽劣得让人没有办法放心。

司玲珑眼睛一热，脑袋在他胸口衣服上蹭了蹭，将眼泪蹭去，这才松开他，盯着他气道："你昨天为什么要放下剑？"

司无言摸摸她的头，说道："你娘是我的恩人，我不能对她刀剑相向；而且她不会杀你，她只会杀我。"

司玲珑只觉不可思议："那你不怕我娘杀了你？"

"不怕。"

司玲珑几乎哭出声来，又紧紧抱住他，哽咽道："可我怕，如果你死了，我也不会苟活。"

凌晨的雪下得很大，风雪不停，一辆马车劈开寒风而来，嗒嗒嗒地停在两人一旁。赶车的人还没下来，接她下来的人已经到了面前，朝她伸手。

云照笑笑，握住陆无声的手掌，借势跳了下去。刚停稳步子，陆无声就将暖炉给她。可云照偏是不接，将手伸进他的腰间："真暖。"

陆无声握了她一只手，许是赶了车一路吹风，冷如冰雕。他由着她吃自己豆腐，没有拿她的手出来。

不过是隔着一辆马车，但两对恋人的心思却完全不同，唯一相同的，就是能携子之手不放，风雨同舟。但司玲珑思虑得更多，生怕眼前人推开自己，紧抓他的手不敢放开："我们一起走吧，不要回去。"

司无言摇摇头，缓缓摊开手，手心是一粒红色丹药，颜色太过鲜艳，看着令人不舒服："我本想，不能报恩，至少不能让恩人为难，所以打算以死还债，断了你的念想。"

倚在陆无声胸膛前的云照一顿，服毒自尽？

她拧了拧眉头，难道"十年前"的传言是假的，司夫人根本没有毒害土豆护卫，只是土豆护卫自己服毒？

相府毕竟墙院高深，消息有所偏差也不奇怪，不过真是这样的话，云照倒觉得是自己错怪了司夫人。仔细想来，喜鹊被杀，也是司夫人的心腹所为，但是否是司夫人下的令，却不能轻易判定。那心腹杀手被人搅局，恼羞成怒杀了喜鹊，也是有可能的。

　　司夫人看起来并不像是不讲理的人，否则怎么会在那假死的老太太还没醒来前，就答应和他们配合演戏了呢。

　　"你简直狼心狗肺！"司玲珑气急败坏，腔调满是愤怒，"你就想着报恩，就想着还债，那你可有想过我？"

　　司无言俯身将她抱住："再不会有这种念想了。等我，我去参军，立军功，得官衔，光明正大地回来娶你。"

　　司玲珑紧抓着他的衣裳："可是娘亲不会放我们走的。"

　　"我们可以不必逃走，夫人并没有打算要我的命，如果她真的决意那样做，为什么要让陆公子和云姑娘一起来演这出戏？"

　　司玲珑愣神："你说什么？"

　　"司家哪里是这么好闯入的地方，还让我们这样轻松地离开？没有夫人的吩咐，他们是不会放我们走的。"司无言抬头看向远处，虽然看不到人，但他相信，司夫人一定在附近，"夫人在给我机会，给我娶你的机会。"

　　如果没有今晚的事，他现在还无法下定决心去寻其他出路。他怕自己离开京师，就再也没有办法回头，所以死守在京师，守在司玲珑身边。如今司夫人暗中给他这个机会，他不能再迟疑。

　　司玲珑还不敢相信母亲真的默许了两人，这在她看来简直不可思议。

　　"是真的，司姑娘，"云照缓声道，"是你娘授意我们这样做。她还说了，你们执意要走，她也不会强留。"

　　云照知道司夫人也怕"预言"成真，怕司玲珑真的疯了，所以没有再强留。她终究还是疼爱这个女儿的，不愿拿女儿冒险。

　　"走？"司玲珑一瞬恍惚，比起等他归来，这个诱惑明显更大，只因他这一走变数太大，而一起从皇城"消失"的话，容易得太多。比较之下，她更倾向前者，直接走，那就不用担心变数了。只是这样一来，她就要背井离乡，而且远离双亲。走了，就无法回头了。她喜欢她的土豆护卫，然而她也不能为了她的土豆护卫让爹娘犹如失孤。

　　"我们回去。"看出她的犹豫，司无言执了她的手，将她抱上马车，"如果这一切都猜错了，哪怕司家已成铜墙铁壁，我也会带你出来，他日寻了机会，定会带你回去。"

　　有了这句话，司玲珑才将顾虑打消。她怕的，就是他又像白日那样，轻易放下手中的剑，就好似轻易将她放下。她拂去他手中的那颗药丸："你若再丢下我，我就吞了它。"

司无言手一抹，那毒丸瞬间就不见了。

"快进去，外面冷。"见她不动，他又道，"信我。"

司玲珑叹了一口气，临进车厢，才记起这儿还有两个人，正要问他们怎么回去，陆无声就道："不用理会我们。"

"嗯。"司玲珑也不跟他们客气，只是觉得奇怪罢了，娘亲向来多疑，为什么偏是找了他们来做戏？她心有疑惑，但这并不是她最想解决的事，当今最想的，还是先回家，探个究竟吧。

马车逆风扬雪而去。愈近黎明，雪就愈小，云照裹紧身上的披风，和陆无声一起回城。

"那土豆护卫，真会答应你的举荐吗？离开几年，再回来，可能什么都变了。"

"会，因为他相信司夫人，更相信司姑娘。"陆无声说道，"回城后也差不多天明了，我们去用个早饭，然后你回家歇歇，我还得去宫门追踪那个前世杀你的人。"

腊月初十辰时过两刻，是云照在街上见到那个贼首的时辰，她只说了一遍，没想到百忙之中，他比她还更用心记着。

"那你小心。"

"云云，你忘了一件事。"陆无声说道，"你曾提过，要接近司姑娘，再让她进宫拜托十七公主打听出那贼首是何人。然而这次出谋划策，你却没有去想这件事，是真心为了司姑娘。"

他不提，云照真要忘了这件事，她既高兴又懊恼："这可怎么办？"

"船到桥头自然直，我们小心避开，再小心打听，总能打探出来。"陆无声说道，"你这样为朋友着想，我倒更是欢喜，是我认识的云云。"

听了这话，云照真不知该继续高兴还是继续后悔，只是现在多想也没用，还是努力走后面的路吧。错过了就是错过了，总不能稍不顺心就重来，老天不累，她也累；更何况，她一点也不想总是在醒来后，跑到陆家大门口吓唬陆无声。

回到城中，两人用过早饭，云照就先回家去了。这个时辰她不能乱走，乖乖在家待着，等陆无声进宫，等万晓生送来画像。

辰时已过，她正焦急等待，喜鹊就送了封信来。她拆了瞧看，上面字迹陌生而娟秀：事毕，多谢，午后未时，百宝楼见。

落款：司玲珑。

云照缓缓合上信，看来司夫人没有食言，土豆护卫和司玲珑都安然无恙。她笑了笑，心情甚好。

万晓生觉得云照是个神人，原本只是个小商人，可现在好像变成了神算子，让他去跟踪人，连时辰都掐算得一清二楚，还道："那人脸上没什么特点，所以你先跟衙门里的画师约好时辰，让他留半个时辰给你画画。"

然后他去找画师时，画师果真没空，求了一会儿他才答应匀出时间来。等他看清楚那人模样，就立刻寻画师画了出来。

此时万晓生正拿着画轴交给喜鹊，又道："你家小姐打算以后不拿珠算，改拿桃木剑了？"

喜鹊一板一眼道："我们夫人不许小姐舞刀弄剑。"

万晓生扑哧一笑，没有纠正她理解有误，亏得她这样大大咧咧，否则他得多尴尬，不过怎么瞧，她也好像不喜欢自己。他暗暗叹了一口气，说道："听说云家将你买了？"

喜鹊意外道："你竟然知道这事？"

"知道一些。"

喜鹊边诧异边说道："买是买了，不过小姐又将卖身契撕了。"真要详细说她能说上半个时辰，比如买了她是因为不想她爹娘对她又打又骂。可她也知道分寸，万晓生是外人，还是个捕快，万一她不小心说多了，去抓她爹娘怎么办，弟弟妹妹就要哭鼻子饿肚子了。

万晓生虽有疑问，但也不细问，笑道："你们小姐人倒是不错。"

听他夸了自家姑娘，喜鹊笑颜又露，连带着话都多了。万晓生笑着听她说了许多，许久喜鹊才想起还有正事要做："我得将画像拿给我家姑娘了，你也快回去吧。"

万晓生点点头："快去吧。"

画像上的男子面上没有什么特征，只是长得很俊秀，看之牢记，闭目忘之。

云照将他的脸牢牢记在心中，达到就算是真有"下辈子"也不会忘记的地步，才将画像合上，等着陆无声前来。

将近巳时，陆无声才到了窗前。人刚到，不见云照，就先见了一杯茶，随即一个姑娘露了俏脸，先将他身上摸了一遍，才道："看来没受伤，这我就放心了。"

陆无声抿抿唇角，受没受伤，问他就好，偏要动手摸，摆明了是在吃他豆腐。日后他定要吃回来，加倍的。

云照递了画像给他："这是拜托万捕快跟踪的那个人的模样。你看看，说不定会认得。"

"我少去后宫，宫闱内的人，我肯定是不认识的。"陆无声展开画轴一看，果真毫无印象，"不认识，不过今天我按照你说的时辰从宫里出来，刚好碰见那贼首回宫，我虽然也不认得，但现在认得了。"

云照忙问道："你怎么知道的？"

"我看了他入宫时给守卫的腰牌。"

想尽办法要知道那人身份的云照差点没被噎住，竟……竟是这么简单的法子！见他脸上无笑，云照略不安："那人身份不得了？"

陆无声说道："是御马监的人。"

听说是御马监的人，云照明白了为什么他方才会说那样的话。那御马监最初只是负责皇帝马匹的，后来深得皇帝信任，得先皇下放权力，开始管理皇庄甚至与户部分理财政，又因人数扩张而产生了一支专门的禁兵，为皇帝担任宿卫。他们的权力可以和宫里任何一个衙门分庭抗礼。

云照也清楚其中的意思，如果是御马监所为，那他们是直接由皇帝下令办差，那要杀陆无声的，就是皇上；如果不是御马监所为，只是个人背叛了皇上，那说明指使那人的幕后人，绝不会简单。

陆无声又道："那人叫秦融，别忘了，云云。"

云照心头咯噔一声："你也觉得前路艰难，一步走错就不得不再次重来，所以让我记住，是吗？"

越揭露真相，两人就越发现凶手不简单。这只是冰山一角，就已经牵扯出了宫廷中人，甚至是势力庞大的御马监，那后面还能牵扯出谁，不可知，却可隐约预见。

"再难，也要查，只是将你牵扯进来……"

"不许说。"云照气道，"陆无声，不许说，以后你是要做云家女婿的，你要做的，是不要让我守寡，我会哭的。"

陆无声轻抚她的青丝："我不会让你哭的。"

话总是说得容易，但要守住，却太不容易了。

陆无声走后，一夜没睡的云照想补个觉，可躺在床上怎么都睡不着。她翻了好几遍身，终于起来，洗漱一番就去赴约了。

因陆无声还有公务在身，云照一人去了酒楼见司玲珑。将到约定的时辰，果真见着了她，不过土豆护卫竟没来。她以为司夫人默许了两人后，他们会出双人对，看起来她想的好像还是太简单了，但见司玲珑面色无异，她才放心。

司玲珑款款入座，一点也不客气，只是提了茶壶斟茶，双手奉上："这次如果不是你和陆公子，我娘也不会原谅我和司无言，这杯茶我敬你。"

云照摇摇头，思量片刻，说道："我帮你们，其实一开始也是有私心的。"

司玲珑说道："我知道，虽然不知道是什么。现在你可以说了，我会尽力帮你，但我不会把这个当作是交易。"

云照觉得自己果然没有看错人，直爽的司玲珑，不管重来几次，都是这样直爽。她说道："我要拜托你的那件事，是想让你帮我打探一个宫人身份。我有那人画像，但宫闱之中包括禁卫军，人数数万，实在不知道要从哪里下手，所以想到了你。"

"原来是这件事，我本该帮你，但如今只怕没有多余的时日了。"

云照略微紧张，问道："怎么了？"

司玲珑笑笑："别慌，不是我娘反口了，只是司无言采纳了陆公子的建议，决定投身军营。他跟我娘起誓，日后定会建军功，回来娶我。"

"那你也要跟着去？"

"我去那种地方，只会让他分心，我想，以后我不能拖他的后腿，所以我也打算去各国游历。日后啊，他要是做了大将军，我也能给他出谋划策，才不要做个贤内助，我可是司玲珑。"

云照笑道："果然是我认识的司家姑娘。"

这样的司玲珑，才是真正的未来丞相之女。

"我娘不放心，正好有位四处游历的先生要离京，所以我娘将我托付给他照顾，他明日就要走。如你所说，宫闱太多人，一时我也找不到。但是我有一个人可以推荐给你，她认识的宫人，一定比我多，甚至办法也更多。"

"谁？"

"与我交好的十七公主，我能自由进出宫廷，也是因为她。"

云照恍然，那十七公主是圣上的小女儿，还是皇后所出，身份高贵，人又机灵聪慧，深得宠爱，甚至比一般妃子所出的皇子都更得疼爱。

司玲珑从怀中取了一枚白玉戒指给她："我已经跟十七公主提过你的事，你将这个交给公主，她会帮你的。见她如见我，你不必有顾虑，她性子骄傲，是个刀子嘴，不过不计较这个，她便是个大好人。"

"你的朋友，我信得过。"云照小心将戒指收好，又道，"你们何时走，我去送行。"

司玲珑笑道："我喜相聚，不喜别离，等他日回来，必定会先让人快马加鞭送信来，让你拿了鞭炮来接我。"

云照不由笑了起来："好啊，到时候我找两辆马车，塞满两车的烟火放给城里的百姓看，告诉他们司家大小姐回来了。"

司玲珑顿觉恶寒，朗声笑道："免了免了，我可不要变京师名人。"

云照知道司姑娘日后一定会变成京城里谁都知道的姑娘，但不是靠她的鞭炮。她笑笑，举杯说道："我知道你是真心不要人送，所以我们就在这里别过了。"

司玲珑也举杯："后会有期！"

两杯轻碰，叩出清脆响声，如两人的情谊。短暂的相处，却叩出悠扬小调，如曲，如酒，绵长而甘甜。

第十九章

今日还是腊月初十，但依照司玲珑所说，十七公主每逢十五出宫一次和她在百宝楼相见，见面的地方就是云照送别司玲珑的那个厢房。

离月半还有五天，每天都过得小心的云照觉得时日颇长，但皇宫不是可以随意进出的地方。虽然司玲珑说能带她入宫，但云照仔细思量，还是拒绝了。

因为她没忘记她和陆无声的关系，或许她早就被人盯上了，稍有动作就会使得幕后黑手警惕防范，导致后面的路更难走。一个商户家的女儿突然能进出宫廷，还和十七公主走得很近，消息可能立刻就被散播出去。她去宫里，有百害而无一利。因此她打算等到十五，在酒楼见十七公主。

只是过了今日，后面的事情就又不在她的掌控之中。想到这儿，云照才觉得喉咙发干，久未出现的不安感，重新袭来。

她强压心头不适，安慰自己重来数次，终于迈出新的一步，也是好事，总不能徘徊不前，那代表着事情毫无进展，那又有什么可安心的？

细想这些，她才觉得自己没有白白重来那么多次。

接连几日都在连续飘雪，雪积厚至半膝高。天也越来越冷，路上行人渐少，都窝在家里抱着小暖炉，无事不出。

腊月十五，天刚亮，云家下人已经在厨房烧水忙活，喜鹊早早抱了脸盆过去接水，其他下人瞧见，纷纷笑问："小姐起身了？今个儿怎么这么早来打水，往常你都是最晚到的。"

喜鹊答道："姑娘昨晚让我来早点打水，我也不知道姑娘要做什么。"

她撒了个谎，身为贴身丫鬟，她当然知道云照早起是要做什么，只是她跟自己三令五申过，不许嘴碎她的事，什么事都不行，所以她不能说。

喜鹊烧好热水，就去伺候云照起来。见她今日穿得比往日更隆重，连平时不多戴的首饰都戴上了，心里又好奇，又不敢多问，憋得慌。可就算憋得慌，她也没多嘴。

今日是腊月十五，云照要去见十七公主的日子。

那公主为人如何，不是云照能打听到的，问陆无声，陆无声说道："傲气。"

堂堂公主高傲些，也在理。十七公主名天成，从名字上也可见极受圣上宠爱。

云照洗漱装扮好，系上披风，就抱着她的小暖炉往外面走。

马车从巷子出来，前面早有另一辆马车在等。她撩了车窗帘子往外看，就瞧见了站在马车前的陆无声。

马车一晃而过，车上姑娘的俊俏面庞也一晃而过。陆无声等马车过去，才上了自己的马车，在后跟随。

到了酒楼，已经到了喝早茶的时辰，但天太冷，早起的人还不多。

云照径直入了里头，去那厢房等候。不一会儿陆无声敲门进来，云照见了他就给他递小暖炉，又往他手里呵气："怎么在外面等，车厢里暖和多了。"

"怕你看不见。"陆无声被她呵得手痒，想收回手，又被她抓了回去搓搓搓，搓得他心都痒了，"画像带了吗？"

"带了。"云照又道，"玲珑走的那天，听说司大人终于回家了，但我又听说，吃了司夫人的闭门羹，不许他进屋。司大人就像个没事人般直接回了衙门，又将司夫人气得不轻。我看呀，司家这个年，要过得不安稳了。"

陆无声看着她淡淡笑问："真是听说，而不是特地让万捕快去趴屋顶打听的？"

被一眼看穿的云照歪了歪脑袋："当然是听说。"

"那你有没有听说我爹快回来了？"

云照微顿，眼里露了喜色："陆伯伯要班师回朝了？什么时候？"

"本来今天就该到了，但大雪拦路，估摸还要过几天。"

不知为何，听见陆大将军要回来，云照就像吃了秤砣，心都稳当了，好像是陆无声的大山归来般。陆无声有文，父亲有武，简直令人安心。

说话间，木门被轻轻叩响，三声都叩得悠长，拖着长长尾音。陆无声和云照四目相对，眼中一瞬有了亮色。陆无声提杯在桌上叩出声响，短短三声，跟那长音对应。

门随即被推开，进来的却不是个姑娘，而是个俊美白净的小个子。然而云照还是一眼就发现这是个姑娘，只因她的身段无论怎么看，都是个女子，年纪虽小，但胸前似乎比她的起伏还要大。她要是看不出来这是女扮男装，那一定是她瞎。

"嚯,我以为只有一个叫云照的姑娘,没想到陆大将军家的公子也在。"天成公主负手而立,背后侍卫已经将门关上,她微抬下巴看着两人,目光落在两人紧握的手上,眼睛已然露了狡黠般的恍然,"还好还好。"

陆无声笑问:"还好什么?"

"还好我没挑你的画像呀。"天成公主坐下,说道,"父皇这几年拿了不少你们这些公子哥的画轴让我挑个做驸马。说实话呀,你长得最一表人才,而且科举还入了三甲,父亲又是将军,我差点就点你做驸马了。"

云照禁不住问:"那为什么没选?"

天成公主说道:"因为我不想嫁一个素未谋面的人,就忍痛放弃了,现在一看,还好还好。"

说着,眼神又飘到了两人的手上,目光灼灼,看得两人终于将手抽回。天成公主扑哧一笑,笑声朗朗,眉眼明媚得似能开出一朵明艳桃花来。

云照将一直放在身上的信物交给她:"这是玲珑提及的信物。"

天成公主接了信物,却叹道:"司姐姐真过分,自己跑去玩了,却不带上我。她明明说我们都一样,都是笼中鸟,她是家中鸟,我是宫廷鸟,可结果呢,她却丢下我。"她将信物放入香囊中,小心放好,才道,"说吧,你们要我帮什么忙?"

云照将桌上画轴交给她:"这个人是宫里人,劳烦公主查出此人身份。"

天成公主应了声,外面就有暗卫进来,将画轴接过。

"我会帮你们的。"

"公主不问问缘由?"

天成公主摇摇头:"不问不问,司姐姐信任的人,我也信。只是呀,我也有个要求。"

陆无声说道:"公主且说。"

天成公主探头悄声问道:"你能不能,用你聪明的脑子,帮我找个理由,让父皇同意我出宫玩一天?"

云照想起她方才说的"宫廷鸟",如今看来,连出宫玩一天都是种奢求。那就不难猜为什么她要装扮成这样出宫,但或许她今日出宫圣上也不是不知道,她不说,暗卫总要说。而且总是在十五出宫,不是圣上暗中同意,也没这么顺利能准时准点出宫吧。

陆无声低眉一想,说道:"可以。"

天成公主只是试着一说，没想到他竟然立刻说可以，她惊讶片刻，随即欢喜非常，伸手就要跟他拉钩："不许骗我，骗我我就把你变成驸马，跟我一块做宫廷鸟。"

陆无声和云照被逗得一笑，这公主说话像个涉世未深的小姑娘，可又着实认真。他拉了拉钩："小年之前。"

天成公主喜出望外，已忘了这是交易换来的条件，急于找另一件东西答谢他们，可身上什么都没有，令她好不懊恼。

等下回见了，她一定要带谢礼来。不过现在最好的谢礼就是帮他们查到画像那人是谁，她也不坐了，起身说道："我也不能多待，正好也要帮你们找人，那我先走了，不用三日，我就让我的暗卫来告诉你们结果。我办事快极了，父皇也常夸我。"

天成公主夸起自己来一点也不脸红，甚至十分骄傲。她火急火燎地走后，云照叹道："果真是什么人交什么样的朋友，玲珑的朋友，也有一颗玲珑心。"

陆无声也觉天成公主跟想象中不同，抛开公主的身份不说，爱玩爱闹，也跟寻常百姓家的小姑娘没什么区别，一会儿他才回过神来："你喊司姑娘名字？"他笑问，"什么时候这么亲昵了？"

云照笑笑："姑娘家的情谊，你是不会懂的。"

想来，她也是司玲珑的朋友，虽然只有短暂几日，但胜过十年相交。

她又想起一个问题来，要是人生再次重来，那非但要和陆无声再从头相恋，连朋友都要重新交了呀……

云照顿觉心累，真是拼死都不愿重来了。

小年未到，许是大雪堵路，陆将军仍未率军归来。陆家没有妇人，下人按部就班，也不用陆无声费心，快到年底，他也忘了要添置年货，家里冷冷清清的。

他一早出门，还有事要忙。他没忘记答应了十七公主要为她换取一日出游的机会，所以他早早去拜访了世子，要从他手里求一份请柬。

"请那十七公主？"世子笑道，"虽说按照辈分来说她是我的堂妹，但她深得圣上恩宠，我娶妻，她怎么会屈尊前来？"

陆无声笑道："会的，你只管让你妹妹进宫寻她，让她答应；她答应了，圣上自然也会答应。"

世子只觉得有些荒唐，也不知陆无声为何要这么做，末了说道："十七公主来，定会让宾客拘谨，我这婚事也要办得不自在。你我是好友，总不至于要见我在成亲时拘束吧？这拘束，大概需要钥匙解开，我的心才舒坦。"

陆无声点点头，世子的意思他明白，物物交换，是最公平的。在京师中，尤其是皇族贵胄，很难有纯粹的交情，多少都带着些利益关系。

陆无声说道："世子请说。"

世子瞧瞧左右，探头低声："三皇子知道你通古博今，所以一直想见见你，谈天论地。"

谈天是假，论地是假，陆无声心中了然。求人事情，总要有所报答，陆无声稍稍思量，说道："好。"

世子笑笑："我这就让我妹妹进宫，在我大婚当日，定会请来公主。"

世子在腊月二十成亲，陆无声答应公主小年之前会让她顺利出宫，如今在承诺范围内，连云照都放心许多。只是她明白跟世子提这件事，必然会有什么条件，毕竟那是最得宠爱的公主，一般人哪里能请得动她？

陆无声听她问及条件，说道："要我去见三皇子。"

"三皇子果然还是想拉拢你。"云照说道，"那你答应了？"

"见一面倒也没什么，我跟其他几位皇子也见过面，喝过茶，见的皇子多了，反倒不会让人觉得我站在了哪一位皇子身边。"

"那这次你跟三皇子见面，也要大大方方地见，不要找什么僻静地方，不见旁人的。"

陆无声见她一一叮嘱，笑了。云照一顿，也觉得自己念念叨叨地像个老婆婆："好吧，我不说了，我知道你都能想得到。我就问最后一个问题好不好？"

"好。"轻声一字，是不会腻烦的语调。

云照问道："你和三皇子什么时候见？"

"世子大婚当天，三皇子也会去。"

世子大婚，三皇子会出现，十七公主也会出现，云照掐算了下日子，还有四五天。她又道："陆伯伯到那天该回来了吧？"

陆无声说道："估摸差不多。"

"这几日京城，定会很热闹。"

年关将至，世子大婚，普通百姓也赶着好日子办喜事、置年货，京师的确会比往常更加热闹。

腊月十九日，云照还没有拿到请柬，但已拿到通行世子府的令牌。世子本就因陆无声的关系有心要放她进来，只是赴宴的宾客身份大多尊贵，不能轻易寻了名目。云照一想，便道："酒宴上所需的酒盏瓷器，我家的并不差，世子可以一看，若可以，那我就能以商客的身份进来安排这些，便不会显得突兀了。"

世子应允，一看云家瓷器，样式精美，质量上乘，就顺势答应了。

等连夜将府中瓷器摆上，听见下人议论这是哪家的货品时，他才突然意识到，云家姑娘这是顺便借他的地方为云家瓷器造势吧，明晚宾客众多，随便几个货单，都不会是小数额。他笑了笑，不愧是陆无声心仪的姑娘，也不愧是商人家的姑娘，无怪乎三皇子命他去打听她，只是为何打听仔细，他也不知道。罢了，何必想这么多，他只求天下太平，让他此生荣华富贵，别出什么乱子就好。

腊月二十日，云照因还要忙世子府的事，早早就过去了。陆无声因是宾客，晚了一步。

世子府实在是太大，陆无声同宾客一起登门后，去花园游了半个时辰，也没看见云照。

迎亲的吉时在巳时，接了新娘子进府，差不多就到午时了，厨房后院跟大堂一样热闹，每个人都在忙碌。云照远远瞧见和宾客一起同行的陆无声，奈何太远，没办法叫他。簇拥在他周围的都是青年才俊，然而她还是觉得陆无声最是显眼，看得人如沐春风，是别人无论如何都比不上的。

陆无声隐约察觉到有人在看他，偏头瞧去，却不见人，只是看见几个云家下人，似在尾随谁离去。未见人，如见人，像是暖冬腊梅，不见梅花留余香。

"陆公子。"

一人低声唤他，陆无声偏身看去，就见一个小厮模样的人在身旁压低了嗓音说道："我们三公子就在偏房，请您移步。"

三公子？陆无声放缓步子，交谈甚欢的宾客没发现他落在后头，一会儿就离了一丈多远，他这才道："人多嘴杂，偏房就不去了，等今晚酒宴散了，我再约三五好友，一起去拜见三殿下。"

小厮微顿："陆公子当真是这个意思？"

陆无声知道，能替三皇子来传话的定不会是个脑子笨的，他点头："嗯。"

小厮意味深长地看了看他，没有多说什么，微微欠身，默默走了。

陆无声默了默，知道这也算是得罪了三皇子，然而皇帝身体抱恙，如果此时太过接近哪位皇子，也会遭人诟病。

正想着，他又听见有人叫他，一瞧，见是一个婢女。她欠身问安，说道："公主要见大人您，说是要交还您的画像。"

陆无声一听，便和她过去。要见他的定是十七公主，提及画像，只怕是知道了那人是谁。只要知道是谁的人，那就知道是谁勾结了杀手埋伏在万山寺竹林中要杀他。这一世对方不知晓自己已经在暗中反攻，所以掌握了先机，化解危机就容易多了。

婢女在前领路，陆无声不远不近跟着。直走到一处偏僻屋子，婢女才停下："公主就在里面。"

陆无声见屋子光线不明，没有立刻进去，问道："里面除了公主，可还有其他人？"

婢女答道："自然是有的，还有两位宫人陪着。"

陆无声这才进去，虽是有事相求，但毕竟男女有别，孤男寡女共处一室，万一被人看见，就容易遭人口舌了。

他刚进去，就听见裙子曳地的摩挲声，十七公主探头来瞧："你晚了，让我好等。"

陆无声作揖道歉，看看旁边，却不见宫人，正要问，背后木门便被关上，不知为何，心底也似有一道锁锁来，锁得人心烦闷。

"画像上的人我查出来是谁了，那人叫程冲，是宫里的侍卫。"十七公主说道，"那画像太显眼，我在宫里将它毁了，我做事向来可靠，你放心吧。"

侍卫？陆无声低眉想了想。

十七公主又道："只是，你为何要查我七哥哥身边的人？"

陆无声蓦地一顿："七殿下的人，那人是七殿下的人？"

十七公主点头："对呀，是我七哥哥的人，跟在他身边都有十个年头了。他的身手十分不错，你跟人打听下，定能知道他是我七哥哥最信任的侍卫。他的忠心也是出了名的，去狩猎，他还为我七哥哥挡过野猪。"

陆无声想到了宫里的任何一个人，就是没有想到是七皇子，只因在之前的探听中，他知晓蔺大人效忠的是七皇子。而山上的刺客跟蔺大人并没有关系，所以要杀他的人不会是七皇子。

然而现在的情况却是，山上刺客为首的是御马监的秦融，他跟"前世"杀云照的有兰花香气的人又是同伙，那他们效忠的必然是同一个人，可是这个人却是七皇子的人。秦融不是七皇子的人，程冲却是七皇子的人。这本身就矛盾了，甚至将陆无声和云照所做的分析全都推翻。

陆无声追问道："那画像上的人，当真是程冲，七皇子的护卫？"

天成公主立刻生气道："你若是信不过我，就不该来找我，司姐姐可没说你是这样多疑的人。要是早说了，我也不帮你，惹得自己一身灰。"

都说她心高气傲，如今陆无声也感觉出来了，立即给她道歉，十七公主的面色这才好看了些。

陆无声得了消息，屋里又没其他人，便跟她告辞。十七公主说道："我也得出去了，免得被人瞧见。"

陆无声先行一步到了门前，想开门让十七公主先走，自己晚一两刻再出去，可门却打不开。他将门往里拉，竟还是拉不动。

十七公主凑了过来问道："怎么了？"

"门……"陆无声脸色肃然，"被人从外面锁上了。"

十七公主眉头一拧，也去拽这门，可根本没用。陆无声已经闪到窗前，却发现窗户也被人关紧。偌大的房间，十余扇窗户，竟都被人从外头锁上。

原本安静的院子，似有人声渐渐往这边涌来，听着像是宾客的声响。

这里本不该有人来，只因这里是偏院，连红绸灯笼都比其他几个院子挂得少，可见不是招待宾客的地方。可现今却有人来了，还来得这么凑巧。

若让人发现他和十七公主共处一室，那后果不堪设想。就算皇帝不计较，那他也是娶定十七公主了，这万万不可。

陆无声想罢，以拳做刀，一拳重击在窗户上，瞬间击断一根木头，窗户敞开三四寸。再击三下，就能出去了。他提拳要再击打，刚抬手就被十七公主抱住，她慌张道："你闹出这么大的声响，他们会听见的。"

"公主，我先送你出去，我再离开，不会有人看见。"

"那窗户呢，好端端的窗户坏了，世子会寻人查探的。"

"那也只是当作贼人进来偷窃，不会怀疑到我们的头上，若待在这里，结果才会真的不可收拾。"

"什么结果？"

"你父皇顾及我父亲的面子，不会要我性命，但你下嫁于我，却是最有可能的。"

十七公主瞬间瞪大了眼："那你娶我就好了。"

陆无声一怔，十七公主自觉说错了话，咬了咬唇没吭声。陆无声见她默然，突然明白过来，意外地看着她。

那婢女无疑是她的宫人，进来前明明说还有旁人，可房里并没有。等他进去后，婢女就将门关上，而窗户早就紧闭了，所以屋里才这么昏暗。也就是说，他和公主被关在这里，是公主一早就授意的。

结果似乎很明显……她想嫁给他。

陆无声脸色顿时一沉："公主请自重。"

说罢，他便又往窗户重击一拳，力道比方才的更大，窗户被撞开的口子也随之扩大。天成公主羞红了脸，咬牙道："你怎敢嫌弃我？我哪里比不上云照，那个低贱商人家的女儿？"

陆无声不想多说，因为多说无益，从这里离开才是最重要的。

十七公主大声道："父皇将你的画像拿来，我看上你了，看上了！可是父皇问你父亲，你爹却婉拒了这门亲事！如今你也是，你们父子都该死，该死！"

陆无声没想到她竟是个撒谎精，从见面开始，就在说谎，如今还想用这种办法逼自己娶她。

她对他哪里有什么情爱，只不过是高高在上惯了，不容许别人拒绝。陆家越是拒绝她，她就越是不服气，甚至要用终身大事来赌这一口气。

单是这点，她就比不上云照，一点也比不上。

"所以你想出宫也是假，就算今日不是在世子府，你也会在别的地方用同样的法子逼我就范。只是公主，你找错人了。"陆无声回以冷声，拳头上已经被木屑刮破了，鲜血如红梅点在木窗上，他却毫不迟疑。

十七公主怔怔看他，又觉羞辱，又觉愤怒。从未有人这样拒绝过她，她不能接受！

"啪！"窗户从外面被人劈开，碎屑直往里散。

陆无声一步退后，以袖挡住，心中诧异，是谁在外面斩断窗木？

世子大婚，进府要搜身卸掉利器，就连一指长的短刃都不可以携带，那就说明，外面那人不是从正门进来的，而是偷偷入了世子府。可他并没有安排这样的人，云照也没有，那是谁在帮他？

他轻步跃出，却不见人，那人早已悄无声息地离开，武功之高，更令他困惑。

"陆无声！"十七公主见他要走，将自己丢在这，声音顿显可怜，"我爬不出去，带我一起走吧，这里变成了这样，我该怎么跟他们解释？"

宾客的声音几乎就近在廊道，似随时要进来。

陆无声想也未想，说道："有凳子。"说完他就走了，不留半分迟疑。

十七公主在窗边眼睁睁看他离去，恼得怒火中烧。等门外响起敲门声，她才敛起面上怒容，双眸只剩腻烦："与我成亲本可救你一命，可你非要寻死路，我也拦不住，那就跟你心仪的云家姑娘一起去死吧。"说着，她就转身去开门，大方泰然，像是方才什么事都没有发生过。

陆无声从后院出来，迅速整理好衣裳，重回宾客中，不见惊慌，不见狼狈，似刚才没有离开过。

他怕世子府还会有变故，想带云照先行离开。酒宴开始，就连连喝了几杯酒，借着不胜酒力免得等会儿酒宴出丑的借口，先行离开，去寻云照。

云照此时刚忙完，正想着十七公主何时让人来叫自己过去一见，就先瞧见陆无声了。

云家的伙计们也在后厨待命，这会儿见陆家少爷过来，暗自笑笑，一哄而散，跑远了。早就练就了一张厚脸皮的云照淡定如常，只是他们这样识趣，回头得多给他们加赏钱才行。

她还来不及多问他一句，陆无声就弯身附耳说道："我见过十七公主了，有状况，我们先走，出去后我慢慢跟你说。"

难得见他这样严肃，云照也不多问，命伙计好好看着，自己就和陆无声离开了世子府。

陆无声特地寻了条人烟稀少的小道，边走边和云照提方才的事，听得云照连连惊讶："十七公主竟是这样的人。"

"司姑娘视她为好友，或许只是因为志趣相投，司姑娘又从未忤逆过她，所以瞧不见公主的本性。如今我们陆家拒绝过她两次，她便恼羞成怒，我倒也不是太意外。"陆无声说道，"只是我狐疑一点，那画像上的人究竟是不是程冲。"

云照将心绪平复，快速理顺了思路，说道："如果是，那我们之前做的推论，也就完全推翻了。然而公主这样奇怪，着实让人怀疑。"

两人都以为公主能找出那人是谁，没想到又来了这样一个插曲，可那人到底是不是程冲，或者是不是七皇子的人，有待考证。

事情一波未平一波又起，云照都觉得头疼："十七公主只怕不会善罢甘休，还不知道幕后黑手是谁，又得罪了个最受皇上宠爱的天成公主。"

陆无声也不想得罪她，但总不能娶她。他是想活到白头，但此生过得不痛快，白头又有什么意义？他的白头，是要和云照相守到那时为前提的。

"船到桥头自然直，不直的话，那就走另一条水路。"这话怎么听都像是在安慰她。

云照如今是愁，但并不惊怕："我们暂时找不到可靠的人去宫里确认那画像上的人是不是程冲，但我们可以去看看七皇子身边的程冲，是不是画像上的那个人。"

陆无声笑道："云云越发聪明了，懂得反向思索。"

云照得了夸奖，还是开心不起来，脑袋一枕，枕在他的胸膛前，紧抓住他的衣裳不松手："陆无声，你要好好的，我们要一起过年，一起登高放烟火，一起看元宵花灯……"

陆无声双眼蓦地干涩，简单的愿望，却有些遥不可及。他伸手将她抱住，紧拥在怀："好。"

冷冷寒风中混着各家办喜事时放的炮仗火药气，还有大街小巷上人们卖糖果蜜饯的甜香味。年味已至，两人却觉遥不可及。

第二十章

陆无声和云照分别后，快返家中，路上仍未想通那劈窗的人是谁。他问及身边暗卫，可今日他无指示，众人并没有暗中出现过，这件事就更显得扑朔迷离了。

马车刚到大门口，人还没下来，管家就疾步过来，说道："少爷，老爷回来了，从宫里出来好一会儿了。"

陆无声一听，忙下车进去。

陆战久在沙场，到了二十五岁的年纪才回乡成亲，同龄人的孩子都已经能去书院了。他二十七岁才得子，所以如今已经快是年过半百的年纪，平日劳心，发已见斑白，只是双目有威仪，腰背直挺，比壮年更显得健壮威武，不似老人。

他闻声抬头，面上带着两分寡淡，眉心微见褶子，令他整个人既有威严，又带着三分疏离，不让人那样容易亲近。

陆无声大步入了厅堂，先唤声："父亲。"

陆战只是点了点下巴："管家说，今日世子大婚，你去赴宴了，怎么这么早就回来了？"

"喝了几杯小酒，怕失礼，就先行告辞了。"

陆战眉头已拢："怕喝酒会失礼，就不该贪杯。"

陆无声另有原因，不便辩解，就认了这轻责。

陆战也不想刚见面就训斥他，说了一句也不多骂，让他坐下，才道："午后可要去衙门？"

"今日不用。"

"那你去洗洗脸，换身衣裳，去去酒气，下午随我一起去祭拜你母亲。"

陆无声年幼时母亲就去世，对母亲并没有太多念想，虽会挂念，但也不过是偶尔有所感触，感情并没有太深。只是父亲每次回来，第一件事都是先入宫拜见圣上，第二件事便是回家换下甲胄，带上母亲爱吃的菜肴，前去祭拜。等祭拜回来，才会让厨子做饭。无论赶了多久的路，饿了几顿饭，每次都是如此。

父亲深爱母亲，身为儿子的陆无声最清楚。

陆无声领话要回房，又听父亲说道："你的手也该上药了。"

陆无声一顿，刚才为了不让云照担忧，他特地将捶窗受伤的手藏到袖中，又以披风裹住，所以云照没有发现，那父亲怎会……他忽地往父亲看去，一瞬竟觉得他就是前来劈窗救他的人。只是父亲刚刚回来，又怎会知道他在世子府被困？他心有狐疑，低头一看，这才恍然为何父亲知道。

只因他的伤口没有愈合，仍有血迹渗出，如今已经浸润了披风，见了点点血迹。再一想，父亲久经沙场，受过无数的伤，他的动作和这点点血渍，父亲只看一眼，就能猜出来了吧。

陆无声应了声，让阿长去唤了家中大夫带上金疮药，去他房中。

等上了药，换了衣裳，他便和父亲去母亲坟前祭拜问安。

云照听陆无声提了那从天而降劈窗大侠的事后，也绞尽脑汁想那人到底是谁，然而毫无头绪，想了十余个人，都被她一一否定。想来想去，也没想出个合理的解释，最后她只能望天叹道："我也就只能猜是天兵天将了。"

正给她剥着瓜子的喜鹊好奇问道："什么天兵天将？"

"就是劈窗大侠。"

喜鹊听不懂，不过这几天她说的话她都听不太懂，但也不阻碍她伺候她，所以也就不多问了。等剥了满满一小碟瓜子仁就递给她，见她一口吃完，又接了碟子回来继续剥："姑娘，老爷今天可高兴了，说您有出息，都能接到世子这样的货单了，脸上跟贴金似的。"

冷暖自知的云照扯着嘴角笑了笑，因为她爹不知道，他未来的好女婿差点就变成了驸马。想到十七公主，云照既觉得恼气，又有余惊。她在床边小榻上翻了个身，品了一口热茶。她在路上和陆无声商议过，如果要知道那兰花男是不是程冲，那就得见七皇子。

程冲是七皇子的贴身护卫，七皇子出现，那他必然会在身边，所以只要见到七皇子，就能肯定程冲是不是兰花男。

而要见高高在上的皇子何其困难，也唯有陆无声亲自出面，才能邀得动他了。然而那边刚拒绝了三皇子，这边又要求见七皇子，就怕风声外泄，令人觉得陆无声要入七皇子阵营，连带着别人以为陆将军也要辅佐七皇子。

诚然七皇子有美名，但陆家是良臣，一心效忠皇上，有闲话传出，对陆家不利。所以这个法子被她拦下了，她一点也不愿意陆无声冒险。

她另有法子。

每逢年底，圣上就会领皇子贵族们去皇家猎场狩猎，王孙贵族的公子们也可以前去，而陆将军更是随同左右。陆将军从不让陆无声去，理由他不说，但陆无声猜测是因为怕他的箭法太好，锋芒太盛，掩盖别人风采，因此阻拦。但今年情况特殊，所以云照想让陆无声也一起去狩猎，而这个说客，自然是她。虽然陆将军为人严肃，但云家于他有恩，两家长辈又已成至交，他对陆无声是铁面判官，对云照却总是慈祥长者模样，所以若是云照出马说服他让陆无声去狩猎，说不定能行。

就是不知道陆将军什么时候回来，能不能赶上皇家狩猎。

她正思虑这个细节，门外就快步进来个小厮："姑娘，陆少爷那来了封信，说要立刻交给您。"

云照立刻起身，速度之快让喜鹊咋舌，刚才还懒洋洋的！

"快拿来。"

小厮将信奉上，云照拆信一瞧，上面只有四个俊逸非凡的字：吾父已归。

似是心想事成，云照扑哧一笑，心情甚好。她折信摆手，喜鹊明了，将火盆拿来，把信烧了，抬眼看去自家姑娘还美滋滋的模样，可偏是听不到到底是什么好事，心又痒了，可还是忍住了。

云照见信已烧毁，安心躺下，按照陆伯伯的习惯，这个时辰肯定是立刻前去祭拜陆伯母，那得等到晚上他才会再回陆家。

那就让她好好想想，该怎么说服陆将军，让他同意陆无声去狩猎场，亲眼去看看七皇子身边那名叫程冲的护卫，到底是不是万晓生跟踪的那人。

想到万晓生，她才想起喜鹊的终身大事来："喜鹊，快小年了，等会儿你去给万捕快买条草鱼送去吧。"

喜鹊一听就拧眉："姑娘，您天天让我往万家跑，不是送鱼就是送肉，一会儿说天冷了该送点羊肉给万捕快的爹娘暖暖身，一会儿又说下雪了让我送暖炉炭火去，一会儿又说小年了送鱼过去。我老是去那儿，万家的邻居都笑话我了。"

云照笑问："笑话什么了？"

喜鹊睁大了眼："说我像万家的小媳妇，让我赶紧嫁过去，就省得来回跑了。"

"哎呀呀，这不是挺好的吗？"

"姑娘您真的不要我了？您要把我嫁给万捕快？我才不要。"

"为什么不要？万捕快人挺好的。"

喜鹊一时说不出个所以然来，闷声不说话了，半晌才可怜兮兮道："我想伺候您。"

云照笑笑："嫁人了也能继续留在我身边的，我又不赶你走。"

喜鹊这回接不了话了，她也不知道为什么不想走不想嫁，大概是爹娘感情并不好，这么多年他们不是吵架就是打架，看着……心累。她就想，一辈子不成亲不嫁人挺好的，也没这些烦心事了。更何况万捕快看起来吊儿郎当的，一点也不可靠呀。可无疑他人很好，做事也勤快。

喜鹊有点愁。

云照见喜鹊怔怔想着，也不剥瓜子了，晾在那里一脸愁绪，也不唤她回神。她总算是看出点头绪来了，其实喜鹊也是喜欢万晓生的，只是还没有看清自己的心。不急不急，这种事急不来，让她慢慢体会吧，终有一日，恍然大悟，才能让这种感情更加牢固和坚定。

入夜后，云照估摸了下时辰，算着陆将军差不多该回来了，也系上披风准备出门。

路过厅堂，正好云老爷和云夫人在聊天，见她要出去，唤住她问道："等会儿就用晚饭了，你要去哪里？"

"听说陆伯伯回来了，我去拜见他。"

云夫人笑道："去吧，你到底还没有过门，就别留在那用饭了，早点回来。"

云照笑道："知道的，娘。"

等她出了门，云老爷说道："女大不中留。"

云夫人说道："也留不得的，有个好人家，就让他们替我们疼云儿吧。"

云老爷笑笑，云夫人也笑笑，两人就这么一个女儿，她能寻到陆家这么好的人家，他们也放心了，虽然万般不舍。

云照知道陆将军喜欢吃桂花糕，所以傍晚特地去厨房蒸了一锅，切好用油纸包好，放进食盒里，要带去给他品尝。

喜鹊要提那食盒她也没给，就抱在怀里，怕一直搁外头将糕点冻透，等会儿一咬牙都要掉。

云家去陆家的路已经被大雪覆盖，百姓各扫门前雪，官府也派了人清扫街道，但雪下得太快，不过片刻就又铺了一层白色棉絮。

路太滑，马车的速度也慢了许多。正是年关，出门买年货的百姓拥挤在街道上，令宽敞的街道也变得狭窄。

云照看看外面，见天色愈晚，再晚就得赶上陆家吃饭的时辰了，这可不好。思前想后，她下了车，带上喜鹊一起往陆家走。逢年过节，两条腿胜过了四条腿的马车，穿行在人潮中毫无压力。

喜鹊拎着食盒紧跟在旁，走着走着就被挤得往后退，等挤出来，却不见了云照的人影。她踮脚寻人，奈何太矮，只看到黑压压的人头，根本瞧不见她家姑娘。她放声喊她，仍是不见回应。

云照专心往前走，人潮熙攘，没有听见喜鹊唤声。好不容易从那最热闹的大街挤出来，回头一瞧，哪里还有喜鹊的踪影？

她等了片刻，想着她知道自己是去陆家，人又不笨，总该会一直往陆家的方向去的。或许她已经先挤出来，直接去了陆家等自己，以往也不是没有发生过这种事，应当不会错。想罢，她便往陆家走去。

过了这条大街，另一条街道人就少了。她走的又是小道，行人更是稀少，走着走着便不见人了。

冷风在巷子穿行灌入，从头吹至尾，穿堂风最是阴冷，卷着瓦顶积雪呼呼吹来，拂得云照面颊寒凉，伸手一摸，手冻得不行。

巷子太过寂静，唯有风声掠过。忽然一柄尖锐的剑在云照背后出现，直指她的后背，径直刺向她的心脏位置。

那剑锋锐无比，似可削铁，哪怕是穿再厚实的披风衣裳，都不能阻挡这一剑。

剑将入体，突然伴着一声脆响，剑端重重偏向了一边。一粒石子弹在剑上，剑无损伤，石子已经粉碎。

握剑的人手臂一震，警惕张望，却不知道是谁弹的剑。

一直安静走在前面的云照转身看向那人，眼角顿露狡黠："不知道你有没有听过一句话，螳螂捕蝉，黄雀在后。"

那人几乎想也没想，脚尖一点，就想离开，可那屋顶已有人出现，一身捕快衣裳，洗得发白，穿得发皱，但一点也不影响那人的身手。

一刀一剑劈开电光火石，如两条火蛇缠斗在一起。

云照退后一步，贴墙而立。这次回到腊月初八，她就知道自己手无缚鸡之力，出现意外的状况又实在太多，所以她早就寻了万晓生暗中保护她，今日出了十七公主一事，她更觉像十七公主那样善妒狂躁之人，只怕会对她暗下杀手，所以让喜鹊送草鱼去时，留了暗号让万捕快万分警惕她的周围。果然，她刚落单，就有人出来杀她。

那人身手不差，只是万家族人中不少都是武夫，万晓生自身又聪慧，虽然不是师出名门，武功也没个章法，但武艺了得。又更因他的武功乱七八糟的，令对方一时找不到破解的法子，又急于脱身，更是落了下风。

万晓生深感这人不简单，也不敢掉以轻心，更深知一旦放走这人，自己也会遭大祸，更是拼尽全力也要将他擒下。似丛林猛虎捕食，追得绵羊无处可逃，一刀重击，拍在那人心口上，撞得那人两眼昏黑。万晓生又落一招，那人便被卸了兵器，顿成无角绵羊，乖乖就擒。

万晓生脸上身上都挂了彩，略显狼狈，可眼有英气，看得让人振奋。云照小跑过去，拍拍他的胳膊："看来我可以安心地把我家小喜鹊许配给你了。"

万晓生瞥她一眼，这语气，简直是要自己喊她丈母娘的气势。他腾手摸了摸鼻头："快把这男不男女不女的妖怪给收了，一个大男人熏什么香，熏死我了。"

云照俯身一嗅，一股兰花香气扑入鼻中，许是"前世"阴影，刺得她心头一震，露了恐惧。那人见她如此，冷笑："将我放了，我留你一条生路。"

声音阴绵，又带冷嘲热讽，听得让人……不开心！云照缓缓站直身，将了将袖子，抬手就给他一个大耳刮子。那人面巾随手而去，一张俊秀的脸露在两人面前。不待他出声，云照又反手甩了他一个耳光，拍得那人直接蒙了神。

"脸真硬，打得我手疼。"云照甩甩手，"你叫什么？为什么三番两次要杀我？"

那人皱眉瞧她，万晓生也瞧她，三番两次？这不是头一次吗？

云照又道："我知道，你是皇宫里的人……你叫程冲对不对？"

那人当即点头，随后就见她冷笑："刚才还一脸视死如归的模样，现在一说名字就点头承认，我倒要好好怀疑你是不是真的就是程冲，是不是七皇子的人。"

那人脸色一变，这才明白话里被她下了套。他立刻噤声，决定不再说一句话。

云照和陆无声本来就怀疑十七公主所说的话真假，如今更是觉得十七公主骗了他们。她问了好几句，这人都不再吭声。审问人的手段她可不拿手，想了想，便瞧向万晓生："那就麻烦万捕快撬开他的嘴了。"

万晓生方才挨了他几剑，正疼着，这会儿能好好动手，哪里有拒绝的道理？他两眼一弯，用刀刃在空中挑了个花，直指那人裤裆："你不说，我就把你的命根子削了。"

那人脸色阴沉，奈何受制于人无法脱身，只是冷眼瞧看。

云照泰然转身，悠然道："削了，一寸一寸地削，直到他肯说为止，不说就让他断子绝孙。"

万晓生是个捕快，知道衙门规矩，帮忙是帮忙，但也不会闹出人命来。本着让他惊怕说出实情的心思，只管吓唬吓唬他，遂用刀尖一挑，将裤裆刺穿，刀抵根部……

嗯？他眨巴眨巴眼，低头瞧去，又用刀挑了挑，刀尖撩的地方空荡荡，惊得他差点没跳起来。

"云姑娘，这人是个太监！"

"太……太监？"云照的心几乎是伴随二字同时沉落，如果说是太监的话，那麻烦可就大了。只因他们的身份特殊，效忠的人极有可能是皇帝。

皇帝要杀陆无声？要对陆家下手？

云照心头顿时冷如冰雪，脑袋嗡嗡直叫，有些不知所措。她总觉得这不可能，因为十年后圣上仍恩宠陆家，封赏称赞皆有，更何况十年后的陆家跟十年前的陆家并无差别，依旧对朝廷忠心耿耿，对圣上没有二心，所以云照没有深疑过圣上。而且这人是来杀她的，或许也是被人收买了，比如十七公主？但之前几次她与十七公主没有交集，但这太监"前世"的确是杀了她一回，怎么想，都不会是十七公主的人。

果然……凶手另有其人。

万晓生也觉得惹上了大麻烦，他哪里知道云照要防的人，竟是来自皇宫。云家只是生意人，怎么会招来这种杀身之祸？

那人见两人面色有异，声音更冷："还不快将我放了，宫廷的人，不是你们得罪得起的。"

云照蓦然回神，脑子飞快一转，说道："我想起一件事来，既然你的主子已经决意要杀我，那我放了你就等同放虎归山。但不留你活口，对我没有任何帮助，也不会让我安然无恙，所以还是杀了你好，你说我分析得对不对？"

那人眸光骤冷，神情阴戾："你敢！"

声音一激动，就更显得阴柔尖锐。云照轻笑一声："死太监，不好好在宫里待着，还到处乱跑，捅了我一刀就算了，现在又对我下手，你家主子到底有多讨厌我，我又妨碍了他什么？"

"我何时捅过你一刀？"那人蹙眉，"你这人，从方才说话就颠三倒四的，你是疯婆子不成？"

是不是疯了唯有云照清楚，她懒懒道："对，我是个疯婆子，现在疯婆子要杀了你灭口了。我心仁慈，所以你现在可以说一句遗言，就一句。"

那人瞪眼，厉声道："你敢！"

云照如鸟啄木般点头："哦哦，遗言就是'你敢'，我知道了，那你现在可以去死了。"

"……"

万晓生瞧着她，真要动手的模样，想了想还是将刀给她。云照接过刀，手势一沉："真重。"

她挪着刀往太监身上靠了靠，往他脖子上游走，时而晃两下，实在是太重，有些拿不稳当。可在这太监看来，却危险至极，盯着刀直瞪眼，心扑通扑通剧烈跳着，生怕她一个手抖，抹了自己的要害。

刚才他还笃定她不会杀自己，可刀已贴在他的脖子上，刀锋冰冷，惊得他大气不敢喘。

"我力气不大，可能要砍几刀，你忍着，反正总会死的，别怕。"

云照铆足了劲就要砍，太监身体一软，两眼翻白，直接晕了过去，倒身在雪地上。

"装晕也没用，受死吧。"云照扬起大刀，刀将落脖子，见他还不起来，甚至哼都没哼一声，才肯定他的确是晕过去了，她这才停下，"没用。"

万晓生就知道她是在吓唬人，伸手接回刀，再看脚下踩着的太监，只觉被刺扎了脚，可又没有办法抽身，他总不能丢下这烂摊子，让云照跟这死太监待一起，那样喜鹊知道了非得将他骂死不可。

"这太监你要怎么处理？"

"我还得找陆无声商量，先将他关起来，找个废弃的小屋子。"云照这才想起来他是个捕快，问道，"我刚才有说什么吗？"

万晓生耸了耸肩头，斜着眼道："没有，我什么都没瞧见，不曾见你甩他耳光，不曾见你拘禁人。"

云照甚是满意："那就麻烦万捕快帮我送一送人。"

万晓生暗暗叹了一口气，麻烦越滚越大，却没有办法脱身。等他俯身扛起这太监，才道："你做的这些，日后可有办法收场？"

云照默了默，她也不知道能不能，笑笑："我还有不少银子，送给你吧。你不要做捕快了，带着喜鹊和你的家人一起搬到别的地方去。"

万晓生见惯了她的生意人模样，可现今却全然不像是在开玩笑，而是认真的。他嘴角一弯："那我成什么了？如果换作是喜鹊，她死也不会在这个时候丢下你这个主子。"

云照笑问："万捕快，你喜欢喜鹊什么？"说起来，喜鹊不是美人，也不算聪明人，云照留她，是因为她善良又忠心。

万晓生说道："就是喜欢，哪里有什么为什么。那我问你，你喜欢陆公子什么？"

"英俊潇洒文武双全还对我好呀。"

"你就当我没问吧。"就没见过这么不含蓄的姑娘！

云家产业说多不多说少也不少，要找个常年不用的小黑屋十分容易。云照怕无人看守时那太监醒来跑了，于是将他捆了个严实，绑在床柱旁，让他一根手指头都动不了，这才和万晓生出来。

迎面寒风一吹，云照才猛然想起还要去陆家。那喜鹊早就该到了，到了那儿见不到自己，等得久了急了，只怕会直接问陆无声她来了没，那指不定陆无声会多想。她想到这，忙跟万晓生告辞，自己往陆家跑去。

地上的雪刚被扫净，这会儿又铺了白白一层，地面湿滑，跑起来得压着力道，着实费力。

寒冬天冷，道路两旁的商铺基本都关了门，只剩寥寥几盏灯笼悬在途中屋檐下，隐约映着点点星辉，让她顺利前行。

街道寂静，稍有一点声响都能听见。道路另一边，似有匆匆脚步声，正往云照这个方向过来。才历经过生死的云照忙顿步，没有往前，侧身躲到旁边柱子后面，不敢用力喘气，想等那人过去再出来。

寒风拂过，灯影摇曳，被光火映得颀长的影子映在薄薄雪地上。云照趴在柱子后头，屏气等那人过去。可片刻一张无比熟悉的脸出现在了前面，停在她方才停下的地方，往四下张望。

许是天气太冷，风也太冷，男子又没系披风，唇和手都冻得紫红，看起来冷得不行。他顺着地上浅浅的脚印往柱子那看去，随后就看见一个姑娘往他跑来。见了她，陆无声才长长出了一口气，伸手将她揽入怀中。

"喜鹊说你不见了……"陆无声轻轻叹气，"她都急哭了。"

云照抓了他的手为他暖着，看着他，他就提喜鹊着急，难道他不知道自己看起来也很着急？她又探手去焐他的面颊："我没事，人多，走散了。后来的确是出了点事，不过已经解决了。"

陆无声心头一紧："什么事？"

云照说道："有人要刺杀我，那个人，就是我说的那个有兰花香气的人。"

"程冲？"

云照摇头："我想他不是程冲，也就是说，他不是七皇子的侍卫。他是个太监，而据你所说，程冲并不是一个太监，所以很明显，十七公主说谎了，要杀你的人，也绝不会是七皇子。"

"太监？"陆无声神色微顿，末了他又否定了一瞬出现的想法，"不可能是圣上。"

"你是如何想的？"

"七皇子的母妃虽然不是最受宠的妃子，但是七皇子为人勤奋聪颖，是皇子中最得圣上宠信的，甚至早有传言圣上要立七皇子为太子。可如今发生的事，每件都是针对七皇子，想将杀我的罪名嫁祸给七皇子。这也不难猜，为什么那人执意要杀我，而不是对陆家的顶梁柱，我的父亲下杀手。"

云照突然明白过来："如果杀了你，又将罪名嫁祸给七皇子，那陆伯伯肯定不会善罢甘休，更不会放过七皇子，到时候就算圣上再怎么宠爱七皇子，也没有可能将他立为太子，更不可能让他继位。"

陆无声点点头："我们大可以换个想法。既然排除了圣上和七皇子，而这些事情又处处针对七皇子，挑拨我们陆家与他的关系，那这个凶手，很有可能是与七皇子敌对的人。"

云照嗓子忽然有些干，因为这个想法有些可怕，她压低了声音说道："你说，那个人会不会也是皇子？而且……是三皇子？"

"为什么这么猜？"

"因为你说，那天三皇子要单独见你，你拒绝了，随后就发生了十七公主那件事。十七公主说画像上的人是七皇子的护卫程冲，如今证明她说了谎话，那她应该已经入了那位皇子的阵营。所以她和三皇子结成了联盟，也不是没有可能。"

"三皇子虽然不及七皇子得宠，但也是圣上倚重的皇子，加上十七公主……"陆无声真觉得那已然是铜墙铁壁，"是否真是三皇子尚有疑点，但理应疏离十七公主，尽量不与她再起纷争，免得惹怒她。"

那些藏在暗处可怕的人——浮出水面，云照反倒不那样惊怕了，都说明枪易躲暗箭难防，就怕连对手是谁都不知道，就死了。

察觉到他的手暖和了些，云照才缓缓松开，拉着他往方才藏那太监的地方走："我带你去看看那个太监，兴许你能问出点什么。"她略有迟疑，才下定决心问，"陆无声，你杀过人吗？"

陆无声稍稍意外，摇摇头："怎么了？"

云照将他的手握紧，眼神却丝毫不惊怯慌张："那个太监留着迟早是个祸害，所以我想如若没有办法从他嘴里问出点什么，就……就偷偷处置了他吧，否则无异于放虎归山。"

陆无声心头微顿，云照胆大，但不敢杀生，就连鸡鸭都不敢杀，更别说杀人。她光明正大提出来，定是深思熟虑过，也不知用了多大勇气。

"我来动手。"

"你不是没做过这种事吗？"

"我立志要去边疆战场，这种事总归要做。"

想到两人的手要开始沾上鲜血，云照就恨得咬牙："这笔账，我一定要算回来。"

离凶手越来越近，云照就越发地镇定。陆无声若有所思，只因有一事他略想不透，既然那人要借他这把刀来打击七皇子，那杀云照，有什么用？难道真的是十七公主授意？那藏在背后的人跟十七公主到底是什么关系？为何他的人十七公主可以随意调遣？抑或太监根本不是十七公主所派？那云照到底得罪了那人什么？或者是踩到了那人什么痛处？

疑云如绳结，在绳子上一寸一结，阻碍着他的思路。

第二十一章

关押太监那地方藏得十分好，连陆无声都没想到云照想得这么周全。那地方并不算偏僻，甚至可以说有点显眼，然而这屋子宽大，床离门非常远，进了门还得走十余步才能看见窝在角落的床。而这是间废弃的屋子，早就没有人会进来。

那太监被五花大绑绑在床柱上，嘴被塞了个严实，连哼都哼不出声，咿咿呀呀地发着求救声，让人听了以为是老鼠在屋内打转。

他醒来后一直在挣扎，试图脱身，可谁想这绳子将他捆得严实，都陷进了肉里，勒得他肉疼，狼狈不堪。

吱呀——门被打开的同时，屋内声响立刻消失。陆无声往里看去，唯有满满尘埃，像间废弃的屋子。只是那声响他也听见了，不知道的以为是老鼠，但他知道里头藏了什么。这噤声的举动，听起来像是聪明人所为。

他握着云照的手往里面走，拐了个弯，就看见那个太监了。

太监一瞧见他，双目瞪圆，又开始挣扎。等瞧见云照，顿露惊恐。

陆无声偏头好奇问道："你对他做什么了？"

"本来是想切他命根子的，结果发现他的命根子早就被人切了，然后我想既然都没什么可以威胁的了，干脆就杀了他。可是呀，他竟然没出息地晕了过去。"云照无奈道，"但我喜欢看人惨叫惊怕，所以就想等他醒了再动手。诶？你随身带的匕首呢，借我一下。"

太监两眼一翻，脑袋一歪，像又晕了过去。

可他明显感觉到有人正甩着刀子朝他走来，甩得刀风呼呼作响。他猛地睁眼，刀子已经抵在了他的鼻尖，陆无声把他嘴里塞物掏出来，他咽了咽口水："你知道我是宫里的人……"

"那你应当知道她是我什么人，也同样下杀手，不是吗？"陆无声蹲身在他面前，仔细打量这张脸，细看还是能瞧出他是太监的，太过白净，一点胡子青渣都不见。万晓生开始没看出来，大概是因为他没有接触过太监，所以没有往那方面想。

"你刚才看我的眼神，明显是认得我。像你这样能被派出宫办事的人，一定不笨，那要杀一个人，定然会查清楚她的身份。我和云云的关系只要认得我们的，都知道，虽未定亲，她却是我未婚妻。所以就算她杀了你，我也有办法为她掩盖这件事，你应该很清楚。"

太监原本还心存侥幸，让他们放过自己，但陆无声这样一说，他瞬时没了底气和自信。见刀子已经将鼻尖刮破，亲眼看着血珠从鼻子渗出，他张嘴道："你们要问什么？"

云照眨眼："我不想问了，只想杀你。"

"我是诚心的！你要问什么，你说！别毁我的脸！"

云照撇撇嘴，妖里妖气的，命都要没了还在乎这张脸，她故意道："不啊，我不想问，我就是想杀了你泄气，让你再吓唬我。"

刀子又戳了戳，吓得太监尖叫起来："饶了我吧！陆少爷，陆少爷！"

陆无声握住云照的手腕，拿回匕首不让她再玩，他盯着他："我就问一句，是谁指使你的？"

太监张嘴要说，突然一枚飞镖破窗而入，扫着疾风刺向那太监的眉心。陆无声几乎是在听见风声之际就握匕首循迹拍去，准确无误地将飞镖拍落在地。可就在刹那间，又飞入三枚飞镖，全都往那太监飞去。

云照一惊，将披风甩出，这太监不能死！就差一步了，他决不能死！

似有奇迹，那飞镖竟被披风挡住了，另外两枚被陆无声拦下。云照刚松了一口气，却觉耳边凉飕飕，脸略觉疼痛，余光只见一枚飞镖闪过，以十分隐蔽的方式从她耳边滑过，刺入太监眉心中，顿时见了血，再看，太监眼里已经没了光泽，死了。

陆无声怕再有埋伏，将云照护进怀中，警惕看去，等外面完全没了声音，确定那人已走，他才松开云照："方才那人，只怕就是秦融，他的身手和轻功我观察过，的确是……云云？"

怀中人脸色发青，脸颊那道血痕已经发黑，凝结的血珠竟都是黑色的。云照神色恍惚，还抓着他的袖子吃力道："看看他死了没，他不能死的……"

太监已然没了生气，而云照的情况也不太妙。

陆无声拿出解毒的药丸，这药丸能解一般的毒，有奇效。但云照服用后，却没有丝毫好转，再看那太监，似是中了剧毒，他的脸已经黑如炭火，连脖子都开始发黑。陆无声顿知不妙，俯身将云照抱起，就往外面跑。

云照倒没感觉到疼，就是脸上麻得很，她咧了咧嘴，发现连笑都笑不出来了。

那伤口一定很深。

要破相了。

她想去摸摸有多深，可手抬不起来，视线也模糊不清："陆无声……我看不见你了……"

"天黑了，等一会儿，我们回去，去把灯点上。"

云照脑子迷迷糊糊的，都想不起来刚才做了什么，眼睛时而能看见点点光芒，时而又晦暗不明。突然她听见陆无声在急急敲门，还在喊大夫开门。

此时正是家家户户用晚饭的时辰，各家铺子才刚关上门。陆无声一敲，又是药铺，都是做救人的事，不多久就有人来开门，也不责怪他敲得狠，一见这架势，忙让他送人进来。

陆无声将云照放下，她的眼睛已经不会动，只睁开一条缝，隐约见光。

"中毒，剧毒啊。"大夫只瞧了一眼，连针都不敢下，"老夫解不了这毒，公子快将这姑娘送到别的大夫那去，兴许有救。"

既是剧毒，那云照很有可能在路上就毒发身亡，更何况随意乱动，毒素蔓延得更快。陆无声家中有大夫，平时小病小痛家里的大夫就能治好，所以也不知道哪里有名医，所能想到的，唯有宫廷御医。可宫门遥远，要去太医院需要花费三刻，云照怎么能撑得住？

"大夫，你只管解毒，哪怕能清除半分毒素。"陆无声额上已渗出冷汗，强压心头惊惧，"这附近哪里有名医，我去请来。"

大夫细想一番，说道："街尾那有位宋老大夫，医术倒也可以。"

旁边的妇人瞧他一眼，似在责怪丈夫砸自己的招牌。大夫对她轻轻摇了摇头，人命关天，哪里还有什么同行避嫌，救人要紧。

陆无声俯身对云照耳语，也不知道她是否能听见："云云，你等我回来。"

云照的手脚僵硬，身上的热气渐退，似化作了寒冷冰刃，一刀一刀地剜在陆无声的心上。他心下一狠，离开药铺，往街尾疾奔而去。

寒夜冰冷，飘雪不止，一层一层地铺在屋檐瓦砾上，将街道铺得一片银白，又冷又滑。

陆无声快至街尾，却见门已关上，恰好邻人出来倒泔水，见他敲门，便道："宋大夫不在家，他一早就去喝喜酒了，公子改天再来吧。"

陆无声一愣，似一把大斧劈入肺腑。那毒看起来并非普通人能解，往返皇宫肯定来不及，而且进宫流程繁多，只怕没有半个时辰都搬不出一个御医。

拖得越久，云照就越危险。

他突然想起还有一个办法可以救云照。让她回去！对，趁她还有意识，他又在身边，那让她回去吧。他们到底还是熬不过这个年。

然而只要能重来，就有命继续。只是这一回，又得她一个人回去，再重新经历一遍，一个人煎熬。

陆无声不忍不舍，可这么做至少能保证云照可以安然健康地活下去。

"陆大人？"

声音陌生，但腔调沉稳有力，在雪夜中听来，颇有感染力。陆无声顿步往那看去，一辆马车正停在附近，一人正踏在马凳上下来，步伐稳健，连冷冷冰雪都不能掩盖他周身的优雅。

陆无声一顿："三殿下。"

赵焱朝他微微点了点头，说道："大雪中见你匆忙，所为何事？"

陆无声心系云照，不愿多浪费半分空闲，说道："臣还有要事在身，改天再跟三殿下请罪，告辞。"

"放肆！"旁边一名宫人喝声，要上前训斥。

赵焱看他一眼，那宫人心头一怯，便退下了。赵焱说道："陆大人还有事要忙，就去吧，改日再见。"

陆无声提步要走，余光却见那马车另一面随行的数人中，有一抹藏青色藏在里面。他不由顿步，仔细看去，瞬时如见春景，那分明是太医的衣服！

皇子出游，有太监护卫相随，御医更是不可缺少，他怎么就没想到？

"陆大人因何事驻足？"赵焱好奇问道。

"三殿下，"陆无声作揖道，"您身边的这名御医，可否让他随我走一趟，救治一位身中剧毒的姑娘？"

赵焱几乎没有半分迟疑："陆大人不必客气,路途可远,这马车借你一用。"

陆无声无暇多想，接了这好意，和御医一起上了马车，往那药铺赶去。

车窗和车门紧闭，寒风隐约从缝隙钻入，但相比外面，犹如初夏和寒冬。赵焱见陆无声面色苍白，也不多问。等到了药铺，不待他下车，就见陆无声拽着御医下去，连个寒暄也没有，看得那宫人又急了脸，瞧着他的背影说道："这陆大人也太不客气了。"

赵焱说道："救人要紧，那姑娘对陆大人来说，应该很重要。"

"再重要也比不得您呀。"太监谄媚说道，不羞也不怯。

赵焱听入耳中，没有说什么，只是等在外头。三番两次约不成陆无声，如今机遇难得，多等半日，也无妨。

能被选入宫中的御医有个基本的要求，那便是能够辨毒，解毒更是一流好手，只因历来的皇帝谨慎，恐防有人下毒。

这名太医虽非解毒好手，但幸而云照所中的毒恰好是他可解的，几针下去，再喂丹药，就令她吐出几口黑血，毒素清了大半。

云照仍旧迷迷糊糊，只觉心口闷得难受，隐约听见陆无声在说话，却没有力气答应，只是昏昏沉沉睡着，后头发生了什么，她都不知晓。

香火味浓，禅意深深，这避暑山庄冬暖夏凉，地处幽谷，不远处就是一座寺庙，更显得这被香火萦绕的山庄幽静怡然。

云照站在屋檐下往远处"看去"，因山庄在下风处，所以很轻易就闻到香从何处来，寺庙的位置也就轻易让她猜出来了。

"云云。"陆无声快步走来，手里还拿着一碗粥。

云照闻声偏身，没有朝他走，因为她还看不见，对这里十分不熟悉，只能朝那边伸手。不过片刻，就被一只温暖大掌握住。

"在屋里待得闷了？"陆无声将她往屋里领，怕她冻着，"山里冷，我们回屋。"

"不冷，就是觉得闷。"云照问道，"我爹娘什么时候来？我脸上的伤看起来惨吗？可不能吓着他们。"

"不惨，已经恢复得很好了。"陆无声将粥交给旁边的姑娘，本来是趁着她梳洗的间隙去厨房那看看，可没想到她先洗完出来了，头发还湿着，就在廊道这吹冷风。他看看那些下人，如果喜鹊在就不会让她出门了。

他领着她进了房里，将她带到火炉旁烤暖身子，拿了干巾给她拭发。天气严寒，连青丝上的水都结冰了，用手一捋，冰落，发也干得差不多了。只是实在是太冷了，这么冻着，他怕她今晚会头疼。

"不是说不要洗头吗？""肯定很脏了，怕我娘看见了难过，洗洗看起来精神些。"云照中毒不过一日，但失明一天，总觉得日子漫长，"太医说我还得去那药泉泡几天？"

"至少三天。"

云照循着他的方向"看着"，问道："能把泉水挑几桶回去，不在这泡了吗？"

陆无声倒也想，这地方是三皇子的，多待一天，就欠着莫大的恩情，到时候要还，就不知道要如何还了。

云照朝他探身低语："这是三皇子的地方，能不欠他的，就不要欠了。他是我的救命恩人，我不好非议他什么，只是心里总觉得怪。或许是因为世子大婚那天，他单独邀约你被拒绝后，就发生了十七公主那件事，太过巧合，我心里有些抵触。"

她的顾虑也是陆无声的疑虑，但他和她所想的一样，三皇子是云照的救命恩人，唯有真凭实据证明三皇子就是幕后凶手时，才可以非议。在此之前，他都是救了云照一命的人。

"三皇子有没有说，为什么他会这么巧出现在街上？"

陆无声捋着她的发，轻声耳语："世子邀约，是正要去世子府的途中。他和世子私交甚好，这点倒是真的。"

这个说法算是合理，云照也不再猜忌，一会儿她又道："下回三皇子要是过来，我得和他亲自道谢。"

"三皇子已经回了宫里，也不知何时才会来。"

云照这才想起一件事来："他没有单独要求跟你见面？"

"没有。"陆无声说道，"他不提，也是君子之礼。如果刚救了你，就提出这个邀约，那我会如何想他？"

云照细想片刻，说道："小人之举。"

"对。"

云照也不知这是三皇子品行好，还是心机深。她本来计划去说服陆将军让陆无声去狩猎场的，现在也不用了，因为那太监肯定不是七皇子身边的护卫程冲，不用亲眼验证。

太监已死，线索又断了。然而云照又想，哪怕太监已经死了，但他还有同伙——那个御马监秦融，他还活着。那幕后人又不知道他们已经知道秦融这人，所以只要查清秦融的身份，同样也能知道太监效忠的是何人。

为今之计，就是不能打草惊蛇，免得让秦融丢了性命。

步步危机，步步艰辛，差点又丢了命的云照，小心翼翼，又大胆迈步，决不能退却，否则就是一条死路。

她因中毒导致双目暂时失明，还掂不准距离，这会儿半个身子都几乎贴在陆无声身上。陆无声怕她扑空，没有推开半寸，托着她的手腕和她说话。

云照怕人听见，越靠越近，唇都要贴住他的脸，姿势暧昧极了，她却全然不知道，更不知道陆无声的脸都快僵住了。

"陆无声，你说，将这些事告诉你爹，他会信吗，会说你疯了吗？"

"会。"

几乎是没有片刻迟疑的回答，令云照顿感失望："亲生儿子说的话，他也不信吗？"

"在家中，他从不许我提鬼神，家里备着的香烛，也都是平日逢年过节时，烧给我母亲的。所以如果我们跟他说这种事，他大概会觉得我们疯了。"陆无声从没见过父亲为天地烧过一炷香，甚至提及怪力乱神的事，他便会非常厌恶。大概是他久经沙场，见多了生死，便不信鬼怪害人、神仙护人的那一套，因此嫌恶这些。

云照想想陆将军的脾气，也觉得没有说服的可能："只是这种事跟他提一提，或许他会信，毕竟他是你的父亲。连司姑娘母亲那样脾气的人，都害怕预言成真，害怕司姑娘变得疯癫而愿意接受土豆护卫，那陆伯伯大概也会信，只要能有足够的理由说服他相信夜明珠的事。"

陆无声低眉一想，问道："依照往年惯例，我父亲年后就要离开京师，在这期间，你可能想起京师有什么事发生，可以令他相信你的确能知晓往后的事？"

这个实在是难为云照了，毕竟是十年前的事，除非是特别稀奇的事，否则就算绞尽脑汁，只怕也想不起来。偏这种事不能胡诌，更不能按照大致的年份瞎猜，否则不足以说服陆将军。

"我记得有一年皇家狩猎场有人捉住了一只白狐，圣上要杀它时，它俯首求饶，形似活人，令圣上惊异，于是将它放生。后来这件事越传越离奇，什么白狐化人报恩，什么白狐是天上神仙，不过前面一段，应该不假。"

"那具体是哪一年？"

"这也是我头疼的地方，想不起来了。"这十年间发生过许多事，云照听过许多，但那些事与生意无关，她怎么会仔细去记？大多都是记个粗略，到底是哪一年，她也不清楚，"只能肯定是这三年内的事。"

这种事陆无声也无能为力，这并非睿智便可为之的事。转念一想，他又道："那有没有其他特殊的地方？"

云照"看"他："比如？"

"比如是在狩猎场何处所捕获，何人所抓。"

"皇家猎场那样大，我也不清楚，谁抓的我也不知道。"云照一顿，似灵光一闪，"白狐不是毫发无伤被抓，而是被人射中了一箭，那箭的流苏是金色。是圣上？"

陆无声说道："未必，箭上可系金流苏的，除了圣上，还有众位皇子。"

"皇子皇子，又是皇子，"总是跟这个身份脱不了纠缠的云照简直要疯了，"单是皇子就有二十几个了。以陆伯伯的性子，只是告知他某位皇子会射得一只白狐的话，他肯定还会细问。"

陆无声眉宇轻拢："暂且告诉父亲这么多，哪怕不全信，但也会半信，以后你再想到什么事，再提，就更会再信几分了。"

"唯有如此了。"云照的腰身往前探了半晌，累得不行，探手摸了摸，摸准距离，便往前倚去，趴在他的腰身上，"想太多，脑袋疼。"

陆无声抚着她已经干了的发："那就别想了，你中的毒还没完全解开，别想太多。等你爹娘来了，我跟他们解释，让他们多留两天，将毒素完全清除，再送你回去。"

云照应了一声，越发地困，脑子也疼了起来，果然还不能想太多。

云老爷和云夫人赶到山庄时，云照还在睡，陆无声听见，先出去迎他们到偏房说明情况。云老爷和云夫人没想到女儿出一趟门竟然遭人投毒，又惊又气，若非陆无声再三说明云照已无大碍，两人惊得都要晕过去了。

"那这药泉还要泡几日？能不能回家安养？"云老爷问出这话，声音都在发抖。

"太医说还要两日，药泉不泡也可以，只是解毒需要花费更多时日。"

云夫人担忧问道："云儿中毒后可难受？"

陆无声微顿，还是说道："几乎都在睡，醒来最多半个时辰，容易脑袋疼。太医说毒先从脑入，所以容易头疼。"

云夫人顿时红了眼，忍着泪道："先解毒吧，解毒要紧，不然回去还要遭罪。"又道，"能否让我见见这里的主人，我想留在这陪云儿，冒昧打搅了，也想亲自道谢。"

陆无声也不知道三皇子何时会来。他怕云照爹娘知道这里是三皇子的地方，所以没有告诉他们山庄主人的身份，只是三皇子临走时曾跟他说过，这里的一切，他可以自行安排，不必一一过问他。如果有云夫人照顾云照，更方便也更用心，再好不过："山庄主人不常来这，只是与我说过，可以自行安排。云婶婶就安心留在这儿吧，有您在，云云的病也会快些好。"

云夫人顿时欣慰，心中更觉陆无声做事稳重可靠。

云照中毒颇深，虽解大半，但毒素未清，脑袋总是容易昏沉。这会儿躺了半个时辰，又醒了过来。她唤了一声，床边就有人俯身问道："姑娘您醒了？可要喝水？"

"不用，谢谢。"到底是三皇子的人，云照对他们客客气气的，免得在三皇子那落了口舌，她问道，"陆大人呢？"

"听说是姑娘的爹娘来了，陆大人去接他们了，这会儿正在偏房。"

听见爹娘来了，云照忙下地找鞋。她刚弯腰，那宫人就寻了鞋为她穿上。不得不说，在宫里做事的人，眼力见儿实在很好。

她穿好衣服，还特地让宫人给她梳妆好，不能狼狈地跟爹娘相见，怕他们难过。

门外山风幽冷，刚打开门，就有风拂来，含着香火淡淡香气，萦绕在这山庄之中。云照抬脚往前走，忘了有门槛在前，一脚撩上，身体就往前摔去。

"小心。"一双手迅速将她托住，避免了她脸朝大地的危险。

她心中仍有余惊，抬头往前"看去"，不知是何人，只是这一双手十分有力。她将手收回，说道："谢谢。"

迅速缩回的手还带着房间火炉的温度，对刚从大雪里穿行而来的人来说，暖得都有些烫人。

赵焱低头看了看手掌留痕，再看云照，想了想说道："云姑娘？"

那天陆无声抱着她随他来山庄，见过一面，但当时她脸色青黑，真容不醒，又没细看，说起来今天才是第一回真正见她，略猜身份，还是能猜出来的。

云照听见声音陌生，退回门槛边，抓住门柱才答话："嗯，你是？"

"赵焱。"

云照心头咯噔一声，传闻中的三皇子。她脑子飞过十余个念头，最后还是松开手，冲他行了个礼："见过三皇子。"

"多礼了，我身在宫外，也不必行礼，引人注意。"赵焱见她出来已经半刻，却不见时刻陪同的陆无声在，知道他不在里面，直接问道，"陆大人去了哪里？"

"听说是我爹娘来了，他正在偏房陪他们，我刚醒，现在正打算过去。"

"那你去吧，我就不过去了，失礼。"赵焱说罢，就让宫人陪她前去。

云照也明白他有意隐藏身份，不想太多人知道，所以也没多话，就和宫人寻着偏房的方向去了。

因她双目还看不见，走得十分小心，赵焱看了好一会儿才见她走完这条廊道，拐弯去了别处。他略微一想，没有逗留，让宫人捎句话给陆无声，就折回离开了。

陆无声这边刚跟云照爹娘说完，正要领他们过去见云照，就见她摸着路来了。云夫人一看平日走路如风的女儿走得小心翼翼，鼻子一酸："云儿。"

云照闻声顿步，展颜道："娘。"

云夫人几步上前，细瞧她脸上的伤，纵然是陆无声将她的伤说得轻描淡写，但还是禁不住喉咙哽咽："你怎么这样不乖，到处闯祸，遭了这个罪。"

"我没事，娘，这不是好好的吗？"

"瞧瞧你的眼睛，你的脸，还说没事。"云夫人摇头，"明明说了去拜见你陆伯伯的，结果没半天工夫就……到底是何人伤的你？这样恶毒。"

"就是个疯子，往我脸上划了一刀就跑了，我没想到的是，那刀子被他喂了毒。还好喜鹊先到了陆家，陆哥哥见我没来，就来找我。只是这解毒麻烦，还得在这泡三天药泉，再配合御医施针，才能完全清除毒素。"云照又道，"喜鹊呢？"

云老爷说道："她本该好好跟着你，可结果却将你跟丢了，还让你受了伤，看在她报信的分儿上，我只让她挨了十五棍，锁半天柴房反省。"

云照知道爹娘是担心自己，只是喜鹊挨棍子也不怪她，但打已经打了，大家都没错，等回头她安抚喜鹊："等回去就将喜鹊放出来吧，是我中途下了车，当时人又多。"

云夫人说道："听云儿的，云儿开心便好。"

一家人说了半晌话，云老爷才回家去，云夫人留下来陪着云照。

第二十二章

　　等云老爷回到家，就听说陆战来了，忙去见他，便将喜鹊的事给忘了。

　　"陆兄。"云老爷疾步进去，见了故人，只觉他眉宇间痕迹更深，比去年相见更多了三分苍老，心有感慨，"你我不过差了五岁，可如今看起来，你像是长我十岁有余啊。人生在世，别太劳心劳力了。"

　　这话也唯有熟人才敢说的，还是当面第一句话。陆战脸上全然没有在家中面对儿子时的肃色，淡然笑笑："还没孙儿绕膝，哪里能安心颐养天年？尚有余力，还是在边城多待几年吧。"

　　云老爷朗声笑道："这话怎么听，都是在催我快点将女儿嫁入你陆家，给你们陆家开枝散叶。"

　　陆战笑道："我待云儿如女儿，你愿意让她早点嫁进我们陆家，我也是那样疼她，不过是让她换个地方，就看她习惯与否，愿不愿意了。"

　　"两人前阵子吵了架，后来和好，感情更胜往日，我看，这婚年后就可以成了。就是怕我母亲不习惯，毕竟她老人家就这么一个孙女。"

　　陆战问道："伯母身体可好？"

　　"还很硬朗。"

　　陆战又道："我去拜见她老人家，问个安好。"

　　云老爷请他进去，边走边道："说起来云儿今晚本该去拜见你的，但在路上被个疯子划了脸。那刀子还喂了毒，中毒颇深，幸好无声来得早，又恰好有位朋友深谙医术，就为她解了毒，现在还在那处山庄安养。我刚刚从那回来，你弟妹还留在那照顾云儿。"

　　陆战意外道："一个疯子的刀上抹了毒？"

　　毒常听，但实际上却不易得，更何况在利刃上喂毒也得很细心小心，一个疯子却能做到，陆战心觉蹊跷，可怕好友担心，也没多问。等儿子回来，他必须要问清楚这件事。

云夫人几乎是寸步不离地陪着云照，云照又不能当着母亲的面跟陆无声说三皇子来过，直到他回去，云照借机送他走，等他要上车时，捉了他的手凑到跟前，踮脚想跟他耳语。奈何眼睛看不见，差点就一嘴亲在他的脸上了。

陆无声倒没多想，云照胆子是大，但不会当着众人的面做这种出格的事，只是瞧不见罢了。可云夫人身为母亲，还是看得直瞪眼。

"三皇子来过。"

云照迅速说完，就松了手，步子太快，差点摔着，又忙捉紧他的袖子。这让站在不远处的云夫人看来，简直就是在拉拉扯扯，她再也站不住，上前拉了女儿的手，对陆无声笑道："我会好好照顾云儿的，替我向庄主道声谢吧。"

陆无声作揖道："婶婶放心，我会好好道谢的。"

云夫人笑笑，目送他上车，就领着女儿进了庄子。回到房间，关上了门，她才轻责："云儿，你到底还没有进陆家的门，不该在大庭广众下跟无声那样亲昵。姑娘家，就该有姑娘家的矜持。"

云照睁大了眼道："我怎么了？我就是想跟他说两句话。"

"你差点就亲上他的脸了！"

云照一顿，脸上火辣辣地烧了起来。她是亲过陆无声，但那也是在没旁人的情况下，想到刚才母亲也在看着，她捂了脸道："我看不见，不是要亲他。"

云夫人叹气："以后别再做这种事，也不是两小无猜的时候了，到底还是要离远些好。"

云照连忙应声，云夫人又怕她离得太远，有点担心，又道："等明年你及笄了，就将婚事定下来吧，两家长辈安心，你们也自在。"

云照是想嫁陆无声的，但这件事越查越惊心，阻碍越来越大，别说她，就算是陆无声，也不会有心思成亲。在没有查出真凶是谁时，陆无声怎么会让她冒险做陆家人，冠上那危险的姓氏？

刚到家中的陆无声，就见父亲又在大厅上喝茶等他。那茶已经没有热气氤氲，看样子他等了很久。陆无声上前问了安，陆战就问道："听你云叔叔说，云照被人用毒刀子划了脸，你就将她送去了百香寺附近山庄那儿？"

"对，父亲。"

陆战冷眼直盯他："那庄子你云叔叔不知道是谁的，但我知道。皇子在外建造的宅子都需禀报朝廷，圣上也提及过，那个地方，是三皇子所建。所以说，你让云照去了三皇子的山庄休养，你可知道如果让别人知道，这将意味着什么？"

陆无声怎么会不明白："云照当时几乎丧命，我顾不得这么多，而且我心中坦荡，就算是让别人知道，让圣上知道，也没什么，只是要多费些时日，让圣上打消疑虑。当时云云中毒，无法拖延，所以进了山庄，欠了三皇子的恩情。"

陆战默然片刻，也没再指责他："你懂得衡量利弊，爹不怪你，云儿于你、于云家，都很重要。"

他虽然固执，但也是个讲理的人，所以陆无声从小到大并不惧怕父亲，就算对自己总是十分严厉，他也不怕。陆无声又道："父亲，我有一事还想跟您说。"

"嗯？"

"皇家猎场狩猎，有只白狐会被皇子射中，但它似人求情，圣上便将它放了。这件事，三年内会出现，极有可能是今年。"云照不知道这件事具体发生在什么时候，所以陆无声只能这样说。若是今年就最好不过，但就算不是，那父亲就当他说瞎话，也无妨，总比他信誓旦旦说是今年，最后却什么也没发生得好。

陆战面色淡然，问道："你到底要说什么？"

陆无声说道："等验证了这件事，我再和您说我真正想说的话。"

陆战收回视线，脸色更淡："随你。"

陆无声就知道父亲会有这种反应，从儿时到如今，无论发生什么惊天动地的事，他都是这样淡然，就像是历经了千百种事，对一切都看得很淡。他又道："还有一事想请父亲帮忙。"

"说。"

"今年的皇家狩猎，孩儿想去。"

"不行。"陆战想也没想。

陆无声不解："为何父亲从不让我去？"

"你既然选了做文官，为何非要去凑武将的热闹？你身手是不差，但锋芒理应收敛，不该太过引人注目。"陆战不想多说，沉声道，"我是不会带你去的。"

父亲的脾气陆无声再清楚不过，既然这么直接拒绝了，陆无声也清楚父亲不会改变主意，能说动父亲的，大概只有云照了。他低眉一想，在父亲离开之际又道："云云她也很挂念父亲，想见见您。"

陆战步子微顿，转身看他："我不便去三皇子的山庄见她，待她伤好，我会去云家探望，让她安心养病。"

陆无声趁着夜幕未落，又去了一趟山庄，跟云照提及父亲拒绝他去皇家猎场的事。云照叹道："看来只能我出马了，可恨这毒还没解完，不然我现在就过去拜见陆伯伯。"

"你养病要紧，而且你的身体还很虚弱，先将毒素清除，再议不迟。"

"猎场必须得去，狩猎时每人都得配一匹好马，这是御马监的职责，那个时候说不定能见到秦融。宫外见他难，总得抓住每次能见的机会，说不定能查出点什么来，又名正言顺，不会引人注目，免得他也被人灭口。"

两人不过在凉亭说了两句话，陆无声就看见云夫人一直在附近往这边看，他问道："你娘怎么了，怎么总往我们这看？"

云照抿了抿唇角："你今天走的时候我不是急着跟你说悄悄话嘛，谁想……看起来好像是要亲你，我娘就苦口婆心地跟我说我还是个姑娘家没嫁给你呢，不可这样逾越。现在她应该也很担心，怕我又厚脸皮地要亲你。"

陆无声笑笑："那就别让你娘担心了，看来这几天我也不能逾越，否则你娘就要觉得我是登徒子了。"

云照无奈一笑，她最想的，还是这样跟他好好说话。可她再说下去，娘也没办法安心，为了娘亲不提心吊胆，她还是跟他说道："嗯，你回去吧，明天不是还要去一趟衙门吗？你早点睡，办完了事，就开始休沐了。"

百姓要过年，朝廷也会给百官放假，从后天开始一直到元宵节，都不用去衙门。放假前的最后一天就会非常忙，忙得不可开交，只为好好过个安心年。

陆无声也打算一大早就去，又因云夫人在盯着，免得她揪心，就走了。

他一走，云夫人高悬的心才放下来，方才看他们相处倒是正常，看来女儿还是听话的。

柴房有些漏风，北风呼啸，冷得喜鹊打了个寒战，醒了过来。

完全被云老爷遗忘的喜鹊蜷了蜷身，看向窗户外，星光明亮，已经到晚上了。那窗纸已烂，寒风刮入，冷死她了。她挪了挪腿，屁股就疼得受不了，只能乖乖地趴在地上，伸手摸了药来涂。

她费劲地涂完，觉得更冷了，探手去抓那拿来点火的草堆，想盖得厚实些御寒，突然她觉得暗中有人在看她，猛然偏头瞧去，果真有个人。她张嘴要叫，就见星光下那人很是脸熟，忙将要高喊的声音收在嗓子里。

"谁？"

暗处缓缓走出个人，是个高高瘦瘦的男子，一把大刀别在腰间，身上是洗得发白的布衣裳。

万晓生蹲在她身边，给她抓草："疼吗？"

"疼。"喜鹊泪眼潸潸，"我家小姐怎么样了？"

"那冷吗？"

"冷。"喜鹊颤声，快要冷哭了，"我家小姐还好吗？"

万晓生顿住了手，恼了："你就只顾着云照，就忘了你刚挨了棍子，还被锁柴房饿肚子了？"

"可我是做错事了呀。"喜鹊扯扯他的袖子，"我家小姐到底怎么样了，刚才厨子大哥说小姐没回来，老爷夫人出去了一回，结果夫人也没回来，说是陪小姐去了。还有……你凶什么呀，挨棍子的又不是你，你还凶我。"

万晓生顿时没了脾气："她没事，受了点轻伤，云夫人陪她去山上看雪散心了，过几天就回来。"

"这就好，吓死我了。"喜鹊担心完了这个，才道，"疼。"

万晓生说道："你再在这待下去，就该冷死了，我带你出去。"

"不行，"喜鹊固执道，"老爷夫人会放我出去的，他们是让我反省，要是我跟上了小姐，她就不会受伤了。"

"今晚他们根本不会放你出来，这都什么时辰了。"

喜鹊不听，将他来搂她的手拨开，他伸来，她又拨开，拨了好几回，她急了："老动，我更疼了。"

万晓生终于收了手，就这么瞧着她。喜鹊被盯得红了脸，又拨他的手："你快走，要是让人发现你在这，我成什么人了……私会似的……"她轻声嘀咕，"我知道你是为我好，但不能这样，我不会冻死的，算命的说我命很硬，不会轻易死的。"

她说了这么多，可平时话很多的万晓生竟然一言不发，喜鹊都觉得奇怪。她抬眼看他，只见他还直直看着自己，脸又红了："为什么这么看我？"

万晓生叹了一口气，直接坐在地上，托腮瞧她："没什么，就是觉得你挺笨的。"

喜鹊瞪眼："你才是笨蛋。"

万晓生蓦地一笑，被笨蛋说是笨蛋，真是让人不甘心："你饿不饿，我给你买热包子。"

"饿……还挺冷的。"喜鹊支吾道，"要不你买热包子的时候，再给我买条被子吧……"

万晓生再忍不住，笑了起来。

喜鹊认真道："我会给你钱的。"

"不是要反省吗？"

"我有在反省呀，可这跟我吃饱了暖和了有什么冲突吗？"

直肠子有直肠子的好处，万晓生在喜鹊身上完全明白了这个道理。对啊，反省的话，折腾身体做什么，想清楚才是最重要的。只是关柴房里是云老爷下的命令，所以她不走，再冷再饿也不离开一步。既然有别人送饭送被子，就没有违背她要反省的心了。

万晓生拍拍衣服起身，先给她盖好干草，才去外面买包子被子。

等他走了，喜鹊才想起一件很重要的事来，他什么时候来的？难道……是在她给屁股上药的时候？

念头一起，喜鹊羞得差点晕过去，一个劲地安慰自己这不可能。

快至凌晨时，睡梦中的云老爷突然就想起了女儿让他放喜鹊出来的事，忙让人把她放了出来。

今年皇家猎场狩猎的时日，定在了腊月二十九日。

云照知晓这个消息时，是在山庄的第三天，只要泡了今日药泉，再让御医施一次针，毒就完全解了。有了大夫相助，又有药泉奇效，这两天她已经能看见东西，但看得模模糊糊，不太清楚。太医说过了今日，再睡一觉，眼睛就能完全康复。

眼睛瞧不见，许多事都不能做，云照每日吃吃喝喝睡睡，除了跟母亲聊聊天，也没别的事做，尤其是睡得多。这一大早，天才刚亮，她就睡醒了。睡太多，脑袋有些疼，她便喊了宫人来给她梳妆，然后讨了根鱼竿，去院内鱼塘钓鱼。

天太冷，水面都结了一层冰，宫人将冰凿破，鱼见了鱼食纷纷过来吃饵，不过半个时辰，就钓了一桶的鱼。

等下人说桶满了，要去换一桶，她忙拦住："再钓，就要把这一池的鱼都钓光了，那你们主子到明年来这儿避暑时，就没鱼吃了。"

话落，就闻人笑道："这池塘的水衔接河流，我命人编织细网挡在鱼池水源入口处，那些小鱼游进这里，贪图有丰盛鱼食，便不愿离去，一直喂养成大鱼，等它们想离开时，已经无法从细网穿过，所以这里的鱼，是取之不竭的。云姑娘不必担心。"

都说瞎眼的人对声音很敏感，云照瞎了三天，也早就学会听声辨人，一听就知道是谁来了。她放下鱼竿向那边行礼："草民云照见过三殿下。"

赵焱说话间已经走到她面前，说道："我说了，在外不必行礼。"

"但这山庄中，都是您的人，不算是外面，也不会引人注意。"

赵焱想了想，笑道："在理。我听说陆大人都是早早来这儿，就想着能不能碰见他，一起喝杯茶，没想到来早了。"

"陆哥哥他之前要去衙门，所以特地早来先看看我安好。"

"但昨天他开始休沐，也还是早早来看你。"赵焱笑道，"无关事情多与少，只关乎他是否在意那人。"

他离云照不过半丈远，所以云照能依稀看见他的脸，但看不太清，不过从脸庞轮廓上来看，这人的长相应当俊朗。他的声音沉稳而轻悠，让人听着很是舒服，莫名地让人有好感。

"我这条命是您救的，这几天又在山庄打搅，还没好好跟三殿下道谢。"云照又对他行了礼，郑重道谢。

赵焱也没迂回客套，淡淡接下这谢意："时辰尚早，你有用过早饭没？"

云照摇头："还没有。"

"我也没，不如我们先用早饭，边吃边等陆大人。"

云照心有迟疑，只是刚跟他道谢就拒绝，也不好，更何况吃个早饭而已，难不成还怕他吃了自己？倒也可以趁这个机会聊聊，说不定能从话里嗅出点什么不寻常的线索来。而且，她还有一个打算。

第二十三章

　　云照要除去体内毒素，所以每日三餐都是清汤寡水，早饭也就是白粥。因赵焱在，厨子做了五六种早点，三昧裹着肉馅，云照闻着，喝着粥，心思却全在那边。

　　赵焱见她总往自己这方向"看"，不由问道："云姑娘在看什么？"

　　云照听见他的声音，才知道自己一直朝他那瞧，收回目光说道："太医不许我沾荤，只能喝粥，喝了足足三天。今天闻到肉味，没忍住。"

　　"那我让人撤了。"

　　"别，"云照拦住他，"我闻着肉味喝粥，能解馋。"

　　要端菜走的宫人已经上前，就被赵焱抬手示意退了回去。他看着云照，低眉一想，说道："听陆大人说，云姑娘是商户出身，那并不会跟朝廷中人打交道吧，可我听说你跟陆大人是青梅竹马，两家交情颇深。"

　　云照知道他是自己的救命恩人，但全盘托出也冒险，掂量了要说的话，才道："我父亲于陆伯伯有恩，后来陆伯伯平步青云，不忘旧情，和我们云家一直有往来，我和陆无声也因此从小一起长大。"

　　"原来如此，有大名鼎鼎的将军照顾，云家的生意也无人敢惹的。"

　　"云家生意的确是得了陆伯伯些许照顾，只是陆伯伯常年在外，知道我们两家关系的人并不多，而且我父亲脾气耿直，也不愿总麻烦陆伯伯，所以大多数的阻碍，还是需要我们自己解决。"

　　赵焱恍然："你父亲也非寻常人，若是一般人，万事都会仗着自己是陆家的恩人而倚赖陆家。"

　　云照不能当面夸她爹的确是个大好人，虽然觉得她爹在这点上做得确实不错。她笑笑："以陆将军的人品，就算是想，也不敢。"

　　赵焱想了想，也笑道："这倒是，陆将军为人刚正不阿，一心效忠圣上，就算是恩人开口，也不会凡事都答应，太过分的要求，他只怕会翻脸就走。"

"三殿下看来也很了解陆将军？"

赵焱闻言看她一眼，这话问得云淡风轻，像是不经意一问。他提杯未饮，先答道："朝野上下，都是这样看待陆将军的，陆将军威名远扬，美名在野，无人不知。"

云照笑道："确实是。"

她又喝了口粥，没有说话，一会儿才道："陆哥哥还没来？"

"昨夜下了大雪，山路被阻，我命人去扫雪通路了，可能还没通。"

"今年的雪可真大……对了，这么大的雪，连皇族每年都要去的狩猎，都要受影响了吧？"

"哪怕是下大雪，暴雪，也还是得去。"赵焱说道，"突然提及这个，云姑娘想去？"

云照神色不变，心里的算盘已经拨得噼啪响："想去是想去，但我一介平民，怎么可能去？"

赵焱笑道："让陆大人带你去。"

云照说道："他自己也去不了。"

赵焱皱眉："我记得父皇每年都会邀陆将军去，可带家眷。"

"我没听他提过这个，可能陆伯伯觉得陆哥哥骑射不精，就没开口。"

赵焱说道："陆大人的骑射据说并不差。这样，今年我邀陆大人去。"

云照猜到他会帮忙，他曾想拉拢陆家，那陆家人有什么需要帮忙的，他定会尽力。她心中想了两步棋——万一陆将军还是不让陆无声去皇家猎场，那也可以答应三皇子，就能确保顺利进入猎场。

如今得尽快找出指使秦融的人，而不是让谁觉得陆无声偏靠哪位皇子。命保住了，才是最重要的。有命，才能走更长的路。

况且就算被人察觉出陆无声偏帮了哪位皇子，也没关系，自古身为臣子的，怎么可能没有偏心的人？而且那人不是手握实权的陆将军，就算此事尘埃落定，陆无声也还有机会抽身。

云照边算计着赵焱边愧疚，可就算愧疚，也还得利用他一回。说到底，她骨子里，是个商人。

用过早饭，两人又聊了小半个时辰，陆无声才终于赶到。

赵焱正和云照在鱼池垂钓，见了陆无声就笑道："陆大人姗姗来迟。"

陆无声向他行礼问了安，才道："路被堵住了。雪还在下，若今天不出去，可能路又要被堵了。"

"那看来我得早点走了，免得耽误了回宫的时辰。"赵焱话落，就有宫人去拿披风暖炉，又有宫人去备车，几乎不用他开口，伺候多年的宫人就知道他的意思。

陆无声冒雪前来，披风上都是落雪，连睫毛都沾了雪。云照看不见，但能感觉出他身上所散发的寒意，循了他的手就将他往房里带："快来烤烤火，手真冷。"

陆无声也想烤火，但三皇子还在，轻轻压了压她的手让她停下。赵焱见状笑道："不用在意我，我这就走了，陆大人请随意。"

等赵焱走了，陆无声才和云照进屋里烤火："用过早饭没？"

"用过了，和三皇子一起，还聊了些话。"

云照刚说完，就听见陆无声以极轻的语气轻嘘一声。云照的语气几乎没有转换，像是自然衔接上，让人完全听不出来她本来要说的不是这句话："三皇子十分健谈，为人稳重有趣。"

"日后要多向他道谢，百忙之中还过来探望你。"陆无声问道，"你母亲呢？"

"这两天娘亲太过担心操劳，感染了些风寒，现在还在休息没起身。"

"那等会儿我再过去问好。"

太医预计云照待三天就好，本来到了午时云照还看不大见，但到了下午，情况愈发好，眼睛也愈发明亮，太医再以针试毒，已经没有大碍。到了傍晚，陆无声就带着她们母女出去，送回云家。

小年已至，家家户户张灯结彩，陆无声从云家回来，穿过前院，发现只有自己家中冷冷清清的，仔细一想，大概是因为人少。

陆战并不是每年回来，有时两年，有时三年，所以每次回京，他都要马不停蹄地去拜访故人好友，也不常在家中。今日陆无声已经做好自己单独用饭的准备，没想到刚进大厅，就见父亲坐在那儿，再看两旁，都有茶水水渍的痕迹，想必是家中刚会过客。

"爹。"

陆战打量他一眼："我已经和你秦伯伯他们用过饭了，你自便。"

"嗯。"陆无声说道，"我刚去山庄接云云她们回云家。"

"云照那孩子眼睛如何了？"

"已经没有大碍了。云云说了，明日她就来见您。"

"这几日都不得空见了，拜年的时候再见吧。"

陆无声微顿，等到年后，狩猎都已经结束了。他寻思着得尽快让云照来劝，就听父亲说道："我知道你在打什么主意，还是不死心，要我领你去皇家猎场。"

陆无声没想到父亲脾气耿直，但猜人心思，也会拐着弯猜。他坦然笑笑："是，也唯有云云能劝得动您了。"

陆战神色不变，依旧淡然："让那丫头也死心吧。"

陆无声很是意外，从小到大，父亲从未拒绝过云照什么请求，就算是儿时她顽劣任性提的要求，父亲也都会照办，顺着她的意思。这么明确直接地拒绝，却是头一回。

陆战说道："我出门了。"

陆无声可以肯定让云照别来了，父亲是绝不会答应的。原因不明，让他不解。沉思片刻，又听快走到门口的父亲说道："记得让厨子热菜备饭。"

陆无声应声，父亲刻板严厉，但在他眼中却是慈父，只是都是男子，不善言辞。若母亲在世，家中此时，只怕已经是灯笼高高挂，房檐树下都添了红绸，满是过年的气氛了。

他伫立沉思，在这一家团圆之际，思念早逝的母亲。

厨子去热饭菜，他便回房换衣裳，刚换下衣裳，就听见后院传来窸窸窣窣的声响，像是有人爬墙进来。他推窗往外看，果真看见个娇俏身影正从那探出墙外的树枝慢吞吞爬下来。

云照以前爬过不少树，后来长大了不爬了，这会儿以为自己宝刀已老，没想到其实是宝刀未老，竟然爬得上去下得也顺溜，一时得意。但树干被风雪刮了十天半个月，早就冷透了。手抱得太久，冻得手疼。

"云云。"

云照闻声低头，瞧见陆无声正抬头看她，她展颜一笑，当即松手。陆无声一顿，忙伸手将她接住。

刚接住人，就得了一枚香吻。他板着脸道："就不怕我接不住你？"

"就算我是从天上掉下来，你也会想法子接住我的。"云照拍拍身上沾的树渣滓，"我先来探探风，再去见陆伯伯。"

"他出门了。"陆无声给她掸着衣服上的脏东西，"你没事了吗？"

"显而易见呀，我都能摸黑爬树了。"云照才不会告诉他眼睛还有点疼，不过太医说没事了，只要不是大太阳的时候出门就好，所以她怕明天白日出不了门，才火急火燎地大晚上过来，"陆伯伯去哪里了，什么时候回来？"

"估计要很晚，只是父亲刚才跟我说了，就算是你来，他也不会答应让我去猎场。"

"我说也不行？"云照也同他一样意外。

"是，不知为何，父亲固执此事。"

"陆伯伯固执起来，就没人能劝得动了。"云照拧眉，"难道真的要答应三皇子的邀约……"

陆无声低眉思量："皇家猎场去的都是皇亲贵族，高官大臣，所以守卫森严，没有腰牌的人，是无法进去的。最后实在无法，唯有找三皇子了。"

"嗯。"

云照搓了搓手呵气，便被他双掌焐住，暖得很。云照看看四下，若有所思，一会儿说道："我得回去了，不然爹娘发现我不在，会着急的。"

陆无声也不好多留，搓暖她的手才松开："我带你从后门走。"

"那后门衔接后院，这个时辰后院肯定有人，别让人看见，我从原地折回。"

"我送你……"

云照不敢多留，没听他说，就抱了树爬。陆家的树不高，云照刚来过一回，已然熟悉，身手轻快地爬上树，还冲他摆手笑笑，就顺着树跳下墙垣。等从树上下来，再抬头，就见陆无声也站在墙垣上，看着她。

云照这才知道他刚才想说什么，这分明是要抱着她送她去墙外，真是浪费了个好机会。她懊恼着又朝他摆手："我走了，喜鹊还在外面等我，她挨了棍子，我得再带她去大夫那敷点药才行。"

"嗯。"

虽然是这么应的，可云照离开后，他还是从墙上一跃而下，默默跟在她背后。

小雪徐徐飘落，正是小年，出来放烟火走路的人很多，薄薄雪花刚铺了一层地面，就被踩化了。不平整的地上都是大大小小的水洼，已经积满烟火残余的碎屑。

陆无声跟着云照到了巷尾，只见喜鹊果然等在前面，只是她站得笔直，见了云照还直摆手，一点也不像是要去药铺的样子。

喜鹊那日只是伤及皮肉，没伤了筋骨，休养三天，已经没有大碍。见云照过来忙小跑过去，将手里的小暖炉塞到她怀里："小姐，怎么这么快就出来了？"

"还有事要做。"云照摸了摸身上，不由皱皱眉头，再瞧喜鹊，眼里多了几分精明，"你身上有多少钱？"

喜鹊摸出钱袋看了看："几十文，小姐要钱做什么？"

"想买点东西，在山庄待了三天出来，都忘了带钱了。"

云照抬起手瞧着手腕上那剔透的玉镯子，领着喜鹊去当铺。将镯子当了钱，又领她回到街上，左右张望，瞧得喜鹊迷惑不已，不知道她大半夜的要找什么。

直到看见一间蜜饯铺子，云照才提步进去，挑了几味蜜饯，叮嘱掌柜几句，就出去了，也不拿走刚买的东西。跟在远处的陆无声不解，但近在身边的喜鹊却听得清楚，还以为自己的耳朵出了毛病，追问道："小姐，这些东西您要送到哪儿去？"

"陆家。"

"可好端端的送什么果点，陆少爷不爱吃呀。"

云照没答，等路过灯笼铺子，又去买了两盏大灯笼，可用于悬挂正门口。又买了十余个小灯笼，可挂在蜿蜒廊道上。她陆续走了几家铺子，直到将要买的东西都买完了，才跟喜鹊说道："我方才去陆家，实在是冷清，巷子里的人家都张灯结彩的，就他们一点都不讲究。"

喜鹊小声道："没有个当家主母，家里就只有两个大男人，还是什么都不计较的人，这样冷清也不奇怪。"

"所以我让掌柜们将东西送过去，过年嘛，不能让来拜年的亲友觉得冷清。"

"那为什么不告诉掌柜你叫什么，不然东西送到陆家，他们哪里知道是您这样贴心。"

云照摇摇头："没过门，让别人知道我操心这个，指不定要骂成什么样。"她做事一向随心，也不怕那些闲言碎语，可是她还有家人，总不能让他们一同被骂。而且她不是一定要让陆家知道她的心意，而是想让陆家热闹些，这才是她的目的。至于陆无声知不知道，也无所谓了。

陆无声在后面陪云照七拐八拐转了几条街，不知她在做什么，直到酉时，才见云照回到家中。云家门前两盏大红灯笼在寒风中摇曳，惹眼而透着热闹。他目送云照进门，才转身离开，走到半路才突然想起来，云家已有灯笼，那云照还买那么多做什么？

翌日一早，已是腊月二十四。

陆无声还未起身，外头就有下人敲门，他披了衣裳开门，下人就道："少爷，门外来了许多家铺子的伙计，送来一堆东西，我们正拦在外头。您去瞧瞧吧。"

正是多事之月，陆无声没有迟疑，直接去大门那看看是谁送来了什么。到了门口一瞧，那些伙计面生，但手上抱着的东西他可是一眼就认出来了。他问道："你们是翔凤铺子、万家灯铺子、百果铺子的伙计们？"

"对，陆少爷，您真是好眼力，那这些东西……"

管家皱眉："少爷……"

已明白为何昨晚云照那样奔波的陆无声心头一暖，笑笑："让他们送进来吧，是我买的。管家你安排下，将东西挂上摆好。"

管家不由得意外，他竟会买这些年货，可少爷都亲口承认了，总不能有假，便招呼伙计们送东西进去。等灯笼挂好红绸裹树，清冷的大宅果真多了几分喜庆，连下人看着，都觉暖心舒服。

陆战闻声出来，见大宅似焕然一新，暖如初春，默了默说道："挺好。"说罢，就出门去了，半个字都不多说。

陆无声站在廊檐下瞧着添了红色喜庆的院子许久，笑笑重复道："挺好。"

清冷了十余年的陆家，今年终于像过年了，也让人有了想团圆的欲望。

为了下一个团年，能和云照一起团年，他也要查出真凶，解决所有危机，好好地……好好地活下去。

云照在山庄不是吃了睡就是睡了吃，回到家夜里睡不着，愣是到了大半夜才睡，但想着还得早起跟祖母请安，怕她这几日多想，就早早起来，坐在妆台前梳妆，困得不行。

嬷嬷正给她梳着头，喜鹊就送来一封信，附耳说道："阿长送来的。"

听见是陆无声的小厮，云照忙拿了信偏身展开，免得让人瞧见。那信上只有一句话，寥寥十个字：年味已至，吾父及吾，甚喜。

方才的困意似云雾遇风，瞬间消散。云照又将信看了好几遍，这才把信收好，放入她的箱子中，笑得欢喜。

嬷嬷和婢女们面面相觑，眼里都有笑，能让自家姑娘这样欢喜的，只有陆家公子了。

欢喜未过，又有下人送了个小箱子来。那箱子不过两个巴掌大，但做工精细，连所用的木料都是上好的木头。云照接来，不知是谁送的。问下人，下人说道："是个穿着普通的人，但客客气气的，说让小的交给您。"

云照蹙眉接过，忽然想到了什么，将箱子打开，那上面有一封信，拿起信封，就见信封下面还压着两块令牌。她歪着脑袋一看，待看清令牌上的字，当即将箱子盖上，动作迅速，拍出一阵脆响，惹得下人们直瞧。

　　"你们先出去。"

　　下人不解，但捧水盆的放下水盆，梳头的放下梳子，听她吩咐出去，连喜鹊都被她打发走了。

　　待门关上，她才又打开箱子看那令牌上的六个字：常青山放行令。

　　常青山取意常青树，是个狩猎用的山林，也就是皇家狩猎场。

　　她展信一看，信上字迹苍劲有力，可见其主下了不少功夫。她先看落款，写的是"三少爷"，再看信上所说，果真是三皇子。没想到三皇子竟把通行令送到她这儿来了，难道是特地为了和陆无声避嫌？

　　她一时疑惑，伸手拿起令牌，待拿起一块，却见那令牌底下，竟还有一块一模一样的令牌。她这才明白为什么他要送到这里来，因为赵焱也准备了她那份。

　　云照更是意外，能去皇家猎场的，必然不是普通人，三皇子为何要将她算入在内？是因为知道陆无声心仪她，所以拐弯示好？否则他何必冒这么大的险，给一个不知底细的人通行令。若她惹出了什么事，就要追究到他三皇子头上了。

　　她实在是想不通。

　　于是手上的令牌也成了烫手山芋，去，只怕会有什么变故；不去，又怕三皇子真心邀请辜负他的好意。说到底，赵焱是她的救命恩人。

　　云照思量半晌，身为陆家独子的陆无声，第一次出现在皇家猎场上，只怕无暇分身去查秦融，她在那无人认识，说不定会比陆无声更方便行动。

　　想罢，她将小箱子盖紧，准备腊月二十九赴约狩猎场。

第二十四章

皇家猎场每年只开一次，常青山绵延五六里，猛兽如狮类、虎类已被捉走驱逐，但山中并非只是些野鸡山兔，另有野猪狐狸等物。山外以高约两丈的木头围成围栏，防止猛禽入内、兽类逃离，平时投喂豚肉，令兽类温驯，见人亲近，待到年底，猎场一开，兽类温顺，并不伤人，如此易擒。

云照于猎场开放前一日又得了三皇子命人送来的一只箱子，里面是一身衣裳，让她明日穿上，天不亮会有人来接她进宫。

提及要和陆无声分开入宫，云照又不安起来，恰好陆无声过来和她议事，说明日安排，她就将这事说了。

本来陆无声还在想自己去猎场恐怕分身乏术，不能接近秦融，便是白跑一趟，所以云照前去，他倒安心些，没想到三皇子让两人分开，还送来一身衣裳。他立足窗前看了片刻，说道："这是宫人的衣服。"

云照低眉略一想，问道："难道三皇子想要我假扮他身边的宫女？"

"从衣服上看，唯有这个可能。"陆无声思量片刻，说道，"之前我也想过你到底会如何进去。"

"那你想过是以宫女身份吗？"

陆无声点点头。

"那你让我去吗？"

陆无声又摇摇头："只是我若劝你，你肯定也不听，而且这是能不被秦融察觉而顺利接触他的机会，你绝不会轻易放弃。"

云照见他眉头又拧，探手往那沟壑一抹："我可不是为了你，是为了自己，你忘了有人要杀我吗？"

"那也必然是因我而起。"陆无声长眉又锁，"只是那太监为何要杀你，而不是对我下手，我实在不明白。"

"所以找到秦融，抓到他背后的主子，就能问个明白了。"云照将自己的令牌收好，又将他的令牌交给他，问道，"陆伯伯那里怎么办，他要是看见你突然出现在猎场，会不会气坏？"

陆无声说道："会，但不会当着圣上的面赶我出去，回到家中就该受罚了。"

云照拍拍心口十分仗义地说道："别怕，我跟你一起回去，直到陆伯伯气消了，我再走。"

陆无声终于笑了笑："好，你何必为我买门神来贴，你便可以做了。"

云照一瞬就明白话里意思，瞪眼气道："你才是门神。"又推了推他，"回去吧，太晚了，明日你定会被拉着去狩猎的。"

"嗯。"陆无声临走前又看了看那身宫服，心下一顿，仍有话说，可云照已经把窗户关上，像是猜到他想阻拦。

等他走了，云照才又将窗户打开，也瞧了瞧那宫服。

宫服是以水蓝色为主，白色为辅，兰花为绣底，在冬日看来淡雅清亮。

云照本就白净，只点绛唇，穿上宫女衣着更是明亮清丽，在一众宫人中，也不能掩饰她的明艳。赵焱一眼就看见她了，虽然个子还不及旁人高，但很是惹眼。

吉时将到，皇帝领众皇亲大臣祭拜神明后，便命侍卫打开山门，封闭了一年的常青山大门再次被打开。昨天半夜刚被喂饱的兽类闻声沉默，直到听见铁骑入内，才纷纷躲避。

云照没有看见陆无声，皇子所站的地方跟大臣站的地方是不同的，她倒是瞧见陆将军了。好在站在前面的宫女个子高，不用弯腰低头她就能被遮住，只是打量四下有些不便，要探头探脑地瞧。

"哎，哎，你，你。"

云照一顿，闻声看去，就见个公公向她走来，步子急，颠得一脸横肉乱颤。他快步走到她跟前，先将她打量几眼，等见着她手腕上系着的紫色带子，脸色才变得温和。狩猎已开，暂时不用做事的宫人全都站在一边候命，为了方便当差，不同的宫人手上系不同的绸带。这紫色的，代表是三皇子的人，公公是开罪不得的。

"你若不舒服，就跟你那的管事公公请辞去，别让皇上见着你不规矩，扫了兴致。"

"谢公公提醒。"云照朝他行了个礼。

送走那公公，她也不敢乱瞧了，免得等会儿被侍卫拎出去。她特地挑了个在外围的位置，更易观察人，不然以她的个头，就得淹没在这宫人大军里了。

她身不动头不动，只转一转眼睛，打量着每一个从身边经过的人。

御马监是管马的地方，但也负责皇帝日常所需，牵马的人一个一个地过去，但没有云照要找的人。秦融秦融，你到底在哪里？

云照站了半晌，仍没看见，脑袋又慢慢往台上偏去，但圣上未归，也见不到御马监的人。

"欸。"

神思游走间，一个宫女拉住她的衣袖，将她唤回神。

云照偏头看她，很是脸生，并不认得。那宫女抬了抬手，那抹紫色丝带也随之晃动，她说道："三殿下唤我们过去，快走吧。"

云照无法，只好先随她去三皇子那边。

那宫女带着她离开人潮，往前而行，随行的还有三四人，个个都系着紫色丝带。云照略微困惑，此时三皇子唤人出来做什么？

她因疑惑，步伐渐缓，直至随她们到了一处平地，才停了下来。她耐心等了片刻，突然耳边有疾风掠过，扫出一阵阴冷寒风。那从耳侧飞过的利箭扑了个空，软趴趴地掉落在地，惊得云照背有冷汗滴落，不待她细想，就听见银铃般的笑声。

那笑声清脆悦耳，是少女纯真无邪的声音，只是在云照听来，似豺狼恶毒。她缓缓抬眉，盯看那骑在马上的姑娘，开口道："见过十七公主。"

"咦，我以为是什么野兽在这边游荡，原来是云家大小姐。"

十七公主从马鞍上下来，一身干练装束，下马的动作利落干净。本该让云照羡慕的人，现在看起来，却让人觉得真是浪费了老天的恩赐，这般容貌，却裹着一颗毒辣的心。

"奇了怪了，你怎么会出现在这儿，你非皇亲国戚，又不是陆家媳妇，只是个卑贱草民。"十七公主朝她走近，还离了一丈远就顿步了，眼露嫌恶，"连这地都被你踩脏了。"

云照真想揪了她的头发往地上摔，再踩上十脚八脚。可这是皇家地盘，她要是这么做了，等会儿可能就会有灭顶之灾。她知道自己此时已是瓮中鳖，天成公主真要对她做什么，她也只有喊救命的份儿，或者趁机逃走了。

"公主说得是，地是挺脏的，您还是上马吧，免得踩脏您的鞋。"

十七公主见她不跟自己横，想来也是，她敢横吗？十七公主偏是不上马，又往云照走来，在她身边慢悠悠转了一圈，又拿马鞭撩她的衣裳瞧："看你还挺适合做宫女的，要不进宫来伺候我吧，反正是个粗人，进宫反而是让你高攀了。"

云照忍气，又朝她行礼："三殿下快狩猎归来了，我得去伺候那边了，草民先行一步。"

她提步就走，片刻都不想多待，此时的她犹如人在虎口。天成公主敢用箭射她的脑袋，那还有什么事不能做的？

任性刁蛮的公主，杀个宫女抑或平民百姓，有什么不敢的？所以她走得有点快，庆幸十七公主没有追来。行了十余步，突然一支利箭刺入她旁边的地上，扑起点点尘土，弹在她的脚踝上。她一个冷战，回头看去，就见十七公主手中的箭已上弦，所指方向，正是她的心口。

方才那一箭，她定也是要射她胸口的，只是十七公主的箭法不怎么样，才让她两次躲过。

云照盯看着她，疾步往后退，生怕一个走神，就被那箭射中。

咻——利箭穿破寒风，再次朝云照射去，可依旧是射偏了。

十七公主好不气恼，重重哼了一声。旁边宫女急忙拿了箭给她，再次上弦，再次对准云照。

云照不由咬牙，一手已经捂在胸前，别人不知的以为她在护住心口，但唯有她知道，她捂住的是夜明珠。若今日非死不可，那她"下辈子"回来，定要想尽办法，在司玲珑面前揭穿这十七公主的真面目。

咻——箭又一次离弦，方向总算是没有那么偏移，往云照的腰间飞去。但箭势不强，集中精神的云照闪身偏开，顺利躲过。

十七公主见状大怒，气道："捉住她，不许她动！我要她做我的箭靶子！"

那些宫女侍卫得令，冲上前去抓云照。云照有再好的体力，也躲不过武功高强的侍卫，不过跑了七八步，就被抓住了。她顿时惊得浑身冷汗，只觉自己必死无疑。许是有夜明珠，所以眼里没有对死亡的畏惧，只有对十七公主的憎恨。

这眼神让十七公主看得十分不满："你为何不怕？你求我，跪下求我，我就放你一条生路。"

令云照可惜的是，事情已经查到这个地步却要重来，但要她开口相求，倒不如重来百遍，宁可累死，也不要求她半句话。想到十七公主定不会放过她，她再也忍不住，骂道："求你？你算什么东西。你若让我骂你，我倒是骂得出口。"

十七公主没想到她竟然敢说这种话，更是气恼，抬手就给了她一巴掌："我撕烂你的嘴！"

这一巴掌简直像打在云照的五脏六腑上，又气又疼，偏没办法还手。

十七公主退了三步，直接用箭抵住她的胸口："这样就不会射偏了。"

云照咬牙，狠狠盯着她："之前你叫太监来杀我，这次又亲手杀我，真是费了好大的心思！"

"我何时让太监去杀你？"十七公主厌恶道，"别泼我脏水。"

这正是云照想知道的答案，她想着自己横竖都是一死，不如多问一句。她呸了她一口："那太监分明就是你所派，还想抵赖，我是将死之人，你也要诓骗我，就不怕阎王勾你舌头！"

十七公主气得跳脚："阎王勾你的舌头才对，污蔑我，谁知道你惹了哪个死太监！"

云照见她气急败坏，着实不像是在骗人。她之前就怀疑太监非她所派，如今看来，确实不是。那到底会是谁，矛头不对着陆无声了，却对着她？

云照苦思之际，见箭在弦上，她已准备向夜明珠祈求。陆无声就在这皇家猎场，应当没有问题。

"住手！"

十七公主一愣，听见喝声，还是要松手，可旁边宫人急忙压住她的手，急急朝她示意："公主三思。"

十七公主眉头一拧，这才不情愿地放下弓箭。云照不敢相信竟然能有人能喝住这刁蛮毒辣的公主，偏头看去，就见一个男子疾步过来。她一瞬间以为是赵焱，但再看明显不是，只是这人跟三皇子眉眼颇像，就连气质也相差无几。

"见过七皇兄。"

云照恍然，原来是七皇子赵州，难怪跟三皇子长得相似。

赵州年纪尚轻，比三皇子小几岁，不过二十岁出头的样子，神态并不比三皇子老成，但云照不知为何，十七公主好像不敢在他面前造次，否则怎会立刻让宫人放开她，还恢复了无邪的模样，笑脸相迎，唤声颇为甜美。

"皇妹在这里做什么？"赵州看了看云照，又看看地上的那几支箭，就没有再看。

云照知道他明白这里发生了什么，又不是笨人，怎么可能看不出来？

"没什么，刚瞧见了野兔，想捉来着，可老是射不中。"十七公主笑道，"惹得这些宫女太监都笑话我。"

赵州笑笑："平日让你好好练箭，你偏不练。对了，怎么三哥的人也跑到这来了？"他对云照说道，"方才我看见三哥狩猎回来，你还不赶紧过去，想挨骂吗？"

云照一听，提步就要走。十七公主脸色急变，偏头盯她。可云照哪里会惧怕，有七皇子这句话，恨不得拔腿就跑，她就不信这公主还敢当着她哥的面射她脑袋。

那十七公主果然没有追上去，直到她走了，才说道："七哥哥，你为何要帮她，只是一个宫女罢了。"

"真的是宫女吗？明明是陆将军的未来儿媳，不是吗？别以为我什么都不知道。"赵州叹道，"皇妹，你不可总是这样任性，要有宽以待人的心。你再如此，我就要告诉意妃娘娘了。"

十七公主没吭声，等他走了，才恶狠狠道："他日定要去父皇面前告你一状！"她恼得拿了宫女手中的箭筒就走，宫人要跟上，她大声道，"滚，别跟着我！"

深知她脾气的众人一时不敢跟上，怕她发怒，丢了自己的小命，只能眼睁睁见她进了树林。

云照不知七皇子是怎么拦十七公主的，她只顾着自己逃命，急匆匆走了一大段路，才想起七皇子怎么会突然到这边来？他的身边没有护卫，自己也没有骑马，那肯定不是到那狩猎，而且狩猎的方向也不对，看起来是特意走到那边，或者是说，特地来救她的？

可她跟七皇子连面都没见过，他怎么会认得自己？

"云儿。"

声音沉如洪钟，将云照从沉思中唤回神，她蓦地转身看去，果真没有听错："陆伯伯。"

陆战稳步走到她前头，将她打量几眼，问道："可有受伤？"

"没有……"云照瞬间明白过来，"是陆伯伯请七皇子过去搭救我的吗？"

陆战点点头："你以为我不知道你混在宫人中吗？我早就发现你了，只是没有吱声。直到见你随人离去，心下不安，就跟了过去，谁想看见十七公主刁难你。"

捡回一条命的云照长长松了一口气："谢谢陆伯伯，还好有您在。"

"是三皇子让你来这里的？"

云照抿唇没答话。陆战说道："你穿着宫女的衣服，手腕又系着紫丝带，就算你不说，我也知道。"

云照自知没办法掩饰，只能朝他讪笑："您就当我贪玩吧。"

陆战并不责备她："快回宫人那边去，没事别出来。"

云照还想着去找秦融的身影，可现在看起来已不可能了，万一十七公主还在暗处对她虎视眈眈的，下一次就不知道谁能够搭救自己了。她心觉可惜，好不容易有一次能接近秦融调查他的机会，却被浪费了。

她应了声，末了又道："陆伯伯，我想问您一件事，您能不能在任何时候，都相信陆哥哥所做的事，都是有原因的，都是对的。哪怕是……他被人泼了满身的墨，您也相信他是清白的，而尽全力救他？"

伫立风中的陆战面色沉冷，常年日久征战沙场的人，脸上总会多几分忧思和沉重。此时的他看起来，身体苍劲似松，面庞又十分苍老，像是永远不会倒下的人，但又像是随时会垮下。他没有答话，直接离开了。

云照轻轻叹了一口气，如果哪天陆无声被人拿着"真凭实据"，冤枉他背叛朝廷，陆伯伯可能真会杀了这亲儿子。可毕竟是亲儿子，又怎么下得去手？

所以他才没有回答吧。

云照沉思片刻，也打算回去，才刚走几步，就听见方才离去的方向有人惊叫。她猛地回头看去，就见刚才那十七公主的宫女慌慌张张跑来。她顿生警惕，那宫女脸色惨白，边跑边颤声重复着一句话，听得云照再次寒毛竖起："公主……公主死了。"

第二十五章

十七公主死了。

她的脑袋朝向下坡，脚朝山上，脸上手上都是伤痕，脚腕上还绊着藤条。几个太医细细查看一番，颤巍巍地走到圣上面前，不敢开口。

赵康面色阴沉，盯着死去的女儿，久久不能平静。他紧握拳头，双眼微瞪："说。"

话落，太医已经全部跪下，颤声："公主是失足而死。"

"天成她身手了得，怎么可能会摔死！"赵康大怒，吼声震得堆积在树叶上的积雪滚落，飞鸟四散。

太医强忍惧怕，嗓子禁不住发抖："公主脚上缠有藤条，以公主脸上手上的伤痕及姿势来看，有可能是在奔跑时绊到藤蔓，尔后摔倒滚落下山坡，重伤而陨落……"

赵康怔了许久，不愿接受这事实。他愣愣看着现场，竟不知如何是好。

"父皇，"七皇子赵州上前一步说道，"可要让刑部大理寺的人来看看？"

旁边太监痛声道："圣上，太医既然说了是不慎失足，理应无误。公主遭此不幸，还是让公主及早入土为安吧。"

赵州往现场看了一眼，看着皇妹如此凄惨，一时不忍，将话咽了下去。赵焱见状，也上前说道："父皇，臣子们都在看着。苏公公说得对，还是让皇妹入土为安吧。"

赵康一个趔趄，似苍老了十年，方才狩猎的英姿勃发全然不见。他几欲落泪，最终还是忍下了。苏公公忙扶住他："圣上，您要小心龙体啊！"

赵康黯然，又问御医："我的天成，当真是摔死的？"

三名太医跪在泥泞山坡上，额头几乎贴地。

赵康悲鸣一声，差点晕厥。几位皇子急忙搀扶："父皇……"

这边的悲鸣，站在远处的云照听不见，也看不清。只是方才那宫女说十七公主死了，她随最先前去的众人一起去瞧了瞧，看清了十七公主死去的模样。

她想找陆无声，但人太多，怎么都看不见他。

忽然她瞧见那人群中，有一个人面貌颇为眼熟，也站在了人潮前面。他的侧脸肃然，棱角分明的脸庞显得十分冷漠。他目如鹰隼，冷冽地盯着十七公主的方向。

云照突然觉得有一口气堵在了胸口，只因那人，就是在竹林中杀过陆无声，和死去的太监是一伙的秦融，任职御马监，此次她费尽心思来猎场所找的人！

她迅速收回视线，极力让自己镇定下来，脑子飞快转了一圈。

这一世的秦融不认得她，甚至两人从未打过照面，就算秦融因他的主子而知道自己，但他一定不会知道，她认识他。

云照想着，掂量了下两人的距离，不过离了两三丈远。

衡量好距离，云照就往右边一点一点地挪。所幸这时护卫几乎都在十七公主那边，所以宫人这边七八丈才站着一个护卫，宫人七嘴八舌低声说着什么，也无人约束呵斥。有轻微吵声掩护，云照慢慢挪着步子，还算顺利。

几乎用了半炷香工夫，云照才站到秦融身边，她偏身听着后头宫女们低声谈论的话，毫不突兀地插话，和她们说了起来，像是一早就站在了这里。

秦融还是刚才那个姿势，没有半点变化。

直至十七公主的尸体被抬走，才陆续有护卫过来，将站在这边的宫人往猎场外面领。一年一度的狩猎，就此结束。

云照交了腰牌，去了三皇子宫人们集合的地方，她边等着回家，边想看来那白狐不是今年所猎，那应当是明年了。

想到白狐，她猛地一顿，历年的皇家猎场，从未有公主死去的消息，更何况是十七公主。那就是说，十七公主不是意外死去，而是被人所杀！

云照的心顿时如擂鼓急跳，轰隆轰隆地响，十七公主得罪了谁，为什么会被人杀了？

难道又与她有关？想来生变的缘故只有她"今生"出现在这儿，还有陆无声的出现，不然其他人都是按部就班，并没有变化。

然而当时陆无声随圣上皇子狩猎去了，所以唯有她。

云照心神不宁，因为她觉得可怕——那个人，一直在背后盯着自己，甚至可能现在也在看着她。被人暗地跟着，随时可能被放一支冷箭，让她如何能安心？

一晃日落黄昏，云照从猎场出来已经有将近四个时辰了。她坐在闺房中，时而往窗外看，并没有看见有谁在外面。她屡屡抬头，喜鹊禁不住说道："姑娘，您的字都歪了。"

云照低头一看，宣纸上写的哪里叫字，分明是鬼画符。她弃笔，将宣纸揉成一团丢在桌上，想了想说道："喜鹊，你去帮我带话给万捕快，让他跟上回一样过来。"

喜鹊一听，并不乐意，可又不得不照办。

云照看着窗外，也不知陆无声何时能过来。她要尽快将这件事告诉陆无声，说不定他知道些什么。

敞开的窗户往里刮着冷冷寒风，吹得云照脑门疼。她站起身将窗户关上，还没回到房里，就见有人影出现在那儿，声音很清冽："云云。"

"陆无声？"云照走回去要开窗，也不知道窗户是被什么卡住了，一时开不了，恼得她捶了两拳，"你怎么这么晚？"

"十七公主出事，圣上悲恸，众臣都无法随意离开。"

云照点点头，说道："我有事要同你说，那十七公主不是意外失足而死，而是被人所杀。"

陆无声意外道："什么？被人所杀，你怎么知道？"

"你忘了吗？我知晓未来，十年后的十七公主，可没有死。"

窗户外的人良久无言，云照还在扒窗户，可就是开不了。她又道："她死前一刻，曾想用箭杀我，奈何她箭法太差，又得陆伯伯搬了七皇子这救兵来，才救了我一命。谁想转眼就听见她被杀了，所以她的死，必然与我有关。"

"嗯……"陆无声说道，"她生前跟你说了什么？"

"倒也没说什么，只是我从她嘴里套出来一句话。"云照说道，"那有兰花香的太监不是来杀我嘛，我之前一直怀疑十七公主来着，可早上我套她的话，她看起来并不知道太监那事，所以人不是她所派。"

"她可能说谎。"

"以她高傲的性子应当不会，而且当时她觉得我必死无疑，所以她大概不会对一个将死之人说谎。连要杀我都那样坦然，怎会骗我。"

云照觉得自己分析得没错，只是窗外的人又陷入沉思，良久无言。她看着投落在窗户上的人影，说道："陆哥哥，我去给你倒杯热茶。"

"不必了。"

"要的，天那么冷，你最怕冷了不是吗？"

"嗯，是挺冷的。"

云照往里屋走，斟了一杯茶到窗前："窗户怎么就打不开了呢……"她一手端茶，一手往窗户探去。

手将要触到窗户，那袖中便露出一把尖锐的剪刀，瞬间被她握在手上，穿破窗纸，用力刺在窗外人的肩膀上。

那人吃痛一退："云云，你这是做什么？"

"你不是陆无声，陆哥哥不怕冷，更不会吃惊我方才说的话。"云照只恨一开始没听出来，这人的声音就算是刹那吃痛了，也模仿得和陆无声一模一样，她顿生懊恼，不知方才的话又会生出多少变故。

她紧握剪刀，直指那人，大声呼救起来。

几乎就在她大喊之际，紧闭的窗户被那人从外面推开，云照看见那人的脸，心头咯噔咯噔地响，秦融！

秦融肩头上裂开的衣裳沾着点点冰雪，看来是刚抓了地上的雪敷了伤口。他一步跃入房中，手握利刃，朝云照刺去。

"住手！"

陆无声人在院外，听见里面呼救声，刚跳入就看见这一幕。他动作如风迅速，抓住那人的背往后一扯。

秦融始料不及，被拽得往后退。可他身手了得又毒辣，忍痛退步，脱了身要往窗外逃。陆无声怎会让他走，但他不想直接取其性命，要留活口问话。

一个要逃，一个要擒；一个不能用十分气力，一个殊死搏斗。

可秦融受伤，陆无声身手也不差，不过十余招，秦融渐落下风。

云家门外已经聚满下人，谁都不知道为什么会有歹人入屋，还跟陆家公子打斗。有人要上前，却被云照喝住。

秦融下手狠毒，云照怕武功不精的下人上前，反而被秦融捉住，到时候万一被他要挟，那她就不得不放了他。横竖陆无声现在占据了上风，所以不上前"帮忙"，才是最好的。

又过十余招，秦融已经开始吃力，陆无声屡屡逼近，逼得他几乎没有反击的机会，防守又防守，可体力几近耗尽。

秦融深知再不逃离这里，将要被对方生擒，他怒喝一声，用尽力气往外逃去。

可刚提步，就见生路被陆无声斩断，一掌拍来，拍得他心口一闷，吐了一大口鲜血。不待他垂死挣扎，已被陆无声点了穴道，生擒了。

擒了秦融，但从他嘴里问不出半个字，好似也没有什么用。

云照好说歹说，他都不吭声，连要对他用刑，他都不说半个字。连万晓生都纳闷了，对旁边的陆无声说道："这人是哑巴不成？"

"不是哑巴，但比哑巴更哑巴。"陆无声拍拍他的肩头，"牢房里用来折腾人的那一套，就由你代劳了。"

"好说好说，只要给钱就行，不过衙门里的那一套，在外面可不行，因为'家伙'都在里头。"万晓生是个聪明人，说完这句他就反应过来了，"陆大人是要我代劳别的事吧，比如……"

陆无声点头："比如借个地方关押他，秘密的。"

万晓生倒吸一口冷气："别，我还不想死得那么快。上回那太监的事我就怕引火上身了，这人看起来，也不是善茬，一看就是替人卖命的。我打赌，就算他在牢里待个百八十年，他也是个哑巴。"

陆无声说道："问不出话，但至少可以做个诱饵。"

万晓生更不镇定了："所以你们真的惹了不得了的人物，那人能有死士，可见不是一般人。"

"别为难他了。"云照起身从秦融身边过来，"万捕快，这里没你的事了，你先走吧，喜鹊也在巷子里等着，劳烦你送她回云家。我要晚点才能走。"

万晓生略微迟疑，他瞧瞧这破屋子，跟上回关押那太监的地方有些相似，上次能被人找到，这次估计也很快会被找到。那次云照差点死了，这回指不定又会发生那种事。

虽然犹豫，可万晓生还是决定不招惹这种事，跟两人告辞后，走了。

从破屋出来，他又低头看了看自己手中的大刀。他只想做个普通捕快，什么匡扶正义，什么拔刀相助，他一点也不想。他的爷爷和父亲，就是因为"爱管闲事"，才早早丢了性命，丢下他和母亲以及弟弟妹妹们，过了那么久清苦的日子。所以他想安安静静地活下去，娶个小媳妇，不缺钱也不富裕地活着，也挺好的。

快大年三十了，雪停，风止，只是夜深，所以冷极了。他裹紧衣服，往那狭长巷子走去，快到巷口，就见个姑娘缩着身蹲在雪地上，搓着手往手里呵气。

"喜鹊。"

喜鹊闻声看去，缓缓站起身，还跺了跺脚："蹲麻了……咦，我家小姐呢？陆少爷呢？"

"他们还在办事，没这么快出来，云姑娘让我先送你回去。"

"嗯。"喜鹊忧心地往他背后探头瞧，什么也没瞧见。她和他并行走了一段路，才低声问，"那人到底是谁，万捕快你知道吗？老爷夫人都吓坏了，可小姐却说什么事都没有。那时我喊了你来，小姐二话不说就拉着你来捉人，说扭送衙门。可这条路，通往的地方，可不是衙门，我认路的。"

万晓生说道："拐了个弯，就到衙门了。"

喜鹊瞪眼："我认路的！"

万晓生笑笑，又裹了裹破旧衣服，免得冷风灌入。喜鹊见着，从钱袋里摸出一瓶药膏来，塞他手上："你手都裂缝子了，这药膏很灵的，晚上睡觉前抹手上，早上起来能好一大半。"

他拔掉瓶塞一嗅，又递回给她："香，不要。"

"这是药香。"

"那也是香，我又不是太监，是个大男人。"

"涂了也是大男人呀。"

万晓生低头问道："真的？"

"嗯嗯。"

万晓生这才接过，卷入袖中。喜鹊问道："你怎么不抹？"

"睡前抹。"

"哦……"喜鹊被他一绕，这才想起来自己是有话要问的，"那人到底是什么人？你是捕快，能抓他吗？他这可是入室捉人，是犯法的吧？"

"是……"万晓生真不想她继续问，可世上又有什么法子能阻止一个话唠？她又问了许多，他都是模棱两可地答话，显得自己一点都不真诚。但做人，糊涂些好，更何况他并不打算参与这事。之前为云照办事是为了钱，但如今他嗅到了危险，是钱都无法掩盖的危险。如今还能全身而退，再往前一步，可能就是死了。他不想死。所以这个忙不能再帮，这个钱也不能再收。

"喜鹊，"万晓生顿步，在冷冷寒夜中，看着眼前这个小丫鬟，"我去求你家小姐，让她放你离开云家吧。"

"我都是云家的人了，不留在云家，那要露宿街头的。"

"不会的。"万晓生冻得心都在发抖，"我……我……"

喜鹊突然意识到他要说什么，惊得急忙偏头："我要回去了。"

"哎。"万晓生一把拉住她的手。

喜鹊差点跳起来，涨红了脸说道："我要一直伺候小姐，留在云家。"

"那如果你家小姐不在了呢？"

"什么不在了？"

"死了。"话说出口，万晓生就后悔了，这话好像说得太直。

正试图挣脱他的手的喜鹊怔住了，直愣愣看他，脸上的红色渐褪为青，直至惨白，眼里已然有了恼怒，抬手就拍开他紧捉的手，气道："我家小姐才不会死！她要是死了，我也去死！为什么要咒我家小姐，原来你这样坏，我再不要跟你说话了。"

她心里当真恼他，半句话都不想跟他说了，他待她好她知道，他要对她说什么她也知道。要是他好好地跟她说，要娶她，要她做万家的小媳妇，她就算是紧张得舌头打结，也会点头答应的。可他竟然为了让她离开云家，咒她家姑娘会没了，会死。喜鹊怒得不行，不想多瞧他，自己往云家跑。

万晓生也懊恼不已，他低估了云照在喜鹊心中的地位，可他做粗人做惯了，在衙门里生死也见得多，谁还总避讳来避讳去地说？也就没思量用词。可事已至此，再解释，喜鹊非得拿把扫帚出来揍他。他默默跟在喜鹊背后，护送她回到云家，又在门外站了许久，才气馁地回家去。

那头闹了别扭，云照这头也伤透了脑筋。

她又审问了半天秦融，他还是不吭声。

"别问了，云云，这种人已是死士，是撬不动他的牙的。"

云照怒气冲冲道："我是肉吗，是肉吗？为什么要像豺狼盯着我，三番两次要杀我！"

"比起杀你来，或许打探你的虚实，更重要。"陆无声说道，"否则他也不会冒充我来和你说话。"

云照此时方恍然大悟："陆哥哥你说得对，他一开始就将窗户摁住不让我开，又模仿你的声音来问我那些话，那本意并不是要杀我，而是想看看我了解了多少。"

"所以当时他问了你什么话，就是隐藏的线索，也就是对方所不知道的事了。"

秦融微微抬眼看了看陆无声，眼神略有变化，但终究没有说话。他往陆无声看时，发现他似早就在等着自己瞧他，便收回视线。

这个反应在陆无声的意料之中，也更证实了他的想法。陆无声向云照问道："他问的，只有十七公主的事？"

云照仔细回想一番，说道："嗯，问十七公主死前和我说了什么。"

陆无声冷眼盯着秦融："十七公主知道你主子的不少事，对吧？"

秦融不语，干脆把眼睛闭上。

"而且他们甚至可能是同谋，所以当初云照拿着画像让她辨认，她才给了个错误的讯息。我起先以为十七公主只是因为我拒绝她的婚事而不愿帮忙，可现在看来，她是得了那人授意，特意指认了一人。而画像上的那个公公，效忠的人，和你是一样的。"

云照听得惊心，没想到事实竟是这样。她认真盯着秦融，他虽不答话，但脸上细微的表情仍看得清楚，脸明显紧绷着，跟方才全然不同了。

陆无声也看在眼里，他继续分析道："我想，杀十七公主的人，也是你主子下令，只因十七公主做了出格的事，不在他的掌控中。"

秦融仍旧不说话，陆无声和云照互相交换了眼神。或许他们猜对了，太监和秦融效忠的主子，和十七公主听从的那人，是同一个人。

云照忽然笑笑："连公主都能控制，这人……未免太可怕了。"

陆无声不知是否是在安慰她，只是轻轻笑道："之前我们甚至怀疑过圣上，不是吗？可就算怀疑是圣上时，我们也不曾想过要躲开。对吧，云云。"

听了这话，云照也觉得那人再厉害又如何，兵来将挡，水来土掩，谁怕谁！

第二十六章

两人从旧屋里出来，陆无声仔细查看了周围，确定没有人在附近监视，才和云照离开这里。

"让秦融一人留在那，被人找到的话，他会被灭口吧？"

"嗯，就如那太监。"陆无声这才想起还有一事要跟她说，微微偏身说道，"那太监我查出来是何人了，是在圣上身边伺候的玉公公。"

云照问道："你怎么查出来的？"

"也并不算是查，只是因为他在皇上身边伺候，突然不见了踪影，宫里定会找他，只要稍加留意，就能听见这件事了。而且玉公公酷爱熏香，熏的就是那兰花香，因此不难确定那来刺杀你的太监，就是他。"

云照了然，末了笑了笑，略显无奈："又是皇上身边的人……那人到底在圣上跟前安插了多少眼线，宫里又有多少是他的人？"

陆无声低眉稍想，又道："十七公主未必是听命那人，若真的是，也不会逾越做事而被那人所杀。所以两人之间，更多的可能是联手。"

"这倒也是，十七公主要什么没有，怎会听命别人？"云照一瞬恍然，"她为我们找画像人的前提，不是让你为他找出宫的机会吗？尔后你办到了，她却趁机向你表明心意。"

陆无声蹙眉："云云你想到了什么？"

"那人的目的是要取你性命，然而十七公主却想招你做驸马，所以可以判定的是，十七公主不知道那人的目的。"

这话并没有什么毛病，陆无声也认同她这个分析。

"对了。"云照这才想起一件极为重要的事，她往前后左右瞧了一遍，末了一想自己就算看得再仔细也发现不了任何人，又道，"没人盯着我们吧？"

陆无声自屋里出来就提高了警惕，摇摇头："没有。"

云照靠近他一步，挽了他的手压低嗓音说道："我今日在猎场靠近秦融时，在袖子上抹了香，趁机擦在他的衣服上。那香味并不浓郁，有些像梅花香味，但我分辨得出来。若和他共处过一室，那身上必然会沾上这些香气。"

陆无声闻言，抬袖嗅了嗅，果真闻到一股非常清淡的香味，有些像梅花，但其中又有两分水仙的淡雅气味。这味道若不细闻，是察觉不出来的。瞬间他就明白过来："你是想，如果他和他的主子有所接触，他主子身上，也会留下同样的气味？"

云照对他一点就通的悟性又是羡慕又是忌妒，想到他可是她的未来夫君，才为他的睿智欢喜起来："对，秦融是御马监的，那是皇帝的人，他若要效忠别人，听从那人命令，那肯定不能让外人知道。所以那人给他下令，定是在隐蔽的地方，而且距离绝对不会远，毕竟是要说悄悄话的。"

陆无声笑笑："那如果他并没有给秦融下令呢？"

"那我也没有任何损失呀。"云照撣起他的衣裳来，"多拍几下，就闻不到了，在屋里会闷着无法消散，但在外面寒风怒刮，不多久就会散了。"

只是拍了几下，陆无声就捉了她的手，示意她往前面看。

云照抬头一看，那前面大街街口站着一个人，是个又瘦又高的年轻人。虽光线不明，但两人还是认出了那人手中的大刀。

"万捕快？"云照着实意外，"你怎么回来了？"

万晓生摸了摸冰凉的鼻子，打着哈欠往他们这边走。云照略有困惑，陆无声也生了三分警惕，只因刚发生了秦融冒充他的事，那再来一人冒充万晓生，也不奇怪。

"你们这样瞧着我做什么？"万晓生还不知道秦融冒充陆无声骗云照的事，只是见两人这样警惕，觉得很是奇怪。

"你等等，就站那，别动。"云照抬手让他停下，直接问道，"你喜欢我家小喜鹊哪点？"

万晓生一顿，被呛得咳嗽起来，咳得脸都红了。

云照释怀一笑："毫无疑问，你的确是万捕快。"

万晓生不由得扯扯嘴角："不知你在玩什么把戏，鬼点子多得很。"他轻咳一声，怀抱大刀说道，"我已经送喜鹊回去了，本想回家，可走着走着心里不舒服，所以又过来了。"

"过来做什么？"

"将你绑的那人带到衙门里去。"他思量了下又补充道，"偷偷的。"

云照迟疑道："为什么改变主意了？"

万晓生笑道："因为感觉你会给我很丰厚的赏钱，有钱不赚，我又不是傻子。"

"可我知道你是因为喜欢喜鹊，才为我做这些的。"

"……"万晓生差点就脱口而出问她怎么会知道。

云照说道："但你还有家人要照顾，你能放下吗？"

"当然放不下，也不会放下。但我想来想去，与其躲避，不如尽自己所能，帮你们解决这些棘手的事，那话怎么说来着……"万晓生在脑子里搜刮了一番，也没想到那几个字。

陆无声说道："天下大同。"

万晓生以拳击掌："对，对，就是这个意思。"

陆无声笑笑，越发觉得这捕快虽然年纪也不算大，但是为人有趣，而且聪明有担当，只是做捕快，着实有些浪费。

"这件事很危险。"云照坦诚道，"让你卷进来，是因为你从一开始就卷进来了，对我的帮助极大。我反复掂量过，就算是到现在，你还可以安然抽身离去。但如果继续走，就可能跟我们一起陷入险境了。"

万晓生笑道："所以你这是打算不给我钱让我继续办事了？你愿意，我可不愿意。你既然这么说，那我肯定还有用处，要我做什么，你只管说。天下大同，天下大同。"

云照没想到他最后还是决定帮自己，想到喜鹊"死"后他来还钱的模样，那样的万晓生，比她接触的大部分人，都要光明磊落有志气，也有义气。

"怎么，云姑娘不想给我钱了？"

云照笑道："好好好，给你足够娶我家小喜鹊的聘礼钱。"

万晓生再次大声咳嗽起来，边咳边走边掩饰，转眼就消失在了旧屋方向。云照颇为满足，如大获全胜般。陆无声摇头叹道："真是只有让别人吃亏的主儿，要是把心思用在念书上，一定会变成女状元的。"

这话云照可听他说过，挽了他的手都快笑进他的怀里了："我只会耍耍嘴皮子，哪里比得上陆少爷文武双全。"

正是寒夜，路上没有什么行人。云照得快点回去跟爹娘解释，免得他们胡思乱想，今晚的事若是深想，也是一件大事了。加上她之前中毒，爹娘指不定会将两件事联想在一块，所以她得赶紧回去，安抚爹娘。

到了一处路口，云家在左，陆家在右，陆无声打算先送她回去，自己再走。还没进入下一个路口，就听见这深夜中有马蹄声响，叮叮当当，叩击在雪地上，踏碎了蹄上冰雪。

路有马车并不奇怪，两人甚至没有转身去瞧。走了不过四五步，陆无声就听见有人唤他的名字，他回头看去，那车夫他并不认得，但马车两侧所跟的护卫，却是皇宫侍卫。那车上的人，身份定不会简单。

云照去了一趟皇家猎场，对那些侍卫装扮并不陌生，也认出了是皇宫的人，便松开了他的手，和他一起等着那将他们唤停的车上人。

马车在二人面前停下，骏马高大，鬃毛被梳理得发亮，根根不相缠，极为柔顺。云照一眼就看出这马价值不菲，拿来骑射也是匹一等一的骏马，可车主人只拿来做拉车的马，她心里顿感浪费，但又可窥见这主人身份尊贵。

马车完全停下后，护卫才拿了马凳放在车下，打开了车厢门。

门一开，便有人缓步从里面出来，那人身材颀长稍显健硕，发上束着白玉冠，简单而贵气。

两人一见，陆无声作揖行礼："见过七殿下。"

从车上下来的人，正是赵州，他微微笑道："不必多礼，没想到在这巧遇了陆大人，正打算去陆府找你父亲来着。"

陆无声问道："深夜驾临，不知七殿下有何要事？"

赵州轻叹："天成不幸归西，父皇无心政事。想到他最信任陆将军，也唯有陆将军能劝动他，所以不得不深夜造访，想让陆将军进宫一趟，陪我父皇谈谈心。"

陆无声了然，父亲和圣上是君臣，也似朋友，无怪乎他会深夜造访。他见云照不吭声，偏头看去，只见她脸色煞白，似被什么吓住了。他轻声唤她，云照却没有回过神来。

只因七皇子离近，云照在他身上，竟闻到了那股梅花香气！她心中意外又诧异，甚至是惊恐，连陆无声叫她都没听见。

正当她胡思乱想之际，那车上竟又下来一人，人未落地，就说道："真是巧遇。"

她蓦地抬头，原来是三皇子赵焱。不待她喘口气，一阵寒风飘来，又有梅花香气入鼻，她顿时怔神，因为赵焱此时背风，那风中所夹的香气，又是那股梅花香。

两人共乘一车，香气互染，只是，到底是谁染了谁？

赵焱下了车，就见云照面如死灰，忙问道："云姑娘身上的毒还未完全清除吗？在猎场上见你已然好转了。"

赵州顿了顿："云姑娘何时去了猎场？又是以何身份？"

赵焱笑道："七弟不必知晓这么多。"

赵州拧眉，到底是顾及三皇兄和陆无声的面子，没有再追问。云照勉力笑笑："毒已经完全解了，就是天太晚，冷得很，冷得脸都僵了。"

她捂着脸，努力让自己镇定下来。只是心里的小鼓一直在猛烈敲打，三皇子和七皇子的嫌疑从未消除过，若说七皇子自己设计让陆无声和她怀疑是有人陷害他，也不无道理。因为这么多次的"陷害"，并没有哪一次是成功的。所以到底是三皇子陷害七皇子，还是七皇子想转移他们的目标，博取同情支持？

许是他们二人已经走近，陆无声也闻到那阵异香，他明白过来为什么云照会瞬间变了脸色——杀人凶手就在眼前，甚至离自己只有半步远的距离！

他偏身说道："是很冷，我先送你回去。"

陆无声这一偏身，刚好挡住两位皇子看云照的视线。云照抬头看他，秀眉微拧，拒绝了他这个提议："我没事，在这里见到了三殿下和七殿下，两位都是于我有恩的人，就这么走了，未免太薄情了。"

陆无声知道她的想法，机会难得，不能就这么轻易放弃。

赵焱笑道："陆府离这里不远了，先让云姑娘过去取暖，也好。"

赵州说道："陆大人可以先送云姑娘回去，陆府的路我们也熟，倒不必在意。"

云照笑道："这怎么能行，一起过去吧，怎么能丢下两位殿下？"

陆无声见她眼神坚定，便向赵焱赵州道了歉，才和他们一起上了马车。许是车厢打开已久，车里并没有残留太多气味，但云照对这气味敏感在心，又是和凶手共乘一车，竟觉得有些发晕。她坐在陆无声旁边，对面就是三皇子和七皇子。而其中有一个人，是凶手。

她迅速厘清思路，将慌张暂且压下，轻轻嗅了嗅，说道："这车里是熏了什么香吗？气味真好闻，淡而不浓，清而不魅。"

赵焱说道："这得问我七弟了，这是他平日所乘。"

七皇子？云照的心扑通扑通跳着，转而看向赵州。

赵州说道："许是车夫所为，只是你若不说，我还没有留意有异香。"

赵焱点头："味道确实淡雅，不留心闻，也闻不出来，看来云姑娘是个闻香人。"

"姑娘家大多都是闻香人。"云照笑笑，还是套不出话，她又不能问得太直白。虽然车是七皇子的，但也有可能是三皇子共乘后，才使得幽香绕车。本来如果他们两人能有一人否认，那就能知道是谁先带的香气，然而不知是赵州粗心闻不见，还是赵州掩饰，于是又没了线索。

陆无声突然开口说道："十七公主不幸遭了劫难，三殿下和七殿下此时出宫，只怕会有不少人非议。"

赵州摇头说道："此时陪在父皇身边是尽孝道，但父皇心中悲切，能为他找到开解的人，也是尽孝道。他们要说什么我倒并不在意，父皇龙体安康便好。"

陆无声轻轻点头："的确如此，龙体安康，是苍生福气，也是子女的福气。"他又道，"但人多嘴杂，让人来唤我父亲进宫，他定会去的。"

赵焱说道："我皇妹意外身故，父皇心神不定，便命人将宫门锁了，就算陆将军要来也进不去，唯有我们领路。"

"愿天成公主在天有灵，护我朝昌盛。"陆无声说道，"此时其他皇子殿下，都还在圣上寝宫外面守候？"

"嗯，我也在外面站了一日，后来三哥来寻我去找陆将军，就一同离开了。"

陆无声抬了抬眉，神情变化微不可见。云照在旁边听着，神情也略有变化。

赵州守在寝宫外一天，以秦融的身份，是不可能钻入一堆皇子公主中那么久的，但两人也没有时机共处，所以赵州染不上那香气，唯有三皇子赵焱……

"我也是。"赵焱说道，"七弟去哪里站着了，总是看不见人，找了你许久才找着你。"

赵州说道："十九弟哭得厉害，离开了一阵儿，送他回明远苑。"

此话一出，谈话就像是从崖顶到崖底，又从崖底到崖顶，一时给人以希望，一时又将希望掐灭。陆无声和云照听着，又再一次失去了判断真凶的线索。

说话间，马车已经到了陆府。

赵焱和赵州先进里面，陆无声和云照在后。看着前面两人背影，陆无声和云照面面相觑，不知是两人约好了，还是确实是巧合，他们的对话，让人模模糊糊，判定不出真伪。

陆战此时还未就寝，听见皇子驾临，便出来迎他们。目光稍远，就看见跟在背后的儿子和云照，他收回视线，向两位皇子行礼。

"陆将军多礼了。"赵焱虚势轻托，简要地说明了来意。

陆战细思片刻，说道："恕臣大胆，今夜不能入宫。"

赵州十分意外："为何？"

"圣上所痛已入肺腑，丧女之痛非常人所能理解，也非外人可以安慰。此刻让圣上安静几日，无惊无扰，才是上策。"

赵焱和赵州相觑一眼，皆是细想片刻，觉得似乎有理，便道："陆将军一言点醒了我们。"

陆战又道："你们陪在门外即可，不必多做打搅，也最好不要离开，圣上说不定会突然想见哪位皇子殿下。所以殿下……"

该及早回宫去了。

这话听来像是逐客令，所以陆战没有贸然说出来，不过兄弟二人也听明白了，纷纷受教，从而跟他告辞，回宫去了。

送走二人，云照还颇不"舍得"。本就是两个在云端之上的人，见一面难上加难，找个太监和御马监的人尚且要绞尽脑汁，更何况是堂堂皇子。奈何不能暴露动机，只能眼睁睁看着他们上车离去，令她好不窝火。

陆无声想尾随一段路，还没提步，就听见父亲说道："这么晚了，怎么还不送云儿回去，你云叔叔该担心了。"

陆无声顿步，又看看云照，说道："我这就送云云回去。"

云照想了想，问道："陆伯伯，十七公主今日找我麻烦时还活蹦乱跳的，怎么一转眼就没了呢？"

"人各有命，皇家的人，还是少提为好。"陆战板着脸道，"快回去吧，再不走，你父亲就要找到陆家来了，这样像什么话？"

他一凶，云照也不敢多问了，讪笑一声，跟他道别。

陆无声送她出来，提袖而闻："已经没有半点香气了。"

"在外面站得久，香气也就散了。"云照分析道，"而据三皇子七皇子所说，十七公主亡故后，他们皇子公主就守在了圣上门前，就算是当时只站了三刻，气味也该散了。所以真凶必然是在圣上闭门前，就和秦融秘密见了面，和他交代了来试探我的事。"

"第一次是让玉公公来杀你，第二次却是让秦融来试探你，为什么不是直接杀你？是怕你知道什么？"陆无声一顿，"不，应该是说，是怕我知道什么。"

"他怕你知道了是谁要对你下杀手？也就是说，你对他还有利用价值，否则他只会像在竹林时安排杀手，而不是还给你机会。"

香气一事，云照本以为是柳暗花明，但没想到又陷入困境。

陆无声送她到了家门口，见她还在苦思，便摸摸她的脑袋："不是已经比第一次回来，好很多了吗？"

"嗯。"云照叹道，"贪心不足呀……我进去了，你也快回家，路上小心。"

以前的叮嘱哪里会加上这四个字，连云照也没留意到，自己的潜意识里，已经是满满的危机感。陆无声没有戳破，应了声，等她进门才走。

云照夜归，悄悄往屋里走，进了房里，正松了一口气，就见房里有人，着实吓了一跳，再一看，竟是母亲。

云夫人见她归来，立即站起身，紧拧的眉头才展开，也像是将心里的大石头放下了。表情的一瞬变化，让云照刹那间反应过来，母亲一直在等她回家。

"娘。"云照唤了一声。

云夫人打量她几眼，说道："晚了，快去梳洗，然后睡吧。"

"娘。"云照紧绷的心像寻了棉絮般的轻软，倚在母亲肩上，将她抱住。原来在十四岁这年，她还没有母亲高，还能这样枕着她的肩头。

云夫人鼻子微酸，搂着她说道："娘知道你今晚受了惊吓，也是娘亲的疏忽，没给你院子多安排几个护院。云儿你莫怕，家里的护院今晚都守在你院外了，你只管好好睡。"

"我没事，娘，是我又闯祸了。"

"你脾气是拧，可从来不会做伤天害理的事，那人却想要你的性命，所以不是你闯祸，是那人太歹毒了。"云夫人拍拍她的背，"以后有事和娘亲说，别总是自己扛着。你自腊月初八后，就总是一副心事重重的模样，我以为你是因陆少爷有心结，可近日来看，你同他感情甚好，并不是因为他吧？"

云照想跟母亲坦白，可又知道绝对不能说，否则母亲徒增担心，事情就更棘手了。

"都是些小事，哪个姑娘家没点心事啊！"云照展颜，笑得灿烂，"明日就欢喜给您瞧。"

云夫人瞅着她，嬉皮笑脸的，真瞧不出她的心事了："娘可不信你。"

云照仍是嬉笑道："女儿真的没事，您快回去睡吧。"

云夫人和她说了几句话，心里还疏通了些，堵得没那么难受了，边走边道："明日你要吃什么团年饭，我让厨子做。"

团年饭……转眼间，终于熬到年三十了。云照颇有感触，再没有哪一年的大年三十，能让她这样有感悟了。

"奶奶爹爹娘亲喜欢的，女儿都喜欢。"

云夫人终于笑了笑："嘴甜。"

云照笑笑，等送了母亲回去，她才疲累地往床上一躺，连下人在外面敲门，她都没听见。

梦境中的树越长越大，那是一株花树，云照见过，比上回看见的还要大。她还没有忘记上回在这里出现了两个黑白神仙，一个要救她，一个要杀她，还见到了陆无声。

她知道这里是梦，但又忍不住往深处走。走到树下，花瓣一如上回，轻飘飘往下掉，但云照想起来很快那花瓣就要淹没人了，因此往后退步，退得远远的。

"呵，变聪明了。"声音清亮悠远，在这白色境界幽幽回响。

云照蓦地抬头，就见那黑袍神仙俯瞰着她。还来不及细看，花瓣似大雪飞扬，漫天飘飞，眨眼就将她的脚踝淹没。云照一惊，想要退身逃离，可花瓣如冰霜，将她牢牢固定在了冰花之中，慢慢看着冰花从脚下淹没到她的膝盖，她的腰。

寒冰刺股的冷渗入骨髓，侵吞梦境外的她。她冷得瑟瑟发抖，想喊，可又喊不出来。就在花瓣要将她完全吞噬时，一袭白袍的神仙从天而降，往冰花呵了一口气，冰花瞬间化作满地花瓣，蔓延在这白色境界，似起伏的花海，绚烂夺目。

"啊——"

云照猛地坐起身，再往左右一瞧，没有黑白神仙，也没有……盖被子，就这么合衣躺了半宿。

"阿嚏！"

第二十七章

昨夜冻得风寒的云照早上起来，喷嚏不断，多穿一件棉袄也没用。她赶紧让家里的大夫开了药给她，一早就乖乖服用，让喜鹊好不诧异："您平时最讨厌喝药的，每回都要病好几天才肯开金口吃药来着。"

"不能病，尤其是现在。"云照昨晚被冻醒，缩在被子里想到母亲跟她说的那些话，转而想到了一个大概可以让秦融松口的法子。

人都是脆弱的，看着坚强只是刚好没有戳到那脆弱的软肋，而秦融的软肋，从他身上无法下手，那大概可以从他身边的人动手，比如他的家人。正是大年三十，谁都想吃个团年饭，若她以这个为突破口，说不定能顺利撬开他的嘴巴。

想罢，云照拿上披风抱了暖炉就往门外走去，她准备去一趟衙门大牢。

马车穿过两条街道，云照撩了半截车窗帘子往外面打量，到处都是行人，但里面可能又藏着要来杀她的人。然而她分辨不出来，也不想弄得自己草木皆兵，那皇子要寻人来杀自己，还要做得万分保密，大庭广众之下，也不是件容易的事。

只是玉公公被杀，秦融被擒，总该能让那位皇子明白了她没有那么容易对付，所以下一次，那位躲在暗处的皇子，可能会派出众多杀手前来，到时候她就没这么好的运气了。单凭陆无声或者万晓生，无法抵挡那么多的高手。所以现在她只能尽量不独处，身边越多人越好。

比如……现在马车四周的护院，就有八个人。本来她只带了四个，但她爹又给她添了四个，于是就这么浩浩荡荡出门了。

马车又行了一刻，才到达衙门附近。云照唤停马车，没有从衙门前门进去，而是从后门。她命护院在门外等着，自己带喜鹊进去了。

喜鹊最近没少蹲在衙门后门等万晓生交代事情，衙役倒更认得她，不大认得云照。衙役纷纷和喜鹊打招呼，也不阻拦，还问："来找晓生的吧？他就在前头。"

说话客气，当她是自己人。喜鹊一一应声，时而看看自家小姐，见她直瞅自己，不由羞红了脸，就怕她又调侃自己，说她是万家小媳妇。

云照可不打算这么做，姑娘家脸皮薄，说多了怕她更抵触。

照着衙役们指的方向，两人往前行，果真见到了万晓生。

万晓生见两人一起前来，略觉意外。云照让喜鹊留在原地，自己上前跟他低声说道："我不让她跟着的话，我爹娘肯定要担心，身为我的贴身丫鬟，她必然会挨骂的。"

"那以后都带着吧。"万晓生说完，见云照两眼一弯，知道又落了她的"圈套"，轻咳一声说道，"你来做什么？"

"我要见见秦融，昨晚你带走的那人。"

"大年三十还进大牢那种晦气地方，云大小姐不怕？"

云照轻轻一笑："你说我更怕晦气，还是更怕没命？"

万晓生明白了，瞅了一眼喜鹊，喜鹊也正往这边看着，目光一对，两人便立刻挪开。万晓生低头说道："要不要让喜鹊跟着？"

"昨晚那人跑到家里来杀我，我爹娘也知道人就关在大牢，等会儿我进大牢里说要看那人，让喜鹊留在外头，无妨。而且不是有你吗，喜鹊对你的身手很有信心。"

万晓生笑笑："别唬我，上回喜鹊还说我是三脚猫功夫。"

"行，回头我骂她一顿。"

"……别。"

云照又隐晦一笑，万晓生知道又中计了，只能揉揉额头："我错了，以后再也不开你和陆大人的玩笑了，求云姑娘高抬贵手，放我一马。"

云照朗声笑笑，颇为满足。

万晓生刚领她从后门出来，就见有一人正从这窄小巷子过来。虽无雪遮眼，但巷子光线不明，万晓生一时没看出是谁。倒是后头的云照侧耳一听，就道："是陆哥哥。"

她探身出来朝他招手，那人也抬手回应。万晓生眯眼看了好一会儿，才认出的确是陆无声，他笑道："耳朵比我们习武的人还要灵敏。"

"换作是其他人就不行了，这好比你大老远只凭走路的动作就能看出那人是喜鹊一样，对不对？"

"对……"万晓生说完，自觉失言，又收住了嘴，惹得喜鹊又瞪他。

云照朝陆无声小跑过去，近身了就捏捏他的脸和胳膊，确认没有被调包："我们正好要去大牢。"

"我也是。"陆无声问道，"怎么？感染风寒了吗，嗓子都哑了。"

"我没事。"云照摸摸鼻子，不通气，只能用嘴巴呼吸，天又冷，吸得嗓子都干了，"你查出秦融的家世了吗？"

陆无声给她拢好了披风才说道："因时间紧迫，还查不详细，只是知道秦融家族庞大，父亲早逝，所以和母亲以及四个弟弟妹妹在族中一直饱受欺负，直到秦融进了宫里，情况才得以好转。"

"那他的母亲和弟弟妹妹呢？如今在何处？"

"不知道，已经找不到他们的踪迹。据他们的族人说，他们早在三年前就离开了，虽然知道是在京师，但却从未有人见过。"

云照说道："三年前……"

陆无声又道："三年前正是秦融进御马监的时候，之前秦融只是在库房做打杂的事，突然就进了位高权重的御马监，并且不到两年，就升任为总管。可以他的身份背景，并没有族人扶持，所以我想，定是有人背后相助。"

"而他的母亲和弟弟妹妹一夜不见了踪影，又恰好是三年前，会不会是那人以此为要挟，答应只要他愿意为自己办事，就善待他的家人？"

"有可能。"陆无声说道，"所以像他这样的人，是不会泄露半点秘密的。"

"我昨晚倒是想到了个法子，就是用他的家人来晓之以理动之以情的，现在看来……"云照苦思片刻，缓声道，"只能靠骗了。"

衙门大牢阴冷潮湿，过道夹缝中的苔藓蓬勃生长着，整座大牢充斥着糜烂发霉的气味。

陆无声和万晓生都是在衙门办案的人，每个月总要来几次大牢，所以对这气味并无不适。好在云照染了风邪，鼻子完全堵住了，也闻不到这些味，不过见惯了干净的地方，大牢实在太脏，让人不舒服。

秦融被关在大牢的最深处，那里很少关押人，也少清理，所以又脏又臭，一般衙役都不会来这。而秦融被捆得结实，也说不出话，就像里面没有关人，衙役更不会来这。

万晓生将他嘴里的布团拔掉，要给他喂水，秦融并不喝，惹得万晓生笑道："真是块硬骨头，难道还怕我在水里下毒？"

秦融没吭声，看见他身后的陆无声和云照，便将眼睛闭上。

云照蹲在他前头戳了戳他的胳膊，说道："我打听到了，你家里还有个老母亲和四个弟弟妹妹，对吧？"

秦融没睁眼，也没说话。

"我知道是你主子将他们藏起来了，好好照顾着，所以你才这么给他卖命。玉公公怕死，因为他没有牵挂，只是为了权势。要权势，就得有命在，因此他怕死。但于你而言，权势比不过你的亲人，对不对？"

秦融还是没睁眼，也没说话。

"可要是你的亲人没了呢？"

秦融仍未睁眼，但眼皮子明显跳了跳。

云照看在眼里，声音变得缓慢而低沉："你家主子是怎么样的人，你应该很清楚。而我和陆无声是什么人，你应该也很清楚。他派你来杀我，可你却杳无音讯，你说，他会不会急躁，会不会怀疑你？这个时候我再大摇大摆地出去，说你泄密于我，你说，他会不会恼羞成怒杀了你的家人？"

秦融还是没有睁眼，可他的脸色已经控制不住变得难看，紧绷的脸随时要炸出怒意般。

云照继续说道："如果你再不说，我就去散播谣言说你已经说了，而且你也被我杀了，到时候你没有一点利用价值，甚至还泄露了你主子的身份，那到时候他只怕会立刻杀你的母亲和弟弟妹妹……今天是大年三十，来年却是他们的忌日，一家人往后再也没有办法团年了，可悲呀！"

秦融蓦地睁开了紧闭的双眼，盯着她说道："我说了，他们也会死。"

只是一句话，就犹如河堤大坝多了一条裂缝，下面要说的话，就犹如洪水，不怕他不说了。陆无声和云照心中皆是一喜，陆无声面不改色地说道："但如果你说了，我们就立刻放了你，至少你还有一点时间救你的家人。一个是他们必死无疑，一个是他们尚有一线生机，到底是哪个，就看你怎么选了。"

云照附和说道："对，我不会给你假承诺，保证你说了会让你家人安好，这番话你也不会信。但你若不说，我们也不会仁慈地放你走，让你见你的家人。而且就算我们心软放你走，你家主子见你安然归去，也不会信你没对我们说什么。事到如今，唯有你快点回去，带你的家人走，才是上策，不是吗？否则的话，我们有一百种方法散播谣言，说你已经告诉了我们真相。"

陆无声说道："本身谎话里，也是夹着三分真话，我相信我能编造出一个合理的谎话来，足以让你的主子心惊胆战。"

秦融瞪了两人许久，蓦地笑笑："原来陆家的少爷，是个卑鄙小人。"

陆无声冷眼相对："秦融，你说这样的话，不理亏吗？你们要我的命，难道我还要坐以待毙，做你们的砧板鱼肉？哪怕是我的父亲知道，他也不会觉得我所为不对。你们用的手段，比我们用的，卑劣一百倍。"

秦融往后靠去，倚在潮湿的墙壁上，沉默半晌，才道："就算我出去了，也救不了他们，他们在的地方，不是我一个人能救得了。你们要我说可以，但必须先救下我的家人，将他们带到我的面前。"

"他们在哪里？"

"往东二十里，有个黄家庄，那里有个乐善好施的黄员外，只要一打听就知道了。我的家人，就在他那里。"末了秦融又道，"一定要快，我已经一晚没回去，按照约定的时辰，若我两天未归，那他们必死无疑。到时候你们休想从我嘴里再问出任何线索。"

"好。"时间太急，陆无声和云照一口答应，"万捕快，劳烦你善后。"

"去吧去吧。"万晓生蹲身将布团塞回秦融嘴里前，又道："喝口水吧，免得人没见到，你就先渴死了。"

秦融未语，但还是喝了他递来的水，喝完后万晓生才淡淡道："我父亲也早去，是我娘带大我们几个孩子，可我从未想过要用别人的命来换取荣华富贵，以此来让亲人过上好日子。自己的命是命，别人的，也一样。你这样替人卖命，不仅你走在刀尖上，连你的母亲，也一样。"

他嗤笑一声，将水袋别回腰间，哼着小曲和陆无声、云照一起往外走。

三人不过走了几步，陆无声就察觉到了不对，蓦地转身看去，只见那窄小窗外，竟有人不断投掷火把进来，以干草铺床的牢房瞬间起火。

云照诧异，再往前面悠长过道一看，那里也有烟火扑来，这大牢，已然变成一座火牢了！

火势迅速在牢房里蔓延，浓烟滚滚，熏得众人一阵晕眩。

陆无声回头对万晓生喊了一声"快走"，便拉着云照往外面跑。但火已经在整座大牢里烧开，牢中还有其他囚犯，见了火势浓烟纷纷凄惨喊叫。陆无声一手紧握云照的手，一手用手中匕首沿途断开那牢门铁索，放那些囚犯出来。

可等他们到了大门，却发现这门竟被人从外面锁上了。

就算是有利刃在手，也一时劈不开这大门。

因鼻塞而只能用嘴呼吸的云照被呛得难受，两眼都熏出泪来，本就脑袋昏沉，现在更是虚弱。

众多囚犯呼救，外面竟无人救火。云照在混乱中，听见喜鹊的叫声，像是在拿什么东西砸门。

门外的确只有喜鹊一人，她守在附近等着云照他们出来，一会儿有个牢头模样的人出来，把附近衙役叫走，还将门锁上。她觉得奇怪，便过来瞧，谁承想不一会儿就见那门缝冒出白烟来，吓得她忙叫喊，可没人过来。

眼见烟火四逸，她便拿了地上石头砸那锁头。那锁厚重又结实，以她的气力根本砸不开。她想去喊人，可又怕来回耽搁了时辰。但锁头实在是砸不开，她急得大喊："小姐，我这就去喊人，你等等！"

"别去喊人！"云照怎么会不明白为什么这里会失火，那人怕是已经知道秦融被关在这里，但却按兵不动，直到他们入内，才锁门放火。那人连衙役都能收买，那喜鹊去喊人来，也没用，甚至可能会当场被灭口。

喜鹊急得眼泪直掉，不明白小姐为什么不让她去喊人，只能抱着石头一直砸。每次重重落下的石头硌着她的手，不多久就血肉模糊了。

大牢本就狭小逼仄，陆无声和云照用袖子掩鼻也被熏得头晕，那些急切逃生又慌张的囚犯，已经被熏晕过去不少。

"往这边走。"万晓生拨开人群，急扯两人，"大牢有一处墙壁年久失修，踹两脚就能破个洞，往那边走！"

他高声喊着，众人已经听见，如洪水般往后面跑去。陆无声、云照、万晓生三人掩鼻弯身前行，前面人多，太过混乱，根本没有办法挤出去。

整个大牢的人都似疯魔，谁也不愿意在这里被烧死。

到了大牢尽头，方才万晓生踹出的小洞，现在已经被众人破成大洞，前面几人如鱼钻过去，速度极快。本来若以这个速度出去，众人都可逃生，偏有几个人想快些出去，急着往外钻。你不让我不肯，竟无人能钻出去。

陆无声见状，大步向前，将堵在洞口的几人以掌推开，冷厉喝声："你们不愿出去，别堵了别人的生路。"

他神态冷然，一时吓住了那几人。他指了一名老者，老者立刻弯身从洞里钻出。他一一指着人，那些人顺从出去。秩序不乱，很快就走了大半的人。

云照站在他一旁，头更晕了，身体一个趔趄，差点摔了下去。陆无声将她托住，揽着她的腰就要送她出去，云照蓦地抓紧他的手。

他不走，她也不走。

陆无声顿了顿，一手托住她，继续指挥犯人出去。

靠在牢门的万晓生咳了几声，瞧见秦融还坐在原地，身上的绳索已经被烧掉不少，就连身上的衣服都烧得穿洞见肉，他也没有要走的意思。万晓生问道："你不走？"

他以为他要继续做哑巴，谁想秦融竟然张口了："我不走。既然他一直都在暗中观察我，那他肯定知道，我没有透露他的身份。我如果走了，那我的家人，必死无疑；不走，他可能会放了他们，不是吗？"

这个逻辑的确没错，万晓生也不知道要说什么，他耸了耸肩头："就是觉得不值得罢了，没了你，你的老母亲和弟弟妹妹，未必能赚到钱填饱肚子，不是吗？你是打定主意死就死，可你却忘了，你要是死了，他们该怎么办？"

秦融没有吭声，又恢复了默然。

万晓生也不劝了，也不打算拽他走，这种人就算拽出去，也不会说话。他看了看这火势，掐算了下人数，应该死不了，便安心等着出去。忽然他听见了一个耳熟的声音，像极了他欢喜的姑娘，探头一瞧，那从滚滚浓烟中跑来的人，分明就是喜鹊。

他吓得站直了身，被呛了一口才弯身，摸索着往前跑："喜鹊！"

喜鹊被呛得满眼都是泪，眨巴了下眼，倒借着泪看清了那人，她又喜又怕，抓了他的手颤声道："晓生哥你还活着，太……太好了。"

万晓生顿时不知说什么好，伸手将她的脑袋压低，说道："你家小姐没死，她在后头。"

喜鹊更是高兴："好……好。那大门被牢头锁上了，他还将全部衙役叫走，说要去抓个大盗，不能耽搁。咳咳咳……我想喊人，可小姐让我不要喊，我只能拿石头砸门……咳咳咳……"

万晓生笑道："你真能耐，竟然砸开了门。"

"没有！"喜鹊一点都不揽功劳，直率道，"是个大侠把锁头劈开了，那剑锋利得很，就一剑，就劈开了。"

万晓生拧眉，这才发现浓烟中有另一个矫健身影，烟雾太大，根本看不清人。

陆无声和云照也察觉到有别人出现，往那看去，只能看见一柄熠熠生辉的宝剑，并看不见人。

云照蓦地一愣："劈窗大侠？"

陆无声曾被十七公主困在屋里，是那个帮过陆无声的神秘人？

陆无声上前一步要去见那人真容，但他一走，那几个狡猾的犯人便想冲乱秩序出去，他只能留在原地。

"前门已开。"那人声音低沉，是个男子，声音却很陌生。

陆无声曾想这人定是他认识的，可竟然不是。是刻意变了声音，还是的确不认识？

囚犯一听大门开了，又调转方向，往大门跑。但仍有人等在这里，谁知道那大门是不是真的开了呢。

陆无声也要拉着云照往大门去。云照见秦融还在，进了里头拽住他，要将他往外面带。可秦融不动，云照根本拽不动，只是将他拽倒在地，脑袋都朝向洞口了，他还是没有要走的意思。

云照气道："你告诉我你主子到底是谁？为什么要杀我们？咳咳，你告诉我，你告诉我！"

秦融不语，陆无声知道他不会再多说一个字："云云，他不会说的，咳咳，火越来越大了，快走！"

云照不甘心，可又没有一点办法，她恨恨盯了秦融两眼，终于撒手，准备走。

大牢已被烧得太久，又许久未修葺，顶上房梁刚触了火，就如干柴进灶，噼里啪啦烧了起来，片刻就往下面掉火星子，火又大又疾，将前往大门的路给堵住了，几人又被逼回牢底。

"呼——"

一根房梁掉落，众人退避，那房梁柱燃烧着熊熊烈火，将洞口堵住。七八个正欲逃生的囚犯一看，惊得大喊大叫，想要搬开房梁，可火大根本没有办法下手。

陆无声也想挪开那着火房梁，要寻那劈窗人借剑，结果竟不见了那人踪影。他瞬间诧异，方才还在，而且大门已封，他这是去了哪里？来不及多想，他转身对万晓生说道："刀给我。"

万晓生将刀扔给他："快开生路，不然我们都成烤肉了。"

陆无声也迫切想逃，就算他知道云照可以回去"救活"他们，但是他一点也不愿意重来，这意味着一切辛苦又将白费，一切事情又要她从头再来，一切记忆……又只剩她一人承受。

所以不到万不得已，他绝对不希望云照独自回去。

大牢被腐蚀多年的木头很快如散沙碎裂掉落，烟雾已经快将他们熏得昏死过去。云照的腿越来越软，已经快要站不住了。

喜鹊看着，哭都哭不出来，她觉得他们要死在这里了。她低头看着一直被万晓生紧抓的手，意识到自己快要死了，突然就顿悟、有了勇气："晓生哥。"

万晓生偏头看她，喜鹊带着哭腔说道："我不讨厌你，我可喜欢你了。"

万晓生愣了愣，喜鹊差点没抱着他大哭："是真的……真的。"

她边说边咳，整个人都软在了地上，不过说完这话，她好像就没那么遗憾了，还抬头冲他咧嘴笑了笑，笑得万晓生的眼都红了一圈。

头顶的房梁轰然一声，众人下意识抬头，就见那梁柱往云照砸去。陆无声几乎没有半刻犹豫，将她抱住。喜鹊撕心裂肺大喊"姑娘！"万晓生瞬间回神，松开她的手也上前去救云照。

房梁重重压下，砸得陆无声往旁边倒去，房梁又压中仍倒在地上的秦融，四人被着火的房梁压在底下，大火再次燃烧起来。

呼——一阵白光冲天而上，光芒刺眼，穿透云层，散了这满眼的飞雪，重回到那明媚的……腊月初八。

第二十八章

"咳咳……"云照猛地睁开眼,伸手往身上一摸,触感轻软,很好,是被子;她又往手背摸去,很好,没有被灼烧的痕迹。

这一刻开心,下一刻她翻了个身,难过地抱着被子呜咽。又没熬过年三十,到底什么时候才能安心过个年。而且又得重来了,早上起来去找陆无声,又得解释一堆,想一想就累得慌。

她强打精神,鼓励自己一番,便起身开门,去唤喜鹊让厨子记得把腊八粥煮烂一些,这才回床上躺下。

虽然明知道这几日会发生什么事,但她还是睡不着,躺在床上将"上辈子"的事好好理了一遍。

天刚亮,她就起来了,梳妆打扮好,又一次喝过腊八粥,就去了陆家。

到了陆家,她瞧瞧时辰,蹲在墙角等他出门。

过了小片刻,陆家大门敞开,阿长瞧瞧门口不见马车,一如既往唠叨一句就去马厩那边喊马车来了,留下陆无声一人站在门前。

虽然云照已经调戏过陆无声好几回了,但每次见了他,都按捺不住那想要再调戏他一次的心思。她理了理自己的发饰衣裳,瞧着那影子越走越近,她猛地跳了出去,朝那俊朗的男子大声道:"陆无声,我心悦你!"

她等他脸红,等他诧异,等他窘迫,就那么双手叉腰,两眼明媚,笑盈盈地看着他。

可一会儿她就觉得不对劲了,因为他没有脸红,也没有诧异,更没有窘迫,只是看着自己,脸上渐渐展颜,脸上眼里都是温温笑意,似要忍俊不禁,最后他说道:"嗯,我也是。"

云照咋舌,她惊异得张了张嘴,连连往后退了两步,惊得说不出话来。因为按照正常的"流程",他分明不是这个反应的。

她愕然看他,像看见了怪物,脑子瞬间混乱了。而陆无声向她走近一步,突然就弯身将她抱住，抱得云照的心扑通扑通乱跳，弄不清这是什么状况。

"云云，这一次，不再是你一人独行。"

咚——像是有什么东西，重重地敲在了云照的心上，回音袅袅。

她一时错愕失语，久久无法回神，直到确定他在耳边的呼吸和传来的温度，才让她确信，他这句话，是什么意思。她的眼睛忽地一热，难以置信地问道："为什么……为什么这次你也回来了？"

"我也不知道，等我醒来的时候，发现在自己屋里，一问下人，却是腊月初八。我想，我是跟你一起回来了。"

哪怕是听她说过这奇遇，但陆无声初醒时，仍觉得不可思议。只是不多久，他就回过神来，下一瞬便想去找云照，告诉她他也回来了，陪她一起回来了，这次终于不再是她孤军奋战。可夜已深，又怕吓着她，于是忍至黎明。方才出来，又是一眼看见她趴在巷子那儿，果不其然，又作势要吓唬他。

陆无声缓缓松开还有些蒙的她，捧着她的脸笑道："醒醒，云云。"

"怎么醒得来……"云照的眼角微湿，怔怔看他，"这个梦，我已经做了五六次，可每次醒来都是我一个人，现在你突然入梦，我反而怕自己醒了，陆无声。"

"这不是梦，是真的。"陆无声捉了她的手捂在自己的脸上，"你摸摸。"

云照用手在他的脸上摩挲着，指尖传来的触感真实，甚至温度也是真实的，不是在那冷冰冰的梦里。摸着，手和心都跟着微微发抖，她长长吸了一口气，再努力吐出，还是无法平复心绪，又踮脚将他环脖抱住，颤声道："不是梦。"

陆无声弯身揽住她的腰身笑了笑，又因她声音里透着的害怕而敛了笑，唯有将她搂得更紧，以此缓解她心中惊怕。

又是腊月初八，但此时不似之前，再不是她独行腊八。

云照这次不打算去找宋有成摊牌再刺激刺激他了，在他们这次回来的事情中，相比之下宋有成那事简直微不足道，两人没有那个空闲去理会他。

"那宋有成就放一边去吧，我想用这个时辰去做另一件事。"

陆无声问道："救出秦融家人？"

"嗯，如果救出秦融家人，就能立刻问出他的主子是谁，接下来可以省下一大堆的工夫。"云照一拍脑袋，"完了，我不记得他说的地方是哪了。"

陆无声笑道："你真迷糊。我记得他曾说，往东二十里，有个黄家庄，那里有个乐善好施的黄员外，只要打听一下就知道了。"

云照可算是不慌了："还好有你。"她看看天色，将他往巷子里拉，"我们不去费时找宋有成那小人了，我昨晚想了许久，有四件事必须做。"

"一是救秦家人；二是抓幕后黑手；三是找到劈窗人……"陆无声想不出第四件，问道，"那最后一件是？"

云照说道："在司姑娘面前揭穿十七公主的真面目，避免她再被骗。"

"要揭穿天成公主的真面目，虽不是难题，但也不容易，激怒她，必然要有个导火线。"

"我就是呀！"云照愤然道，"她在狩猎场几乎要了我的命，要不是她的箭法差，我又要死一次了。她知道你欢喜我，那定会找机会对我下手，只要她动手了，那……"

"云云，"陆无声拧眉止住她的话，"法子可以再想，但不能用这种办法。固然你可以重来百遍，可也不能轻视自己的性命一次。"

云照见他说得满眼肃色，知道自己又冲动了："我答应你不会乱来，一定想一个更好的法子。"

陆无声欲言又止，最后还是说道："我不愿你涉足这件事，这些事的矛头件件都指向我，你再三遇险……"

"就算我遇险千百遍，也不许你拒绝我一次。"

陆无声登时失语，默然看着理直气壮的她许久，才轻轻点头："好，你我都要安然度过这次的腊月初八，再不要重来。"

云照重重点头应声，这一次再过不去腊月初八，就枉费老天爷对她这样好了。

不过……她抬头看着头顶天穹，为什么老天爷要对她这样好？这次连陆无声也一起送到她身边了，难道是夜明珠的威力提升了？

云照对夜明珠仍是满腹困惑，不知其意。

既然要跟司玲珑揭穿十七公主的真面目，那首先要得到司玲珑的信任。云照觉得解决土豆护卫的事和拆穿公主真面目的事可以同时做，便在路上好好计划了一番，又与陆无声说了一遍，得了他对那计划的认可，她才信心满满地准备。

"之前"跟司玲珑见面是将近正午，陆无声让人送了口信给山上的蔺大人后，就和云照一起在司玲珑将要出现的地方附近喝茶静候。

有了一次重逢经验的陆无声尚不担心与司玲珑结交的事，那有了几次经验的云照更不担心，她甚至很好心思地点了一碟切牛肉，边果腹边和陆无声低声交谈。

将至正午，两人已经在酒楼角落里将腊月的事全都理了一遍，思路又更加清晰。说着说着，忽然有人唤云照的名字。两人都没有回头，就听出这是谁的声音了。

宋有成！

真是冤家路窄，他们懒得去寻他，他还是出现了。有些事果真是避不开的，这大概也是老天爷的执拗了。

宋有成路过这儿见到云照，本来很是欢喜地过来打招呼，可走近了才发现这桌上还坐着一个不该出现在这里的人。他顿了顿，可陆无声已经偏身看来，他提步硬着头皮过去，强笑道："陆兄也在，真是巧了。"

"是有些巧。"陆无声说道，"本以为这一辈子都不必见了，可还是在这见着了。"

"陆兄这是什么意思？"

陆无声瞥了他一眼，直截了当道："信。"

宋有成的脸色一变，陆无声又道："我们还有正事要做，不送。"

云照瞧着宋有成忽明忽暗忽青忽白的脸，想想陆无声真似利刃又磨了三分，更加锐利，能一刀戳进对方的心窝子。

果然，宋有成没有多留，转身逃走。

云照自有打算，等她忙完了这些事，再收拾他不迟，如今不想过多纠缠。

突然街道传来惊呼慌张声，将云照思绪拉回，这场景历经太多次，丝毫不陌生。她拿起早已准备好的棍子，不紧不慢地走到了街上，远远见到那抢钱的人跑过来，扬起木棍挑准位置，朝那人腿上一棍重击。

"啊——"那贼人惨叫着扑倒在地，一个姑娘一跃而来，一脚踩在那小偷背上，一如既往的英姿飒爽，一如既往的俊秀美貌。云照只是看着她，脸上就露了笑，心中澎湃。喂，玲珑，我们又见面了！

云照觉得重来人生百遍，最信任她的人一定还是陆无声，而最容易结交的，非司玲珑莫属。

不过片刻，为司玲珑捉了贼的云照就和她再相识，两人脾气爽朗，根本不用她拐弯抹角地想如何与她结交，只要秉持本性就好。陆无声在旁看她和司玲珑相交，直至最后，却没听见她说去千青湖，而是约了一家客栈见面。

拜别之后，云照才跟陆无声说道："这次我们不去千青湖，去那客栈。那客栈是平时玲珑和十七公主见面的地方，而明日我要预订的厢房，也是那间，以玲珑的脾气，一定会说她和一个故人也常约在这，到时候我再提十七公主。"

"嗯，我会与你配合好，若不知道怎么说，就示意我，我来说。"

云照笑道："武比不过你，嘴皮子总不能也落了下风，放心吧，我知道该怎么说。倒也不是想好了这么说，而是因为了解她的性子。"

陆无声点点头，只觉云照跟以前很不一样了，更有担当，也更有胆魄。他见云照走的路是回家的路，不由问道："你去哪里？"

"回家呀。"

"不找万捕快吗？依照你以往的习惯，都会找他帮忙吧。"

云照默了默才道："这次我不打算找他了，上一次连累他和我们一起'烧死'在大牢里，我心有愧疚，而且我还想将喜鹊嫁给他，目前来说，不要将他牵扯进来，才是最好的。况且他上一次在最后关头还是回来帮我们，那就说明危难之际，他不会是只缩头乌龟，那日后我们也可以和他结交为友，只要等我们安定下来……"

陆无声没有反对她的这个决定："你做什么，我都赞成。"

云照突然叹道："难怪我娘总说我的刁蛮任性一半责任归你。"

陆无声蓦地笑道："这话听着，倒像是在怪我太随着你了。"

云照俏眼弯弯："可不是嘛，别想赖。"

"不赖，"陆无声摸摸她的脑袋，好奇着十年后的自己，与十年后的她，是否般配，"一世都不赖。"

掌抚头上，不轻不重，云照真想抱住他，告诉他她心中的欢喜。她抬头看着他，千言万语，凝成了一句话："陆无声，这次你也回来了，真好。"

腊月初九，阳光明媚，司玲珑早早赴约。到了那客栈，本无惊奇，等门口守着的丫鬟领她到了厢房，她才觉得稀奇，对那丫鬟说道："真是这儿？你家小姐在这？"

喜鹊莫名点头，答道："是呀，小姐她就在里头等您。"

司玲珑有些奇怪，嘀咕道："真巧。"

"是司姑娘吗？我听见你的声音了。"门悄然打开，云照见了她就笑道："果真是你，快进来。"

司玲珑边走边笑："你的耳朵倒是灵敏，听了一回就认得我的声音了。"

"分明听过千百回。"云照说的是大实话，但看看司玲珑的模样，只当她是在开玩笑。她也笑笑，又看看土豆护卫，仍旧冷峻。

陆无声已经在那儿斟茶，斟了四杯，司玲珑一瞧，就道："不用备他的。"

云照笑道："他不喝茶？"

司玲珑撇嘴："我不给他喝。"她说着就坐下，顺带将他面前的茶杯捞了过来，也不看他一眼，心里气着呢。

云照和陆无声当然知道她在气什么恼什么，不过这不是重点，反正呀，脸上气恼，心底却喜欢得不行，他们可不用担心这个。

一会儿伙计端了果点小菜来，陆续放下三样，看得司玲珑越发觉得稀奇，等伙计放下第五样，她终于忍不住看向司无言。司无言轻轻点了点头，与她一样觉得稀奇。

等伙计出去，司玲珑才道："这些都是你爱吃的果点小菜吗？"

云照知道她惊奇什么，因为这些小菜，是她跟十七公主在这里相见时，她所点的。她回想当时，十七公主每样都吃了一点，那应当是她喜欢吃，并且来这必点的，所以她依样画葫芦。看着司玲珑脸上露出的神情，她就知道自己没有猜错。

"倒也不是。"

司玲珑这才笑笑："如果是，就有些可怕了。"

云照不动声色道："哦，为什么？"

"因为我有一个好友，她也爱吃这些，这五道果点，她每回来都要吃一吃。而且我与她相见，她都会来这家客栈，这个……房间。"

司玲珑自己说着都觉得巧极了，可对方竟然不是很惊讶，倒冲淡了她想寻求惊讶的心思。云照说道："你说的人，我也认识一个。她也爱吃这些，不过她并不喜欢我，甚至十分嫌恶我，大概是因为我同陆哥哥关系好。"

司玲珑问道："那人是喜欢陆大人吗，所以嫌恶你？"

云照笑道："看来司姑娘也有喜欢的人，因此这样清楚。"

司玲珑哼了一声："并没有。"

云照明白她的小情绪，笑道："原来没有……司姑娘猜对了，那人的确是喜欢我陆哥哥，而且她的父亲也曾问过陆伯伯这门亲事，被婉拒了，所以她恨屋及乌，甚至到了恨不得要杀了我的地步。"

司玲珑讶异道："这是什么道理？你又不是抢她的丈夫，她竟想杀你。

而且你和陆少爷是青梅竹马，她这才是横插一脚吧？"

"确实是不讲理了些，奈何她身份尊贵，我不过是商户家的女儿。"

"这与身份无关，就算她是公主，也不能如此蛮横。"

"她可不就是公主，"云照语气停了片刻，才道，"还是当朝最受宠的公主。"

司玲珑还要义愤填膺说一说，突然听见她这么说，话顿时全噎在了喉咙里，脸色骤变："等会儿，你说的那个人，是十七公主，天成公主？"

云照看着她的双眼，缓缓点头："对。"

司玲珑的脸色已然变得很难看，冷声道："我方才和你说的那个好友，也是她。而据我所看见所知道的，她绝不是那种人。云照，我本来以为能和你成为朋友，谁想非但不能，我甚至不想再看见你。你我情谊，此刻作罢！"

说完，她起身就要走，还没迈开半步，手竟被人捉住了。她低头看去，瞪眼道："松手。"

云照眼无惊色，淡然道："我知道你暂时还不会信我……"

司玲珑冷声道："什么暂时，以后都不会！"

她的手仍未松开，司无言已经出手要将她的手拽开，刚出手，就被陆无声拦住了。气氛一时僵持不下，厢房里密布冷意。

"我说的，句句属实，若有一句假话，你就将我的脑袋拿去。"

"哼，我现在就能拿走你的脑袋。"

"可这于我并不公平，不如赌一把，赌我说的并非假话。"

司玲珑气道："我不与你赌，我不信你。"

云照仍是心平气和："你要拿走我的脑袋，又不跟我赌，看来你是不敢赌，怕天成公主真是那样的人。"

司玲珑简直要被这疯女人气炸了："你对我用激将法？"

"是。"云照坦然道，"十七公主就是那样恶毒的人，非常恶毒。"

司玲珑咬牙看她，瞪了她许久，才冷冷一笑："好啊，那就来赌。只是我必须提醒你，我这么做不是代表我不信她，而是想让你无地自容！"

云照就知道一定能劝动她，了解对方，并不是要以此来利用她，而是为了能让她不错信于人。

"你说吧，怎么赌？"

"我知道你们每月十五会在这里相见，但这一次，你要提前，最好今天就见上一面。你对她说的话，我会告诉你，你如实说就好。"

"好，我答应你。"

司玲珑在气头上，也没细想。耐心听她说了那些话，听来也没什么，就答应了下来。等他们走了，她瞧着满桌果点，又生起气来："他们真是可恶，那云照为人如何我不清楚，但陆无声的名声并不差，爹爹还夸过他为人不错，可没想到，也是个伪君子。"

"比起这个来，还有一件事，不是更奇怪？"

司玲珑心有好奇，忘了自己还在跟司无言生气，立刻问道："哪件？"

司无言说道："她知道你和公主是在这家客栈这间厢房见面，并且会点这五样小菜果点，甚至知道你和她见面的日子，就是在每月十五。"

司玲珑猛地一顿，对呀，为什么那个姑娘会知道，还知道得一清二楚？

这些事，是她与十七公主的秘密，知道的人，都是心腹，无人会嘴碎的。

司玲珑偏头往窗外楼下看去，那姑娘和陆无声的身影，已经没入人群中，看不见了。她脸上神色渐渐收敛，低眉想了想，缓声道："我们进宫吧，现在就去。"

第二十九章

已是寒冬，但宫廷飞花，雪未至，却有梅花仿雪，落了满地，漫天飘散。

"司姐姐，我觉得雪没梅花好，下雪的时候冷极了，而且也没梅花这样香。"娇俏的人捻了探到廊道的一枝梅，放在鼻尖下嗅了嗅，欢颜渐展。

少女模样娇俏美好，司玲珑越发觉得那云照满嘴胡话，等这赌约结束，得好好教训教训多舌胡说的她，免得日后她又去败坏好友的名声。

"但梅花在地，踩几回就烂如泥水，脏得很，雪就不会了。"

十七公主闻言，并没有松开手中梅枝，转而笑道："反正我极少走路，碍不着我。"

司玲珑笑笑："对了，中午有人偷了我的钱袋，幸好有个姑娘仗义相助，那姑娘生得娇媚，脾气也极好，改日我带她和你认识认识。"

"好呀，司姐姐觉得不错的人，定是个好姑娘。"十七公主又道，"可惜父皇只许我每月十五出宫一回，见的人还必须是你，身边总守着十几个护卫，没法自在一回。"

"圣上也是疼爱您。"司玲珑又将话题拉回，继续说道，"而且巧的是，跟她一起的男子，想必公主也听过。"

"是谁？"

"陆无声，去年的探花郎，陆将军的儿子。"

十七公主笑意微顿："原来是他……"她转了转眉眼，抬眼笑道，"他跟那姑娘是什么关系？"

"是和陆大人一起长大，青梅竹马的姑娘。两家素来有交情，他们自小就相识，据说等到明年开春，长辈们就会将两人的婚事给办了。"司玲珑难得隐瞒好友演一回戏，紧握的手心都已渗出汗来，但看公主，心思似乎完全不在她身上。

司玲珑心觉不妙，因为此时此刻，十七公主的反应也全在云照的意料之中，越是在意料之中，她的心就越是不安定："我看陆无声也很喜欢她，非她不娶的模样，他还开玩笑说，就算是公主，也比不过他的意中人。"她笑笑，"倒是个痴心人。"

十七公主也笑笑："是啊，真是个痴心人……连公主都比不上一个平民百姓。"

她低头拔着梅花花瓣，一瓣一瓣，将它们丢在地上。司玲珑见她不说话，一副心事重重的模样，不由问道："你在想什么？"

十七公主抬头看她，笑道："听你说的，我都想见见那姑娘了，又仗义又是陆大人的意中人。"

司玲珑心觉不妙，但还是依照云照所说的那样，最后补了一句："生得极美，脾气好，人也美，无怪乎陆家少爷会喜欢。"

"那一定要见一面了。"十七公主美眸流转，又道，"那十五就唤她一起来喝茶吧。"

听见她十五才顺便见见那云照，司玲珑反而松了一口气，她就怕她现在就要见云照。

司玲珑心中的不安总算消散了一大半，等从宫里出来，就直奔云家。寻了她所说的地址到了云家门口，管家通报后不多久，就过来请她进去。

云家不算大户人家，但家境殷实，宅子并不小，摆设也让人觉得舒服。司玲珑无暇多看，被领进一间房，只见云照还在桌前落笔练字，当即上前，冷声道："你输了，公主听了你的事之后，说要十五见你，并没有立刻要见。"

云照没有放笔，甚至没有看她，一心专注在自己的字上："她的忌妒心那样强，会提前见我的。"

"那为什么她说十五要见你？"

"因为你将话说到那个分儿上了，她肯定要顺着你的意思说见我。我赌她一定会提前约见我，而且不会让我有好果子吃。因为到了十五那日，我没出现，她大可以说我的不是，你也不会有半点怀疑。"

司玲珑顿生气恼："云照，你对公主到底有什么误会，让你这样不遗余力地败坏她的名声？我司玲珑在这起誓，过了十五，我定不会让你在京师立足！"

云照既高兴她为朋友做到如此地步，又难过她看错了人，竟然信了十七公主那种恶毒的人。云照不怪她，于司玲珑而言，自己就是个陌生人，突然横空出世诋毁她好友清誉的人。

"她会提前约见我的，玲珑，你信我。"

一声玲珑，让司玲珑有些恍惚，无论是从第一次见面时云照说话的语气，还是唤她的名字时的神态，都像是见了老熟人。可她的记性还没差到这种地步，她当然不认识云照，但为什么云照却好像认识了她很久很久？

司玲珑一时无言，也不想多留，想离开这，人还没走出房门，就见那叫喜鹊的丫鬟小跑过来，手里还拿了一封信，进门就道："姑娘，有个奇怪的人送了封信来，说一定要让我交给您。"

司玲珑不由顿步，却没有回身。云照拆信一看，道："公主约见我，就在今晚戌时。"

司玲珑怔神，缓缓转身，看向云照手中朝她举起的信，仍是不敢相信，而信中还有一句"不可语旁人"，她又是一怔，半晌无话。

风雪欲来，夜里比白日更加寒冷，闹市尚有店铺门前的灯火余温，到了郊外，没有灯笼没有行人，就冷得不像样了。

云照迎风而行，披风被吹得直在风中打转，连她手里紧抱的小暖炉都被风吹得炭尘四飞，掩都掩不住。

黑暗之中，有人往她的方向疾行而来，脚步很轻，但在深夜听来，还是听得很清楚。

她回头看去，那人越走越近。

不远处的地方，一个姑娘身影没入一片小小梅林中，没走几步，她就停下了，因为那梅树背后，陆陆续续走出许多人，将她的去路拦了。

"你就是云照，就是陆无声很喜欢很喜欢，喜欢到觉得你比公主还好，喜欢到因为你而拒绝了我的那个贱民吗？"

声音清脆，充满嘲讽，像利箭般刺在那姑娘的背后。

十七公主从轿中俯身出来，脚底触感糜烂，低头一看，那梅花被踩入泥地中，顿觉恶心，梅花果然还是比不上雪的，至少雪不会脏了脚。她眉眼满是讥讽，又道："我是当朝十七公主，你定不会认得我，但我却知道你，你当真让人很讨厌。既然这样，你还是去死吧，好不好？"

那姑娘身躯微弯，似在忍耐什么，藏在披风下的身影孤清又萧瑟。她缓缓抬头，将俊气的脸露在天成公主面前。只是一眼，十七公主就诧异道："司……司姐姐？"

司玲珑脸色苍白，眼里俱是难以置信，心也被万剑刺穿，哪怕是亲眼所见，她也不敢相信，云照所猜，竟都是真的——十七公主会在见面时，杀了她。

司玲珑默然许久，才道："你真让我失望，公主。"

寒风中，那人越走越近，云照并不惊怕，站在原地焐着小暖炉等他。不一会儿那人走到她面前，伸手将她的披风拢好："腿长三丈吗，竟走得这么快。"

云照笑道："我担心玲珑，就先出发了。现在我还没去调查皇子的事，所以我现在很安全，你不用担心我。"

陆无声说道："司姑娘身边有土豆护卫。"

"我也有你。"

"那以后要等我。"陆无声又道，"我吃亏在没有和你住一起，所以我思来想去，还是在一开春就将你娶回家，就能同进同出，不怕你先溜走了。"

重来几次腊月，最久也只撑到大年三十的云照对明年这个词实在是没有信心，想得美，也怕得很："下回我会等你的，哪怕还没住一块，我再也不自己一个人先跑出来了。"她拉了他的手晃了晃，"你冷不冷，给你小暖炉。"

"有点，但我不要小暖炉。"陆无声反握她的手，"要你。"

云照展颜一笑，由他握着。两人不再往前走，在这里等司玲珑过来，想必此时此刻，她已经见到十七公主了。

深谙十七公主脾气的云照相信，去见司玲珑的人，绝不会只有公主一人。

十七公主盯着莫名出现在这儿的司玲珑，想了半晌才明白过来："今天的事你是骗我的？你这么做是为了什么，骗我有什么好处？"

司玲珑不想和她解释，心有厌烦："今日是我错了，但也不算错，我一直以为你与我志趣相投，没想到……你藏得太深了，公主。从今往后，我再不会入宫，每月十五，我们也再不要见面。"

她说完就要走，还没走出一丈距离，就听十七公主冷声道："站住！"

声音里满是杀伐之气，她一愣，又听她说道："你戏耍了我，就想这么轻易离开吗？"

司玲珑没想到她会说出这样的话，因这话里，全是要杀她的意思。她难以置信地看着天成公主，问道："你这话，是什么意思？"

十七公主冷冷盯她："杀了你，出气啊。"

"你我相交七年，你要杀我？就因为我骗了你一次？"

"那你为什么要骗我？"十七公主道，"反正今晚你出来没人知道，你爹不会想到我的，况且你又不是什么皇亲国戚，死了就死了吧。但如果你不死，我估计我一辈子都睡不好觉了，竟被你这样的贱民给戏耍了。"

司玲珑错愕，她知道自己这样试探她并不能算对，但是她没有想过会惹她动了杀念。她此时仍以为十七公主是在说笑，没有动身逃走，可当她看见十七公主抬手示意那些侍卫朝自己动手时，她才惊觉这是真的，公主并没有开玩笑。

她怔怔看公主，眼睛涩痛："今晚的事我不会对任何人说，但是从今往后，你我为路人，再不会过问半句。"

十七公主正要说她如何能有"往后"，就见那暗处突然闪身出来一个人，似狂风掠过，转眼就将司玲珑带走，还没有反应过来的机会，两人就不见了。

公主咬牙："便宜你了。"

司无言将司玲珑带离危险之地，直到离了半里地，察觉到怀中人默然不语，才停了下来，又道："早些看清她的真面目，也好。"

"是好，但太突然了。"司玲珑觉得嘴里苦涩得很，她想起另一件更重要的事，问道，"陆无声他们在哪里？"

"就在前面不远处。"

"我们去见他们，我有话要问他们。"她有很多很多话要问，尤其是十七公主的事。在她的印象中，云照就好像是凭空出现的人，她竟半点都不知道她的事，但她对十七公主甚至对自己似乎了如指掌。

天色渐晚，夜风冷冽，冻得人不想在外面多待片刻。

云照拽着陆无声躲到附近的小树林中，借着密林挡风，只是树叶交错拍打，拍出冷冷碎声，又有兽类出没，低声吼叫，似近在身旁。

云照难免惊怕，抓着陆无声的衣裳躲在他怀里："玲珑他们怎么还没回来，十七公主什么时候有这么好的耐性了？"此时的她也没有料到十七公主根本就是个疯子，竟也会对司玲珑动杀念，所以心中安定，一心等着她过来。

不多久，林外有声，是两个人的脚步声，正从外面经过。陆无声侧耳听了听，开口道："司姑娘？"

云照探头往那看，黑漆漆的什么都看不清："是土豆护卫他们吗？"

"陆大人？"

声音是司玲珑的，她正往这边走来。因为看不太清，所以走得很慢，快到两人面前，她才停下，手中已吹亮一支火折子。

火如黄豆大小的火折子照不清四人面庞，只能将四条影子映照在地，在风中摇曳。司玲珑双目明亮，透着丝丝冷意，又含着满满不解："你刚才说'土豆护卫'？你指的，是谁？"

"你旁边的人呀，司无言。"

司玲珑难以置信地看她："你为什么会知道？这个称呼，我没有告诉过你，甚至没有几个人知道。"

云照微微一笑："我还知道你为什么喊他土豆，因为土豆搬家——滚。"

司玲珑惊讶，司无言也顿生警惕，上前一步将司玲珑侧身护住。

四下昏黑，火苗被风吹得歪歪扭扭。云照缓声说道："我们认识，而且还是共患难的好友，玲珑。"

"我不认得你。"司玲珑断然道，"我的记忆中，从未有过你。"

"我知道，但我的记忆中有你和你的护卫。"云照说道，"你不是很奇怪为什么我知道十七公主的为人吗？其实我原先并不知道，甚至不认识她，后来是你为我们搭桥，我才得以接触公主，不想她竟是那样的人。所以这次我回来，想让你也知道她到底是怎样的人，不想你再被骗。"

司玲珑已经糊涂了："你说什么？"

陆无声接话说道："云照有重复回到腊月初八的能力，她与你相识，是在上一个腊月初八。"

司玲珑仍是不懂，倒是司无言说道："你的意思是，云姑娘在'前世'和玲珑结交为友，而她所接触的公主，也是'前世'，而非如今？"

"倒也不算前世，只是时日倒流，一切重来。唯有云照有那几日的记忆，而我们，仍是腊月初八的人。"

司玲珑还有些糊涂，但又明白了一些，她可以理解，但无法接受："这太荒谬了。"

云照也知道荒谬，但当荒谬成为现实后，就不再是荒谬。

司玲珑想起一件很重要的事来，蓦地问道："你可以不断回来，是神力如此，还是你要如此？"

"非老天所为，是我自己要回来。"

"回来做什么？总是回来，不累吗？就好像……你我相交，每次都要重新认识。"

云照泰然道："累，但还是不得不回来，因为于我而言重要的人在死去，我要救他们。"

"谁?"

陆无声此时插话道:"我。"

司玲珑皱眉:"你?"

云照叹道:"有人要杀他,我们也一直在追查凶手,每次刚追查到一点线索,就中断了,还连累得旁人丢了性命,所以我不得不重来。只是每次重来,又会改变许多事情,有些是不得已而改,有些是我拼了命想改变,比如你和土豆护卫的事。"

司玲珑闻言,问道:"我和他怎么了?"

"我是从十年后的腊月初八而来,所以知道很多事情。你和土豆护卫,再过几天,就会生死分离,而杀他的人,正是你的母亲。"

司玲珑讶异道:"不可能!"

云照紧盯着她问道:"真的不可能吗?"

司玲珑顿时噤声,因为她知道母亲对他不满,这几个月来因为她抗拒司马家婚事,尤其明显。她一时无话,偏头看着司无言,紧张又惊慌,因为她越发觉得云照说的并不是假话。

云照说道:"上一次的腊月初八,我与你已经相识,所以我也试图去改变你们的命途。只是你性子冲动,又与你母亲起了冲突,虽然最后说服了你的母亲,但是你和他还是暂时分别了。他去了边城从军,想立军功,光明正大娶你,你也离开了京师,四处游历。而我因有事要求助宫中人,你临走前便为我和公主牵线搭桥,也就是那时,我接触了公主,并了解了她的为人。"

这些话仍很荒谬,然而似乎并不像是在骗人,司玲珑甚至都已经打消了疑虑,开始相信她所说的话。若真是谎话,能编织得如此巧妙,未免也太费心思,于他们有什么好处?

司玲珑问道:"我娘真的会对他下手?"

"嗯。在最开始的十年后,他死,你疯。"

司玲珑只觉周身冰冷,这样的事怪诞而荒谬,让人不知所措。直到司无言又离她近了三分,为她挡了几分阴寒,她才稍稍回神,脸色已然煞白。她看着旁边人,若按照云照的说法,如果她没有胡来,那至少可以让他远走边城,只是日后两人的事,仍是未知数。

这并不是一个最好的办法。

所以云照才又再次插手他们的事,而没有按照原来的腊月初八进行。

她想得越多，心里倒是越发安定，直至将自己的事情想得通透，打算回去，才想起云照的事来。对她而言，云照还不算是她的朋友，以至于将她的事都忘了，临走才记起，便问道："你那时为何要找宫中人，如今可需要我再帮你寻过别人？"

云照心中顿觉温暖，如沐春风："不必了，那来害我们的人，我们已经查出是什么身份，只是仍不知他们效忠何人。"

"他们？是谁，兴许我知道。"

云照迟疑片刻，不知应不应当将她卷进这旋涡里来，见她目光真挚，才道："皇上身边的太监玉公公，和御马监总管秦融。"

司玲珑讶然："这两个人，身份可不同一般，他们的主子，定也不会简单。无怪乎你们陷入险境，那背后之人，只怕地位难以撼动。即便是有陆将军，也未必能护你们周全……"

夜风很大，拍打着树林，成千上万的叶子拍出杂乱响声，迷乱着四人的听觉。云照的心却很坚定，拨开那嘈杂声音，没有受到一丝困扰："我明白，但总不能坐以待毙。"

司玲珑看着她，明知山有虎偏向虎山行，为的却不是自己，而是别人，不得不说她胆识惊人。换作寻常人，有这种天赐神力，哪里会想着用来救别人？

黑暗之中，有身影隐匿林中。风过林中，那人影也如风离开，混在狂风敲出的吵闹声响中，无声无息无人察觉地离开了，回到了刚才司玲珑离开的那片梅林中……

第三十章

夜已深，腊月的风似冷冷冰箭。司玲珑紧捂衣裳，手全缩进衣服里，不敢露半截手指，生怕冻僵了。这么冷的天，只怕是要下雪了。

司玲珑一心想着云照说的话，步子就走得快了些，想快点回去探探她的母亲，是不是真要对她的意中人做什么。她的步伐很快，走得又急，脚下突然一滑。

司无言眼疾手快，一把将她拉起，避免她脑袋撞了地面，他问道："走这么急做什么……你相信陆大人和云姑娘说的话？"

"半信半疑。"司玲珑紧抓他的衣袖，盯着他说道，"我要确认真伪，因为我不想你死。"

司无言微怔，俯身将她抱住："你不生我的气了？"

司玲珑气道："气，还气着，我娘要将我许配给司马家人，你为什么不说话？你一定也点头了……也说了好，是吧？可我知道你的难处，我爹娘于你有救命之恩，还让你识字习武，你感激他们。可你也知道我喜欢你的，你什么都不说，这并不对……你不能怪我气你。"

司无言听着她发抖的声音，沉默半晌，终于说道："我说了不。"

司玲珑一愣，他又说道："夫人问我你嫁去司马家好不好，我说了不好。夫人很气愤，责怪我不知感恩。"

"你说了不好？"司玲珑既意外又欣喜，眼里都要涌出泪来，再说不出什么话，紧紧将他抱住，"我们现在就回去，找娘亲说清楚，这次我不会再顶撞娘亲，会好好跟她说。"

她牢记云照方才对她详说的那些话，脑子里已经想了千百回，要怎么样跟母亲说，才能让她更好地接受这件事。不让她难过，也不让她伤害司无言。

"等等。"司无言将她拉住，说道，"能说服夫人的，唯有一人，我先去请他。"

黄家庄在郊外二十里处，陆无声已经让人查明了具体位置，甚至连宅子里的情况，都摸清楚了。刚回到家中的他看看天色，还没过子时。

　　等他到了云家翻墙入了后院，走到她的窗前，见里面灯火已灭，迟疑一会儿，便要离开，却听见有人疾步走到窗后，低声问道："陆无声，是你吗？"

　　腔调并不倦懒，不是刚从梦中醒来的语调。他折身而回，到了窗前说道："嗯，还没睡？"

　　"没。"一会儿窗户打开，云照将他打量一眼，又探手捏他，"先辨个真伪。"

　　陆无声笑笑问道："捏胳膊捏脸才对，为什么要捏我胸口，云姑娘这是在吃我的豆腐吗？"

　　云照扑哧一笑："被看穿了。"她撷紧衣襟，怕冷风灌入，又道，"你进来吧，外面冷。"

　　"不冷，我与你说几句话就走。"在外面如何亲昵都好，但进女子的闺房，万一被云家人发现，非但他有理说不清，就连云照都要声誉受损。他站在窗前将黄家庄的事说了一遍，又道，"明日我会去一趟黄家庄，救秦融母亲他们出来。"

　　"单凭你一人，只怕不能带走他们五个人。如果可以，以秦融的身手，他大概也能带走他们。"云照苦恼道，"要是有个帮手就好了。"

　　"这件事牵扯到皇子，要想找到可以保密武功又好的人，只怕不易。"

　　"当真一点办法都没有了吗？"

　　陆无声低眉细想片刻，说道："我会想想法子，要寻我父亲的部将，也不是不可以，只是要花费时间与他们解释，怕会耽误一两天的工夫。"

　　"一两天……"云照苦笑，"大概是这段日子太难熬了，所以总觉得一两天犹如一两年。"

　　"你到底还是在害怕。"陆无声抚着她的脸，温声道，"别怕。"

　　"怕的，"云照抬着俏眼偷偷看他，"你要是亲我一口，我就不怕了。"

　　"……"陆无声蓦地一笑，她哪里是在怕，分明又是在调戏他。

　　云照是想着调戏他，可没想到他真的弯身探来，捧着她的脸往她额上印了一记。

　　"还怕吗？"

　　"……怕。"

　　说罢，又得了一吻，这一次是直接落在了唇上。像灼热烙印，烙进了云照的心底，心扑通扑通直跳，跳得像要堵住她的呼吸，喘不上气。

正面调戏结果被逆袭，云照真是不甘心。她埋头在他胸膛前，没敢抬头，怕他瞧见自己面红耳赤的模样，那以后还怎么能成功反击。她趴了许久，心里转了百十来个圈圈，听着他的心跳声急敲胸腔，和她的心跳一样。

历经了这么多次生死，她早就不怕了，怕的，只有再失去她在乎的人，比如陆无声。所以现今他安然站在自己的面前，她就没什么可怕的了。

已过子时，寒风仍在喧嚣。

司玲珑敲开自家大门，管家开门见了她，面色凝重，边迎她进来边小声提醒道："夫人在大堂等了您一晚。"

"嗯。"司玲珑走了几步问道，"我娘有没有说什么？"

"问了我司护卫是不是也跟着您，听见是，脸色就变得更难看了。"

司玲珑默了默，微微点头，没有再说什么。她往里面走时，又观察宅子周围，没有察觉到有人，但总觉得家中气氛不对。

她大步走进大堂，果然看见母亲端坐在椅子上，似听见动静，立刻抬起冷眉，往她的方向看。她上前问了一声安，等着母亲说话。

司夫人声调颇淡："去了哪里，这么晚才回来？"

"去见了个朋友。"

司玲珑坐在母亲一旁，为她轻捶着腿，让司夫人着实意外。司玲珑见母亲意外，笑道："女儿让娘亲担心了，是玲珑不对。"

司夫人的面色稍显温和："不曾见你这样贴心过。"

"哪里，只是平日娘都不让我做这种事。"司玲珑转而为她捏胳膊，力道又轻又缓，"娘，女儿跟您商量件事好不好？"

司夫人轻轻一笑："老话定是不会错的，无事不登三宝殿，就连亲生女儿，也是如此。"

"女儿没这么想。"若按照平时，司玲珑肯定要尖锐反驳，但她想起云照的叮嘱，路上她又反省许久，才觉得她的脾气的确是不该这样似炮仗，一点就着。说话平心静气，至少能让事情不会变得很糟糕。

司夫人冷眉微敛："说吧，什么事？"

"我和司马家公子的婚事，我和司无言的事。"

"这是两件事。"

"是一件。"司玲珑执拗道，"我喜欢司无言，所以不愿嫁入司马家，所以这是一件事。"

司夫人冷声道："那你大可以不必再说了。"她又往外面盯去，"司无言，我知道你在外面，我们司家捡你回来，给你温饱，你就是这样报答我们司家的？要将我唯一的女儿夺走？你且过来让我看看你的心，是不是黑的！"

司玲珑急道："司无言对娘如何，娘知道的，这些话不能说。"

"如何不能说，我说的哪一句是自己胡诌的不成？"司夫人起身就要去捉那人进来，可却被女儿拉住了手，她怒而回头，只见女儿的眼眶已红，素来倔强的女儿眼里竟有了泪。

"娘，女儿知道您是为了我们好，所以就算您阻拦我们，我们也绝不敢对您有半句怨言。可是娘，您和爹爹，也是青梅竹马结成连理的，若当初让您嫁给别人，您会如何？"

司夫人冷笑："要用苦肉计了吗？要用激将法了吗？"

"女儿只是想好好跟您说话。"

司玲珑紧抓着娘的手，声调满是痛苦。司夫人用力一甩，将她的手甩开，正要提步出去，就见那门旁走出一人，正是司无言。她冷冷盯他："我就问你一句，你是不是要夺走我唯一的女儿？"

"不是夺走您唯一的女儿。"司无言缓缓跪下，跪在既是恩人，也是他养母的女子面前，看着她说道，"我想娶玲珑。"

"休想！"司夫人恼怒道，"你凭什么？凭什么娶玲珑！"

"夫人，请给我五年，我会去边城从军，功成名就地回到京师。"

司无言不愿像云照所说的"前世"那般，带着玲珑半夜私奔，最后才得到司夫人的默许。这样看来，无论如何，都委屈了玲珑，更辜负了司夫人的救命之恩，所以边城要去，却不是以私奔的方式来"要挟"得来。

光明正大地求娶，光明正大地去，光明正大地得到应允，这才不会让玲珑委屈。

"五年？女子的五年年华，你耗不起。"

司夫人气急在心，上前就往他脸上甩掌。掌将落一瞬，竟被人握住手腕，生生拦住了，她气道："大胆！"但看见来人，她顿时怔住。

司无言抬头看去，几乎和司玲珑同时唤声。

"大人。"

"爹。"

久未归家的司大人，进门就见家中不同寻常，气氛压抑得令人窒息。他心中一叹，将妻子的手缓缓放下，并未松开："蓉蓉，家宅事多，我本应替你分担，是我令你受苦了。"

司夫人怔神看他，想抽手回来，但抽不回来。她心中气馁，冷脸不语。

司大人又道："家中事，坐下说。"

司玲珑看着冷静下来的母亲，再看父亲，果然世上能说动母亲的，唯有父亲。有了父亲做说客，她的心已然安定。

黄家庄的地形并不复杂，留在大宅中的人也并不多，看起来没有任何异样的地方。而里面的确有位老母亲，带着四个儿女过活，看起来他们才是宅子的主人，然而陆无声隐蔽了一个多时辰，发现秦母和秦融的弟弟妹妹们，别说大门，就连院子都不能出去。

这无疑是囚禁，是要挟秦融办事的筹码。

陆无声悄然离开回去时，路上细想方才所见，心有疑惑，回头往那黄员外的宅子看去，总觉得，似忘记了什么。

为什么那宅子似曾相识，到底是在哪里见过？

他拧眉前行，回到城中就往云家去。还没到云家的巷子，就见有人朝他远远招手，仔细一看，竟是喜鹊。

喜鹊快步跑过来，说道："我家姑娘说您一定会从这条路上来，我还觉得奇怪，这不是反方向吗？可竟真的来了，小姐真是神机妙算。"

陆无声本来还以为云照找自己有急事，所以让喜鹊在这守着，但见她说了一大串的话也没说在点子上，就知道云照没交代急事，笑道："什么事？"

"家里来人了，是位姓司的姑娘，小姐就让我在这等您，说您要是来了，就走正门进去。"喜鹊挠挠头，奇怪道，"这不用说也是走正门吧……"

"近日"总是走窗户的陆无声笑笑："我知道了，我现在就过去。"

喜鹊说道："陆少爷慢走，我还得替姑娘买点胭脂水粉，就不和您一块回去了。"

陆无声顿步，问道："这个时候买胭脂？"

按理云照不会此时"添乱"的，怎么还在意起打扮来了？

喜鹊说道："小姐不是给自己买的，她说司姑娘要走了，让我去买些胭脂送她。"

陆无声了然，司玲珑白日前来，还留在云家久聊，看来她和司无言已经避免"前世"私奔的事，而是与司夫人说明白了。况且今日司大人告假，恐怕也是在处理家事。

司大人为人勤恳于政，从不曾告假。他前去衙门告假时，就听见同僚提及司大人主动休沐的事，可见司大人已经很久没有离开过衙门了。

他走了不久，喜鹊瞧瞧四下，想着哪家胭脂铺子好。正发着愁，地上投来一道影子，将她的影子遮掩住了，她往上一瞧，就见了个精瘦年轻人，是万晓生。

万晓生瞧着她，问道："去哪？"

"去替我家小姐买胭脂。"喜鹊问道，"你又去哪？"

"到处走走，说不定会走到云家去，看看有没什么活做，缺钱呀。"

听到钱，喜鹊的眼就发绿又发亮："你替我们家小姐办事是好，但少收一些呀，太贵了。"

万晓生两眼弯如拱桥，底下还映着一条浅浅河流："我这是娶媳妇的钱，不能收少了。"

"晓生哥你有喜欢的姑娘了？"

"有的。"万晓生从袖子里摸了摸，半晌才找到一个盒子，塞她手里说道，"看你的手都粗得能刮人了，用这个，挺好的。"

喜鹊皱眉看他："你是不是打算这次收我家小姐很多很多银子？"

万晓生朗声笑着，拍拍她的脑袋："好了，快去买胭脂，我要去找活做了。"

喜鹊摸摸脑袋，狐疑瞧着他，不知道他怎么突然对自己这么好，摸着头满心疑惑地走了。

万晓生看着走远的喜鹊，又往云家的方向看，嘀咕道："赚钱娶媳妇，娶喜媳妇，娶……小喜鹊。"

想着，他的心情更加明朗舒服了，步子迈得更大，迫不及待往云家赶去，要去找活做。

云家大门刚被叩响，下人就开了门，见是陆无声，立刻笑道："陆少爷好，是来寻我们小姐的吧？"

陆无声点点头，下人领他边往里走边说道："今日来了客人，是小姐的朋友，正在院子里聊着天，您也去院子？"

自从两人长大后，陆无声就没从正门去过云照的院子了，都知道要避嫌，所以都是在云家厅堂见面说话。现在来了别的客人，下人才敢请他进去。

"来了几个人？"

"就一位姑娘。"

陆无声没想到司无言要做暗卫到底，来云家也不露脸，不过等会儿他进去，定能看见司无言。

下人领他到了院子，还在廊道下，就见亭子里有两个姑娘正在交谈，模样甚欢，看起来说得很是愉快。他往亭子周围看了一圈，没有看到那土豆护卫，但今日风静，还是能感觉得到他就在暗处守卫。

不多久，云照就看见了正往这边走来的陆无声，站起身朝他招了招手。司玲珑也回头看去，距离太远，只能看见个人影，笑道："你的眼力真好，我连脸都看不清。"

云照幽幽道："要是那人是土豆护卫，你也能看清。"

司玲珑一想，似乎是这个理，也不遮掩，笑道："这倒是。"

待陆无声到了凉亭，云照就将桌上吃的、暖手用的都推到他面前，看得司玲珑直笑，但云照已经坦然，并不觉尴尬窘迫。

司玲珑笑道："如果是昨日的我，最羡慕你们的，定是看着你们能这样面对面坐着，毫不避嫌的举动。"

云照笑问："今日就不羡慕了？"

"嗯，昨夜父亲回来，我们四人长谈一夜，母亲要他不以司家护卫的身份娶我，要风光，要光明正大，不能让我受委屈。"

"所以他还是要去边城。"

"那毕竟是建功立业最快的办法，而且我信他。"

云照笑笑："那你呢？"

"我还是要去游历各国，我也不想以司家千金的身份嫁他，必然要有另一个身份，而不是借我父亲的光芒。"

"这样的话，似乎也没有改变什么。"

"有。"司玲珑眼中光芒熠熠，朗声道，"至少不是如你之前所说，我们半夜私奔，最后逼得我母亲谅解我们，同意了我们的婚事。"

云照想了想，觉得她所说未尝没有道理，心中为他们高兴。看似结局一样，实则不同。

"母亲已经答应我们，让他年后再走。"

"年后？"

"这是我求母亲的。"

"为什么？"

司玲珑说道："你说你回来是有事要做，要救陆大人，我又怎么能一走了之？我们还要留下来，帮你的忙。"

云照摇头："太危险了！你知道，那人极有可能是皇子。"

司玲珑拧眉道："那又如何？"

云照迟疑，实在不愿将她牵扯其中。

司玲珑恼了："你愿为我奔走，难道我就不能帮你一把？这种事要让人相信并不容易，所以你们要想找到帮手，也同样不容易。我的身手不算好，但司无言的身手好得很。"

云照仍是犹豫，倒是陆无声开口道："你视司姑娘为知己，她又何尝不是？换位而想，你若明知道自己可以帮却没有帮上忙，只怕也会心焦。"

陆无声一说，云照才觉得的确如此，这才点头："我需要你们帮忙。"

司玲珑展颜，爽朗道："好。"

云照又问陆无声："加上玲珑和土豆护卫，人手够了吗？"

陆无声摇头说道："不够，一人声东击西，引走看守的人。但要救走的人有五人，又非孩童，我和司护卫一人带走两个，已算吃力，再多一个，只怕无力。"

云照蹙眉："所以还缺一个帮手？"

"是。"

云照沉吟："那个帮手要去哪里找，一时之间去哪里找个合适的人？"

"找我呀，我看我就挺合适的。"

声音悠悠，像个游戏人间的浪子，是从凉亭顶上传来的。但人却没下来，云照已经听出是谁的声音了，伸出脑袋一看，就见万晓生坐在凉亭上，朝她摆手。可他一动都不敢动，只因他的脖子上，正架着一把剑，那剑的主人，是司无言。

剑锋冰冷锐利，看得云照艰难一咽，生怕司无言手滑，小心翼翼道："土豆护卫，你先放开他，他是我朋友。"

司无言没动，直到司玲珑示意，他才收回剑。万晓生滚了个圈，离开那危险剑锋下，吓得直摸脖子："哎呀！差点就没命了，突然就在背后冒出来。云姑娘，你们家什么时候多了个武功这么好的护院了？"

"他不是我的护院，是司姑娘的……"云照说道，"意中人，也是个身手了得的人。"

"哦——"万晓生恍然，翻滚下来，悄然落在地面上。见桌上有吃的，也不客气，抓了一把蜜饯吃，说道，"怎么样，要办什么事，看我合适吧？"

云照欲言又止，最后说道："不合适。"

"为什么，我的武功不及你的意中人和这位姑娘的意中人，可也不算差吧？"万晓生嚼咽了两颗蜜枣，笑道，"说吧，这次是去抓死太监，还是去抓那拖家带口的笨蛋？"

陆无声一愣，云照也愕然，瞪大了眼脱口道："你……你也回来了！"

话问出口，云照还觉得自己在做梦。她伸手拍了万晓生的胳膊一巴掌，又重又急，拍得万晓生狼嚎一声，蜜饯差点卡在他的喉咙里，呛得他弯身咳嗽。

云照一把抓住他的肩头，用力晃道："万晓生，你回来了？你怎么也回来了？你怎么会回来？"

"咳咳咳……"万晓生觉得他要死了，被晃死的。他挪开她的手，好一会儿才咳顺了气，"我怎么知道我为什么回来了，睁开眼就是腊月初八，吓得我以为自己升天了。后来我来云家找你，发现你活蹦乱跳的，我才知道自己是回来了。我以为就我一个人这样，可后来发现你举止怪异，才明白你和陆大人都回到了腊月初八。"

云照还是难以置信，又想去掐他的脸，被万晓生惊恐闪开。

陆无声也看不过去了，抓了云照的手说道："看来他的确是一起回来了。"

云照抱着脑袋瘫坐在石凳上，脑子又混乱不清了："不可能的……你能回来不奇怪，为什么连万捕快也可以……那还有谁回来了……对，秦融？喜鹊？不对，喜鹊不可能，那丫头要是也回来了，肯定吓哭，不会这样镇定。"她猛地问道，"秦融，秦融有没有可能回来？"

"他要是回来了，还不赶紧把你们供出去然后立功，救他的家人？"万晓生打了个哈欠，"还是赶紧去把秦融的家人救出来，然后再问秦融到底谁是主谋吧。"

云照追问道："那当时同在牢里的那些犯人呢？"

万晓生摆摆手："也没有异常，我去牢里看过了，跟以前一样，放心。"他想了片刻又道，"不过当时牢里还有另外一个人，黑衣蒙面，不知道是谁。"

陆无声心头咯噔一声："你也看见了？"

万晓生莫名道："当然看见了，你当我瞎。"

"我以为只有我看见了，因为后来他如何消失的，我没看见。"

陆无声这么一说，万晓生也道："我也没看见。"他打了个冷战，"难道真有神仙？那就同时说明也有鬼了，真可怕，真可怕。"

那黑衣蒙面人大概就是劈窗大侠，但是云照不知他的身份，半点也猜不出来。明明有心要帮他们，但每次都故意避开他们。

司玲珑听他们说了半天话，觉得有趣，但又听不太明白。她听得心已痒，真想问他们要是他们再回去，能不能带上她，但转念一想，要是他们又到了要再回腊八时，就是有人死去之时，抑或事情再无扭转的可能。她忙将这话咽回肚子，打死也不能这样诅咒。

云照朝万晓生问道："你已知这件事有多凶险，最后也可能丧命，你仍决定跟我们一起进退？"

"啧啧，"万晓生连连摆手，"我哪里是在帮你们，你想，'上辈子'他们杀了我一次，你当我是为自己报仇就好。"

云照笑了笑，有些话也不必说得太清楚："你没有利用重来的机会做其他事，而是直奔这里，我何须多问。"

万晓生猛地一个回神："对，我怎么就忘了还有其他发家致富的事可以做，比如那二麻子的赌摊，过两天会连开了十二次大，赢得一众赌徒叫苦连天，到那天我去押十二回，就能赚到一间宅子钱了。"

"但你知不知道那二麻子赢了那么多钱后，正逢他的老家遭了水涝，就将钱全都给了乡里人。又过了五年，二麻子染上怪病，几乎丧命，有位大夫听说后，千里迢迢赶来将他的病治好，只因他的妻子，就是当年一位老乡的女儿。"

万晓生微顿："竟还有这事？"

云照轻叹："我说这件事，只是想说，任何事情都是一环扣一环。我重来腊八那么多次，感悟颇深。所以不是非改不可的事，我不愿去触碰那个机关，因为怕我之前所做的努力，功亏一篑。"

万晓生想了想笑道："我明白了。"他迟疑些许，才问，"那……喜鹊嫁了人没？"

"没有。"

"为什么？"

"因为我未嫁，她也誓死不嫁，要陪我一世。"

万晓生对陆无声诚恳道："陆兄，劳烦你快点将云姑娘娶回去，拜托了。"

云照失声一笑，爹娘不催婚，万晓生倒是最心焦了。

第三十一章

　　有了帮手，又有了明确的目标，几人规划行事就顺利多了。

　　除了不会武功的云照，其余四人都要潜入黄员外家中，救出秦融家人。由司玲珑引走护卫，陆无声三人带走五个人质，而云照在三里外备好马车，随时等他们过来。人一到，就立刻护送离开，到云照安排好的隐蔽地方。接下来找秦融前来，让他见他的家人，再问他他的主子是何人。

　　夜已深，腊月初十，又是天寒地冻的日子。

　　云照裹着厚实的衣裳坐在马车夹板上，两手握着两辆马车的缰绳，时而往后面看，侧耳听着附近动静。为了不引人注意，她甚至没有带暖手炉，怕里面的火星子闪烁惹了人来。

　　车里的人陆续下来，陆无声最后下车，从云照身边离去时，却被她捉住了手，回头看去，便见她目有担忧，极力压低了语调，轻声道："万事小心，我等你们回来。"

　　陆无声轻轻拍了拍她的脑袋："你也是，等我们回来。"

　　他轻步下车，和万晓生他们一起往黄家庄走去，快走远了，他才回头往那漆黑之地看去，已经看不见云照了。待他收回视线，才发现万晓生正摸着下巴斜眼看来。

　　"哟，这顶多去半个时辰，就这么不舍了，以后你可千万别外派京师，或者离家三日。"

　　陆无声看着万晓生忍笑模样，说道："我和云照，已经生死离别过多次，一日未找到真凶，我们的每一次别离，都有可能是永别。"

　　万晓生闻言笑了笑，也不笑话他们一脸生死离别的模样了，倒是理解。

　　陆无声见他不打趣自己了，倒明白他虽爱开玩笑，但心里有谱，不是胡乱说笑的人，转而问道："你还想娶喜鹊吗？"

　　"当然想，只是我意外的是，喜鹊多年后竟然没有嫁人，我本以为我会是那个人。"

"你若一直等喜鹊开窍，那是等不了的，男子本就该多主动些。"

万晓生点头，他想起在大牢被火困住，"临死前"喜鹊对自己所说的那些话，他就觉得自己的胆魄还比不上喜鹊。这些话本该由他来说，谁承想竟然一直没有说出口，若非回到今日，他也不知道原来他们最后都是彼此的良人。

快到黄家庄，几人的步伐放缓，警惕而小心。

来之前，陆无声已经让他们看了详细的舆图，将地形摸得清楚。又行十余丈，司玲珑要去往前面引走护卫。她孤身一人前去，让司无言看她的眼神都多了几分担心，但并没有说让她扰心的话，最后只道："小心。"

司玲珑不以为然："知道了。"她提步之际又道，"你也是。"

司无言点点头，目送她往另一个方向轻步跑去，似孔雀入了夜中。

她一走，三人也往大宅院落潜伏而去。

三人武功甚好，遍走飞檐，到了秦母五人所在的院外，屏息细听。等了片刻，院中略有骚动，本来安静的院子有护卫低语，不一会儿就急匆匆往外面跑去，院中所留的人顿时去了大半。

三人再细细一听里面声响，确定不过留了几人，相互示意，一起跃上墙垣，入了院落中。

院中护院还来不及拔剑喊人，就成了三人刀剑下的亡魂。三人出手干净利落，没有半分迟疑，一刀断藕。

屋里的秦母闻声出来瞧看，刚打开门，就见地上倒了几个人，那几人身下还有鲜血渗出，看得她差点惊叫，却见有人从旁边跳出，将她哑穴点住。

"伯母别怕，我们是来救你们的。"

陆无声语气轻缓，为人又如玉儒雅，就算是手提一把带血的剑，也让人觉得这人毫无恶意，甚至让人信服他当真是来救自己的。

秦母非愚笨之人，自己和儿女在这里虽然吃喝不愁，但不能外出一步，早已明白这分明是软禁。当陆无声说他是来救自己的时候，她迟疑稍许，也没太过反抗，等子女前来，便随他们一同离去。

今夜有风，无月，天色黑沉沉压着苍茫大地。

云照坐在车厢里，撩开一道帘子往外面警惕察看，除了马儿吃草的声音，不闻异动，也不见任何人影。她心中祈求千遍一切顺利，每一刹都煎熬万分。

不多久，远处微有声响，像是有人往这边疾奔而来。她紧张地屏住呼吸，往那边紧盯，片刻就有数道茫茫人影在黑夜中出现，逆着寒风而来。又看了一会儿，她终于看见一个熟悉的身影，高悬的心立刻放下，忙下车往那边小跑过去。

　　跑在前头的是早已脱身的司玲珑，后面跟着的正是陆无声等人。云照跑到众人面前，扫视一眼人数，加上秦母五人，一人不落地归来，她立即松了一口气，低声道："快上马车。"

　　马车有两辆，刚好载得下他们十人。车辘辘在凉透的大地上滚动的那一刻，云照觉得再给她一晚的时间，就能找到秦融并顺利问出真凶了。

　　念头刚起不过须臾，陆无声突然就压住她驾车的手，将马车拉停。她微微一顿，问道："怎么了？"

　　"有人。"

　　前路昏黑，察觉不到有人，但云照相信他说的话，心瞬间变得冰凉。只因此时在这条路上出现的人，实在是有些来者不善的意味。

　　驾着另一辆马车的万晓生也拉住了缰绳，面色难得扫去了玩世不恭，添了三分凝重。

　　似乎是知道他们没有再往前，所以埋伏在那暗夜中的人，终于有了动静。

　　藏匿在黑夜中的人从暗处露了真颜，共有七八人。见人不多，甚至可以说很少，陆无声心头掠过狐疑，但来不及多想，那些人便手持兵器冲上前来。

　　几个孩子惊叫起来，在车中相互抱住瑟瑟发抖。云照同样不会武功，便和他们一起待在车上，看陆无声几人混入乱斗中，倍觉心惊。

　　这八人武功并不算高，不多久就落了下风，被卸了不少兵器，很快就要将他们击退。眼见要输，背后却有人偷偷前来，想要趁他们不注意对秦母等人下手。

　　背后一阵凉风袭来，云照心觉不安，猛地回头看去，就见双刀朝他们砍来。那刀所指一个是她，一个是秦母，眼见刀要劈在她的脸上，忽然双刀被一柄长剑挡住，硬生生撩开。

　　云照心惊胆战地看去，救下她的人身穿黑衣，一张脸完全被黑布遮挡，她心中大呼，劈窗大侠？可片刻她就看清楚了，这人身形高大清瘦，并不是劈窗大侠，那会是谁，来救他们？

　　那刺客瞬间就被黑衣人击晕在地，云照以为黑衣人会走，但他却没动。她皱眉相看，忽然明白过来，探身伸手将那人的面罩一把扯走，见了这人容颜，她还没喊出声，秦母和她的子女已经纷纷惊喜唤声——

"儿啊。"

"大哥。"

"大哥。"

黑衣人正是秦融，有了万晓生同回一事，云照对他的出现丝毫不意外。秦融面如冰山，没有与云照对视，他安抚着亲人，说道："你们先在车厢待着，我等会儿带你们走。"

说着，就要将车帘放下。云照抿唇，撩开车帘就下车。此时陆无声几人已经将刺客擒住，待见了秦融，刹那惊异，又瞬时明白过来，收了剑说道："你也回来了。"

秦融点了点头，说道："我要走了，否则让我的主子知道，会立刻追杀于我。"

"站住，"云照抓住他的衣袖，"你按兵不动，利用我们救出你的亲人，虽然我们不是有心要救，但至少的确是救出了他们，横竖你要走，你就不能告诉我你的主子是谁？他'上辈子'可是连你都要烧死呀！"

秦融当然知道自己只是颗棋子，所以他逆天归来后，没有暴露自己的所知，而是前往黄家庄，看如何救走他的家人。而就在探查时，却发现陆无声和云照同样在调查黄家庄的事，他才明白，原来回来的不只是他一人。

陆无声和云照当然不会无缘无故救他的家人，所以唯有一个可能，那就是他们想救走他的母亲和弟弟妹妹，以此来作为筹码，让他说出他的主人是谁。

因此他将计就计，没有揭穿，而是紧盯黄家庄，在他们救走人后，就一路跟随，若非有刺客突然出现要伤他的母亲，他也不会此时出来。

而今面对云照的追问，他没有作声，跳上马就要走，可陆无声在马旁拦着，令他无法再行半步。

"喂，"万晓生拍拍他的胳膊，"我说老兄，我们千辛万苦救下他们，你就这么一声不吭地要将人带走？这好像不太好吧。"

秦融未语，万晓生又说道："其实本来我们只要来一个人就可以了，因为一个人足以带走一个秦家人，比如你最小的妹妹，我能像抓条小鱼那般抓走她。而至于你其他家人的死活，我们是不必理会的，因为就算是只剩一个妹妹，同样也能问出我们想知道的。但云姑娘从来没有这样跟我们计划过，她要救下的人，是你们全家。"

秦融没有说话。

陆无声说道："你若说了那人名姓，那我们也能为你阻拦那人一时半刻，但你没有直说，那人只怕会立刻派出追兵。所以你说了，并没有坏处。"

秦融低眉看他，说道："这个建议听起来不错，但我还是不能不说。"

云照恼了，抓住他的缰绳道："那好啊，那你就别想走了！我本想好言问你，但如今我就用你的亲人堂堂正正地威胁你，直到你说为止，否则你们也别想离开这里一步！"

秦融顿觉意外，没想到云照竟这样威胁他。司玲珑在一旁听得都觉痛快，虽然不知道他们到底在说什么，但看着云照该狠心时便狠心，她倒是喜欢她这般直率。

因云照拦着，马车不能动弹，秦融扫视一眼众人，来者武功都不弱，知道就算是他想强闯，也没有办法护住家人周全。

"你们说的竟然是真的。"清脆女音从风中传来，充满了惊异，却又满是不屑和孤傲。

几人几乎同时一愣，尤其是司玲珑，听见这乖戾的语调顿时寒毛直起。

"十七公主？"

夜色下露出的俏丽面庞，似地狱罗刹，突然出现在众人面前。她的容颜美艳，微扬的唇角为这脸庞添了几分讥诮和冷漠。她在护卫的守卫下，一步一步走来，旁边护卫已点亮灯笼，更显得她像个勾魂判官。

云照没想到她竟然会出现在这儿，转念一想，有些恍然，说道："你果然和那人是一伙的。"

"什么一伙的，哪个人？"

"若不是，你怎么会出现在这儿？"

十七公主笑了笑："你们那晚在小树林里所说的话，我都听见了，起先我还不信，可如今看来，并不假。"她缓缓偏头，看向身后，"对吧，皇兄？"

听见皇兄二字，云照猛地抬头往那看。灯笼离那人有些远，看不清披风下那人的身形，他的脸藏匿在黑巾之下，只能看见点点眸光。云照下意识往前一步，想去揭开那人真容。可才动一步，就被陆无声拉住手腕。

云照拧眉看他，眼里满是焦急，她往返那么多次查找的凶手，就在眼前。陆无声轻轻摇头，示意她不要冲动。皇子和十七公主同时出现，身边护卫又怎么会是他们看见的那么几个，更何况个个都是大内高手，武功定不会差，胡乱上前，定是死路一条。

"你为何能回到腊月初八？告诉我吧。"

十七公主眼露贪婪，语气温和，带着三分撒娇，但让云照听得想吐。

"天赐神力，天选之人，如果我出了什么事，上天不会放过你们。"云照语气冷冷，极力让自己不带上丝毫畏怯。

"那好啊，那留下你便可，其余的人就都杀了吧，你就好好留在黄家庄做客。"十七公主欢喜拍手道，"等你哪天说出来，我就放你走。"

云照不由紧握拳头，冷笑道："以你的嗜血性子，我说了，你只会立刻杀了我。对你没有用处的人，你怎么会留下来？对了，就好像你身边这位，在'之前'的皇家狩猎场上，你也不知道得罪了他什么，他竟让人杀了你，啧……"

十七公主的笑僵在脸上，没有回头看那人，她微微睁大着眼，紧盯云照，一会儿才道："你想让我们内讧，再趁机逃走，对吧？我可没有这么傻。"

云照嗤笑一声："你以为你是圣上最得宠的女儿，所以谁都会让你三分，可是你在这人眼里，不过是颗棋子。正如玉公公，正如秦融，只要没有了利用价值，随时都可以杀了，你也不例外。我不知道你为何要帮他做这些事，大概是为了好玩，可你迟早会为了这些事送命，你不怕吗，十七公主？"

十七公主的双眼瞪得更大，既乖戾又充满狐疑，她笑道："不怕，我皇兄不会这么做的，他可疼我了。倒是你，胡言乱语些什么，该不会……是想刺激我皇兄，听听他的声音，到底是谁吧？"

她咯咯笑了起来，得意又猖狂，笑得云照都想在她脸上留几个耳光。

几乎就在十七公主讥笑得正得意时，云照只觉有风掠过，目标正是十七公主身后那人。她心中一惊："陆无声——"

待明白陆无声的举动，云照两眼一湿，知道他为何要孤注一掷。

他们已被团团包围，就算是强行冲破阻碍，但对方是皇子和公主，不日就能找到理由将他们斩杀于剑下。到时候陆无声尚可有一线生机，毕竟他身份不同常人，但是以司玲珑和云照以及万晓生他们的身份，要想安然却不可能了。

所以现在知道这人到底是谁，是他们唯一的生路，不能坐以待毙，唯有主动出手，才能逃出生天。

但云照同样知道他的举动有多危险，只因那皇子公主身边的人，早已警惕万分，数十支利箭已指向他。箭头在灯笼的光火映照下，闪着冷冷幽光，堪比刺骨寒风，可入骨髓。

果然，陆无声一动，数支利箭也脱弦飞出。陆无声心有警觉，箭刚离弦，他已侧身躲闪，几支利箭飞过，仍有几支袭来，他以剑劈扫，将箭挡去。

　　十七公主人在前面，见他不断往前，几乎无可阻拦，不由退后两步，拉过一名护卫让他挡在前面。

　　陆无声有所行动，司无言几人也提剑上前。一时局面混乱，一场恶战硝烟渐浓。

　　云照为躲避箭雨，藏在马车之后，时而探头去看，看得心惊。那本来遮挡她的马车突然动了起来，再一看，她大半个身子都暴露于前，惊得她忙往旁躲闪，可片刻马车又移动了。她往前头瞧去，想要教训那马，谁想看见秦融正驾车要走。

　　她心中顿时憋了一口气，急跑几步抓住缰绳："秦融，你休想走！"

　　秦融冷看她一眼，眨眼间手中多了一把匕首，利刃直直朝她的手腕削去。

　　云照急忙收回手，秦融说道："如果不是我手下留情，你的手就断了。"

　　"那我谢谢你呀。"云照气恼不已，她谋划了这么多事，找来了司玲珑和土豆护卫帮忙，连万晓生也来了，结果却被人瓮中捉鳖，不但什么都没有问出来，反倒被人围困。

　　"答案在山庄。"秦融往那站在暗处的人看去，也不知道为什么自己竟会对她说这句话，"在黄家庄。"

　　"山庄，什么山庄？"云照还想再问个详细，突然那藏在暗处的人如箭脱弦，疾奔而来，速度又快又透着邪气，令云照一惊。而秦融也趁机扬鞭，驾马逃去。

　　挨着马车的云照一个踉跄，几乎摔倒，也正是因为身形不稳，巧妙地躲过了那人的击杀。她心头一颤，不知是她对这人本有畏惧，还是他当真是满身邪气，满满杀气让人喘不过气来。

　　那人再出一掌，朝云照的天灵盖拍去。掌未到，已被赶来的陆无声拦下，将他击退三步。

　　陆无声揽起云照，将她护在身后，自己提剑与那人过招。

　　此时他们两人所站的地方有隐隐灯火，那人身动，披风也跟着飞起，隐约能看出这人身形。云照死死盯看，想着陆无声要是能一把揭下那人面巾就什么事都没了，可这人武功极好，看得出是数一数二的高手。

　　因与陆无声交手的人是他，所以那些本在射箭的人也不敢再放箭，云照这里安全无比，便更有时间观察那人。

那人身形高大，不胖不瘦，在男子中并不少见。从今晚公主所喊来看，她与陆无声猜得并不错，这人定是皇子。她本想刺激那人动嘴听听他的声音，但都被十七公主接了话，所以到底是哪位皇子，也无法判定。

久战定有败将，那人渐渐落了下风，几次击杀不成，反倒是自己落了满身破绽，越发被动。终于他往后退去，在众护卫的掩护下脱身退开，长剑一指，众人退回，背后瞬时探出数十弓箭，朝陆无声他们指去。

利箭密麻如雨，逼得陆无声几人不能再次强攻。

十七公主见局面安稳，这才轻笑："倒是再来呀，不是想看我皇兄的脸吗，有本事来揭那面纱。或者呀……你们跪下来求我们，那或许我皇兄会满足你们。"

"求你们？你倒不如找周公去求个美梦。"司玲珑脸上挂了彩，一道红痕在漂亮的面庞划过，已经凝结成血块，她不卑不亢，声音更是没有丝毫求饶。

十七公主看得恼怒，恶狠狠道："那你们通通都去死吧！"

她扬手要下令众人放箭，手刚抬起，就被身后人捉住。她怒而偏头，说道："留着他们他们也不会说的，那倒不如杀了他们。他们不是不怕死吗，那就让他们死去吧。"

"有天赐神力，不是可以更快地坐拥天下吗？"

云照闻声看他，那声音故意压低，含糊不清，根本无法听出是谁。三皇子还是七皇子？到底是哪个？

他们兄弟二人生得相像，就连说话的声音也有些相似，如今这人压低嗓音，模模糊糊，根本听不出来。

十七公主笑道："他们不是一副大义赴死的模样吗，皇兄你问不出来的，杀了他们吧。"

那人冷冷看她，十七公主唯有收了这心思，满脸不满，又微抬眼眉，充满狡黠，难道他们方才说的是真的，他曾杀过她？他如何敢这么做？好歹，她就算是一颗棋子，也大有用处不是吗？

十七公主时而抬头看他，满是不信，满是猜忌。正打量着，突然就见他低头看来，与她眼神对上，冷漠如这寒夜，幽深不见底。她一顿，冲他展颜一笑："皇兄想怎么做，就怎么做吧。"

他收回眼神，看向云照，眼神已落在她的脖子下，眼神渐渐不同，缓声道："方才厮杀时，你的手，一直捂着心口。看来不是你可以回去，而是需要依赖神物，而那神物，就挂在你的脖子上。"

云照一愣，极力掩饰她的不安，可瞬时的反应已经让他更加确定，宝物就在那。

几乎就在他示意的刹那，众人蜂拥而上，几乎倾巢而出，目的唯有一个，抢走云照的夜明珠。

来人太多，刚恶战了一场的万晓生深知再这么下去必死无疑，他咬了咬牙，紧握手中大刀，大声道："陆无声快带云姑娘走！云姑娘，我要是死了你回去后，记得把喜鹊许配给我，别让她被别人拱了！"

"……"

马车本有两辆，一辆被秦融趁乱驾离，还有一辆已经自己走远了些，陆无声拉了云照就往那边飞快奔去。

众人要追，万晓生几人结成一道薄薄壁垒，阻隔了他们的去路。

人虽少，但有必须要拦下的决心；墙壁虽薄，却也令他们一时无法上前。

那人见状，眉峰凝了霜般冷漠，也拔了一柄剑向他们追去。只要追得宝物，那他就不必发愁，想要的东西唾手可得，就算无法得到，也可以再次重来，那整个天下便是他的了。

陆无声拉着云照疾走，但云照终究不会武功，跑得并不算快，而身后追来的人已经近乎癫狂，几乎片刻就追了上来，要抢云照所揣宝物。

他尚不能确定宝物是否要云照来催动，因此没有一剑夺命，甚至不想伤她，那剑便往陆无声刺去。云照一见，侧身要挡，剑也急急闪开。

陆无声方才混战已添了小伤，衣裳见彩，但迎战来者，也无怯意。

云照看着眼前的刀光剑影，司玲珑、土豆护卫和万晓生身上都被刀剑所伤，地上的血染红了泥土，触目惊心。

她怔怔看着，他们每一个人对她而言都很重要，可如今他们深陷险境，一切都是因为她。她盯着那个黑衣蒙面人，那张黑巾下的面庞，她只是想想就想吐。

"别打了，你们再打，我就将它摔了！"

声嘶力竭的声音响彻在这暗夜之中，似神之魔力，瞬间让众人停了下来，齐齐往云照看去，看她扬起拳头，似随时要将手中紧握的东西往地上扔。

云照瞪大双眼，大声道："不许伤害他们，否则我就将这东西摔碎，到时候你休想得到什么！"

十七公主讥笑道："你摔了它，那你们就都会死。"

"好啊，那就杀了我们，反正只有我们有所损失，你们并没有任何损失不是吗？"云照咄咄逼人道，"你倒是动手啊！对了……你可没有半点决策能力，因为你也不过是一条狗，得听你皇兄的话。"

十七公主脸色一变："你放肆！"

她拔剑要去杀她，但被那人拦住，只是低头一个眼神，就压了她的气势。她气得扔掉剑，连看他的眼神都是恶毒嫌恶。

那人说道："所以你要我做什么？"

"放我们走，东西给你。"

"我若不放呢？"

"我就摔了这东西。"

"可你要是骗我呢？"

云照始终举着拳头没有放下，冷笑道："轮不到你来讨价还价，毕竟是你想要这天下，而我只想要他们安然无恙。"

"这个买卖听起来为什么如此让人不甘愿呢？"那人笑了笑，声调里同样都是嘲讽，"如果你骗了我，我能有一千种方法让你死。"

"所以你这是愿意放我们走了？"

那人又笑了笑，没有示意众人拦截。云照试探着挪了挪步子，他还是没动。

云照一见，终于迈开大步，几乎是瞬间，她就见那人眉眼染上杀意，身旁的人也随之举弓，乱箭齐发。

陆无声立刻将她拉到身后，扬剑挡箭；司玲珑三人也在刹那挡在两人面前，筑起人墙。

云照随即愣神，在那乱箭之下，只听司玲珑嘶声道："云照快走！"

这个走已然不是逃离这里的意思，只因对方人多势众，就算是逃出这一关，但说不定还有埋伏。所以她说的走，云照听明白了——回到腊月初八！

云照往返多次已经不再畏惧回去，只是太过无奈让她心生悲凉和怒意，她扯出悬挂在脖子上的夜明珠，想上前去拉住他们一块走，可箭势太猛，别说靠近他们，就算是往前一步都困难。四人陆续负伤，利箭撕裂着他们的衣裳和身体，每多留半刻，他们就多忍受撕裂的痛苦。

云照一愣，唯有抓住近在身边的陆无声。突然有人喝声停下，利箭不再刺来，但司玲珑几人受了重伤，已无复活的机会。云照看着那冲来的黑衣人，没有半分迟疑——让夜明珠带她回去。

那人当然知道她回去对自己百害而无一利，如此一来自己便处于被动之下，螳螂捕蝉，最忌黄雀在后。他要做也是做黄雀，而不愿做螳螂！

但云照手中夜明珠已经盛开万丈光芒，似雪炸开，冲上天穹。

那人要上前捉住云照，谁想竟被人拉住，回头一看，只见十七公主眼有惊慌："皇兄，带我一起走……"

"滚！"

那人喝声，一掌拍在她的脑袋上，力道太重，十七公主俯身吐了一口血，几乎气绝。他再转身看去，云照和陆无声几近消失在那刺眼光芒下，他大惊，飞身上前扑入那光圈之中。

似火树银花，明星煌煌。

第三十二章

"呼——"

漆黑房内，一个身影猛地从梦中惊坐而起，一抹额头，满是冷汗。

眼前伸手不见五指，倒让云照更加心安。她习惯性地探手，抓到松软被褥后才彻底放心。她掀开被子下地穿鞋，她没有办法等到黎明到来再去找陆无声，趁着刚回腊八，要赶紧找到陆无声，然后再去一次黄家庄的黄员外家。

秦融说答案在山庄，那或许有什么被他们遗漏了。

如今她能肯定的是要害陆家人的不是圣上，而是某个皇子，甚至就是三皇子或者是七皇子，到底是谁？

云照想得只觉头上银发将生，又焦急又虐心，闭上眼都是司玲珑他们被乱箭刺死的一幕，想久了，眼睛像抹了血，全是触目的红色。

她深吸一口气重重吐出，来回吐纳好几次才舒缓了心绪。穿好鞋子和衣裳，她便打开窗户翻墙出去，从后巷离开。

此时还未天明，又非节日，路上有几家铺子门前挂了灯笼，灯火如萤火，在长长街道上交映成点点星光。

云照迎风而行，半夜的寒风刮得她俏脸发僵，忙往手上呵了几口气搓暖，焐在脸上。从街道穿出，离家不过两刻，就看见前面有人举着火把前来，将半条街道都照得亮如白昼。

她以为那也是行人，侧身让他们过去，谁料那两人见了她，稍稍一愣，便往她逼近。云照愣了愣，心觉不妙，转身就要跑。可那两人显然有备而来，一跃上前，将她捉住，抬手就捏了她的脸颊，往她嘴里塞了粒丸子。

那丸子刚入了嘴就化作一摊水，流入云照喉咙，呛得她俯身咳嗽。她抬头看这两人，视线未触及他们的脸，就先看见他们腰间悬挂的腰牌。那腰牌上的大字，赫然是宫中侍卫。

她诧异："你们给我吃了什么？"

两人不语，一把抓住她脖子上的红绳，用力往外扯，转眼那夜明珠就落入他们手中。云照顿觉惊愕，这夜明珠的事除了陆无声本该无人知道，难道……她讶异，难道那皇子也跟着一起回来了？唯有这个解释，才能说得通为什么会有大内侍卫突然出现并抢走她的夜明珠。

她想站起来抢回夜明珠，但两腿发软，眼前渐渐模糊，脑袋也昏沉起来，她吃力道："把珠子还给我……"

"你若告诉我们它的用法，我就给你解药。"

云照冷笑，那人果然也跟着回来了，难道是在她拉着陆无声回来时，被那人近了身她没发现？

侍卫见她不说，又道："此毒发作很快，你若告诉我们，我们就立刻给你解药。"

云照不愿受他要挟，况且她深知就算是告诉了他们，以那位皇子素来的手法，也会立刻杀了她，倒不如拖着，说不定能找到机会逃走。但依靠她自己的力气是逃不掉的了，她甚至连站起来的力气都没有。

两人并不着急，冷静又冷漠地看着她渐渐毒发，娇俏的脸染了墨般，连唇都似黑墨。

云照突然想起来她并不是第一次中这种毒，"之前"她也中过！当时因三皇子领着石太医路过救了她一命，可还是因为中毒太深而失明三天。那毒发作起来又快又狠，如果她无法逃走，那她只怕撑不到那个时候去找石太医求救了。但别说跑，就算是这两人让她走，她也走不了十步。

她心口灼烧得厉害，越发难受，稍一动弹，心口就似被人狠狠踹了一脚，痛得她俯身吐了一大口乌黑血液。

两人皱了皱眉头，又道："你若再不说，就真的死了。"

"给我解药……我就……告诉你们。"

两人不屑一笑，没有任何要为她解毒的意思。云照两眼已经开始发黑，快连睁眼的力气都没有了。她的脑袋昏昏沉沉，倚在墙上连呼吸都开始变得困难。心被堵住了，喉咙被人掐住了，喘不上气……喘不上气来。

云照大口大口呼吸，可像是没有一丝空气能入肺腑。

"云云！"

像是来自天外的声音，是陆无声的，可陆无声现在怎么会出现在这里，定是她的幻觉。

"云云！"

依旧是熟悉唤声，云照猛然从昏迷中醒来，从模糊视线中只见有个白衣公子出现，与那两个侍卫交手。

"陆无声……"

云照嗫嚅着这个名字，神志慢慢消失，最后结果如何，她已经无力等待。

"要是再晚片刻，就算是华佗在世也没用了，不过好在没有晚那半刻。"

音调悠悠而苍老，云照觉得自己在哪里听过，但又想不起来。她勉力睁开眼，想看看那人是谁，但眼前一片漆黑，根本看不见。对，就算毒解了大半，但还是会失明几日，直至毒素完全被清除出体内，才能复明。

"云云，你醒了？"

话落，就有人要将她扶起。她顺势而起，没有抗拒，只因说话的人，是陆无声。她又想起上回秦融在窗外拟声骗她的事，不安地伸手要去摸他的脸。那人主动贴来，让她的手贴上他的脸。

"是我。"

云照摸到他的脸，也从他的话语里确定了他的身份，这才卸下警惕，问道："这是哪？"

"宋老御医这儿。"

云照正想着是哪个宋老御医，就听一个老者笑道："老夫离开太医院多年，就别称呼我御医了，就喊我一声大夫便好。"

云照听到这才反应过来，这宋大夫是哪个宋大夫，可不就是当时她头一回回来，因祖母吃了硬杏仁硌坏了牙，她去请来家中的大夫吗？

"老夫先去配药，你这毒，还需几日才能完全退散，也得过几日才能瞧见，所以小姑娘莫慌。"

"嗯，我不慌……"她说得很小声，宋大夫没听见，等他走了，她才低声跟陆无声说道，"这毒就是我上回中的那种毒，一模一样，所以这次对我下毒并抢走夜明珠的人，定就是那人了。"

"我知道……"

云照听他语调不对，忙问："怎么了？"

"你毒发的样子我见过，所以我救下你后，就直接入宫去了太医院，请上回为你解毒的石太医出宫。"

云照到底心细，一听就觉不对："那为什么最后将我送到了宋老御医这？"

陆无声面色微沉，缓声道："因为石太医说，他不会解这毒，婉拒了。"

云照猛地一愣，额上手上都渗出了冷汗，脸色顿时变得更差。

"一直要杀你的人，是三皇子……"

云照颤声说出这话，没有听见他反驳，更加确定了。只因在"之前"她中毒时，石太医明明可以解她的毒，可"这次"却不可以……很明显，他能解这毒，是因为有人授意他可以解；同理，他不能解这毒，也是因为有人授意他不能解。

上一次为何三皇子那样巧合带了御医路过并救下了她？

只怕是三皇子当时一直在跟踪他们，下毒是他授意，解毒也是他因为他想让陆无声欠他一个人情罢了，抑或要接近云照调查她？

哪怕这次三皇子也跟着回来了，并且第一时间来抢夜明珠，但是他无法得知的事是——他这次下的毒，会彻底暴露他的身份！

"知道就好……这也好，这罪没有白受。"云照瘫在陆无声怀中，费尽心思去追查的人，忽然就出现在了两人面前，云照真觉得没白遭罪，挺好……

"竟然会是他，道貌岸然，禽兽。"云照仍在咒骂着那个让她吃尽苦头的人，她颤颤寻了陆无声的手紧紧握着，"如今你要怎么办？他也跟着回来，定会很快找到我们的所在，然后再次对我们下手。而且他抢走了夜明珠，只怕情况不妙，弄不好天下都会被他搅和得大乱。"

陆无声安抚道："虽然夜明珠在他手上，但他应该回不去，否则我们也不会还在这里说话。"

云照紧张道："那我们怎么办？"

"他回不去，那他应当明白唯你才有催动夜明珠的神力，如此一来也好，至少对他而言我们的命还有利用价值。"

云照恍然："所以就算是让他找到，也没有关系。"

陆无声点点头："而且找到了，更好，那样我们就能正面交锋，不再被动。"

"正面交锋……"云照摇头，"陆伯伯还没有回来，赵焱真要杀我们的话，我们能靠谁？"

"靠自己。"陆无声将她揽入怀中，轻声道，"信我，这一次，定不会落了下风。螳螂捕蝉黄雀在后，这一次，我们做黄雀。"

云照不解，脑袋沉沉，要裂开了般。她抱着他，想起一件大概并不重要的事，喑哑着嗓子说道："回来这之前，我问秦融谁是凶手，秦融对我说，答案在山庄。我不懂这是什么意思，就算是现在知道一直要杀我们的人是三皇子，我也不懂。"

陆无声轻轻拧眉，他也不知秦融为什么要这么说，这又到底意味着什么？

突然木门猛地被踢开，十几个着便装的人如水涌入，瞬间就将屋子填满。

为首那人身有香气，在这小屋中飘散开来，几乎掩盖了药香。他脸蒙面巾，轻轻笑道："跟我们走一趟吧，云姑娘，陆大人。"

云照抬眼向那散发兰花香气的人"看"去，苍白的脸禁不住唇角上扬，声调都讥诮起来："我知道你是谁，玉公公，那个……死太监。"

"……"

玉公公没想到她一个眼瞎的竟认出了他，甚至还敢……他登时眉头倒置，嗓音尖锐无比："放肆！"

云照知道这些事是三皇子所为，也知道三皇子没有趁机杀她是因为她有利用价值，对玉公公就没了曾被他杀死的恐惧。

玉公公瞧见陆无声，略有迟疑，似隐约有所畏惧，但仍说道："云姑娘，你就跟我走一趟吧。"

"去哪里？"

"这个你不必问，问了我也不会说。"

陆无声直接说道："是去见三殿下。"

这话不带疑问，似一早就知道，着实令玉公公讶异。他脸上闪过片刻的惊异，即便是快速地掩饰过去，但还是全落在了陆无声的眼里。他们的揣测，果真没有错，那始作俑者，真的是三皇子赵焱。

云照要去见那个人，肯定会知道那人的身份，既如此，倒不如在这里确定那人身份，好提前做打算，想对策。

但能对付三皇子的人，唯有圣上。可如何让圣上下手？

陆无声低垂眉眼，思绪成线，交错成百条细绳，在脑中围织成一张天网。

车停下来的地方清冷、安静，偶尔会传来一声厚重钟响，四周满含山峦密林的青色气味。云照一来这地方，鼻子微嗅，就知道是哪里，因为她曾来过，是上回解毒疗伤的山庄。

瞎了眼待在这里三天，想忘记都难，更何况三皇子藏匿人的地方，似乎固定是这里。或许是因为这山庄离寺庙近，马车在山脚往来频繁，所以更能掩人耳目。

陆无声扶着云照下了车，和她一起往里面走，才到大门，就被玉公公拦下。玉公公笑吟吟道："陆大人就不要进去了，我家主子让您在门外候着，他只见云姑娘。"

云照一心想见见三皇子，知道自己现在比世上任何一个人都安全，偏身对陆无声说道："我一个人去吧。"

陆无声说道："嗯，等会儿见。"

云照略觉意外，他怎么会这么快地答应让她走。正在细想之时，握着的手在她手上轻轻摩挲，似恋在她的掌心上，藕断丝连，唯闻他低声耳语："告诉三皇子，说你要我也过去。"

云照心中顿时明了，此时的他们，单是凭一颗夜明珠，也有很多筹码了，根本不必受制于人。赵焱野心勃勃，为了能得到重回腊八的方法，定会满足她任何要求。

不远处的寺庙传来一声钟响，响声悠远缥缈，山谷里荡漾回音，似敲了十声有余。

云照在山庄里待得太久，又太过清闲，所以唯一的乐趣就是在山庄转悠，这里的每一个角落她都熟悉，然而这回玉公公带她走的路，之前分明没有走过。

可这山庄陆无声也陪她待过，当时记得他说过已经带她走遍，她是瞎，但他没有。云照这才明白过来，原来这山庄有暗格。

她眼盲心可不盲，饶是玉公公在旁边似麻雀说话，她也没乱了心中牢记的步数。拐了什么弯，走了多少步，又再拐弯，她可都记在了心里。

"到了，你等等。"

玉公公的话刚落，云照就听见他敲门，一声，两声，三声，等玉公公报了名姓后，里面才有人开门。云照起先还觉得里面的人淡定非常，但那人走来的脚步声略急，还是让她听出了里头的人是在乎她的到来的。确定了这个事实，云照就安心了些。

门打开后，云照抓着玉公公的袖子往里面走。屋内微有香气，并不觉得清冷，跟她以前住的房间略有不同，那赵焱应当常来这里，说不定这里就是他平日常密谋事情的地方，所以才显得有人气，不似别的房间那样冷清。

"云姑娘。"

声音沙哑浑厚，是她"上辈子"听过的声音，可以隐藏的声调。

玉公公将她带到桌前，扶她坐下。云照这才道："总这么压着嗓子，嗓子会坏的。你是谁我已经知道了，所以不必隐瞒。"

那人的声音顿时玩味："哦？那我是谁？"

云照道："三殿下，赵焱。"

屋里的人气似立即悄然消散，静得针落地面都能听得一清二楚。云照甚至听不见人在呼吸，像是瞬间屏息。她笑笑："怎么，更想杀了我是不是？"

"你是从哪里确定我是谁的？明明之前还不知道。"

不再掩饰的声调熟悉低沉，不再浑厚，清晰可辨。音调虽好听，但云照无暇欣赏，只觉得心惊，果真是三皇子。回想他之前种种，云照的手心已微微湿润，她勉力笑道："你让石太医来给我解毒吧。"

赵焱随即恍然："因为之前我曾让石太医给你解毒，但这次陆无声前去找他，他却说自己无法解毒，所以才让你们确定了我的身份？"

"殿下真是聪明人。"

赵焱笑笑，轻抬眉眼，对一人说道："去请石太医。"待那人走后，他又道，"你究竟回了几次腊月初八，知道多少事情？"

云照抿了抿唇角，不答这话，说道："我渴了。"

"斟茶。"赵焱又道，"那你告诉我，你到底能回去几次？"

"我饿了。"

赵焱顿了顿，又将一碟茶点推到她面前："你或许该告诉我，回去的办法。"

云照笑了笑："三殿下，我是个商人，一向都知道买卖是讲究公平交易的。您什么都没有告诉我，却想从我嘴里知道那么大的秘密，这好像不公平吧？"

赵焱一笑，略含讥诮："你觉得你有什么筹码来做这个交易，如今你的命就在我的手上，随时都会丢了。"

"那为什么我现在还活着？难道不是因为我本身就是一个筹码，而且还独一无二？"

赵焱登时无话可驳。

云照笑道："三殿下应该很明白，能拥有回到过去的神力，对您有多大的帮助吧？您之前想毒死我独占夜明珠，可是你应该也发现了，你根本没有办法催动夜明珠的效力。事实上也的确如此，而明珠的神力唯有我能催动，所以你不能杀了我。"

"我可以让你生不如死。"

"到底是要神力还是要我的命，是三殿下没想明白还是我想得太明白了？"云照瞧不见他的脸，也看不到他的眼神，反而觉得更没有负担，更少了几分惊怕。她只管将自己心中所想说清楚就好，根本不必受人眼神威胁。

饶是他的眼睛能甩她刀子，也威慑不了她半分。

赵焱冷声道："但事到如今，你也不会说出催动夜明珠的法子吧。"

"当然不。我说了，我是个商人，你若让我满意，区区一颗夜明珠，告诉你也无妨，只要你催生它的功效后，不要再来寻我的麻烦，这颗珠子，我送给你也无妨。"

"你想知道什么？"

云照听他松了口，没有立即追问，而是说道："我陆哥哥呢？"

赵焱略有迟疑，但她在他的手上，他料定陆无声不敢随便乱来，更何况周围守卫森严，他也带不走云照。他抬了抬手指，命人将陆无声唤来。

云照听见他命人去喊陆无声，这才问道："腊月初八那天，你在万山寺安排的杀手，目的是不是要杀了陆无声，再嫁祸给蔺大人？"

赵焱一愣，纵使知道她会邪术，但这件事做得那样隐蔽，她何以会知道？而且他昨日才命人安排，今日计划还未进行，她怎会……除非……她曾经历过。他这才收了惊讶，说道："对。"

"为什么？"

赵焱稍作思量，才道："蔺大人是我七弟的人，是他的得力幕僚。虽然蔺大人表面上并没有投诚任何人，但我知晓，他效忠的是我七弟。以他的威望和手段，犹如我七弟的左膀右臂。"

"所以你设计杀陆无声，再嫁祸给约他见面的蔺大人，就是想一箭双雕？"

赵焱轻笑一声，没有反驳。

云照又道："除去万山寺一事，其他时候，你有没有想过要杀陆无声？"

赵焱拧眉看她，说道："不为我所用者，都该死。"

云照将拳头握得更紧，追问道："所以除去万山寺一事，以后但凡有机会，你都会杀了陆家人？"

"自然，陆战和陆无声效忠我父皇，那换言之，他们会效忠我父皇所立下的太子，日后的皇上。而父皇偏爱我七弟，那他们定会对赵州鼎力辅佐，日后定会成为我的绊脚石，我当然要设法除去他们。"

云照不解："但如今太子未立，将来陆家父子未必不是你的臣子，他们父子一文一武，陆伯伯更是能征善战，是我朝大将，你何以容不下他们？"

赵焱轻笑道："你想得未免太天真，若太子不是我呢？"

云照此时才明白过来，是啊，若他不是太子呢？先除去陆家父子，就可以保证赵州失去了左膀右臂，但若不除，就肯定会成为他的阻碍。所以除掉阻碍，就没有这方面的担忧了。

云照顿觉恼怒，陆战能守能攻，若没了他，国将顿失壁垒，但赵焱为了铺平未来的皇权之路，全然没有这方面的考虑。她登时冷笑："国若有你，必是人祸。"

"我留你有用，就容你放肆一回。"赵焱声音冷漠，问道，"我告诉你这些事，已能换来夜明珠的秘密。"

云照还未答话，就听见门外有幽冷答声："不能，因为我们还有一事未了。"

只是听见声音，云照的脸上就溢出明媚光彩来。她偏头往那"看"去，看不见人，但已然心安。

赵焱冷盯门外，示意旁人开门。

陆无声步伐从容往屋里走来，见到赵焱不觉意外也不惊慌，未行君臣之礼，只是开口称呼："见过三殿下。"

赵焱没有接话，而是直接冷声问道："那一事，是何事？"

云照也好奇，不知他会提什么要求。只听陆无声说道："你让十七公主来这里。"

赵焱皱眉："来这里做什么？"

陆无声淡声道："在我们的面前，亲手杀了她。"

赵焱对这个要求完全出乎意料："什么？"

陆无声并不意外他的惊讶，纵然赵焱能想到他会提的千万个要求，也不会想到是十七公主的事。但他偏偏是提了这件事，说道："十七公主不单单是'上次'窃听我们的秘密，导致我们计划失败还被你围攻射杀，在此之前，她差点杀了云照，也差点陷我于不义。新仇加旧恨，我们别无他想，只要她一条命。"

赵焱看向云照，并不太相信这也是她的想法，问道："云姑娘也是这么想的？"

云照虽然也有诸多疑问，但想也没想就点头："对，陆哥哥说的话就是我要说的，三殿下不必再来问我。"

赵焱收回视线，又投给陆无声："天成是我皇妹，我不会答应你……"

"三殿下真的这么顾及兄妹之情？"陆无声略有嘲讽，"如果真的有，为什么在能一起回来的情况下，你却将她一脚踢开？不就是害怕她跟你回来，坏你好事吗？"

赵焱闻言，再不掩饰，一瞬墨眉挑高："就算是能杀，可杀公主岂是件易事？"

"我相信三殿下可以办妥这件事。"

"我不能。"

云照插话道："那我也不能告诉你夜明珠的事了。"

云照也不清楚夜明珠在三皇子手上会不会生效，但夜明珠生效的必需条件是陆无声要在附近，就算是重来一次，下次没有陆无声在身边，他还是要回来找他们，再问缘由。只要一日不告诉他正确的方法，他就不会轻易杀了他们。

谈判似乎已决裂，三人陷入沉默之中，无人说话。屋内空空落落，连暖炉中炭火烧开的轻微哔啵声也听得见。

许久赵焱才道："我若办到了，你们又再有要求怎么办，难道我要一生受制于你们？"

"我们只求能全身而退，对名利并无贪念，否则我们获此神力，为何却还是一个小小商人，还是一个小小官员？"陆无声说道，"我们可以为三殿下演示如何归去，但三殿下得到此神力后，定要放我们安然离开，否则我们会收回此神力，成为三殿下的阻碍。"

云照面不改色，但心中已是惊涛骇浪。几经交手，陆无声应该很清楚三皇子是个怎么样的人，赶尽杀绝是他一贯的作风，让他获悉夜明珠的用法，他怎么可能会放过他们？

她百思不得其解，然而她更相信陆无声，他绝不是那样轻易妥协，做事怯懦之人。

赵焱自有思量，他疑惑陆无声为什么肯放弃这种神力，但依他所说，如果他真有贪念，那他也不会只是个小小官员，而早该利用神力。说明他并没有这方面的贪念，而且之前从十七皇妹窃听的话看来，他们一心想的，只是护他们自己的安全，并无他想。

然而赵焱疑虑未消，留他们在，始终是个隐患。但如果不答应他们，他们必然不肯告诉他夜明珠的正确用法，所以暂且安抚住他们，待"来世"腊八刚至，他迅速派人前去捉拿他们，也不过费时两三刻，他们又如何能逃过他的天网？

"你们若是骗我，那我十七妹的命，就由你们来偿还。"

第三十三章

　　要让十七公主来这里并不是件难事，她生性好玩，更何况让她来的人是赵焱。此时的她对赵焱毫无怀疑，一听皇兄约她相见，就立刻前来。

　　马车到了山庄前，动静嘈杂，连在里屋喝茶的云照都听见了。她放下杯子往那"看"，说道："来了。"

　　赵焱已经出去接人，屋内有不少护卫和宫人，陆无声没有多说什么，刚唤她一声"云云"，云照就道："都听你的。"

　　人太多，到处都是耳朵，云照不能细问他任何事，说完这句就不再言语。陆无声会心一笑，随即就见十七公主进来，似是见了他，还握着个姑娘的手，脸色便不太好了。

　　十七公主止不住打量他们两人："陆大人，这姑娘是……"

　　"是下官的未婚妻。"

　　十七公主不由一笑："原来陆大人的未婚妻长这个模样，竟是个……丑八怪，还是个瞎子。"

　　陆无声已见识过她的毒辣，可再怎么逞口舌之快，都只觉得可笑。他问道："十七公主知不知道今日三殿下唤你过来，是为了何事？"

　　十七公主见他竟不生气，心想陆无声定是不喜欢这瞎子，心中欢喜起来，坐下身连语气都娇媚了许多，吐气如兰："不知，不如陆大人告诉我吧。"

　　陆无声冷淡道："因为我要你三皇兄亲手杀了你，所以他毫不迟疑地将你带到了这里。"

　　十七公主一愣，随即咯咯直笑，笑声里满是讥讽："陆大人真会开玩笑，我皇兄怎会杀我？他更不会听你的话杀我。"

　　"他当然会，因为我们的利用价值，远比你的要大。"

　　十七公主再不佯装，甩了冷脸说道："虽说你是陆战的儿子，也年轻有为，但你如何比得过我？父皇最疼爱我，凡事都顺着我，我在父皇心目中的位置，比一般嫔妃生的儿子分量都重，你如何比得过我？而且我不是我皇兄的棋子，我想翻脸，他也休想操控我半分。"

云照问道："那你为何要听他的？"

十七公主看了一眼赵焱，轻笑："听？我这可不是听，而是……好玩。说起来我更喜欢七哥哥的，也更怕他，可是他总管着我，久了，我就讨厌他了。但三哥哥不一样，他总带着我玩，又新奇又好玩，所以我自然更希望三哥哥能做皇帝，而不是刻板的七哥哥。那我总要帮三哥哥一把，否则让七哥哥登基，我可就没法好好玩了。"

云照顿觉不可思议："那他养暗卫、刺杀忠良的事你都知道？"

"当然。"

云照讶异道："这些臣子是你父皇的臣子，杀了他们，就等于害你父皇失去羽翼，就算是这样，你也要助纣为虐？"

陆无声说道："她既然连她的七哥哥都害，那害一些臣子，也不难理解。"

云照哑然，她真是低估了十七公主的毒辣和愚笨。或许十七公主知道自己在做什么，她觉得好玩，而且这些后果都不用她来承担，无论发生了什么事，她都会好好做她的公主，因此她只要自己开心便好，其余的事，她完全没有想过吧。

这样的人，犹如河堤蝼蚁，一蚁吞堤。

十七公主托腮看他，笑道："陆大人，其实我挺喜欢你的，但提及婚事，你爹拒绝了我父皇，你又拒绝了我，可我今日见你真人，还是欢喜你，所以你要是答应做我的驸马，我就原谅你了。当然，你要是亲手杀了这瞎子，我就更喜欢你了，你要什么，我都跟我父皇求了来，好不好？"

"不好。"

十七公主面色一沉。陆无声看了看她说道："公主是不是忘了你一开始进来，我说的那句话？"

她想了想，说道："你让我皇兄杀我，他答应了？"

"对。"

她朗声笑了起来，声音清脆又透亮："我皇兄才不会杀我，杀了我对他来说没好处，更何况他凭什么为了你们杀我？"

"因为我们有不断回到腊月初八的神力，而你的皇兄，想拥有这种神力，以此来达到他的目的。"

十七公主柳眉一皱，朝赵焱看去，见他不反驳，才觉得这件事不是怪谈。

她睁大了眼，问道："不断回到腊月初八，是什么意思？"

陆无声说道："即是我和云照有神力，可以让我们一直回到今天。哪怕是过了一年、五年，甚至十年，只要想，都能回到今天。"

十七公主蓦地一笑："那你们为什么现在不回去，还被我皇兄关在这？"

"因为回去所用的神物，被你皇兄抢走了。"

十七公主立即转向赵焱，伸手说道："三哥哥给我看看那神物。"

她话已说完半刻，但不见赵焱有所动静，且看着她的眼神，也接近冷漠。十七公主生性好玩，无法无天，可她并不算是蠢笨之人，这一眼瞥见，顿时心中惊怕，蓦地站了起来，俏脸已近扭曲："皇兄……"

赵焱看了一眼玉公公，玉公公从袖中抽出一柄匕首，往十七公主走去。

十七公主惊愕，惊得两腿发软，转而对陆无声怒道："你为何要这样害我？"

陆无声淡声说道："十七公主说笑了，之前你三番两次杀我们，我只要杀你这一次，也算是扯平了，日后互不相欠。而且……我让你看清你三皇兄的真面目，你该感谢我，对吧？以后再碰到你三皇兄，不是他死，就是你死，你也明白吧？"

十七公主嘶声道："我已经没命了，你让我明白有何用？你这是非让我死不可！陆无声，我做鬼也不会放过你！"

临死之前的声音全都是怒气，但屋里没有一个人害怕。十七公主心中的恐惧已经扩散至全身，止不住地发抖，她泪水滚落，终于跪了下来，颤声道："皇兄，放过我，父皇要是知道你杀我，他不会放过你的。"

赵焱半寸未动，甚至已懒得看她："父皇不会知道的，你每次出宫，他什么时候管过你，不是吗？"

"皇兄！皇兄！"

任她如何哭求，赵焱都没有要收手的意思，反倒是玉公公略有迟疑，让赵焱好不耐烦："玉公公，还不动手！"

十七公主怒瞪双眸，站起身就要与他拼命，但玉公公速度极快，她刚起身，就被一刀划了脖子，血登时喷溅三尺，染得地面鲜红。她倒在地上捂住喉咙，但血仍往外渗出，直至过了半刻，她才渐渐不动，彻底气绝。

空气中弥漫着满满的血腥味，云照看不见，但还是能想象那种血腥。血腥味混杂着屋内的炭火味，她已觉不舒服，差点吐了出来。

陆无声让人将窗户打开通风，又将云照的手握得更紧，只要再撑一会儿，就可以了。他说道："三殿下信守承诺，我们当然也不会诓骗你，只要三殿下答应我们，来世不再为难我们，便可。"

赵焱见他松口，面色顿显温和："君子一言，驷马难追。"

"回去的法子很简单，只要拿着夜明珠催动神力，即可。"

赵焱拧眉："那为何我不能？"

"三殿下拿着夜明珠时，可有默念什么？"

"自然是让神明让我回到过去。"

陆无声摇摇头："还有一句咒语，云照，你告诉三殿下吧。"

云照眨巴了下眼睛，哪里有什么咒语，不就是恳求老天爷让她回去吗？不对，实际上连恳求都不用，只要陆无声在身边就好。

她忽然明白他这话的用意了，陆无声当然也知道回到腊八的前提是他在身边，所以就算赵焱现在胡说一句，有夜明珠在手，也能回去。所以陆无声只是想让赵焱有个错觉——念对了咒语，才能回到腊八。

并且他不想让赵焱察觉到，唯有他在夜明珠才能发挥神力。这样下次回到腊八，赵焱还是会棋差一着，那他们仍旧占了上风。

只是瞬间，她就寻了方向要说，赵焱忙凑上前细听，只听云照吐字："秃头秃头秃头头，送我回去吧，秃头头。"

"……"这真是咒语？赵焱正要问她，突觉怀中一股强光刺出，那正是他放置夜明珠的地方。他一怔，随即猛地暗喜。

果然，一阵强光直摇苍穹，散开漫天银光。在赵焱眼中，这银光已为他铺出了一条通往皇位的平坦大道。

"咳——"

云照喉咙一痒，咳出声来，刚出声外头就有人道："姑娘，您醒了吗？"

她迅速坐起身，脑子里飞快转着，不能让三皇子轻而易举地将她抓走，但她怎么能躲得过三皇子的耳目？

自救，自救，该如何自救？她清楚他们与三皇子一起回来了，所以按照之前的时辰，她最多只有三刻来防御三皇子的进攻。此时犹如兵临城下，火烧城池。

"姑娘，需要进去添些炭火吗？"

"不用。"

云照急得鞋都忘了穿，以赵焱的多疑和谨慎，他定会派人双双控制她和陆无声，根本不会给两人碰头的机会。她刚打开门，喜鹊就叫了起来："姑娘，您怎么能不穿鞋，这么冷的天，得病了怎么办，让夫人知道一定……"

"等等，"似灵光一闪，一个"病"字将云照苦恼的事全都化解了，她缓了缓激动心绪，紧抓喜鹊肩头，"你去一趟定北侯家中就说他夫人将近辰时会犯病，让他立刻去找宋老御医，一定能救他夫人的命。"

喜鹊有些蒙："啊？小姐，要不要我去给您喊程大夫来，不对，程大夫告假了不在府里……"

"别废话，快去！"

云照几乎是吼出来的，吓得喜鹊拔腿就跑，出门去定北侯家里。

云照也急忙回了房，将鞋子衣服穿好，转而从后门出去。

她这次从小巷离开，能躲开追兵多久就多久，但她显然低估了赵焱的狡猾，不过两刻，她就碰上了追兵。不过这一次，对方没有给她下毒，直接夺了她的夜明珠，就道："云姑娘请随我来，路上最好不要声张，否则后果自负。"

云照没有挣扎，在高手面前挣扎也没用，她想现在陆无声说不定也被这些涌来的暗卫抓住了。不过可以肯定的是，他们暂时都不会有危险。

像赵焱那么谨慎的人，他定会先拿了夜明珠试验一回，看看她给的咒术灵不灵。如果灵验，她和陆无声才算是完全没了作用，可以杀了；但若不灵，他会主动来找他们，所以她现在安全得很。

"你们要将我带到哪里去？"

捉她的人并不说话，但云照想这次绝不会是寺庙附近的山庄了。

"你们要将我们未来少夫人捉到哪里去？"

正欲离开的众人步伐一顿。云照也颇为意外，只因这个声音来自陆府管家，可他怎么会……她往那一看，竟真是他。他此时出现在这儿，那定是陆无声所派，正如她让喜鹊去找定北侯一样，他们不能自在走动，但身边的人却暂时还没有进入赵焱的计算内。

陆管家年过半百，但脚步威仪，一步一步往他们走去，目光冷冷，手无寸铁，却似有万剑护体，无法让人轻视。

他走到近处，冷声问道："云姑娘是我们陆府未来的少夫人，你们这是要做什么？"说话间一束阴冷寒光骤现，陆管家连看也没看他们手中的利刃，又道，"三殿下身边的人，什么时候做事这样冲动了？"

听他直接拆穿了身份，众人一时无话。管家又道："我不知道云姑娘哪里得罪了你们，但我们陆家已经知道是你们要带走云姑娘，就算我死在这，等会儿来了人，也会继续追查下去。"

众人相觑几眼，为首一人提剑前来，想要将他灭口在这幽冷巷中。

云照大喊一声"小心"，只不过陆管家身手了得，两人也无法将他擒住。这一恍惚，云照只觉陆管家像极了劈窗大侠，无论是身形还是身手。

但陆管家怎会是劈窗大侠？

为首那人又派出两人，这才将陆管家逼得节节后退。云照见那人两次指挥，从这动作中隐约猜出他的身份，凑上前去瞧他，戳戳他的胳膊："喂，秦融，我告诉你个秘密，你娘和你四个弟弟妹妹，很快就要被赵焱灭口了，还有你。"

秦融的身体不可察觉地一震，低头盯她。云照摊手道："我没说假话，毕竟说这种假话对我没有任何帮助，但你若是有空，就去看一看，这对你总没坏处。我说完了，你自便吧。"

秦融仍紧盯着她，但没有吭声。

云照知道他会去看的，之前他就算是背叛三皇子都要救他的家人走，如今听见家人有难，总会去瞧一眼。她见陆管家渐渐体力不支，目染担忧。陆无声怎会让陆管家一个人来呢，明知道对方来的人定不会少。三皇子杀急了眼，根本不会理会陆家了吧。

就在陆管家败退之际，突然挑了一个剑花，随即转身……逃了。

以为他会拼死相救，正着急的云照傻了眼，就连和他过招的四人也愣了神。秦融沉声："追！"

四人瞬时如风散去，只剩下云照在那不知所措，她暗暗数了下身边剩下的人，还有五人，她也根本……打不过。

陆管家到底是做什么来了？

云照实在猜不透陆无声的用意，不过秦融没有提步，不知在想什么。一会儿才听他说道："带她进宫。"

云照意外看他，为什么进宫？宫中耳目众多，不多久她进宫的消息就会传遍宫里吧？她突然明白陆管家出现的用意了。

陆管家出来拦截，并指明他们是三皇子的人，那如今陆管家逃走，如果秦融还是将她关押到别的地方，那就坐实了三皇子掳走她的事情。但如果是光明正大地把她"接"进宫里，就算是陆家来要人，三皇子也可以说是邀她做客。

三皇子要的是确保夜明珠的用法，因此只要她在就可以，不管是在宫里还是宫外，这都不重要。

云照现在算是明白为什么三皇子这么重用秦融了，这人的脑子比玉公公好用多了；而且他重情，用他的亲人来控制他，对三皇子来说，也稳妥得多。

不过既然陆管家的身手这么好，为什么之前陆无声一直没提过，在计划救出秦母几人时，也不曾想到过陆管家？

云照刚解惑的心又被疑惑填满了，真想快点见到陆无声，问个清楚。

黎明未至的皇宫，到处都点着华灯，在寒夜中拼命熬着点点火光，远远看去，似黑夜繁星，点缀天穹。

云照是第一次入宫，这里跟她想象得不太一样。她以为会冰冷又冷清，但并不是，许是因为有万千灯火，许是因为有宫人在忙碌主子们晨起的事。她身着宫服，与她上次去狩猎场所穿的一样，命运轮转再多回，总有那么一次两次的巧合。

兴许不是巧合，而真是宿命。

进了宫里，在旁边监视她的就不是秦融，也不是玉公公了，而是另外两个太监。她假装要逃走，刚动了动腿就遭了他们的眼刀子，看样子也是高手。她识趣地没有乱动，随他们去见三皇子。

赵焱作为最得宠的皇子之一，所住的宫殿早有宫人里外忙碌。云照随太监进了里面，并不惹眼，等入了一间房，背后大门一关，拍出轰隆声响，才将她一直平静的心震得一跳。她打量里屋，见有微弱灯火，小心往里面走去。行了十余步，深入里屋，才见到一个俊气的年轻人正细细品茗，安坐桌前，似在等人。闻声抬头，向她看来，不带一丝戾气，眉眼一笑，就见刀锋冷意："云姑娘，你又骗了我。"

云照见了赵焱，佯装不解："没有呀，我怎么骗您了？"

赵焱未答，从护卫手中接了夜明珠，便让屋内人全都退下，这才道："秃头头？真是秃头头？"他忍得脸部已要抽搐，"你这是借机骂我，对吧？"

云照强忍住笑，仍是一脸无辜："绝对没有。"

"那为何我不能回去？"

屋里只有他们二人，不见其他人，云照越发了解赵焱是个自私之人，否则怎么会一个亲信都没有？

"难道……"赵焱似明白了什么，"需要你在身边，这珠子才能发挥效用？"

答案太过接近，让云照心头一惊，这一瞬改颜，反倒让赵焱误以为他猜对了。立即拿了夜明珠祈求回到过去，但珠子仍毫无反应。他稍作迟疑，才不甘愿地念了秃头头的咒语，然而依旧没有见到刺眼光芒。

紧抓肩头的力道太大，云照痛得脸色苍白，但又不敢再惹怒他，正想着要如何应对，猛地见赵焱看她："我猜错了？莫非……"

云照怕他再一猜就猜到必须得是陆无声在身边，当即接话道："你猜对了，的确是只有我才能让夜明珠发挥神力。"

"那为何当时不说？"

"因为要看这一世你会不会出尔反尔，如今一看果然会。"

她三言两语仍不足以让赵焱相信她所说的话，但至少能扰乱赵焱的思绪，不让他太过顺利。

赵焱也不知这夜明珠到底要如何才能为他所用，可若最后都要依靠云照，那他定会被她牵制。他心有底线，不想受制于人，微微思量后说道："云姑娘想要什么？"

"我想要的陆无声已经说得很清楚，只是三殿下没有办到而已。"云照认真道，"这样吧，三殿下再仔细想两天，两天后我们再见。你若不放我走，宫里人都知道我进了宫，到时候陆家来找人，三殿下也得放我走，倒不如现在就放我走。"

"陆战没有还巢，陆无声进宫，我也能将他留在宫里，要给父皇那边一个说法并不难。"

云照见赵焱打定主意要将她当作人质，她又看看天色，才刚刚黎明，正是寒冬，仍不见远山冒出一点黛青色。天色晦暗，夹杂着冬日阴冷，云照里外都不舒服。

"其实陆家再好，也不过是臣子。"赵焱说话间已将夜明珠收好，他话语微缓，更显沉着悦耳，"云姑娘也说了，你是商人，讲究公平交易。那我许你妃位，让你云姓族人一同登上云端。这个条件，不比你做陆家少夫人差。"

云照笑笑："三殿下，如果我真的有心大富大贵，就不至于拿着这夜明珠到处跑了，不是吗？所以你该信我，自始至终，我们都没有要争权夺势的念头，只是想守着一亩三分地，种花种草，没事泡壶茶，看看夕阳吹吹风。"

她说完这话，不知为何赵焱突然盯看她，看得云照赶紧将方才的话细究一遍，也并没有发现有哪里不对。却见赵焱眼底渐渐有了笑意："对，你们往返数次，不争权势，不求富贵，那到底……是为了什么？"

狐狸在前，就算是狡兔，也无窟可逃。

云照真想咬牙切齿地骂他一顿，还不是因为你赵焱，屡次三番想设计杀陆无声，杀了十年还咬着不放，才使得她被迫回来。

她心头突然咯噔咯噔作响，就算当年她和陆无声决裂，但以他的性格也不至于跑到边城去，还一去就是十年。

难道是陆伯伯要求的？是陆伯伯也察觉到有人要杀陆无声，所以才将他带走，并让他十年不归京师？若真的是如此，陆伯伯也是用心良苦了，只是远离是非十年，一回京师，还是躲不过。以陆无声的身手，身边又有那么多的将领，怎么可能无故坠崖？

联想赵焱种种手段，她深信自己没有猜错，那十年后的事故，就是赵焱所为吧。让她往返腊八数次，历经亲友生死数回，都因赵焱。

云照费尽气力才将心头恨意压下，淡声道："因为我想改变的事，太多了。只是我没有料到的事，也同样太多。起先不过是一件小事，谁想小事环环相扣，推得山顶雪崩，导致我不得不多次重返腊八。所以我也奉劝三殿下一句，拥有回到过去的神力，并不见得是一件好事。"

赵焱说道："这些事就不必云姑娘费心了。"

一问一答，论饮酒，也过了三巡；论品菜，也过了五味。云照再看窗外，天已明，看模样也过了辰时。

赵焱知道，云照手握夜明珠的用法才能保她安全，自己今次捉她也令她明白，她若说了，将失去盾牌，所以她绝不会轻易说出来。既然没有东西能够诱惑她吐出秘密，那就只能用别的东西来威胁她了，比如她的家人，比如陆无声。他暗自思量着，不再劝诱。

赵焱丢下云照走到外面，唤了护卫来，还没命他们前去捉拿云家人，就见有宫人过来禀报："殿下，定北侯求见。"

"定北侯？"赵焱皱眉，他和定北侯平素极少往来，怎么今日他会找上自己？他想了想，"前世"的腊八他并没有造访，那就是说，跟云照或是陆无声有关了？他问道，"他来做什么？"

"说是听闻有位云姑娘在泽芳殿做客，有急事寻她。"

"云照……"知道是云照捣鬼，赵焱已知情况有异。但那定北侯并非是个心胸开阔之人，性格又莽撞，如果强留云照，怕定北侯不会善罢甘休。他细细一想，以退为进，说道，"将云姑娘带出去。"

这边放走云照，那边再擒她的家人，她迟早会回头来求他。

只是……他想起一件事来，同样归来的陆无声去了何处，此时又在做什么？

第三十四章

云照不是头一回见定北侯，但定北侯是头一回见云照，见她不惊怕自己，倒像是见了救星的模样，颇为奇怪。

按理说云照跟定北侯是有仇的，她"杀"过一次他的夫人，他间接"杀"了她的祖母，只是造化弄人，算不得是真仇，心中对他的看法颇为复杂。

直到上了车，离开这森森宫门，定北侯才仔细打量她，可怎么看，眼前这姑娘也不像有通神的本领："你如何知道我夫人在天明时会犯病，还让你丫鬟来报信，更知晓哪位神医能治我夫人的病？"

云照半夜醒来，就让喜鹊去告知定北侯这件事，定北侯问起，以喜鹊的性格一定会告知他这是听她所说的，而定北侯生性多疑，也会来寻她。云照本想借他之力好快些找到自己的所在，不至于让陆无声找得太辛苦。谁料陆无声早安排了陆管家来，迫使赵焱光明正大将她请入宫，而定北侯也闻讯赶来，根本不费气力来找。

不过还是所幸有这一手，否则云照也不会这么顺利出宫。但赵焱轻易放她出宫，只怕也是有后手，那到底是什么……

不能以权贵引诱她，那按照赵焱笼络人心的方法……她不会变成玉公公那样的人，那另一种人就是……她蓦地一惊，那就只能变成秦融那样的人为他所用。

定北侯见云照气色不对，似乎走了神，唤她："云姑娘？"

云照忙道："我掐指一算算到我家人有难，可否劳烦侯爷来我家中做客，镇镇那些邪魔鬼怪？侯爷功德无量，侯夫人的病也会好得更快，保她十年安然。"

定北侯皱眉狐疑："我夫人身子素来娇弱，天生有疾，我访遍名医，都无人敢像你这样夸下海口的。"

"我有通神的能力，你信我，二十年三十年我不敢保证，但一定有十年，而且你们还会有两个康健的孩子，一男一女。小侯爷天资聪明，三岁能诵百诗。"

定北侯仍旧怀疑，但还是抑制不住欢喜，问道："那女儿呢？"

云照绞尽脑汁想了想，如实说道："十年之内，长英伯会领子前来做客，定下娃娃亲。"

"你说得这样好，本侯……"定北侯到底没法说出"不信"二字，就如算命，哪怕对方说得天花乱坠，可于自己好的，他却说个不字，好似将福气全都往外推。

"侯爷且信我。"云照又将脑子里的事全都搜刮一遍，定北侯算不得大人物，但京师的权贵关系她都费时记过，好为云家开商路，但太过详细的事情，她也忘了，只是记得个大概，"我泄露天机本不该，但我一心要救我家人，唯有侯爷坐镇才能保我家人安康，所以说了许多天机，还望侯爷赏脸，护我家人。"

定北侯没有轻易答应，心中仍有衡量，又道："要害你家人的，莫非是方才邀你进宫的人？"

云照听他这么说，就知道他也不想得罪三皇子，否则怎么会连他的名讳都不轻易说出来。她笑笑："如果真是三殿下，他又怎么会请我入宫，侯爷说要见我，他就立刻派人送我出来了？侯爷只管放心，并不是三殿下，那人的权势也绝对比不过侯爷，若权势逆天，我费尽心思来请侯爷，合理吗？"

定北侯转念一想，这话倒是在理，他还是不放心，说道："我可以去云家一坐，但是如果发现会惹麻烦，对方是三殿下，我会立刻离开。"

云照知道赵焱不会自曝身份，所以也就不用担心这个问题，去的最多是一些黑衣蒙面人，定北侯能应付得来。所以云照一口答应，恭恭敬敬跟他道谢。

她重来数次，怎么也想不到，当初最恨的人，而今却成了她的救星。

世事难料，世事难料啊！

马车到了闹市，她便中途下了车，打算去找陆无声。他不会是坐以待毙的人，但不知此时他在做什么，云照想见他。

她一路小跑，跑到陆家，本想翻墙进去，但又觉得走正门跟翻墙没区别，干脆敲开了大门。

门刚打开，云照就见到了管家，她将他仔仔细细看了一遍，不由笑道："管家你深藏不露呀，身手真好。"

管家没吭声，直接说道："少爷出门了。"

"去了哪里？"

"我也不知，半夜就走了，至今未归。"

云照顿时有些担心，不过要是赵焱也抓走了陆无声，那肯定会将陆无声也捉到泽芳殿，而不会让她一个人走。

估摸着陆无声是去做其他什么重要的事了。她同管家道了谢，就又钻进巷子里，细想他会去哪里。想来想去，云照一个回神，自己真是笨，陆无声怎么会好好地在陆家等她，肯定是去了云家找她了。

她急忙往家里跑，就怕他被赵焱派去的人瞧见打起来。

云照火急火燎地跑回家，在门口就看见了方才乘坐的马车——定北侯没有食言，果然来了。她边进院边问下人："陆家少爷来过没？"

"回小姐，没有。"

云照暂且没空跟定北侯多说，就从旁边小道进了自己的院子。喜鹊正端了东西出来，一见她就哆嗦道："姑娘，那定北侯太吓人了，差点没把我的肩头握碎，问我是谁告诉他这些的，太可怕了，太可怕了……"

"他伤了你哪里没有？"

见她关心自己，喜鹊立马精神了，答道："没有，就是肩膀有点疼，揉揉就好了。"

云照笑笑："我先回房，别让人打搅我。对了，要是陆无声来了，立刻叫我。"

喜鹊抿唇一笑，陆少爷在自家小姐心里，果真很有分量。

云照进屋就去开窗，但没有看到陆无声，那不安又浮上心头。她试着轻唤他的名字，本没有想到会有人答应，谁想一条影子从屋檐翻下。

"云云。"

云照先惊后喜，探身就将他抱住："陆无声你跑哪里去了，我去陆家找你了，可管家说你不在。"

陆无声被她扑了个结实，稳下步子将她抱了出来："我也来了云家找你，但你不在，后来我就去了别的地方。先别说这个，跟我去一个地方。"

"哪里？"

"避暑山庄，你解毒的那个。"

云照边随他走边问道："为什么去那儿？"

陆无声笑问："秦融对你说的那句话，你还记不记得？"

云照当然记得，答道："答案在山庄。"她恍然，"你在那发现了什么？"

陆无声点头："发现了一些好东西。"

来山庄之前，云照绝对想不到那好东西是什么，来了之后，她才咋舌惊诧。

因为陆无声说的好东西，是死的，冷冰冰的，放了满满一间屋子，放眼一看，全是兵器。

木架上的兵器透着阴森寒光，只是一点星火，兵器相互折射的光芒却如繁星明月，映得满屋雪白透亮。云照难以置信地看着这屋内景象，抬头看了陆无声好几眼："那赵焱真的想要造反啊，难怪我上回被玉公公带来这里见他时发现曾被我们走遍的庄子，却又多出好几条通道来，原来那些暗格，被用来放置这些。陆无声，你怎么想到的？"

陆无声拾起地上一柄匕首，看其尖之光泽，已制不久，但匕首上没有尘埃，可见常有人来清扫。听见云照问他，他才道："秦融并非大恶之人，他告诉你的话未必是骗你的，加之我们获悉了赵焱的身份，而我们与他接触的时候，只去过一处他名下的山庄。"

"就是这里？"

"嗯，所以我寻不到你，办完正事后，就来了这里，谁想发现了这里的暗格和地窖，都是兵器还藏有金银财宝。"

云照顿觉奇怪："赵焱做事谨慎，为什么一开始要将我们往这里带？"

"许是为日后布局。"陆无声将匕首放下，继续说道，"如果以后他被人提早发现这个地方所在，而众所周知我曾来过这里，未婚妻更是曾在这里小住，你说，圣上会怎么想？"

云照起先没想明白，认真一想，顿时惊出冷汗来："圣上定会觉得你也有谋反之心。"

陆无声轻轻点头："那到了那个时候，陆家不得不反，因为不帮扶赵焱，那陆家九族难存。"

"赵焱好歹毒的心。"云照此时才深切体会到三皇子的毒辣，她能从皇宫全身而退，真是不容易。

陆无声明白，唯有扳倒三皇子，才能让陆家云家安然。他握了云照的手将她带离这里，说道："我们先离开这儿，去酒楼。"

还处于愤怒中的云照回了神，随他离去，低声问道："酒楼？这个时候你还想着填饱肚子的事。"

陆无声蓦地一笑，没有辩驳。

离开山庄，入了山林中，云照才没再压着嗓子说话。挤着嗓子说太久，喉咙都有些疼了。她抓着他的手快步走着，边走边问："去酒楼吃午饭吗？"

"我约了人。"

"谁？"

陆无声像是说个平常人一样说道："赵焱。"

云照惊得踉跄一步，差点摔倒。陆无声忙扶住她："冒失。"

"我分明是被你吓的。"云照不解道，"我们刚从老虎爪子里逃出来，怎么又要回去？正面斗我们根本斗不过。"

陆无声笑道："那我们不正面斗。约他的人是我，但和他见面的人，不是我。"

"那是谁？"

"十七公主。"

云照讶然："你何时见过了十七公主？你让他们见面……难道你已经将夜明珠的事告诉了她？她信吗？"

陆无声缓缓应道："她信，因为，她跟我们一起回来了。"

云照再次惊讶，突然明白了为什么"临死"前陆无声会叫十七公主过来，说了许多夜明珠的事，甚至还让赵焱杀了她。

明白这件事后，云照止不住露了笑颜。

两人离开山庄半个时辰后，山庄陆陆续续来人，从隐蔽的山路前来，搬着冰冷冰冷的兵器，由秦融领路，从隐蔽的山路而去。

不多久，山庄就变得空空荡荡，一件兵器也看不见了。

雨花酒家高有八层，登顶可以看见皇宫远景。

赵焱并不常来这里，他没有这个闲情来赏景吃饭。在事关生死的情况下都要来这颇具闲情雅趣的地方，是陆无声那种文绉绉的读书人才会做的事。

赵焱面容俊朗，脸上素来挂着温和神色，哪怕是此时上楼要见的是陆无声和云照，他的神态也是一如既往。连上下楼送菜端茶的小二，都觉得这是个温润的富贵公子。

八楼有十二间房，如今快到用午饭的时辰，人很多，哪怕是进了房间，两边隔壁也有嘈杂声，并不安静。

赵焱让护卫守在外面，他在房间里择位而坐。过了一会儿，门外映来个姑娘的影子，他瞧了一眼，以为是云照，便提了茶壶斟茶。门一打开，他就道："茶已斟好，云姑娘……"他一顿，门前的确站了个姑娘，可来者却不是云照，而是……他的十七皇妹。

"皇兄，"十七公主面色不佳，满眼惊怕，"为什么……为什么你会在这儿？"

赵焱也想问她怎么会在这里，忽然意识到她神态不同往常，沉声问道："你在害怕？你怕我，你为什么怕我？"

十七公主惊叫一声要逃，赵焱一个箭步将她拦下，用力扯入屋内，摔得十七公主眼前一黑，几乎晕了过去，她颤声哭求："皇兄放过我……放过我，不要杀我，求你不要杀我……"

赵焱紧紧捉住她的手腕，扣住她的命门，眼底仍是温和的笑意："我的好皇妹，你这是在说什么，皇兄怎么会杀你？"

十七公主哭得气绝，几乎以他听不见的声音说道："我也回来了。"随后哭得大声，"我知道你要做什么，你要夺皇位，你要弑君，你还想杀了我灭口！"

赵焱皱眉，弑君？这些话她也敢在大庭广众之下乱说，他何曾与她密谋过这件事，难道看他回来了，自己胡思乱想的？这些话要是传到父皇耳中，那死的人便是他了。

十七公主还在哭着，等瞧见他眼神不对，才渐渐止住哭声："你要害七哥哥，害陆将军，害陆无声，我都知道……是我不对，我不该回来，我应该远走高飞，不再涉足京师。放过我吧，皇兄。"

她说着便提裙要走："我这就走，皇兄我这就走，我绝对不会告诉父皇的，你的事，我一个字都不会说。"

"站住！"赵焱声调莫名，"皇妹，你到底在说什么，皇兄一句也听不懂。你若是不舒服，赶紧回宫去找御医吧。不行，现在就回去，我去禀报父皇。"

十七公主见他不气不恼，微微发怔，此时他已松开她的手，还拥着她往外面走。她定住步子不愿走，却被他暗中用力，几乎是半推出门。

本来守在门口的护卫都已不见了，赵焱唤了一声，却没有侍卫前来。他温声说道："皇兄送你回去。"

十七公主骇然，时而往隔壁两间厢房看。赵焱余光轻瞥，没有理会，暗暗钳制着她下楼。

他一直将她"押"到一楼，才附耳低声道："想逼得我再杀你一次吗？隔壁房是谁在那？陆无声？呵，他想借你的手来压制我，但我的好皇妹，就算是他领人在隔壁厢房，我也不会说出半句不敬的话。想用这种手段来反击我，未免太简单了。"

十七公主转身怒瞪他，气得浑身哆嗦。她没忘记他曾杀她的模样，更没有忘记他是为了什么而杀自己，她知道他的狠心，但也知道他心细如尘。她半夜醒来，发现自己竟没有死，脖子上更没有划痕，还以为是做梦。到了天明，突然有人要进宫见她，来者还是陆无声。她心中惊恐，慌忙召见，随即才知道夜明珠一事是真的，她不是在做梦，她的三哥哥也的确是"刚刚"将她杀了。

她恼得要去寻赵焱报仇，但被陆无声拦住了，并与她商量了这一计，让她说那些话。谁想赵焱沉住了气，还识破隔壁屋里有人听着。

赵焱并不愚笨，他深知他这个妹妹的脾气，她随同自己一起归来，怎会还有心思出宫？没有立刻冲到他屋里痛骂撕了他，定是有人拦着。而拦她的人，只有陆无声。她再没分寸，也不会在大庭广众之下说那些话，于她并没有好处，她句句都在引诱自己，说出大逆不道的话。所以他心生警惕，隔壁房间定有朝廷的人，比如陆无声，比如大臣，又比如父皇信任的太监宫人。

赵焱冷笑一声，终于松开了她的手，又道："我不杀你，但你若再敢和陆无声算计我，你明日就会变成死人。"

十七公主眼神咒恨，可对他又没有办法，眼睁睁看他上了马车，扬长而去。她在原地瞪眼半晌，愤恨的双眼渐渐……有了讥诮，渐渐变成无尽的嘲讽，又冷漠又薄情。

她款款往楼上走去，行至八楼，又回到了方才的房间。隔壁两间房已经不吵不闹，没有刻意营造出来掩饰的嘈杂声，而刚才的房间里，也坐了两个人，自然是陆无声和云照。

茶水已经斟好，就等着她归来。

她坐下身，眉眼轻抬，伸出了手掌。手掌展开，一颗夜明珠卧在掌心中，正是云照被抢走的那颗。

云照大喜，伸手要拿，可手掌却迅速合上。十七公主长眉微挑："你我约定，不许反悔。"

"当然。"

得到她的允诺，十七公主才再次伸开手掌，云照将失而复得的夜明珠拿到手中，对陆无声笑了笑："是这颗。"

陆无声微微笑道："快收起来。"

"十七！"

没有关上的门几乎是瞬间就被人推开，两扇门重重拍在两边，似浪拍在礁石上，撞出巨大声响。十七公主惊得几乎一跳，见了来人，便往陆无声身后躲。

赵焱见了陆无声和云照，又往厢房左右两边墙壁看了看，想起不该这样失态，负手而立，没有再发怒，只是说道："皇妹，你是不是顺手拿走了我的夜明珠？那是我要送给你十皇姐的东西，你不可胡闹。"

"我没拿，你在说什么我不知道。"

赵焱冷眉盯她，看向云照："原来你给了云姑娘，麻烦云姑娘将它还给我。"

云照冷笑："三殿下，这东西本就是我的，何时变成你的了？"

赵焱惊讶："云姑娘这是什么话，你若是喜欢，就让陆大人送给你，不至于这样贫寒，连颗珠子都买不起吧？陆大人，快让云姑娘别闹了，将珠子还我。"

他不想跟他们废话，就算旁边厢房有人，他不过是想要拿回自己的珠子，那让他们知道他要做的事，也没有什么需要避讳的。说了几句客气话，他便上前要抢走珠子。

陆无声将云照拉到身后，护住她，护住她手上的珠子，不让赵焱伤了她。

"这珠子能通神，你想拿它做什么？回到以前，夺取皇位吗？"

赵焱诧异道："陆大人这是什么话，我何时有这种狼子野心？"

陆无声质问道："那山庄里藏的数万兵器是什么？"

"何来数万兵器！"声音老态，并不精神有力，但浑厚威严，穿透了墙壁传来，令厢房顿时安静下来。

赵焱着实意外："父皇？"

他料定陆无声在隔壁房间安排了人来坐定他大逆不道的事，所以行事小心，说的话也不逾越半句，但他绝对没有想到陆无声请来的人竟是他的父皇，是当今圣上。他心头微惊，立即将他方才所说的那些话全都回忆了一遍，确定没有任何出格的地方，才定下心来。

转眼赵康已经从隔壁厢房过来，数十名侍卫如鱼贯入，沿边而立，将厢房塞得满满当当，随后赵康才入内。

他已年过半百，常年久病，神色不佳，但目如猛虎，王者英姿不减半分。宫人已经搬了椅子过来，扶他安坐。

"父皇。"十七公主走到赵康身边跪下，一抬眼，都是泪，"三哥哥真的想杀我。您既然肯来，定是信天成的话的，他真的想杀我。"

赵康轻轻拍了拍她的头："父皇来，不是因为信你，而是不想你三哥哥被人冤枉了。"

赵焱心中冷笑，这话正是表明了不信他，所以才来，话说得倒是好听。

君王的心，就算是亲生儿子，也不会相信。他跪地说道："请父皇为我做主！陆将军辛苦守卫边城，还未班师回朝，他的儿子便和皇妹胡闹污蔑儿臣。皇妹，你真糊涂，就算你真的喜欢陆大人，也不能听他蛊惑呀。"

十七公主恨恨道："我没有受蛊惑，是你亲口说要杀我。"

赵焱摇摇头，重叹一口气。

赵康转而看向陆无声和云照："你们有何说法？这夜明珠，当真能让人回到以前？"

赵焱一顿，他蹙眉看向陆无声，他为了自保，竟将这种事跟他父皇说了。也对，如果不跟圣上说，那他一个朝廷官员，如何跟他这皇子斗？所以破罐子破摔，宁可将这件事跟圣上坦白。

陆无声答道："回禀圣上，的确如此，这件事三殿下也深信不疑，所以才大费周章想抢夺夜明珠，想要谋夺皇位。"

"陆大人说笑了，这夜明珠本就是我让宫人去宫外采集的。而且你说我有谋反之心，难道就凭你一颗不知真伪的夜明珠？"

"夜明珠的事是传说，那山庄所藏的数万件兵器，三殿下又该如何解释？"

赵焱惊讶道："什么山庄，什么兵器？陆大人说话真是越发奇怪。"

一直没有作声的云照说道："三殿下就好好地再挣扎片刻吧，七殿下已经带人前往山庄搜查了。"

云照以为这话赵焱多少会露出惊慌模样，可他脸上连半分慌张都没有。赵焱太过镇定，反倒是让云照的心七上八下，不知他葫芦里卖的什么药。

众人在屋内静等赵州归来。屋里气氛沉静，赵焱越镇定，云照就越慌。她紧紧握住夜明珠，要是不小心被赵焱坑了，圣上要砍她和陆无声的脑袋，她就只能再回去了，否则进了天牢，她想靠近陆无声都没有可能。

云照实在是太过紧张，握得夜明珠都要碎了，她偏头看向陆无声，想和他说话，想问他，这件事到底会不会出意外。但屋子里谁也不说话，她没有办法问。

陆无声像是察觉到了她的殷切目光，也偏头看她。好似见她目有惊慌，轻轻朝她点了点头，以目传意——放心，云云。

云照高悬的心瞬间就归于平静，对，陆无声办的事，她不该怀疑。

那赵焱那家伙为何如此镇定？

整个八楼都已经被他们包了，所以八楼没有一点声响，方才那些客人，也都是赵康安排的人。现在他们房中没有动静，别的房间也安静下来，整个八楼都悄然无声。所以有人从七楼楼梯上来时，脚步清晰可辨，几乎立刻吸引了八楼所有人的视线。

"定是七皇兄。"十七公主立即起身去门口瞧，一见那男子，就跑过去拉他进房间。能让她兴奋的，就只有山庄窝藏兵器的好消息了，她如何不急？定要让赵焱那混账东西尝尝掉脑袋的滋味，方能解她心头之恨！

赵州被她拽得急行入屋，屋内气氛压抑沉寂，他跪地向圣上问了安，说道："儿臣已去过陆大人提及的山庄。"

赵康默了默才问："如何？"

云照满目期待，说吧，只要说出来，事情就结束了，她再也不用回到腊月初八，喝那腊八粥了。

赵州说道："没有发现任何兵器，只是一处普通的庄子。"

云照一愣："不……不可能，七殿下可有找过庄子里面，那里面，还有大大小小的地窖和暗道，都是兵器呀，而且还有金银财宝！"

赵州摇摇头："没有，只有几个负责清扫的老奴，没有兵器，也没有财宝。非说有钱财，也不过是几件古玩和几十两白银。"

云照登时瘫坐地上，脑袋嗡嗡直叫。十七公主也傻了眼，她恶狠狠地盯着云照和陆无声，若非她的父皇在这儿，她已经要骂他们了。这跟说好的不一样，她为他们盗取夜明珠，他们要扳倒她的皇兄，结果他们却将事情闹到这样无法收场的地步。她盯着陆无声和云照，他们侮辱皇子谋反，这是大罪，说不定父皇会就地处置他们，那到时候他们肯定会回去。这一次要是一起回去，她可不要做个什么都不知道的白痴。

云照又将夜明珠握紧了些，想着情况一有不对，她就跑。忽然有手压在她的拳头上，轻轻压着，像是在安抚她不安的情绪。她抬眼看去，陆无声依然是云淡风轻的模样，似乎在告诉她，他们还没有输。

可他们已经输了。

兵器不在那里，她知道是赵焱察觉了便将兵器转移走了，天大地大，他们要去哪里找这证据来证明他们没有污蔑皇子？

没有可能翻身了……他们输了。

"陆无声，朕信任十七，也信任你的父亲，所以由得你胡闹，甚至亲自出宫与你们唱戏。可你这出戏，实在是太荒唐！"

"哎呀，这里好热闹。"

腔调懒懒，好像说话的人没有睡醒。这声音突如其来，让赵康都顿了话。

往门外一看，就见个穿着寒酸的捕快倚在门口，脖子上正被侍卫架了刀，可他仍面不改色，笑道："我在郊外查获了一堆兵器，押送的人有宫里人，有您的人，他们说那些兵器是三殿下您的。我听说您在这儿，就赶紧过来找了。咦，对了，哪位是三殿下？哪位哪位？陆大人帮我指指吧。"

陆无声淡定地往赵焱一指："这位就是了。"

万晓生恍然，殷勤道："三殿下赶紧去看看吧，不过放心，您的上万件东西都好着呢，就是押送的人嘛……不太老实，老喊着是您的人让我滚一边去，所以被我揍了一顿，看着有点惨，您不要怪我。"

赵焱愣神，抬眼往赵康看去，只看见一张阴沉面庞，他怔了怔，自知兵器被陆无声派人截住了。物证在前，人证也有，他深知无力回天，顿时瘫在地上。

第三十五章

万晓生率着众衙役拦截下的兵器，已经都送到衙门，赵康让侍卫押赵焱一同前去衙门查看，暂未发落。只是自古以来，谋反是大罪，所以就算赵康没有当众发落，云照也知道赵焱的下场不会太好。

这样安静带走，可保皇家颜面，处置的事，这几日定会有结果。

赵康看着侍卫亲自押走赵焱，视线落在门口，许久都没有收回。直到公公提醒该起驾了，他才动身，临走前回头对陆无声说道："夜明珠一事，可是真的？"目光灼灼，是不信任，是怀疑，更是虎视眈眈，充满了危险。

陆无声微微弯身行礼，答道："子虚乌有，臣也不知道是谁造谣说我未婚妻手中有这样的夜明珠，导致三殿下被迷惑了心智，前来抢夺。被公主发现后，他又威逼公主，实在让人费解。或许是三殿下心中的确有野心，所以才会寄托这种玄幻之事。"

赵康拧眉盯看，没有完全信他。

一会儿陆无声才说道："圣上，如果它真的能让人回到过去，那微臣的母亲……也不会因故离世了。"

赵康一愣，终于收回审度的目光："你和云家姑娘有功，朕会记得。"说罢，这才离开，没有再问夜明珠的事。

他一走，满屋的侍卫也陆续离开，整层八楼，终于再次回归平静，这一次的平静，不再是死气沉沉的静。

云照开口问道："为什么你笃信圣上会和你一起演这场戏？"

"因为有十七公主的说辞。"

"这恐怕不够吧，说到底，三皇子也算是太子人选之一。"

陆无声默然许久，才摸摸她的头，说道："因为他是君王，哪怕有疑点的人，是他的亲生儿子。"

云照愣了愣，也明白了他话里的意思。坐在云端之上的人，远不如坐在地上的人安稳。稍有风吹，就可能跌落神坛，万劫不复。所以他们受不得半点风吹，一旦发现，就要拦截在百里开外，方能安然。

"我也得回衙门了。"万晓生摸了摸还凉飕飕的脖子，"陆大人，为什么你要让我去劝那领头押车的人，谁来着，秦融？还说只有我能劝得动他，让他回头是岸？"

陆无声笑笑："经验。"

"啧啧，说得我好像跟他很熟似的。不过我也懒得知道原因，我就问一句，陆大人跟我许诺的……咳。"万晓生清俊的脸上冒出醉酒红晕来，"你说能让云家姑娘把喜鹊许配给我的事，咳咳，是真的吧？"

云照侧耳听见，偏头郑重说道："童叟无欺。"

万晓生顿觉周身舒畅，又怕她打趣自己，说了句"我也得回衙门去了"就匆匆下楼跑了。看得云照偷笑，还没笑够，就觉旁边有股戾气，一看，果真是十七公主。

十七公主瞥了两人一眼："你们应该好好感谢我，如果不是我，计划不会如此顺利。只是陆无声，以后你有后手的话，劳烦告诉我一声，免得我跟着担惊受怕。"

"没有以后了。"云照偏身瞧她，这回终于轮到她将陆无声拉到了身后，她一点都不想让十七公主多瞧他一眼，"正月之后，会有番邦前来和亲，到时候公主答应了为妙。"

十七公主冷笑："番邦皆是蛮荒之地，你让我嫁去那些地方，是何居心？"

"因为如果你不嫁去番邦，一年后，你会死于京师暴发的瘟疫，死相凄惨。"

十七公主周身一震，她转了转眼睛："你唬我，你只是想将我打发到千里之外的番邦，不再回来吧？"

云照叹道："言尽于此，公主自己考虑吧。"

十七公主还是不信，看她还有什么说辞，可没想到云照竟不说了，拉了陆无声往楼下走。她说得越多，她就越不信，但云照不再提，倒让她心慌。她上前捉住她的手，瞪眼道："你说的定是假话，对不对？"

云照看了看她，缓缓推开她的手："一年后，真的会暴发瘟疫。如果公主不信，可以等，只是这一等……就没命了。"

云照说完就和陆无声下楼，留下举棋不定的十七公主在原地慌了神。不可能，她不会死的，开什么玩笑。

十七公主蓦地笑了笑，这一笑，才觉额头冰凉，抬手一抹，尽是冷汗。她恶狠狠地盯着云照的背影，紧握拳头，她不能死，不能这么轻易地死了。一年……她只要等一年，就知道她说的是不是真话。如果她敢撒谎，到时京师没有瘟疫发生，她定会想尽办法杀了她！

离开酒楼，天正放晴，天近午时，阳光晒得人微醺。

入了闹市之中，两人也不知要去哪里，但世间已宁静，去哪里都无妨。

陆无声问道："你方才所说，是真的？"

云照说道："瘟疫是真的，只是到最后都不知晓原因所在，所以无法防范。"她说着叹了一口气，唯一欣慰的是那并不是大瘟疫。

"那十七公主……"

云照笑道："是假的。"

年后来求和亲的番邦，不多久会叛乱，尔后被圣上派兵镇压，而其后宫妃嫔皆下落不明。她想，十七公主如果真嫁到番邦，那也没有再回到宫里的机会。就算是真的回来，瘟疫一事她没有说谎，她必然是信她的。所以万一归来，十七公主找她，也是求她居多，而不是害她。

"这一次万捕快帮了大忙。"

"如果不是你提过你曾拜托万捕快带人上山捉贼，他一一照办，我也没有这个把握去请他带人拦截那些兵器。"

赵焱为人谨慎，陆无声也怕赵焱不肯承认那些兵器是他的，料他会派人运走，所以拜托万晓生去盯看，果然，赵焱命人转移走了那些兵器。兵器并不是他最想查缴的，他更在意的是运送兵器的那些人。这些人里，一个不会泄露赵焱的身份，但两个三个就难说了，赵焱能找到的人也不见得会全是死士，那要找到几个怕死的，嘴巴不严实的，就不难了。

云照盘算着该怎么跟喜鹊提万捕快的事，心中美得很："我不好明着给他银子，那我就在喜鹊的嫁妆上下功夫吧。对了，你也要记得好好奖赏管家。"

陆无声问道："哪个管家？"

"陆管家呀。"

"哪个陆管家？"

云照扑哧一笑："陆无声你糊涂啦，当然是你家的管家。"

陆无声笑问："奖赏他做什么？"

云照顿觉不对："我半夜被人捉走，好在你让陆管家来闹了一回，才不得不使赵焱光明正大让我进宫，也是如此定北侯才能将我顺利接出宫外。等等……管家不是听了你的安排才来的？"

陆无声愣了愣："我并没有让他去，我醒来后直接去找你，但到了云家发现你不在，后来我才去找了万晓生，天亮后就进宫见十七公主。"

不是他的安排？那陆管家……

云照微微晃神，忽然明白过来："陆无声，我们去一个地方，见一个人。"

哪怕是在严冬，竹林也依旧苍翠。一座孤坟坐落其中，连带着整片竹林，都安静了。

那坟前有香火，旁边的杂草也刚被人除去。

陆无声看见坟前香火，有些意外，随后又觉得不可思议："怎么会有香烛？之前我和父亲在腊月二十初来，是我亲手除去的杂草、上的香，如今重来，未到二十，这里不可能如此。"

"陆无声，你还不明白吗？"云照不断重复的这几日，对任何光怪陆离的事都想得开了，她不如陆无声聪明，但她有着女子独有的细腻心思，"谁会一而再再而三地冒险救你？得罪公主，闯入火牢，还能命令陆管家？"

陆无声怔住。

"是陆伯伯，他一直都在。"云照往幽深竹林看去，也不能肯定他在不在那里，"陆伯伯？"

竹林深处，风撩竹叶，声响窸窣，伴着一人独行的声音，渐渐清晰。

陆无声看着那边，看着那从林中走来的人影，有些恍惚："父亲。"

陆战缓步前行，常年紧拧的眉头此时已经展开，但岁月拧在眉间的痕迹，却仍留在上面。他走到坟前，看着妻子的坟墓，沉默良久，才看向他唯一的儿子："腊月初八第二天，你被下人推入池中溺死，我回到那天，救活了你；次年，你被害，我回来，救活了你；几个月后，你再次死去……反反复复七十二次，最后一次我将你带离京师，随我去边城，安然了十年，谁想回来后，你又被人杀害。为父再没有精力救你，所以回到了你儿时，让你将夜明珠送给了云照。因为云照便是我选定救你的人，唯有她能手执夜明珠，回到腊月初八。"

陆无声和云照皆愣神，他们没有想到的是，夜明珠竟来自于陆战，甚至在此之前，他已经回到腊月初八七十二次！

"你曾去皇家猎场，却被人暗箭所杀，所以我不允许你涉足猎场；我让你跟我去边城，一去十年，只因你留在京师，变数太多。可哪怕回来七十二次，为父也救不了你。凶手手段千变万化，是神明对我的惩罚。"

陆无声回神问道："什么神明，什么惩罚？"

寒风戚戚，拂得人面冰凉。陆战目光沧桑，缓声说道："我守卫边城，迎敌无数。有一日神明出现，说我杀戮过多，处以天罚，让我无后。天罚将至，又出现另一位神明，说她无力改变天罚，但可以助我一臂之力，便赐予我一颗夜明珠，让我有无数次机会救你。"

陆无声没想到夜明珠竟是这样的来历，云照一听，突然想起了梦中的黑白二神。每次黑袍神出现定要以花吞噬她，最后都是白袍神仙救下她，那这两人，定就是陆战所见的天罚之神和天赐之神。

"可神明的决定，哪里会有这样容易改变？我苦心保护你，心血耗尽，可最终还是没有办法保护你。心力交瘁时，我才下决心要将夜明珠交给别人，祈求那人能够救下你。"

云照问道："那为什么是交给我，而不是直接交给陆哥哥？"

"夜明珠可以交给任何人，唯独不能给他，更不能告诉你们任何真相线索，否则夜明珠会直接失去神力。只是天神怜悯，给了我三次机会助你。我可以将珠子赠予别人，但选择的机会，只有一次，一旦失败，便再也没有办法回去。"

陆无声突然明白为什么家中除了祭祀母亲时才会烧香，平日父亲从不让他祭拜鬼神。那是因为父亲对鬼神有恨，让他一次又一次重来。他以为云照回来几次已经很痛苦，谁想父亲一人独自回来七十余次，那是何其的凄苦。

"我只能保护你，不能惩戒凶手，哪怕我查出那人是谁，我也不能动手。可我无法将夜明珠交给别人，直到云照出现了……"陆战看着云照，疲倦的眼中已有微微感激，"分开百次，无论多少年，因何事，最终还是会见面，所以我选定了你，在你年幼时，让你获得夜明珠。"

云照想过千百回夜明珠的用意，却从不曾想到她是陆战挑中的人，她骂过老天爷，也感激过老天爷，但知道能救陆无声后，她不后悔老天爷这样折腾她。人生能够重来，救下了陆无声，救下了司玲珑和土豆护卫，还能撮合万晓生和喜鹊，她不后悔。正是因为不后悔，所以才在千锤百炼中，一次又一次回来，救她所爱的人，救她所在乎的这些人。

云照小心问道："我们还会再回去吗，陆伯伯？"

陆无声和云照看着陆战，微微屏息，安静地等他的答复。如果还要重来……他们也不怕，一次不够，就十次，十次不够，就一百次。

神明给的惩罚，他们替父亲承受！

"不会，"陆战轻轻摇头，语气已释怀，"你们找到了凶手，惩戒了他，已破天罚，而这夜明珠，也再无作用。云儿，你没有放弃，陆伯伯感谢你。"

云照低头看着她手中的珠子，光泽依旧，没有衰败的模样。她将珠子收回手中，鼻子竟是一酸，笑了笑："陆伯伯，从今往后，您再也不用回去了。这件事，也再不需要一个人扛，往后，有陆哥哥和我了，您可以放下了。"

陆战怔了神，沉默许久，眼眶已红了一圈。他念着"放下"二字，像是世上最动听的声音，在一遍又一遍地告诉他——

结束了。

他抬头看着苍天，是蓝色的，没有强光刺眼，也没有出现黑白神明。

真的……结束了。

一颗泪从苍老的面庞滚落，深深坠入大地，浇灌地底冬笋。来年，冬笋破土，又会为这竹林添上一抹绿意，生机勃勃。

中午又去帮司玲珑抓了贼的云照回到家里，准备明天和司玲珑说明一切。如今所有发生的事已算是尘埃落定，只是她仍有一事不痛快。那就是那黑袍神明怎会那样混蛋？

她换了衣服烤着火，越想心气越是不顺，直到喜鹊火急火燎地跑进来，告诉她变天了，那三皇子竟被贬为庶民还一世不许进京时，她才觉得舒服了些。她大手一挥，说道："去拿我的小金库，给大伙发点赏钱！"

喜鹊这下摸不着头脑了："小姐，三皇子被贬，您高兴什么呀？"

云照只管笑，不说。一会儿见喜鹊抱了她的小钱箱出去，她才想起来，拽了她的衣角说道："喜鹊，你看万捕快这人怎么样？"

"爱钱！"

早已看透他们的云照朗声笑了起来，喜鹊莫名问道："姑娘怎么了？怎么好端端地提他？"

"因为呀……"云照抚掌说道，"我想将你嫁给他。"

喜鹊呀了一声，红着脸说道："姑娘不要开我玩笑，我才不嫁他，我又不喜欢他。"

"真的不喜欢？一点都不喜欢？真的真的？"

喜鹊努力想了一下决定反驳，可越想越不对劲，只想得自己满面通红，说了一句"我去发赏钱了"，就像兔子般逃走。

云照摇着椅子乐不可支，看来她很快就可以准备喜鹊的嫁妆了，不过首先，她要先解决好喜鹊她娘的事，这件事可不能忘了。

屋内炭火恰好，熏得屋里暖如春。她晃着晃着椅子，困意渐起。

梦中仍是一株冲天树花，开满了一棵树，她这次学得更乖了，就远远看着，不过去，怕又被那黑袍神撒的花给溺死。直到她瞧见树上出现两个人，她才稍稍走近，仰头看去，果真是那两个神明。

"喂，珠子呢？"一人从花后探身，一袭白袍几乎曳地，微微笑着。

云照找了找身上，从脖子牵绳出来，将珠子毕恭毕敬地递上。她忽然回过神来，咦，这白袍神竟然是个妹子，只怪他们男女都俊美，雌雄难辨。不过那黑袍神，该不会也是个妹子吧？但……没有哪个姑娘，会整天黑着一张脸的。定是个汉子，还是个脾气稀奇古怪不近人情的汉子。

云照暗自思量，又往树下走近了一些，对那爱理不理的黑袍神说道："我要跟你讲点道理。"

黑袍神理也不理她。

白袍妹子抿嘴笑，悠悠看她，等着她说。

"人不犯我我不犯人，但敌国来犯，我们不还手，就会有灭国之灾。古有赵国投降，被秦国坑杀六十万将士，我们若降，只怕也会沦落至同样下场。陆伯伯护国，不是为了杀戮，而是为了保护这个国家的黎民百姓，敌军来犯，不能不挡，也就不得不开战，手上也不得不沾上敌军鲜血，我们不能退一步，因为退一步就是死，就会亡国呀。你惩罚他杀戮过多，这不对。他若屡屡对外宣战，乱别国朝政，杀别国将士百姓，这才是乱臣，该罚，然而陆伯伯不是。你身为神明，却是非不分。"

黑神终于看了她一眼，云照一惊，忙往后退，但那满树的花，依然开得灿烂，没有化作花海，淹没她。

"哼。"黑袍神重重哼了一声，隐入花海之中，消失不见了。

白神又笑了笑，俯身伸手，摸了摸云照的头，几乎是刹那，那轻抚的温柔玉手消失在她眼前。

他们都走了，但满树的花开得很好，云照终于可以坐下来，好好赏一次花了。还没看上片刻，鼻子忽然一痒——

"阿嚏！"

云照猛地打了一个喷嚏，从梦中惊醒。她哆嗦了一下，屋里怎么这么冷了，炭火明明添够了的。

"阿嚏阿嚏！"

云照摸摸鼻子，完了，定要染上风邪了。这一晃，隐约觉得脖子那不对劲，她掏出绳子一瞧，倒是还有个东西挂她脖子上，但已经是一个圆滚滚的石头，而不是通亮的夜明珠了。

神明果然已经将夜明珠收回去了。

她默了默，忽然听见窗户被人敲响，一短二长。

她欢喜地跑过去开窗，窗户大敞，有寒风灌入，又冻得她弯身打了两个喷嚏。

陆无声立即将窗户关了一半，探手摸她的脸："真冷，没盖毯子吗？"

"盖了。"云照拿了夜明珠给他看，"你看，珠子变成石头了。我刚梦见了那两个神明，他们让我还夜明珠，醒来后就变成这样了。我想，它真的失去了神力吧。"

陆无声看着这珠子，释怀道："云云，以后凡事都要靠自己了。"

云照笑道："不怕，有你在，而且没有那黑脸神捣乱了。"

陆无声笑笑，见云照要往外面爬，伸手边接边问："外面冷，出来做什么？"

"将珠子埋了。"

云照看了一圈院子，没想好埋哪儿。陆无声见她迟迟不做决定，又怕她冻坏，仔细一看，说道："就埋在桃花树下吧。"

爱屋及乌，情郎说哪好就是哪好，纠结了半天的云照忽然也觉得桃花树不错，她欣然道："就那儿吧。"

陆无声寻了根树杈挖土，泥不结实，很快就挖了个坑。云照捧着变成了石头的夜明珠，将它放入里面时，低声："谢谢。"

珠子卧在土坑中，更像是一颗普通的圆石头了。

泥土覆盖，一点一点地将它埋入地底，从今往后，世上再无能够重回腊月初八的夜明珠。

云照看着，笑了，是放下，是释怀。

陆无声填好坑，又拔了些枯草掩盖，将挖掘的痕迹除去。他撒下最后几根枯草时，说道："明日我就来提亲，这一次，再不会食言。"

亲也亲了，抱也抱了，云照听见这话已经不会脸红，但心还是扑通扑通地跳着，她轻轻点头，是姑娘的羞赧："嗯，我等你。"

她拍去两手泥土，实在是冷，便又钻回屋里，也舍不得他在外头冻："你快回去吧，冷。"

　　陆无声不太放心，往里面看去："你屋里也冷，怎么，没烧炉子吗？"

　　"烧了。"云照也觉得奇怪，跑到炉子那歪了脑袋一瞧，只见炉子里的炭竟然全灭了。

　　她愣了愣，突然一张黑脸从脑海中呼啦啦闪过，她愤然道——

　　"幼稚鬼！"